Bärentritt

Silvia Götschi, geboren 1958 in Stans, lebte und arbeitete von 1979 bis 1998 in Davos. Seit der Jugend widmet sie sich dem literarischen Schaffen und der Psychologie. Sie hat sich vor allem in der Zentralschweiz mit der Kramer-Krimi-Reihe und im Kanton Graubünden mit den Davoser Krimis einen Namen gemacht. Seit 1998 ist sie freischaffende Schriftstellerin und Mitarbeiterin in einer Werbeagentur. Sie hat drei Söhne und zwei Töchter und lebt heute mit ihrem Mann in der Nähe von Luzern.
www.silvia-goetschi.ch

Dieses Buch ist ein Roman. Handlungen und Personen sind frei erfunden. Ähnlichkeiten mit lebenden oder toten Personen sind nicht gewollt und rein zufällig.
Auf Seite 268 findet sich ein Glossar.

SILVIA GÖTSCHI

Bärentritt

KRIMINALROMAN

emons:

Bibliografische Information der Deutschen Nationalbibliothek
Die Deutsche Nationalbibliothek verzeichnet diese Publikation in der Deutschen Nationalbibliografie; detaillierte bibliografische Daten sind im Internet über http://dnb.d-nb.de abrufbar.

Umschlagmotiv: age fotostock/LOOK-foto
Umschlaggestaltung: Tobias Doetsch
Gestaltung Innenteil: César Satz & Grafik GmbH, Köln
Druck und Bindung: CPI – Clausen & Bosse, Leck
Printed in Germany 2016
ISBN 978-3-95451-777-0
Originalausgabe

Das Böse triumphiert allein dadurch,
dass gute Menschen nichts unternehmen.

Edmund Burke

Sie wollte nicht daran denken, dass ihr Leben furchtbar enden könnte. Dazu war sie viel zu jung. Im Augenblick des erlöschenden Tages dachte sie an nichts anderes.

Schon als Kind hatte sie das Unglück angezogen, mit acht ihre Mutter verloren, ein halbes Jahr später ihren Vater. Er war im Suff und mit gebrochenem Herzen gegen einen Baum gefahren. Alles hätte so schön werden können. Doch ihr Leben war vorbestimmt, kein gutes zu werden.

Auch jetzt, einige Jahre später, als sie am zugefrorenen Davosersee stand und über die schneebedeckte Eisfläche starrte, waren ihre Gefühle, was ihr Wohlbefinden betraf, nicht besser geworden. Im Gegenteil. Seit dem Tod ihrer Mutter war alles bachab gegangen. Mama hatte sie wenigstens verstanden, im Gegensatz zu allen andern, die nach ihrem Tod in ihr Leben getreten waren. Papa war feige gewesen, hatte nur sich selbst gesehen und seine verlorene Frau, aber nicht daran gedacht, dass er auch eine Tochter hatte.

Nach diesen beiden Schicksalsschlägen hatte man sie in ein Kinderheim in Saland gesteckt.

Zweieinhalb lange Jahre war sie dortgeblieben und hatte auf Ersatzeltern gewartet, auf ein neues Zuhause. Zweieinhalb Jahre, in denen sie fast jede Nacht ins Kissen geweint und gebetet hatte, es möge irgendwann die Tür aufgehen und Mama unter dem Rahmen stehen.

Eines Tages hatte sie dagestanden. Eine schlanke, modische Frau im edlen Kostüm. Sie war mit ihrem Mann aus Davos hergefahren, in einem schicken Wagen.

Sie erinnerte sich noch immer an den Jungen, dessen Gesicht an der Fensterscheibe klebte. Mit grossen Augen hatte er sie vom Rücksitz aus angestarrt. Diesen Blick hatte sie nie vergessen.

Dieser Junge war ihr Bruder geworden, der einzige Mensch, dem sie vom Tag ihrer Ankunft in Davos an je hatte vertrauen können. Der auf sie aufpasste und sie vor Ungemach schützte.

Sie liebte.

Er ging weg. Und sie war allein mit seinen Eltern. Mit der Mutter, die sie nie für ihre eigene Tochter gehalten hatte, und Vater hatte keine Zeit gehabt.

Sie hätte ebenso gut im Heim bleiben können.

Mit siebzehn hatte sie Davos verlassen und sich in Zürich mit verschiedenen Jobs über Wasser gehalten: mal als Buffetangestellte in einem Migros-Restaurant, mal als Aushilfskraft in einem Schuhgeschäft, zuletzt als Kioskverkäuferin an einer Tankstelle. Die Pflegeeltern hatten eine Tochter gewollt, aber ein aufmüpfiges und sensibles Kind bekommen. Bevor eine Liebe gewachsen war, hatte der Hass sie bereits eingeholt.

Die Dämmerung tauchte den zugefrorenen See in ein silbernes Licht. Himmel und Berge verschmolzen ineinander wie sich auflösende Körper.

Sie kam sich verloren vor. Ihre Schenkel brannten. Der gesamte Unterleib fühlte sich an, als hätte ihr jemand ein Messer hineingerammt. Da war noch mehr gewesen. Viel mehr.

Sie wollte nicht darüber nachdenken. Sie hätte letzte Nacht gern ausradiert.

Wenn der See doch ein Loch gehabt hätte. Eine undichte Stelle, an der das Eis nicht fest genug gefroren war. Sie kniete nieder und bewegte sich auf allen vieren vorwärts.

Der Schnee lag überall. Die Kälte spürte sie nicht. Ihr Herz war kälter als alles, was unter dem Winterfrost schlief.

Sie wollte sterben. Wusste jedoch nicht, wie.

Vielleicht sollte sie sich hinlegen und auf den Tod warten. Wenn sie schlief, kam er über sie, deckte sie mit dem gefrorenen Laken zu. Über ihr würde sie die Sterne zählen, bis es keine mehr gab. Sie würde zählen und einschlafen. Der Morgen würde kommen – aber ohne sie.

EINS

So fühlte es sich also an. Der Himmel hing nicht nur voller Geigen, er war auch blauer, der Schnee weisser, die Sonne schien heller, die ganze Welt gehörte mir. Und da war diese Leichtigkeit, die ich seit einem Jahr nicht mehr gespürt hatte.

Ich schraubte die Musik auf. «Prologue-Birth» aus Epica von Audiomachine. Etwas zwischen klassisch und Filmmusik. Ein Feuerwerk. Inspiration für diesen Tag, den ich zu meinem schönsten machen wollte.

Ich fuhr auf der Autobahn. Links und rechts zog eine tote Landschaft vorbei. Baumskelette, braungraue Wiesen, stellenweise erstarrter Reif. Januar war's und die Zeit wie angehalten. Die längste Nacht vorbei, doch die Tage ruhten noch im Winterschlaf. Ich mochte diese Tage, an denen man kein schlechtes Gewissen haben musste, später aufzustehen und die frische Luft bloss durch die Fensterritze einzuatmen.

Vor mir tauchten Bremslichter auf, zwei Warnblinker. Einen Kilometer vor der Ausfahrt Landquart stand ich im Stau. Doppelspurig und kein Ende in Sicht.

Vermaledeiter Mist!

Um zwei wollte ich in Davos sein.

Mam hatte mir wider Erwarten ihren Fiat Punto geliehen, der eine bessere Falle in einem Museum gemacht hätte. Ich war mit hundertzwanzig Stundenkilometern über die Autobahn gerast. Mehr war nicht aus dem Wagen zu holen. Geduldig fuhr ich nun in der Kolonne, die sich wie eine gefrässige Schlange ins Churer Rheintal wand.

«The New Earth» tönte aus den Lautsprechern. Vielleicht würde der Tag doch nicht so toll werden, überlegte ich mir.

Ich hatte endlich den Master geschafft – nach dem zweiten Anlauf. Danach würde später niemand fragen. Ich durfte mich von nun an Allegra Cadisch mit Master in Law nennen. Es war mir, als hätte ich begriffen, worum es in meiner Ausbildung gegangen war. Ich hatte einen Meilenstein gelegt, um nicht als Dauerstudentin zu enden. Ich hatte einen Abschluss. Der erste Schritt in mein Berufsleben. Mein eigenes Geld verdienen. Frei sein.

Ich hatte alles auswendig gelernt, um die Prüfungen zu bestehen. Bis zu dem Tag, als ich von den Professoren wie von Blutegeln ausgesaugt wurde. Ich war Juristin, dennoch hatte diese Tatsache mein Gehirn noch nicht ganz erreicht.

Nach dem Master hatte es nicht schnell genug gehen können, sämtliche Ordner in den Bücherschrank zu stopfen. Ich hatte einfach genug von Paragrafen und seitenlangen Fallstudien. Von Kapiteln und Textquellen, die meine eigene Logik zunichtemachten. Phantasie hatte an der Fakultät für Rechtswissenschaften keinen Platz, nicht einmal eine kleine Abweichung, bedingt durch mein Bauchgefühl.

Es stand mir zu, jetzt mein Leben zu geniessen, wie es andere Frauen in meinem Alter taten.

Ich fühlte mich frei. Frei nach diesem Jahr in der Gefangenschaft des Lernens.

Und nun dieser Stau. Ungewohnt zu dieser Zeit.

Es sei ein Winter wie im Bilderbuch, hatte mir Dario in seiner letzten Mail mitgeteilt. Beste Schneeverhältnisse und fast täglich blauer Himmel. Oben in Davos, tausendfünfhundert Meter über dem Meer. Der Nebel sass in den Städten im Unterland und liess die Menschen grau erscheinen.

Über mir spannte sich ein wolkenloser Himmel. Er wirkte kitschig.

Nur langsam rollte der Verkehr weiter. Zu meiner Linken lag die Bündner Herrschaft in erdigen Tönen. Jenins und Malans vor den sanft geschwungenen Hügeln am Fusse des Vilan. Unterhalb der Waldgrenze standen wie nackte Männchen die Rebstöcke, von denen man im Herbst den köstlichen Maienfelder Riesling ernten konnte.

Bei der Ausfahrt Landquart verliess ich die Autobahn und tuckerte hinter einem weissen Previa her.

Eine weisse Kelle mit rotem Rand tauchte aus dem Nichts auf. Die Verlängerung eines Armes, der einem Polizisten gehörte. Einem Mann in voller Montur: dunkler Anzug, Kampfstiefel und Pistole im Holster. Der Gedanke an eine Filmkulisse. Ich stoppte, liess das Fenster runter. Gleich traf mich ein Schwall kalter Luft. Das Thermometer hatte heute Morgen minus vier Grad angezeigt.

«Guten Tag.» Der Polizist hatte ein jungenhaftes Gesicht, das er mit einem Dreitagebart männlicher machen wollte. Allerdings gelang ihm das nicht. Auch seine ernste Miene machte ihn kaum respekteinflössender. «Drehen Sie bitte die Musik leiser», sagte er.

Hatte er mich etwa deswegen angehalten? Wenn ich Musik hörte, zerschmetterte es mir einstweilen fast das Trommelfell. Ich mochte laute Musik, wenn sie meine Stimmung untermalte. Und das hatte sie bis anhin getan. Heute, an diesem Prachtstag. Widerwillig stellte ich leiser. «Eternal Flame» verschwand im Mikrokosmos des Wagens.

«Kantonspolizei Graubünden, mein Name ist Peter Giovanoli. Ich würde gern Ihre Ausweispapiere sehen.»

Ausweispapiere!

Wo hatte ich diese bloss hingetan? Auf meinem Führerausweis konnte man lesen, dass ich die Fahrprüfung schon vor sieben Jahren bestanden hatte. «Worum geht es?» Ich entnahm meinem Portemonnaie die Karte und reichte sie durch die Fensteröffnung. Ich war nicht die Einzige, die man aus dem Verkehr geholt hatte. Vor mir musste eine ganze Familie das gleiche Prozedere über sich ergehen lassen. Die Familie im Previa.

Giovanoli ging nicht darauf ein. «Wohin fahren Sie?»

Was ging es ihn an? «Nach Davos.»

«Würden Sie so gut sein und rechts auf den Parkplatz fahren?»

Sich niemals einer Polizeikontrolle widersetzen. Ich betätigte den Blinker und scherte auf den Parkplatz aus. Der «Socka-Hitsch» sass vor seiner Baracke. Seit ich mich erinnern konnte, sass er dort und wartete auf Kundschaft. Ein bärtiger Alter mit von Kälte und Sonne gegerbtem Gesicht. Seit Jahren vermittelte er den Eindruck, unbeteiligt einfach dazusitzen, eingemummt in die alte Daunenjacke und die Kapuze mit dem speckigen Fellbesatz. Heute allerdings schaute er dem Spektakel zu, welches sich vor ihm abspielte. Ich parkte neben einer Kleiderstange, an der farbige Shirts hingen. «I like Davos» war auf einem gedruckt, unterhalb eines roten gezackten Herzens. Ich stellte den Motor ab. Gleich war mein Wagen umzingelt von weiteren Polizisten. Weiter hinten standen Soldaten und hielten die Aktion im Auge. Eine Übung, dachte ich. An einem ganz gewöhnlichen Montag.

Ich entsann mich, dass in den nächsten Tagen in Davos das World Economic Forum stattfand. Allerdings kam mir die Aktion hier übertrieben vor.

«Guten Tag.» Der zweite Mann neben meinem Fenster hatte einen hohen Dienstgrad, was ich am Emblem auf seinem Ärmel erkannte. Er stellte sich mit seinem Namen vor, den ich sofort wieder vergass. «Würden Sie so gut sein und aussteigen? Und bitte öffnen Sie den Kofferraum.»

Ich stieg aus, ging nach hinten und schloss den Deckel zum Laderaum auf. Ich begehrte nicht auf, liess es einfach geschehen, in der Hoffnung, dass es bald überstanden war. Eine Kontrolle wegen des WEF. Ich schlotterte.

Der Polizist besah sich meine Wagenladung. «Was befindet sich in der Tasche?»

Zum ersten Mal, seit ich gezwungen worden war anzuhalten, beschlich mich ein ungutes Gefühl. Offenbar suchte man hier etwas. Nach einer normalen Kontrolle sah das nicht mehr aus. Ich erinnerte mich an einen Freund, dessen Auto man in Südspanien auseinandergenommen hatte. Man hatte Drogen bei ihm gefunden. Seither sass er im Knast in Cádiz, obwohl er seine Unschuld beteuerte. Hatte mir jemand etwas in den Wagen gepackt, was ich nicht bemerkt hatte? Kokain oder Amphetamine? Auch in Davos würde es Abnehmer für solche Drogen geben. War ich unfreiwillig zu einem Kurier geworden? Ich zügelte meine Phantasie und musterte den Polizisten, als hätte er mir soeben etwas Obszönes gesagt.

«Meine Kleider. Ich werde ein paar Tage Ferien machen.»

Er bat mich, den Reissverschluss zu öffnen.

Ich zögerte. «Sorry, darf ich wenigstens erfahren, was Sie suchen?»

«Tun Sie einfach, was man Ihnen sagt.» Sein Ton hatte sich verschärft. Er hatte gewiss einen schlechten Tag erwischt.

Ich zog den Zipper auf. Ein Bund Strings rutschte mir entgegen.

«Tut mir leid, da habe ich wohl falsch gepackt.» Es ärgerte mich, dass alle Welt meine Unterwäsche sah.

Der Polizist verzog keine Miene, hatte aber die Frechheit, in meinen Sachen zu wühlen. Er drang bis auf den Boden der Tasche vor; die Kleider lagen nun zerstreut im Kofferraum. «Was ist das?» Er zog ein pinkfarbenes Etui hervor.

«Mein iPad.»

Der Polizist mit dem hohen Dienstgrad rief Giovanoli zu sich, der sich entfernt hatte. «Hier haben wir etwas. Würdest du das prüfen?» Er wandte sich wieder an mich. «Was befindet sich in dieser Mappe dort?»

«Mein MacBook.»

Er griff nach der Mappe und überreichte auch diese Giovanoli. «Prüft auch das MacBook.»

«Jetzt mal halblang. Da sind alle meine privaten Daten drauf. Und die gehen Sie nichts an.» Ich versuchte vergeblich, Giovanoli das MacBook zu entreissen.

Plötzlich stand ein Soldat mit einer Maschinenpistole an meiner Seite. Bildete ich es mir nur ein, oder zielte er auf meine Füsse? «Folgen Sie mir bitte ins Zelt.» Seine freundliche Stimme passte nicht zu seinem forschen Auftreten.

Ich mochte manchmal etwas abgebrüht sein. Das jedenfalls behaupteten meine ehemaligen Kommilitonen. Heute verspürte ich Unbehagen. Mein freches Mundwerk diente zu nichts anderem als zum Verstecken meiner Angst. Das hier war kein Fernsehkrimi, sondern Realität.

Ich drehte mich um. Hinter Socka-Hitschs Krämerladen erblickte ich ein Armeezelt. Ich tat ein paar Schritte, wandte mich wieder um. In der Zwischenzeit machten sich zwei Polizisten an Mams Auto zu schaffen. Offenbar war der Jahrgang des Wagens ausschlaggebend, dass man ihn einer gründlichen Inspektion unterzog. Vielleicht hatte jemand heimlich die Türeninnenseiten aufgeschraubt und etwas versteckt. Und ich würde nun als Kriminelle überführt.

Der Soldat mit der Maschinenpistole bat mich, weiterzugehen.

Ich gelangte ins Innere des Zelts, das zu einer Art Kommandozentrale umfunktioniert worden war. Überall standen Tische mit Computern und flimmernden Monitoren.

«Bitte setzen Sie sich auf den Stuhl dort», hörte ich jemanden sagen.

Ich landete vor einem langen Tisch, an dem nicht nur Polizisten, sondern auch Privatpersonen sassen. Leute in Skianzügen und dick wattierten Jacken. Ich konnte mir keinen Reim darauf machen. So etwas hatte ich noch nie erlebt.

«Suchen Sie jemanden?», wagte ich einen neuen Vorstoss.

Ich bekam keine Antwort. Stattdessen studierte der Polizist hinter dem Tisch meinen Ausweis. «Haben Sie einen Pass dabei?»

Ich suchte nach meiner Identitätskarte. «Den Pass habe ich nicht, jedoch die ID.» Ich legte sie auf den Tisch. Der Beamte sah lange auf die Karte, dann in mein Gesicht. «Da sind Sie um einiges jünger. Ihre Haare sind kürzer. In einem Monat läuft die Karte ab. Sie müssen sie erneuern.» Sein Gesicht blieb ernst. Neben seiner Knollennase spross ein gelber Pickel. Ich hätte gern laut herausgelacht, die Situation war auch zu komisch, doch ich ahnte, dass das hier eine ernste Angelegenheit war. Etwas musste geschehen sein, und ich steckte unfreiwillig mittendrin. Der Beamte tippte den Zahlencode der ID auf die Tastatur. Lange starrte er auf den Bildschirm, dann auf mich.

Ein Kollege überreichte ihm einen Zettel. Der Polizist las. «Wo wohnen Sie in Davos? Haben Sie eine Adresse dort?»

«Ja, habe ich. Ich werde im Appartement meines Bruders Valerio Cadisch wohnen.» Ich nannte die Adresse.

Der Polizist notierte und reichte den Zettel seinem Kollegen weiter. «Prüf das mal.»

«Darf ich endlich erfahren, worum es bei dieser … Razzia geht?» Ich malte Anführungs- und Schlusszeichen in die Luft und verkniff mir dabei ein Schmunzeln.

Der Polizist lächelte mich zum ersten Mal an. Sein Pickel glänzte im Schein einer Halogenleuchte, die behelfsmässig aufgestellt war. «Wir machen nur eine Kontrolle.»

«Hören Sie, ich kenne meine Rechte. Das, was Sie hier tun, das dürfen Sie gar nicht.»

«Sie würden sich noch wundern, was wir in diesem Zusammenhang alles dürfen.»

Ich sah mein Gegenüber mit offenem Mund an. «Was ist denn passiert?»

Er schob mein MacBook in die Tischmitte. «Wie lautet Ihr Passwort?»

Ich zögerte.

«Wie lautet es?»

«Tomasz», sagte ich.

«Wie bitte? Buchstabieren Sie.»

«T-o-m-a-s-z.» Ich sah dem Beamten zu, wie er den Namen auf die Tastatur drückte. Es verging eine kleine Ewigkeit, bis er etwas kontrolliert hatte. Mir allerdings war es schleierhaft, wonach er suchte.

«Warum tun Sie das?» Ein erneuter Versuch, um zu erfahren, weshalb man ausgerechnet mich hierher zitiert hatte.

Das Pickelgesicht sah weiterhin auf den Bildschirm. «In Davos findet in den nächsten Tagen das WEF statt. Wir sind befugt, alle Reisenden nach Davos zu überprüfen.»

«Das weiss ich. Aber deswegen können Sie mich nicht wie einen Schwerverbrecher behandeln. Das ist die absolute Höhe.»

Er warf einen Blick auf meinen Ausweis. «Frau Cadisch, wenn es um die Sicherheit unserer Bundesräte und der geladenen Staatsoberhäupter geht, sind uns keine Grenzen gesetzt.»

«Ich habe das WEF nicht nach Davos bestellt», sagte ich genervt. «Ich finde es anmassend, dass wegen der paar Politiker ein solcher Aufstand gemacht wird. Die sollen dortbleiben, wo sie herkommen, wenn sie sich dermassen fürchten.»

Der Polizist blieb ruhig. «Sie können jetzt weiterfahren.» Er klappte das MacBook zu.

Ich erhob mich, nachdem ich meine Ausweise in das Portemonnaie zurückgelegt hatte. Gern hätte ich ein paar Fragen im Zusammenhang mit dem WEF gestellt. Bilder von geschniegelten Staatsmännern gingen mir durch den Kopf, von aufgetakelten Begleiterinnen. Aber hinter mir wartete bereits der nächste Verdächtige. Ich ging zurück zum Wagen, dessen Tür offen stand. Ich vergewisserte mich, ob nichts fehlte. Die Reisetasche war da. Der iPad nicht.

Der Polizist neben mir schenkte mir ein Lächeln. «Den werden Sie gleich wiederbekommen.»

«Ihr sucht etwas?», fragte ich.

Der Polizist wollte mir keine Auskunft geben. Über mir vernahm ich das Geknatter eines Helikopters, der den Weg Richtung Prättigau einschlug. Ich schaute ihm nach. Ein Superpuma der Schweizer Luftwaffe. Noch mehr erstaunte mich der Konvoi auf der Prättigauer Strasse. Eine Staatslimousine, eskortiert von Streifenwagen, fuhr Richtung Klus.

Ich wartete eine geraume Zeit, bis man mir mein Gerät zurückbrachte. Ich prüfte, ob nichts gelöscht war, und packte es ein. Beruhigt war ich allerdings nicht.

Ich startete den Motor, fuhr auf die Hauptstrasse und drückte meinen rechten Fuss aufs Gaspedal. Im Rückspiegel sah ich, wie die Aktion weiterging.

Was geschah hier?

ZWEI

Nach der Klus öffnete sich das Prättigau, als würde man ein Buch aufschlagen. Hier lag mehr Schnee als vor dem Tunnel. Es sah aus, als hätte den Schnee jemand ins Tal geschaufelt. Eine rote Zugskomposition kam mir auf der Höhe von Schiers entgegen. Später passierte ich Küblis, das wie immer über die Wintermonate im Schatten lag und düster wirkte. Eiskristalle überzogen die Tannen wie erstarrte Tränen. Ich drehte die Musik wieder lauter. Noch einmal lauschte ich der Tristesse von «Eternal Flame».

Vor mir entdeckte ich eine weitere Schikane. Kurz vor Klosters hatte man eine Absperrung aufgestellt. Polizisten winkten zwei Autofahrer vor mir auf die Seite. Mich liessen sie passieren. Ich sah auf die Uhr. Es war halb fünf. Bereits krochen lange Schatten ins Dorf. Die Berggipfel glänzten in den letzten Sonnenstrahlen. Es ärgerte mich, dass ich so viel Zeit verloren hatte. Nach dem Viadukt tauchte ich in den Gotschnatunnel ein, fuhr viel zu langsam hinter einem silbergrauen Volvo her und gelangte erst auf der Höhe der Einfahrt zum Vereinatunnel wieder ans Tageslicht. Auch hier stand eine Patrouille.

Die letzte Kontrolle passierte ich auf dem Wolfgangpass. Ich wartete eine halbe Stunde in der Kolonne, ehe ich weiterfahren durfte. Der Davosersee zu meiner Linken hatte sich abgesenkt unter dem Eis. Schneehaufen formten eine bizarre Landschaft. Tannen säumten das Ufer wie mystische Gestalten. Alles hätte so schön sein können. Ich war in Davos. Doch die Freude war mir vergangen.

Wenige Skisportler kehrten von den Pisten zurück, verteilten sich über die Promenade. Es erinnerte mich ein wenig an die Weihnachtstage vor einem Jahr, als ich zum letzten Mal im Landwassertal gewesen war. Ich versuchte, die Bilder aus meinem Kopf zu verdrängen, die der Fall Lara Vetsch hervorrief. Ich hatte damals Davos verlassen, ohne die Geschichte zu einem Ende gebracht zu haben. Den Mann, der mich damals verfolgt hatte, hatte ich aus dem Gedächtnis gestrichen. Vielleicht hatte man ihn bereits gefasst. Meinen Vorsatz, ihn selbst zur Strecke zu bringen, hatte ich nicht eingehalten. Jetzt war es wohl zu spät. Ich wusste nicht, ob es ihn überhaupt noch gab.

Etwas war anders.

Einige Hotels lagen hinter Einzäunungen. Auf der Höhe des Kongresszentrums bildeten Pflöcke mit Stacheldraht eine Balustrade. Auch hier formierte sich die halbe Schweizer Armee. Es hätte mich nicht gewundert, unter einer Abdeckplane einen Panzer zu entdecken. Das hier erinnerte an Krieg, an die bedrückenden Bilder der Tagesschau.

Ich fuhr im Schritttempo an Soldaten und Polizisten vorbei. Wohl war mir nicht. Ich wusste, dass während des WEF ein Grossaufgebot an Sicherheitskräften eingesetzt wurde. Doch in diesem Ausmass hatte ich es noch nie zuvor erlebt.

In Valerios Wohnung roch es nach Junggesellenmoder. Nach ungewaschenen Socken und billiger Seife.

Mein Bruder hatte vergessen, vor seinem Weggehen den Abfallkübel zu leeren. Das war drei Wochen her, seit er für ein paar Tage in Davos gewesen war. Der Geschirrspüler war halb voll und noch nicht in Betrieb gewesen. Bevor ich mich hier einnistete, beseitigte ich den Schmutz. Ich zog die eine Scheibe des Panoramafensters auf. Die kalte Luft drang ungehindert herein. Trotzdem hatte ich das Gefühl, endlich wieder richtig durchatmen zu können. Der Blick zum Jakobshorn liess mein Herz schneller schlagen. Bald schon würde ich dort oben in den Spuren der anderen fahren. Ich schloss das Fenster, ging ins Schlafzimmer und packte meinen Koffer aus. Einige Winterkleider hingen noch von meinem letzten Aufenthalt im Schrank. Valerio hatte für mich zudem zwei Tablare reserviert, auf denen sich meine Pullover stapelten. Ein Zettel lag obenauf. «Willkommen, Schwesterherz» hatte er mit seiner unleserlichen Schrift hingekritzelt. Manchmal vergass ich, welch grosszügigen Bruder ich hatte. Nicht selbstverständlich, dass er mich hier wohnen liess. Er hätte die Wohnung auch anderweitig vermieten können.

Ich bezog das Bett neu, als der Summton meines iPhones mich aus den Gedanken riss. Ich sah auf das Display und erkannte Darios

Namen. Er hatte sicher die Tage bis zu meiner Ankunft gezählt. Ich fuhr über den Touchscreen und kündigte mich an.

«Allegra, endlich!» Darios Stimme klang euphorisch, als wäre mein Besuch in Davos eine für ihn lebensrettende Massnahme. «Du, ich habe die ganze letzte Nacht nicht geschlafen, so aufgeregt war ich», bestätigte er meine Vermutung. «Bist du schon lange hier?»

«Eben erst angekommen.» Ich lächelte in mich hinein.

Dario – ehemaliger Schulkollege, guter Freund, Davoser Polizist und beinahe Liebhaber: Ich hatte im letzten Winter die Notbremse gezogen. Ich wollte ihn als Freund behalten. Mehr lag da nicht drin.

Er hing sehr an mir, war verliebt und entsprechend eifersüchtig. Schliesslich hatte er sich im letzten Jahr unverhältnismässig fest um mich bemüht. Dario vereinigte alles in sich, was ich so mochte: Herzensgüte, Charme, eine wilde Entschlossenheit. Mit Dario hatte ich die Freude an meinem Geburtsort wiederentdeckt. Das Zurückkommen war wie ein Heimkommen. Mit Dario erreichte ich den Punkt, um den meine Vorstellungen lange Zeit nur als Möglichkeit gekreist hatten: wieder ins Landwassertal zu ziehen. «Wenn du willst, können wir uns heute Abend treffen. Und morgen würde ich gern mit dir aufs Jakobshorn fahren.»

Lange hörte ich nichts mehr.

«Dario?»

Endlich ein Räuspern. «Geht leider nicht. Wir sind im Moment rund um die Uhr auf Bereitschaft. Übermorgen beginnt das WEF.»

«Die Präsenz von Polizei und Armee nimmt in jedem Jahr drastischere Formen an», provozierte ich enttäuscht. «Es kann doch nicht sein, dass wegen ein paar Politikern Davos Kopf steht.»

«Es ist nicht wegen ein paar Politikern. Es sind immerhin namhafte Staatsvertreter unter ihnen sowie Persönlichkeiten aus der Wirtschaft, die zu uns in die Alpenstadt kommen. Davos gilt als sicher.»

«Kommen die mit der Idee, die Welt verändern zu können?», spottete ich.

«Du hörst mir nicht zu. Es geht darum, dass Davos genug Schutz bietet. Sollte hier jemand ein Attentat planen, hätte er ein Problem mit dem Fluchtweg.»

Warum beharrte er darauf? «Bist du so naiv, oder trägst du Scheuklappen? Sollte jemand wirklich Ernst machen, halten ihn auch die Berge nicht davon ab.»

«Das ist nicht witzig.» Darios Stimme klang angespannt.

«Das ganze WEF ist ein Witz», sagte ich lauter als gewollt.

«Warum auf einmal so gehässig?» Dario schniefte durchs Telefon. «Ich kenne dich gar nicht von dieser Seite. Wir hatten oft darüber diskutiert, welchen Nutzen Davos und die Schweiz im Allgemeinen aus dem WEF ziehen. Du hast dich nie negativ dazu geäussert. Im Gegenteil.»

Ich erzählte ihm von der aggressiven Vorgehensweise seiner Kollegen in Landquart und von den Kontrollposten unterwegs. «Ich habe grosse Mühe damit, wenn man die Touristen ohne ersichtlichen Grund schikaniert. Wir befinden uns in einem freien Land. Mit dieser Aktion vertreibt ihr die Feriengäste. Wenn man die Zahlen der letzten Jahre anschaut, hätte Davos allen Grund, sich Mühe zu geben.»

«Wir befinden uns im Ausnahmezustand. Es geht auch um die Sicherheit unserer Wintergäste. Vor zwei Tagen ...» Er hielt inne.

«Was war vor zwei Tagen?»

«Ich kann es dir nicht sagen. Dies fällt unter meine Schweigepflicht.»

«Sei nicht albern. Wie lange kennen wir uns schon?» Meine Neugierde war geweckt. «Was für ein Ausnahmezustand? Worum geht es? Ist das der Grund, weshalb jeder Automobilist in Landquart auf den Parkplatz zitiert wird?»

«Wir kommen nicht darum herum ...», er zögerte, «Stichproben zu machen.»

«Ha, das sah aber nicht nach Stichproben aus. Das war gezieltes Vorgehen. Wenn iPads und Laptops überprüft werden, ist Feuer im Dach.»

«Ich kann es dir nicht sagen. In den nächsten Tagen werden wir unterwegs sein. Wir haben bereits Verstärkung aus den Kantonen Sankt Gallen, Zürich und Luzern bekommen.»

«Den Steuerzahler wird es freuen», sagte ich in einem Sarkasmus, den ich mir in der Regel für nervtötendere Dialoge aufhob. «Da kommen reiche Typen nach Davos und verlangen Personenschutz rund um die Uhr. Hätten sie ein reines Gewissen, müsste man keinen solchen Auflauf an Schutzpatrouillen aufbieten.»

«Bist du fertig?»

«Nein, nicht bevor du mir sagst, was los ist.»

Wieder hörte ich nichts von Dario. Endlich ein erneutes Räuspern. «Wir bekamen vor … verdammt, Allegra. Du machst es mir nicht einfach …»

Die Türglocke schrillte durch das halbe Wohnzimmer. Dario musste den Klang gehört haben, denn er hielt abrupt inne. Ich schritt mit dem iPhone in der Hand zur Wohnungstür, stand dort eine Weile und lauschte. Unter normalen Umständen hätte ich spontan aufgemacht. Das Gespräch mit Dario mahnte mich zur Vorsicht. In Davos geschah gerade etwas, auf das ich keinen Einfluss hatte.

Wieder klingelte es.

Ich sah durch den Spion. Draussen standen zwei junge Frauen. Ich hatte sie noch nie gesehen. Offenbar hatte jemand sie unten beim Haupteingang hereingelassen.

Sollte ich die Tür öffnen?

Lächerlich! Seit wann fürchtete ich mich vor jungen Frauen?

Sie läuteten ein drittes Mal, jetzt länger.

Dario fragte mich, ob ich Besuch habe. Ich musste mich entscheiden.

«Du, ich muss auflegen», sagte ich und wartete seine Erwiderung erst gar nicht ab. Wenn ihm an der Fortsetzung des Gesprächs etwas lag, würde er sich bestimmt wieder melden. Ich steckte das iPhone in die Gesässtasche meiner Jeans und öffnete die Tür.

«Hey. Ich hoffe, dass wir Sie nicht stören.» Sie war blond und höchstens fünfundzwanzig. Eine Brille verkleinerte ein wasserblaues Augenpaar. Starke Korrektur, ging mir durch den Kopf.

Die andere sah wohlgenährt aus. Sie trug eine Wollmütze. Schwarze Stirnfransen lugten keck darunter hervor. «Können wir Sie einen Moment sprechen?»

«Worum geht es denn?» Ich sah auf ein Dokument, das die Blonde in der Hand hielt.

«Wir sammeln Unterschriften gegen die Absurdität des WEF.»

«Nicht gegen das WEF?»

«Natürlich gegen das WEF. Dürfen wir reinkommen?»

«Sie ziehen also von Tür zu Tür, um Ihr Anliegen kundzutun?», fragte ich und liess die beiden Frauen eintreten. Ich war ja nett. «Ich gehe davon aus, dass Sie da ziemlich auf Widerstand stossen.»

«Wir dürfen nichts unversucht lassen.» Die Blonde streckte ihre rechte Hand aus. «Ich heisse Maja Accola, und das ist meine Kollegin Nina Barbüda. Wir sind aus Davos Dorf.»

Studentinnen, nahm ich an.

Nina setzte sich unaufgefordert an den Küchentisch. «In diesem Jahr wird es eine ungeheuer grosse Teilnehmerzahl geben. Mehr als zweitausendfünfhundert Teilnehmer aus hundertvierzig Ländern kommen ans Weltwirtschaftsforum. *The new global context* … mit diesen Schlagwörtern lockten die Verantwortlichen hochrangige Delegationen aus den Vereinigten Staaten, China, Japan, Russland und aller Herren Länder an. Sie sollen Lösungen für wirtschaftliche und politische Krisen und Konflikte finden –»

«Das ist alles eine Farce», ereiferte sich Maja. «Es geht auch an diesem Forum den Beteiligten nur darum, Profit für sich und ihre Länder zu schlagen und diesen auf den Buckel der armen Weltbevölkerung, vor allem der Drittweltländer, abzuwälzen.»

«Oder erinnern Sie sich an nachhaltige Lösungen, die das WEF hervorgebracht hat?», fragte Nina.

«Das Schlimme daran ist», fuhr Maja fort, «dass einige Davoser an diesem Kuchen partizipieren. Wir wissen von den Hoteliers, dass das WEF ihr Jahresbudget für Kost und Logis positiv beeinflusst. Die Zahlen der normalen Touristen sind eher rückläufig. Mit dem WEF werden sie ausgeglichen.»

«Das ist nichts Neues», unterbrach ich, «dass dort geholt wird, wo es etwas zu holen gibt. Das ist nur menschlich … und vom wirtschaftlichen Standpunkt aus gesehen klug.»

«Es profitieren aber nicht alle», sagte Maja.

«Vor allem gibt es im Durchschnitt mehr Immissionen, was Lärm und Schmutz angeht», sagte Nina. «Gehen Sie mal auf den Parkplatz vor dem Kongresszentrum, während die Mächtigen dieser Welt sich für den Umweltschutz starkmachen. Es ist eine Lüge. Draussen warten die Busse mit laufenden Motoren, damit die

Kongressteilnehmer sich in ein geheiztes Inneres setzen können. Und wir in Davos müssen diesen Dreck einatmen. Es ist genauso ein Verhältnisblödsinn, wie wenn die Gäste mit Privatjets und Helikoptern anreisen und von den Flugplätzen mit Taxis abgeholt werden …»

«Dagegen kämpfen wir mit aller Vehemenz», ereiferte sich Maja. «Wir wollen den Menschen die Augen öffnen, sie dazu zwingen, hinzusehen, und die Verlogenheit hinter dem WEF aufdecken. Unter dem Deckmäntelchen von Problemlösungen der Beteiligten ist das WEF nichts anderes als ein exhibitionistisches Gebaren jener Leute, die daran teilnehmen.»

Ich entschärfte den Monolog, indem ich den beiden Frauen einen Kaffee anbot. Sie lehnten ab.

«Es ist uns verboten worden, eine friedliche Demo durchzuführen», fuhr Nina fort. «Die Fraktionen verbieten sie. Sie fürchten sich davor, dass das WEF dann nicht mehr in Davos durchgeführt würde. Sie wollen die WEF-Teilnehmer nicht brüskieren, so ihre Ausrede. Die kuschen vor diesen Leuten. Das ist feige gegenüber der einheimischen Bevölkerung.»

«Und jetzt glauben Sie, mit Ihren Unterschriften etwas bezwecken zu können?», fragte ich und verbiss mir ein Schmunzeln.

«Wir wollen die Bevölkerung für unser Anliegen sensibilisieren», sagte Maja.

«Immerhin dauerte das Forum in den letzten Jahren nur noch vier statt sieben Tage», sagte ich.

Nina und Maja warfen sich Blicke zu. «Das reicht uns nicht. Wir wollen das WEF nicht. Am besten, es wird abgeschafft. Ist das so schwer zu verstehen?»

«Sie werden eine Minderheit bleiben», sagte ich. «Das Kosten-Nutzen-Verhältnis überwiegt die emotionalen Gründe.»

«Sie bringen es auf den Punkt!» Nina sah mich mit zusammengekniffenen Augen an. «Es geht nur ums Geld. Das Problem ist, dass die Bevölkerung nicht weiss, was hinter dem WEF steckt. Die Leute sind denkfaul geworden. Solange es ihr Leben nicht tangiert, müssen sie sich keine Gedanken darüber machen. Wir werden zum Narren gehalten. Unsere Anliegen werden mit Füssen getreten, ebenso jene der armen Länder. Es geht hier nur um Macht und

Geld», wiederholte sie sich. «Der, der hat, wird sich bereichern … auf Kosten derer, die sich nicht wehren können.»

«Ich glaube, Sie schiessen komplett am Ziel vorbei», stichelte ich. Ich hatte keine Lust, den Rest des Abends mit den fanatischen jungen Damen zu verbringen. Solange solche Emotionen im Spiel waren, konnte man nicht sachlich diskutieren. Ich ging davon aus, dass es persönliche Gründe gab, die sie zu dieser Aktion mobilisierten. Entweder stammten sie aus dem linken Lager, oder sie gehörten zu den Alternativen. Ich hatte noch nie etwas gegen Gegenbewegungen gehabt, wenn sie rational begründbar waren. Aber Majas und Ninas Argumentationen schienen vom subjektiven Blickpunkt geprägt zu sein, von einer beschränkten Denkweise.

Nina erhob sich auf einmal. Sie ging zügig durch die Küche ins Wohnzimmer und von dort Richtung Schlafzimmer, wo sie die Tür aufstiess. Ich reagierte zu spät. Sie stand im Badezimmer, bevor ich Valerios Bett erreichte.

«Aha», sagte sie mit dem Ton der Überzeugung. «Sie gehören auch zu diesen Obergestopften, denen es am Arsch vorbeigeht, wenn das WEF weiterhin besteht. Maja, hast du diesen Luxus gesehen? Jetzt ist mir alles klar. Sie sind genauso eine Profiteurin wie alle …» Sie sah auf ihre Armbanduhr. «… wie alle, die im Kongresszentrum gerade Champagner schlürfen und Kaviarbrötchen schlemmen.»

Im Moment blieb mir die Sprache weg. Was fiel dieser Person eigentlich ein? Ich ging ins Badezimmer und packte Nina an den Schultern. «Verlassen Sie sofort meine Wohnung!»

«Nina, das hat keinen Sinn», hörte ich Maja jammern. «So kommen wir nie zum Ziel.» Sie wandte sich an mich und entschuldigte sich für ihre Kollegin, die offensichtlich die Nerven verloren hatte.

Nina wurde sich ihres Fehlverhaltens bewusst und verliess mit gesenktem Haupt das Badezimmer. Sie würdigte mich keines Blickes mehr. Ich begleitete sie zum Ausgang. «Vielleicht sollten Sie Ihre Sache emotionsloser angehen», riet ich ihnen. «Sammeln Sie Fakten, überzeugen Sie Ihre Gegner mit handfesten Argumenten, falls Sie beabsichtigen, etwas in Bewegung zu setzen.»

Maja und Nina verschwanden, wie sie gekommen waren –

sang- und klanglos. Nur ihr Geruch blieb zurück – ein Fluidum von Holz.

Ich huschte zum Fenster, sah hinunter auf die Strasse, wo die beiden Frauen eben aus dem Haus getreten waren. Da gingen sie, lamentierend und gestikulierend mit der Absicht, etwas Gutes für die Davoser Bevölkerung zu tun.

Sie kamen mir unheimlich vor.

DREI

Die Nacht hatte sich in einem monochromen Licht über die Landschaft gelegt. Überall gingen die Lichter an und reflektierten im Schnee.

Halb acht. Ich nahm mir vor, die Gegend zu inspizieren, nachdem ich den gestrigen Abend und den heutigen Tag in Valerios Wohnung verbracht hatte. Mich nahm wunder, welche Strassen bereits gesperrt, welche Zufahrten zu den Hotels bewacht waren. Ob die Sternekästen umzäunt waren, ob die Armee jeden einzelnen Passanten ins Visier nahm. Davos als Hochsicherheitsburg für Politiker und Wirtschaftsbosse, die einander viel und doch nichts zu sagen hatten. Vorne schüttelten sie sich die Hände, küssten einander die Wange, umarmten sich. Hinter der Kulisse drohten sie mit Sanktionen, zogen am Abzug der Maschinengewehre oder warfen Bomben.

Diplomatie funktioniere wie ein Medikament gegen den Schmerz, hatte mir Tomasz erklärt. Es täusche dem Gehirn Besserung vor, die Ursache aber bliebe bestehen. Zudem wiege man sich durch Diplomatie in falscher Sicherheit. Nur Tomasz konnte solche spitzfindigen Sprüche von sich geben.

Tomasz, der seit einem halben Jahr in Boston wohnte und dort einen Nachdiplomstudiengang absolvierte. Erst noch hatte er mir mitgeteilt, dass er nach den zwei Semestern des LL.M. – des Nachdiplomstudiengangs – noch bleiben wolle. Ich konnte mir nicht vorstellen, noch länger eine Fernbeziehung zu pflegen. Und Tomasz' Liebesbeteuerungen beeindruckten mich nicht mehr so leicht.

Ich hatte mich verändert. In den letzten Monaten hatte ich gespürt, dass mir die Distanz zu meinem Freund Raum schaffte, dass ich noch nicht bereit war, mein Leben unwiderruflich mit einem Mann zu teilen. Dass Tomasz mich für sich eingenommen hatte, wurde mir erst jetzt bewusst. Jetzt, als ich allein war.

Seine Abschiedsworte auf dem Flughafen am zweiten Neujahrstag hatten genau das thematisiert, was ich selbst schon lange spürte. Wir hatten uns ein halbes Jahr nicht mehr gesehen. Der Blitzbesuch über die Festtage hatte dem Wiedersehen von Familie und Freunden gegolten, die ihren persönlichen Anspruch an Tomasz geltend machten. Er war knappe zwei Wochen da gewesen. Ein wenig auch für mich. Sollten wir füreinander bestimmt sein, würden sich unsere Wege wieder kreuzen, hatte er gesagt. Andernfalls würden wir uns nie mehr sehen. Ich hätte nicht gedacht, dass ich seinen Abschied einfach so einstecken konnte. Ich hatte zwar geheult, aber mehr aus dem Grund, weil ich mich nicht selbst ins Flugzeug setzen und verreisen konnte. Meine Gefühle für Tomasz waren erkaltet. Es hätte mich beunruhigen müssen. Stattdessen fühlte ich einen Druck weniger.

Ich ging den Rathausstutz hoch. Links und rechts säumten Häuser den Weg. Durch zugezogene Vorhänge flimmerten blau die Fernsehgeräte. Unter meinen Schuhen knirschten Eiskristalle.

Ich bog auf die Promenade ein. An der Ecke zum Rätia-Center lehnten drei Jugendliche und kifften. Ich sah es daran, wie sie die Joints hielten. Auf dem gegenüberliegenden Trottoir diskutierte eine Gruppe schwarz gekleideter Männer über etwas, das ich nicht hören sollte. Als ich an ihnen vorüberging, flüsterten sie plötzlich, sahen mich jedoch alle gleichzeitig an. Ein Kontrollposten, nahm ich an.

Die Tür zum Postillon stand offen. Warmes Licht flutete über die Treppe, die zum Eingang führte. Aus dem Innern vernahm ich Klaviermusik. Ich trat in den Vorraum, der zur Rezeption führte. Linksseitig stand ein Flügel. Ein Pianist sass davor. Seine Hände huschten über die Tasten. Die Melodie stammte aus dem Repertoire Udo Jürgens'. Nicht mein Geschmack. Es war auch der Grund, weshalb ich mich entschloss, in den Club zu gehen. Ich mochte keine Schlager.

Mam hätte ihre Freude daran gehabt.

Meine Mam. Ich hatte sie noch nicht angerufen. Hätte sie sich nach meinem Befinden erkundigt, hätte ich lügen müssen. Ich wollte sie nicht unnötig in Sorge um mich versetzen. Sie hatte mich gebeten, mit ihr eine Woche nach Gstaad zu fahren. Wegen Schneemangels hatte ich davon abgesehen. Zudem liess sich Mam lieber mit einer Massage verwöhnen oder las Bücher, anstatt mit mir Ski zu fahren.

Ich grüsste den Kellner, den ich vom letzten Winter kannte. Er arbeitete seit Jahren hier, gehörte sozusagen zum Inventar des Hotels. An seinen Namen erinnerte ich mich nicht. Ich stieg die Treppe zum Club hinunter und überreichte meinen Mantel dem Garderobier.

Die Tür zum Tanzlokal war nur angelehnt. Ich stiess sie auf und landete in einem grün schimmernden Lichtspiel, wo mich Nebel umwaberte. Jemand hatte eine Trockeneismaschine aktiviert. Mir war nur nicht klar, für wen. An der Bar sassen drei Männer mittleren Alters, vor sich eine Stange, und glotzten gelangweilt in meine Richtung. Ein Tisch war mit einer Männerrunde besetzt. Musik lief in moderater Lautstärke. Ich suchte mir einen Platz an der Bar und bestellte einen Hugo. Ich beobachtete den Barman, wie er ein Glas bereitstellte. Er holte eine Limette aus dem Kühlregal, zerkleinerte sie und warf sie ins Glas. Dazu gab er Holundersirup, zerstöpselte die Limettenstücke zusammen mit Minzeblättern und gab Sekt, Mineralwasser und Eiswürfel dazu. Er rührte das Ganze mit einem Löffel um, bevor er das Glas mit einem Strohhalm vor mich hinstellte.

«Heute zum ersten Mal hier?» Er wollte offensichtlich nett sein, ein belangloses Gespräch beginnen. Mir war nicht danach. Ich hatte bis in den späten Nachmittag hinein geschlafen und deswegen die Einkäufe vergessen. Ich war im Moment ziemlich müde. Ich nippte am Glas, trank in kleinen Schlucken. Der Inhalt prickelte auf meiner Zunge, schmeckte nach Ferien und Fernweh.

Ich hätte auch in die Karibik fliegen können. Zwei Wochen Martinique, Dominikanische Republik oder die ABC-Inseln. So, wie ich es früher oft mit Vater getan hatte. Doch dazu fehlte mir das Geld. Vater hatte uns Kindern nichts vermacht. Das wurmte mich noch immer. Auch seine Witwe Letícia war leer ausgegangen. Anfänglich hatte sie noch in Vaters Appartement wohnen können, seit einem halben Jahr lebte sie in einer Zwei-Zimmer-Wohnung in der Schatzalpstrasse. Seit dem Besuch beim Notar hatten wir erst einmal miteinander telefoniert.

Ich sass an der Bar, genauso bescheuert wie die drei Männer neben mir. Ich starrte ins Glas. Während die Eiswürfel durch einen

Tang aus zerquetschten Minzeblättern tanzten, glaubte ich hinter meinem Rücken etwas zu spüren. Wie ein Windhauch fühlte es sich an. Eine kurze Berührung meiner Haare.

«Beautiful Lady», vernahm ich. Neben mir schwang sich ein Mann auf den Barhocker.

Meinte er mich? Da ich weit und breit das einzige weibliche Wesen war, musste ich davon ausgehen.

«I would like to invite you for a drink.» Er sprach mit Akzent. Dunkle Augen sahen mich erwartungsvoll an. Glühende dunkle Augen. Geheimnisvoll, fremdländisch. Schwarze Haare umrahmten ein markantes Gesicht, das aufgrund des schummrigen Lichts noch dunkler wirkte. Ein Orientale, ging es mir durch den Kopf. Er bestätigte meine Vermutung, als er sich mir vorstellte. *«My name is Khalid Abu Salama. I was born in Dubai.»* Seine Stimme klang sonor, warm, mit einem merkwürdigen Timbre.

WEF, WEF, wuff, bellte es in meinen Ohren. Womöglich ein Politiker aus den Vereinigten Arabischen Emiraten, obwohl sein Alter diesen Schluss nicht unbedingt unterstützte. Ich verabscheute solche Anmache. Ich liess mich nicht gern einladen, wenn ich eine Absicht dahinter erkannte. Als mein Vater noch gelebt hatte, war ich mit ihm in Dubai gewesen, dieser auf Hochglanz polierten Stadt am Persischen Golf mit den futuristischen Wolkenkratzern. Noch nie zuvor hatte ich so viele teure Autos nebeneinanderfahren, noch nie so viel Goldschmuck an Armen und Hälsen funkeln sehen. In Dubai gehörte Luxus zur Tagesordnung. Dort war alles Gold, was glänzte. Auf den ersten Blick.

In den klimatisierten Hotels und Palästen herrschte Glückseligkeit, wenngleich dies für mich als Europäerin nicht ganz nachvollziehbar war. Stolzierte der Mann in der weissen Dischdascha voraus, folgten ihm bis auf das Gesicht bedeckte Frauen in der traditionellen Abaya.

Ich verabscheute dieses Missverhältnis zwischen den Geschlechtern.

Sobald man sich vom Stadtkern entfernte, traf man auf Märkte des einfachen Volkes, auf Skelette angefangener Bauten, auf Geisterstädte in der Wüste, auf Hitze und Staub. Auf klammernde Kinderhände und traurige Augen.

Khalid begutachtete mich von oben bis unten. Ich trug meine Lieblingsjeans und einen schwarzen Pullover, der etwas eng anlag. Khalid schämte sich nicht seines begehrlichen Blickes. Ich wandte mich dem Barman zu, der eine Flûte mit Champagner füllte. Er servierte sie Khalid. Dieser verlangte nach einem Glas Wasser und schob mir den Champagner zu.

«Ich trinke keinen Alkohol», sagte er auf Englisch.

«Dann hättest du ihn nicht bestellen sollen.»

«Der ist für dich.»

Ich erinnerte mich an den Burj al Khalifa, den grössten Wohnturm in Dubai. Damals hatten wir im Park davor die Wasserspiele bewundert, die farbigen Fontänen, die im Rhythmus zu klassischer Musik in die Höhe schossen. Wir hatten uns in einem sündhaft teuren Restaurant ein orientalisches Menü bestellt, Vater dazu eine Flasche Wein. Wir hatten ihn nicht bekommen, weil in den arabischen Staaten Alkohol grundsätzlich verboten ist, auch für Touristen auf den öffentlichen Plätzen.

Dubai. In Khalids schwarzen Augen meinte ich jenes Geheimnis zu erkennen, das die Stadt am Persischen Golf in sich trägt.

«What's your name?» Khalid lächelte mich an. Dabei entblösste er ein schneeweisses, kräftiges Gebiss, das seine Lippen fast sprengte.

Wenn ich ihm meinen Namen verriet, würde er nichts damit anfangen können. Allegra ist kein geläufiger Name. Es ist ein rätoromanischer Gruss. Er kommt dort zur Anwendung, wo sich sozial gleichgestellte Personen begegnen. Allegra ist die übrig gebliebene Kurzformel des ursprünglichen «*Cha Dieu ans allegra!* – Möge uns Gott erfreuen!» Ich weiss bis heute nicht, weshalb meine Eltern mir bei der Geburt diesen Namen gegeben haben.

«Allegra», sagte ich. «Mein Name ist Allegra.»

«Alegria», sagte Khalid, «steht für Freude», womit er mir eine gewisse Intelligenz bekunden wollte oder die Tatsache, dass er ausser Englisch noch andere Sprachen beherrschte. Es konnte auch Zufall sein, dass er das wusste. Oder Bluff.

Seine Hände waren lang und schmal. Am linken kleinen Finger steckte ein Klunker von hohem Wert. Das Licht der Bar reflektierte im facettenreichen Stein. Die Fingernägel glänzten, schienen sehr gepflegt. Er hatte seine Hemdsärmel nach hinten gekrempelt. Kein Haar auf den Armen. Er hatte eine Haut wie Messing.

Ich hätte mich dumm stellen können. Ihm sagen, dass ich nur wenig Englisch verstand. Oder ehrlich sein und sagen, dass ich kein Interesse an ihm hatte. Für gewöhnlich setzte ich mich nicht gern allein an eine Bar, weil ich dauernd angebaggert wurde. Es gab Männer, die uns Frauen noch immer als Freiwild betrachteten. Mir war überhaupt nicht nach Flirten zumute.

Warum war er nach Davos gereist?

Bloss wegen des WEF?

Noch bevor ich diese Fragen ausgesprochen hatte, ging die Tür auf, und eine Horde junger Frauen und Männer schoss über die Schwelle. Lachen und Geschrei erfüllten den Club. Für einen Augenblick war Khalid abgelenkt. Ich legte Geld auf den Tresen, weit mehr, als es kostete. Ich fing den Blick des Barmans ein. «Gut so», sagte ich und rutschte vom Hocker. Es gibt Momente im Leben, da spürt man, dass etwas nicht so ist, wie es sein sollte. Es ist, als hätte man einen sechsten Sinn oder den magischen Blick. Ich hatte noch nichts gegessen, wollte das jetzt nachholen, oben im Restaurant, schlimmstenfalls von Schlagern begleitet. Mir war nicht danach, an der Bar sitzen zu bleiben. Solche Abende endeten in der Regel nicht gut.

Jemand packte mich am Arm.

Warme Hände hielten mich in eisernem Griff. Ich drehte mich um. Khalids Augen waren jetzt ganz nah. Ich konnte seinen Atem riechen. Ein Gemisch aus herben Kräutern und Pfefferminze. Der Duft eines Gartens.

«Alegria, wollen wir tanzen?» Er lockerte den Griff, fuhr jetzt mit der andern Hand über meinen Rücken. Mich schauderte.

«Wie, du kannst tanzen?» Mir fiel nichts Gescheiteres ein. «Jive, Salsa, Hip-Hop, Rave?»

«Ich studiere in Oxford.»

«Tanz?»

Wenn Khalid lachte, wirkte er sympathisch. «Nein, Politikwissenschaften …»

Ja klar. Einen Grund musste es geben, dass er am World Economic Forum teilnahm. Morgen begann es.

«… und Chemie», fügte Khalid an. «Mein Vater ist Attaché der Vereinigten Arabischen Emirate. Er arbeitet seit vier Jahren im Konsulat in London. Ich bin mit ihm dorthin gezogen …»

«Hey, das ist ja Allegra», tönte es aus der Richtung der Frauen.

Ich warf meinen Kopf zurück. Ein Reflex. Sie klangen aufgedreht und fröhlich.

«Was tust *du* denn hier?», fragte die eine, die ich ob des Rummels nicht wirklich sah.

«Schon lange nicht mehr gesehen», sagte eine andere.

Ich wartete, bis sich die Leute gesetzt hatten, und löste mich von meinem Traumtänzer. Im Moment hatte ich keine Lust, über ein Studium zu sprechen. Überhaupt wollte ich mich nicht auf Khalid einlassen. Ich mochte manchmal etwas Rührseliges an mir haben, das den Beschützerinstinkt der Männer aktivierte. Das lag aber weniger an meinem Charakter als an meinem Aussehen.

Ich wandte mich den Frauen zu, erkannte Sidonia und Ursina. Sie trugen durchsichtige Tuniken – also fast nichts. Auffallen um jeden Preis. In diesen Dingen hatte sich weder bei Ursina noch bei Sidonia etwas verändert. Die andern Frauen kannte ich nicht sehr gut. Auch sie geizten nicht mit ihren Reizen, während ihre Begleiter mit ärmellosen Leibchen und Tattoos auf den Oberarmen die Aufmerksamkeit auf sich zogen.

«Wo hast du denn den aufgegabelt?», fragte Sidonia mit schriller Stimme. Sie, die uns alle überragte. Sie hatte schon in der Schule zu den grössten Mädchen gezählt, zu den lautesten sowieso. Sie begutachtete Khalid ungeniert. «Bei dem würde ich es mir nicht zweimal überlegen. Der ist ja megasüss.»

Zum Glück verstand er ihre Sprache nicht. Ich hätte mich sonst schämen müssen.

«Stellst du uns deinen süssen Typen vor? Soviel ich weiss, bist du schon vergeben.»

«Ob er süss ist, habe ich noch nicht ausprobiert.» Am liebsten hätte ich mir die Zunge abgebissen. Jetzt redete ich schon wie diese Frauen. Ich mochte Sidonia nicht besonders. Ausser ihren sehr ausgefallenen Klamotten hatte sie beinahe nichts zu bieten. Vielleicht ein lockeres Mundwerk, das sie durchschaubar machte und ihre Naivität zeigte. Sie war nie wirklich von Davos weggekommen. Selbst ihre Verkäuferlehre hatte sie im Landwassertal absolviert, und die Berufsfachschule hatte sie hier besucht. Diese hatte sie zwar mit einer guten Note abgeschlossen, aber ihr fehlte das grenzüberschreitende Denken: die Idee, dass ausserhalb von Davos auch noch etwas anderes existieren könnte.

«Mensch, Allegra. Lass den ja nicht laufen. So wie der ausschaut, hat er etwas auf der hohen Kante. Hast du seinen Schmuck gesehen? Ein wandelnder Weihnachtsbaum im Luxussegment.»

Khalid musste gemerkt haben, dass über ihn gesprochen wurde. Er machte ein verdriessliches Gesicht, bevor er mich von Sidonia wegzog.

«I would like to dance.» Seine Stimme kam mir gröber vor als vorhin. Er führte mich zum Tanzrondell, das vor der Bühne lag.

Ich hatte also die Wahl: Sidonia oder Khalid. Im Grunde hätte ich auf beide verzichten können.

Trotz der nun lauten Musik hörte ich das Kichern meiner Kolleginnen. Der DJ – ein Halbwüchsiger mit Beatlesfrisur – legte gerade «Thinking Out Loud» von Ed Sheeran auf. Keine Chance mehr, mich aus Khalids Armen zu befreien. Er drückte mich so heftig an seine Brust, dass ich kaum mehr zu atmen imstande war. Ich war in diesem Augenblick sein Besitz. Er umklammerte mich. Er führte mich nicht sehr sicher. Seine Bewegungen fühlten sich wie ein Stakkato an, als hätte er ein Stück Holz in den Kniegelenken.

Der Mann gab mir Rätsel auf. Ich sah in sein Gesicht, versuchte, sein Alter zu schätzen. Es war schwierig. Er konnte fünfundzwanzig sein oder über dreissig. Beidseitig seiner Nasenflügel zogen markante Furchen Richtung Mund, der wie gemeisselt schien. Die Lippen schimmerten dunkel. Ich hatte noch nie bei einem Mann so schön geformte Lippen gesehen.

Allmählich füllte sich die Tanzfläche. Ursina schleppte einen Hockeyspieler an, an den ich mich von letztem Winter erinnerte. Andrea Adank war es nicht.

«Das ist Remo», stellte sie mir ihren neuen Freund vor. «Mein Lebensabschnittspartner.» Sie boxte Remo kichernd in die Seite. «Er spielt im HCD … und liebend gern an mir herum. Nicht wahr, Darling?»

Remo grinste nur und liess sich von Ursina herumkommandieren. Zum Entsetzen von Khalid zelebrierten sie einen erotischen Tanz. Sein Körper versteifte sich augenblicklich. Er bugsierte mich zur Bar zurück. Irgendwie ungehalten. Auch andere Paare verliessen das Parkett.

Die Tanzfläche gehörte Ursina und ihrem Lover, der mich ein wenig an einen aufmüpfigen Teenager erinnerte. Typ nicht ganz reif.

Doch da täuschte ich mich.

Es war wie ein Ballett, das sie vollführten. Ein Berühren und Wiederauseinandergehen. Ein Küssen und Abstossen unter dem Applaus ihrer Freunde. Ein Auf und ein Ab – ein Liebesrhythmus, der in mir ungeahnte Sehnsüchte entfachte, ein plötzliches Verlangen.

Was vergab ich mir dabei? Ich lehnte mich an Khalids Schultern. Ich genoss diese Unverbindlichkeit, denn er würde wieder abreisen und mich vergessen, so wie ich ihn vergessen würde. Jetzt wollte ich mein niederstes Bedürfnis stillen, von dem Tomasz behauptete, dass ich es gar nicht hatte.

Ich trank den Hugo aus. Hinterher den Champagner. Khalid bestellte eine weitere Flûte. Ich beobachtete Ursina. Sie hatte sich nicht wesentlich verändert. Immer noch mager, immer noch blass. Eine Frau, die man beschützen musste. Und jetzt dieser fragile Tanz zu Sheerans rauchiger Stimme. Ich löste mich von Khalid, nachdem ich ihn auf den Mund geküsst hatte. Eigentlich hatte ich ihn nicht küssen wollen. Es war einfach so über mich gekommen. Die Stimmung machte es aus. Die Musik, mein Rausch, denn so viel Alkohol auf einmal vertrug ich in der Regel nicht. Dann lehnte ich mich wieder an den Mann an meiner Seite. Mir schwindelte. Es fühlte sich an, als schaukelte ich auf einem Boot auf hoher See. Alles war auf einmal schwerelos.

Das konnte nur der Alkohol sein.

«Ich muss mal für kleine Mädchen.» Nur schwerlich gelang es mir, mich von Khalid zu lösen, der mir in diesem Moment wie der rettende Anker vorkam. Ich ging und hatte das Gefühl, etwas bliebe bei ihm zurück. Als wäre ich aus meiner alten Haut geschlüpft.

«Nicht weglaufen», rief Khalid mir nach, und ich dachte, dass ich die Nacht nicht allein verbringen würde.

Der Weg zu den Toiletten war schummrig. Die Wände zu meiner Linken und zu meiner Rechten bogen sich nach innen wie ein konkaver Spiegel, der meinen Körper ins Unkenntliche verzog. Ich lief auf eine Tür zu, die sich mit jedem Schritt mehr von mir entfernte. Von oben hörte ich Klaviermusik. Ein Boogie-Woogie, der sich langsam verzerrte, verfloss. Ich glitt hinein in eine dunkle Dimension, schwankte, schmeckte Säuerliches auf der Zunge.

Ich beugte mich über das Lavabo, trank Wasser, wusch mein Gesicht.

«Hey, Allegra!»

Ich fuhr herum. Sidonia stand neben mir. Gross und schön in dieser Tunika. Ihre Haut schimmerte wie Perlmutt. Sie hatte sich weiss Gott was auf ihr Dekolleté gesprayt. In der fünften Primarklasse, bevor ich mit Mam Davos verliess, hatte Sidonia Mühe gehabt, mit der Klasse mitzuhalten. Als Frühreife hatte sie anderes im Kopf gehabt als Rechtschreibung und Mathematik. Sie war von allen bewundert worden, weil sie immer mit den angesagtesten Markenkleidern daherkam. Sidonia war Diskussionsthema Nummer eins gewesen, wenn ich zu Hause für eine G-Star-Jeans betteln musste.

«Beschwipst?» Sie lachte mich an oder aus. In ihren Augen erkannte ich Schadenfreude. Ihre Bemerkung entmündigte diese. «Du magst mich nicht, habe ich recht?»

Ich wusste nichts darauf zu erwidern. Ich ertrug sie einfach nicht. Das hatte aber weniger mit der Person zu tun als mit ihrer Eigenschaft, alle für sich vereinnahmen zu müssen. Wenn Sidonia erschien, war das mit einer Inszenierung auf einer Bühne gleichzusetzen. Sie verlangte Applaus, wo ich sie ausgepfiffen hätte.

«Du … dieser Araber an der Bar …» Sidonia stellte sich neben mich vor den Spiegel. «Woher kennst du den? Mir ist, als hätte ich ihn schon in einem andern Leben getroffen. Kann es sein, dass er Ferien macht in Davos?»

«Frag ihn doch selber.»

«Das werde ich. Ich wette einen Besen darauf, dass ich ihn rumkriege, wenn du's nicht schaffst.»

Genau deshalb verachtete ich sie.

«Wir wollen noch zu Waser. Bist du dabei? Er hat ein Haus am Föhrenweg. Ein Haus ganz für sich allein. Hast du schon mal eine seiner Megapartys erlebt? Die sind legendär.»

«Nein! Warum sollte ich?» Ich trocknete mir das Gesicht ab. Allmählich wich die Übelkeit. «Ich lebe seit rund fünfzehn Jahren nicht mehr in Davos.»

«Dann wird es höchste Zeit, dass du mit uns kommst. Charly wird sich freuen, dich wiederzusehen.»

«Wer ist Charly?»

«Karl Waser. Heute nennt er sich Charly.»

«Ach der …» Charly, alias Karl, war schon zu meiner Schulzeit das Enfant terrible gewesen. Verwöhnt und arrogant. Seine Eltern hatten ihm alles durchgehen lassen. Soviel mir bekannt war, Einzelkind einer Hotelierfamilie. Anstelle von Zuwendung hatte er immer die neusten technischen Errungenschaften bekommen. Ich hatte erfahren, dass er einen Sportboliden der Marke Subaru WRX STI bekam, kaum hatte er die Fahrprüfung bestanden. Heute, mit erst sechsundzwanzig, besass er also sein eigenes Haus am Föhrenweg. Und er konnte Partys machen, so viel er wollte.

«Können wir auf dich zählen?» Sidonia grinste mich frech an. «Hier im Postillon ist eh nichts los.»

Warum eigentlich nicht? Zu Hause würde ich mir wahrscheinlich einen Fernsehkrimi reinziehen oder mich durch verschiedene Programme zappen. Vielleicht bei einem Liebesfilm hängen bleiben und mich ärgern, dass ich die Gelegenheit nicht beim Schopf gepackt hatte, mich ein bisschen zu verlieben, verrückt zu sein. Mit Khalid.

Sidonia gönnte ich ihn nicht.

Ich prüfte meinen Lidstrich, für den ich mir heute ganz besonders Mühe gegeben hatte. Sonst hatte ich mich nicht geschminkt.

«Vor dem Postillon wartet schon der Bus», sagte Sidonia.

«Was für ein Bus?»

«Charlys Freund Nicolo ist Buschauffeur. Er wird uns mit dem Bus in den Föhrenweg fahren.»

«Dorthin fährt gewöhnlich kein Bus.»

«Wenn Charly es will, fährt dort einer hin.» Sidonia kicherte, und wir tauschten Blicke auf dem Spiegel.

«Keine Angst, dass die Polizei Kontrolle macht?», fragte ich.

«Die ist anderweitig beschäftigt.»

Da war ich nicht ihrer Meinung, liess jedoch von einer Bemerkung ab.

Über mein Unbehagen musste Sidonia nichts erfahren.

VIER

Ich kehrte zurück zur Bar. Khalid musterte mich gequält, vielleicht auch nachdenklich. Dieser Mann war mir unheimlich und sympathisch zugleich. Ich wusste immer noch nicht, was er von mir wollte. Seine Art, die auf mich etwas exotisch wirkte, reizte mich, sie zu ergründen. Wir tanzten nicht mehr miteinander. Khalid berührte mich nicht mehr. Er ging auf Distanz. Aber das lag daran, dass Ursina und Sidonia mich mit ihrer Überschwänglichkeit fast erdrückten. Sie bezahlten die bestellten Getränke und waren erpicht darauf, das Postillon möglichst schnell zu verlassen.

Irgendwann stand Ursina vor Khalid und bezirzte ihn mit ihrem kindlichen Charme. «Kommst du auch mit zu Waser?»

«I don't understand», sagte er und sah mich fragend und schulterzuckend an.

«Hayya 'ala s-Salah», rief Ursina und grinste Khalid an.

Dessen Augen zogen sich zusammen. Er wechselte Blicke zwischen mir und Ursina.

«Was hast du gesagt?», fragte ich misstrauisch und erwartete von Khalid eine heftige Reaktion. Die jedoch blieb aus. Er setzte ein bitteres Lächeln auf.

«Ach, nichts ...» Ursina wedelte mit ihrer Hand vor dem Gesicht herum, als würde sie eine Fliege verscheuchen.

«Doch nichts Verletzendes», sagte ich.

«Ich verstehe es ja selber nicht ... war nur so dahingesagt.»

Wenn Ursina zu viel getrunken hatte, konnte sie einstweilen sehr stutenbissig werden. Ich hätte ihr gern gesagt, dass sie zuerst ihren eigenen Horizont erweitern sollte, bevor sie jemanden verbal provozierte.

Ein rotes Vehikel mit der Aufschrift «Extrafahrt» wartete vor dem Postillon. Es war ein Oldtimer mit einem ausgeprägten Grill vorne und beidseitigen runden Lampen. Die Tür hatte einen Riegel und ging nach aussen auf.

Eine Viertelstunde später sassen wir im Bus. Zum letzten Mal hatte ich eine solche Karre an Vaters Hochzeit gesehen, als er seine Frau Letícia zum Traualtar führte. Er hatte damals einen ganzen Bus gemietet und war mit uns nach Monstein gefahren, wo die Trauung stattfand. In der Regel wurden solche Busse für besondere Anlässe gebucht oder als Ersatzwagen in den Stosszeiten eingesetzt.

Ich liess mich auf einer der hinteren, harten Sitzreihen nieder. In nüchternem Zustand hätte ich mich nie auf ein solches Abenteuer eingelassen. Draussen diskutierte Nicolo mit einem Polizisten. Wahrscheinlich musste er seine Spezialfahrt begründen. Da man sich kannte, bekam Nicolo grünes Licht. Er schwang sich auf den Fahrersitz und startete den Motor.

Im Bus sassen bloss sieben Leute. Die andern der Clique hatten es vorgezogen, zu Fuss in den Föhrenweg zu gehen. Sidonia stand beim hinteren Ausgang und hielt sich an den Halteschlaufen fest, während Ursina sich um Khalid kümmerte. Die Sprachbarriere schien auf einmal aufgehoben zu sein, und sie sülzte ihn mit ihrem Geschwafel ein, ob er es verstand oder nicht. Remo sass auf dem längsseitigen Sitz und musterte seine Freundin skeptisch. Dann war da noch ein fremdes Pärchen.

Nicolo fuhr los und zweigte auf der Höhe des alten Postgebäudes in die Bahnhofstrasse ab. Der Bus rumpelte über die Schlaglöcher, die das Eis auf der Fahrspur gebildet hatte. Der Wagen lag erstaunlich gut in der Kurve. Und Nicolo war ein geübter Fahrer, wie sich herausstellte. Er bretterte über die Talstrasse. Da wenig Verkehr herrschte, erreichte er schnell die Abzweigung zur Mattastrasse. Anstatt über diese zu fahren, folgte er der Talstrasse bis nach Davos Dorf.

Von uns sagte niemand etwas. Fiel nur mir auf, dass wir eine falsche Route fuhren? Vielleicht wollte Nicolo uns zeigen, was er draufhatte, und zog eine Extrarunde.

Nach dem Bahnhof zweigte er in die Flüelastrasse ab. Ich erinnerte mich nicht, dass es von hier aus eine direkte Verbindung zum Föhrenweg gab. Vielleicht noch über den Bedraweg ins Gebiet des Bünda und von dort mit Umwegen über die Dischmastrasse. Ich hielt mich an der Lehne des Vordersitzes fest und harrte der Dinge. Um zu intervenieren, fehlte mir der klare Kopf. Ausser

Khalid waren alle Passagiere im Bus schon ziemlich angeheitert. Ich liess mich nicht beirren, sah hinaus in die Nacht und an den Hang, in den sich das Hotel Intercontinental wie ein auf der Seite liegendes Kunst-Ei schmiegte. Die Fenster waren hell erleuchtet, die Fassade in ein anheimelndes Licht getaucht. Über allem lag der Glanz von alpinem Luxus.

Niemand von den Mitfahrern schien die Umgebung richtig wahrzunehmen. Niemandem fiel es auf, dass wir in Richtung Tschuggen fuhren.

Remo stimmte die Nationalhymne an. Als wir die Talstation der Pischabahn passierten, hatten wir die erste Strophe fehlerfrei gesungen.

«Soll mal einer sagen, wir seien keine Patrioten», scherzte Remo und sah dabei mich an.

«Das ist impertinent», sagte Ursina wie aus dem Nichts heraus.

«Was hast du gesagt?», kicherte Sidonia.

«Sie meint unverschämt», sagte ich.

«Was?», fragte Ursina.

Ich liess es unkommentiert.

Ich irrte mich nicht: Wir fuhren zum Flüelapass. Ich nickte Remo zu, der meinem Blick folgte.

«Der Pass ist doch gesperrt.» Remo fiel nun auch auf, dass Nicolo ein völlig anderes Ziel anpeilte. Er erhob sich und torkelte nach vorn. «Kehr sofort um!»

«Warum denn?» Sidonia, die noch immer stand, grinste im schwachen Schein der Innenbeleuchtung. «Keine Lust auf einen Winternachtsausflug?»

«Schön romantisch.» Dass Ursina jetzt auch noch blöd lachte, gab dem Ganzen den Deckel drauf. «Niemandem wird auffallen, dass wir eine Spritzfahrt auf den Berg machen. In Davos sind alle mit diesem behämmerten WEF beschäftigt. Nicht mal den Polypen ist es aufgefallen.»

Sidonia griff nach einer zweiten Halteschlaufe. Sie zog sich daran hoch. «Habt ihr gesehen? Hey, habt ihr gesehen? Ich kann's noch.»

«Was kannst du noch?», rief Ursina ihr zu.

«Klimmzüge. Ich kann Klimmzüge.» Ihre Arme mochten das

Gewicht nicht mehr halten, und in einer Kurve schlug Sidonia unsanft mit den Füssen auf dem Boden auf.

«Kindsköpfe!», sagte Remo. «Ihr seid echt bescheuert.» Er wandte sich dabei auch an Ursina, die ihn kaum mehr beachtete. Umso mehr flattierte sie mit Khalid.

Jemand musste die Höllenfahrt stoppen. Früher oder später würden wir abseits der Strasse landen. Hier hinten im Tal lag der Schnee höher als im Dorf. Die Strasse war kaum unterhalten, denn der Pass hatte Wintersperre.

Bis Tschuggen kamen wir wider Erwarten ohne Zwischenfall voran. Trotz seines Alters verfügte der Bus über eine erstaunlich gute Bodenhaftung.

«Du hast die Abzweigung zum Föhrenweg verpasst», sagte Remo und drohte mit seiner Faust.

Nicolo schwieg und konzentrierte sich auf die weisse Strasse vor ihm, in die die beiden Lampen des Busses dünne Leuchtfinger bohrten. Links und rechts von uns schneebedeckte Tannen und Sträucher, ein Hydrant am Strassenrand, der nur durch die Form auszumachen war.

Der Bus fuhr an der Tschuggenkapelle vorbei, die im Flash der Scheinwerfer nur kurz auftauchte. In der Kurve lag das Restaurant. Ein Schild wies darauf hin, dass es geschlossen hatte.

Nicolo bremste ab. Sidonia baumelte an der Halteschlaufe wie eine Marionette, und Remo fluchte, weil es ihn gegen die Scheibe katapultiert hatte.

«Ende des Weges», rief Ursina, erhob sich und trat nach vorn. «Eine Schranke?» Sie lehnte sich über einen der Sitze.

Remo rappelte sich auf. «Ich hab vorhin gesagt, dass der Pass gesperrt ist.»

«Ja und?» Nicolo hatte doch einen Mund. «Barrieren sind da, um sie zu öffnen.»

«Hast du sie nicht mehr alle? Du willst nicht etwa auf den Pass fahren?», fragte Remo.

«Hey, Darling. Lass uns diesen Spass. Was ist schon dabei?», fragte Sidonia.

«Sagen wir es mal anders», sagte Remo, «der alte Göppel macht das nicht mit. Es gibt einen Grund, weshalb die Strasse gesperrt ist.»

«Schnee?» Ursina seufzte. «Hast du denn welchen dabei? Schnee, meine ich … Oder wegen der Lawinengefahr?» Sie hinterliess den Eindruck, nicht genau zu wissen, wovon sie sprach.

«Die gehen nur nieder, wenn's zu warm wird», sagte Nicolo. «Jetzt hat es minus zehn Grad. Die Hänge sind starr wie Betonmauern. Der Schnee fühlt sich wie ein Brett an. Und wir werden über die Strasse flutschen.»

«Genau, wir werden abrutschen.» Remo hatte seine Arme um den Pfosten beim vorderen Ausgang geschlungen. «Der Schneepflug fährt hier nicht durch, und Kies hat man auch nicht gestreut.»

«Ich bin ganz seiner Meinung», sagte ich. Zudem war ich weit davon entfernt, mit einem Bus im Schnee stecken bleiben zu wollen, ob das nun bei den andern gut ankam oder nicht. Von den Mitfahrern konnte ich nichts erwarten.

«Schisshasen!» Ursina kehrte zu ihrem Platz zurück und wandte sich an Khalid. «Was meinst du, Araber? Wollen wir oder wollen wir nicht das Risiko eingehen? Mehr als von der Strasse abkommen können wir nicht.»

Das Pärchen, das ich nicht kannte, verfolgte das Gespräch mit wachsender Nervosität. Ich setzte mich zu ihm. «Was ratet ihr?»

Die Frau, kaum älter als zwanzig, hob nur die Schultern. Sie hinterliess einen scheuen Eindruck, ein zartes, elfenhaftes Wesen, das sich an ihren Begleiter klammerte. Ob ihre Haare wasserstoffgebleicht oder echt waren, fand ich nicht heraus.

«Keine Ahnung», sagte ihr Begleiter. Er war das pure Gegenteil von ihr. Gross, kräftig, mit dunklen, widerspenstigen Haaren und schwarzen Augen, Typ Rambo, dem man nicht zu nahe treten wollte.

«Woher kommt ihr?», fragte ich, ohne Nicolo aus den Augen zu lassen.

Dieser öffnete die Tür. Ich befürchtete, dass er die Schranken heben würde.

«Aus Zürich», sagte der junge Mann. «Wir kommen aus Zürich.»

Sofort war Sidonia an meiner Seite. «Habt ihr das gehört? Die beiden hier kommen aus Zürich. Ja, gibt's denn so was! Ich habe noch nie irgendwelche Zürcher erlebt, die das Maul nicht aufreissen. Ha, habt ihr etwa auch Angst? Warum seid ihr überhaupt eingestiegen? Hat euch jemand dazu eingeladen? Aus Zürich? Wir Bündner lieben die Zürcher ...»

Es war eine angespannte Situation.

«Wir sind in den falschen Bus gestiegen. Wir wollten eigentlich nur bis nach Davos Dorf fahren.»

Ursina lachte schallend. «Wie heisst ihr denn?»

«Jörg, und das ist meine Freundin Vanessa.» Jörg fuhr sich mit dem Ärmel nervös über den Mund. «Können wir umkehren?»

«Jetzt, wo's lustig wird?» Sidonia schubste Ursina in die Seite. «Wir sollten Nicolo helfen, die Schranke zu öffnen.»

«Das werdet ihr nicht tun.» Remo stellte sich vor den Ausgang. «Nur über meine Leiche.»

«Das würde ich nicht so laut sagen», riet Ursina ihm. «Wir haben einen Araber an Bord.»

Grölendes Gelächter unter den beiden Freundinnen.

«Stopp! Halt! Fertig jetzt!» Ich verspürte ein grosses Bedürfnis, die beiden Frauen zurechtzuweisen. «Das wird nichts. Wir sollten wirklich zurückfahren.»

«Nicolo wird es bestimmt nicht tun. Wenn er sich mal etwas in den Schädel gesetzt hat, wird er es durchziehen. Vor Weihnachten war ich mit ihm in Susch, wo wir Zigaretten kauften, weil meine Marke in Davos ausverkauft war.» Sidonia sah mich grinsend an. «Wir kamen ohne Probleme über den Flüela. Nur beim Zurückfahren landeten wir in einer Schneewechte. Das war's schon. Heute Nacht liegt weniger Schnee.»

Ich hielt ihre Arme fest. «Sidonia! Ich weiss um deine Hartnäckigkeit. Aber jetzt ist Schluss mit diesem Theater. Wir werden zurückfahren, und du wirst es Nicolo beibringen.»

Sidonia wand sich aus meinem Griff. «Sag's doch du ihm. Oder musst du erst eine, wie sagt man ... eine richterliche Bescheinigung haben?»

Ich stiess Sidonia von mir weg. Sie landete unsanft auf dem Sitz.

Sie ging sofort auf Konfrontation über. «Blöde Zicke. Nur weil du den Master hast, brauchst du nicht so mit uns umzugehen. Geh doch wieder nach Luzern und ersticke am Nebel!»

«He, he!» Remo hielt Ursina zurück, die Sidonia offensichtlich zu Hilfe eilen wollte. «Wir fahren jetzt zurück.»

«Wer ist dafür, dass wir zurückfahren?» Sidonia schaute uns der Reihe nach an. Ihre grauen Augen blitzten.

Jörg und Vanessa hoben ihren Arm, auch Remo und zuletzt ich.

«Die Zürcher zählen nicht», beschloss Sidonia. «Und der Araber versteht nichts. Sind wir also drei gegen zwei.» Sie funkelte Jörg spöttisch an.

Noch während sie sich wichtigmachte, setzte sich Remo ans Lenkrad und startete den Motor.

«Spinnst du!» Sidonia fuhr wie von der Tarantel gestochen auf. «Du magst zwar ein guter Tänzer sein, aber von Bussen verstehst du gar nichts.» Sie stellte sich unter die Tür. «Nicolo! Nicolooo! Komm zurück. Remo will deinen Bus klauen. Nicolooo!»

Die Szene war filmreif. Nicolo stürmte in den Bus. Er riss Remo vom Sitz. Mit seiner Rechten schlug er ihn zu Boden. Remo blieb benommen liegen. Sidonia kreischte, und Ursina versuchte, Nicolo davon abzuhalten, ihren Freund in den Bauch zu treten.

Erst zu spät bemerkte ich, dass Khalid nach vorn rannte. Er griff ein. Er versetzte Nicolo eine Schmetterhand, die ich ihm nicht zugetraut hätte. Nicolo blieb liegen, auch Remo rührte sich nicht mehr.

«Und, wie kommen wir nun auf den Flüela?» Ursina beugte sich über ihren Freund, der aus der Nase blutete, ihr aber war das Ziel wichtiger als der Zustand ihres Freundes.

«Hast du keine anderen Probleme?», fragte Jörg und erwies sich in dem Moment als Helfer in der Not. Er kniete sich neben Nicolo und legte ihn in Seitenlage. Er befühlte ihm den Puls und richtete seinen Blick danach auf Khalid. «Lernt man das in der Wüste?»

«Er spricht kein Deutsch», sagte Ursina. Die Vernunft hatte sich auf einmal bei ihr zurückgemeldet. «Und wer fährt jetzt den Bus?»

Nicolo kam nur langsam zu sich. Er griff sich an den Kopf und fluchte, was das Zeug hergab. «Wie ihr wollt. Ihr könnt gern in der Tschuggenkapelle übernachten. Aber morgen werdet ihr erfroren sein.»

«Wir möchten einfach nur zurück», jammerte Vanessa. Sie zog ihre Jacke enger um die Brust und senkte ihr Kinn auf den Pelzkragen.

«Nicolo, sei vernünftig.» Ich kauerte mich neben ihn auf den Boden. «Wir haben alle zu viel getrunken. Wir sollten trotzdem einen kühlen Kopf behalten. Das, was du da machen wolltest, ist gemeingefährlich, das weisst du hoffentlich.»

Nicolo setzte sich auf. Er spuckte in Richtung der beiden Frauen. «Allegra hat recht. Wir fahren zurück. Und was den Araber dort angeht, mit ihm bin ich noch nicht fertig.» Er wandte sich an mich. «Kannst du es übersetzen?»

Nicolo schaffte es nicht auf Anhieb, sich hinter das Lenkrad zu setzen. Er stieg noch einmal aus. Die Mitfahrer hatten in der Zwischenzeit den Bus verlassen. Auch ich ging ins Freie. Über mir woben Millionen von Sternen einen glitzernden Teppich ins All.

Khalid stand plötzlich neben mir und legte seinen Arm um meine Schultern. «Dort befindet sich Kassiopeia, und dort drüben müsste die Milchstrasse sein.» Er winkte ab. «Ich kann mich auch irren. Du solltest einmal den Sternenhimmel in der Wüste sehen. In klaren Nächten ist er gigantisch. Ich würde dir jeden einzelnen Stern vom Himmel holen.»

Khalids romantische Züge verwirrten mich. Er gab mir immer mehr Rätsel auf, blieb undurchschaubar und fremd.

Sidonia versetzte dem Zauber ein abruptes Ende. «Ihr könnt wieder einsteigen. Nicolo ist bereit.» Sie starrte Khalid an. «Wenn ich du wäre, würde ich mich vor ihm in Acht nehmen. Nicolo tut immer, was er sagt.»

***

Charly Waser stand draussen, als Nicolo mit dem Bus in den Föhrenweg einbog. Er hatte ihn angerufen. Seine Ausrede, warum er sich verspätete, war etwas fadenscheinig. Er verriet weder etwas vom Ausflug noch vom Streit. Charly interessierte es offenbar nicht. Als der Bus angehalten hatte und die Tür offen stand, half er Sidonia und Ursina beim Aussteigen. Er schnupperte. «Da ist schon einiges zusammengekommen.»

Sidonia fiel ihm um den Hals und schmatzte ihm das Gesicht voll. «Und es wird hoffentlich noch einiges mehr geben.» Sie liess Charly los und folgte Remo und Ursina ins Haus.

Charly wandte sich an mich. «Hey! Allegra, oder?»

Charly Waser.

Einst der Kari, heute hielt er sich wohl für etwas Besseres. Ich hatte ihn nicht so lässig in Erinnerung. Hemdsärmlig stand er in der Kälte, damit man seinen Bizeps bestaunen konnte. Die Adern an seinen Oberarmen traten unnatürlich hervor. Am rechten Handgelenk, wo er früher zwei Uhren getragen hatte, protzte er heute mit einer Rolex, am sehnigen Hals mit einer Goldkette. Nicht sehr zeitgemäss, ging es mir durch den Kopf. Aber Charly wollte zeigen, was er hatte. Dass ihm die Frauen zu Füssen lagen, war auch offensichtlich. Zugegeben, er sah gut aus. Sehr männlich, sehr agil. Er hatte seine schwarzen Haare geliert, seine Augen funkelten wie kaschmirblauer Saphir.

Er hielt meine Hand zur Begrüssung eine Spur zu lange in seiner. Trotz der Kälte hatte er eine erstaunlich warme Hand. «Hey, schön, dass wir uns wieder einmal sehen.» Er führte mich zum Haus. «Ich habe gehört, du bist jetzt Anwältin.»

«Nein, da hast du etwas falsch verstanden. Ich habe vor Weihnachten den Master im Strafrecht gemacht.»

Ich wusste nicht, wie ich sein Interesse an mir deuten sollte. Charly war schon zu meiner Schulzeit ein Windhund gewesen. Schlecht in der Schule, aber in seiner Freizeit einsame Spitze. Er war lange Zeit ein guter Skifahrer gewesen mit Ambitionen zur Weltelite. Und einmal sogar Model für eine Zahnpastawerbung. Den grossen Sprung hatte er allerdings nicht geschafft. In erster Linie war er Sohn und ging in den beiden Hotels seiner Eltern ein und aus. Er spekulierte wohl darauf, eines Tages das Unternehmen seiner Erzeuger übernehmen zu können. Viele hätten neidisch auf ihn sein können. Er hatte erreicht, wovon viele nur träumten: mit minimalem Aufwand das maximal Beste herausgeholt. Ob es ihn glücklich machte oder befriedigte, bezweifelte ich allerdings. Für mein Dafürhalten fehlten die Spannung im Leben und der Ehrgeiz, etwas Eigenes auf die Beine zu stellen. Er kam mir wie ein Gott vor, dem die Gutgläubigen huldigten. Ich war mir auch sicher, dass er aus purer Langeweile auf die verrücktesten Ideen kam.

Charlys Haus stand am Waldrand und war ein typisches Bündnerhaus. Die Fassade leuchtete hell im Schein unsichtbarer Lichtquellen. Die eher kleinen Fenster waren mit Sgraffiti verziert. Die Jalousien braun gebeizt. Der Eingang lag hinter einem Bogentor. Eine Bank stand daneben, flankiert von zwei riesigen Blumentöpfen, in die Weisstannen gepflanzt waren. Noch schmückte sie eine Weihnachtsbeleuchtung. An einen der Töpfe war ein Golfschläger angelehnt. Offenbar wollte Charly auch damit prahlen. Ich konnte mir durchwegs vorstellen, dass er im Sommer über den Golfplatz wanderte, vielleicht sogar seinen eigenen Caddy dabeihatte. Ein Hirschgeweih hing über dem Türrahmen. Die Tür ins Entree stand offen. Warmes Licht fiel auf den schneefreien Zugang.

«Willkommen in meinem Palast.» Seine Begrüssung erhärtete meine Vermutung. «Ich habe das Haus von meinem Neni übernommen und es nach meinem Gusto renoviert. Ich liebe es. Es verfügt zwar nur über vier Zimmer, dafür über ein erstaunlich grosses Wohnzimmer.»

Ich stolperte über meine eigenen Füsse und konnte mich im letzten Moment am Blumentopf festhalten. Der Golfschläger fiel auf meine Wade. «Autsch!» Ich hob den Schläger auf und stellte ihn an seinen angestammten Platz zurück.

«Hast du dir wehgetan?» Charly zog mich in den Flur. Sein Gesicht streifte meine Wangen.

Im Eingangsbereich hatte er zwei Bilder aufgehängt, die von Miró stammen konnten. Als ich sie mir näher ansah, erkannte ich die Unterschrift von Gino Christ, einem Davoser Künstler. Er war bekannt dafür, unibemalte Leinwände als Selbstporträt zu bezeichnen. Wohnzimmer und Küche lagen gleich dahinter. Charly hatte mit der Grösse nicht übertrieben. Ich verschaffte mir einen ersten Eindruck von der Möblierung. Exquisite Designerstücke bezeugten seinen guten Geschmack. Ein schwerer Schiefertisch und sechs Stabellen mussten ein Überbleibsel aus der Zeit der Grosseltern sein.

Aus dem Keller vernahm ich laute Musik und dröhnenden Bass.

«Unten habe ich einen Partyraum eingerichtet», sagte Charly. «Mit allem Drum und Dran. Allein das Mischpult hat mich ein Vermögen gekostet.»

Es beeindruckte mich nicht.

Wir gingen über eine Wendeltreppe ins Untergeschoss. Vom Türrahmen hing ein Lamettavorhang, der bei jedem Luftzug glitzerte. Dahinter war ein Raum, dessen Grösse ich der Tangobeleuchtung wegen nicht ermessen konnte. Schwarzlicht und rote Leuchtkörper sorgten für ein elektrisierendes Ambiente. An der Decke rotierte eine Discokugel, in deren Glasfacetten sich das Licht tausendfach brach und bizarre Muster an die Wände projizierte. «Mars» von Marek Hemmann schallte mir entgegen. In der Mitte des Raumes tanzten Frauen und Männer jüngeren Alters. In der Luft lag ein eigenartig bitterer Geruch, der mich an Räucherstäbchen erinnerte, was aber nicht sein konnte. Dass hier geraucht wurde, erkannte ich an den Nebelschlieren, die unter der Decke um die Scheinwerfer zogen. Dass es nicht ausschliesslich Zigaretten waren, wurde mir bewusst, als sich mir ein bekiffter Bursche näherte und mir Avancen machte, noch bevor ich richtig angekommen war.

«Lass dich von dem nicht anbiedern», riet mir Charly und überreichte mir einen Drink. «Hier, zur Einstimmung. Ich hoffe, du magst Ginger Ale.»

Ich warf einen Blick auf das Glas, an dessen Rand eine Kirsche klebte. Im Glas selbst entdeckte ich Gurkenscheiben, Ananas und andere Fruchtstücke. Ich steckte mir den Strohhalm in den Mund. Das Getränk schmeckte köstlich und verlangte nach mehr.

Schon war ich mittendrin.

Ich bewegte mich zu «Woodpeckers Love Affair», ein Remix von Sascha Braemer & Dan Caster, und liess mich von der Stimmung einlullen. Ich drehte mich, als hätte mich ein epileptischer Anfall überrollt. Ich zuckte und warf meine langen Haare in den Nacken, hob die Arme über meinen Kopf und zwirbelte meine Finger. Ich schloss die Augen und genoss es, von den männlichen Anwesenden angesehen zu werden. Ich wusste, wie ich auf sie wirkte, wenn der Alkohol ihre Sinne bereits umnebelt hatte und die Vernunft sich verflüchtigte wie Bodenfrost unter Einbruch von Sonnenstrahlen. Die Luft war testosterongeschwängert.

Khalid tanzte neben mir. Er tanzte allein und ohne jeglichen Rhythmus, schien das Tanz-Gen nicht in sich zu haben. Er hüpfte dem Takt voraus oder hintennach. Herzig, hätte man mich danach gefragt.

Und wieder packte mich diese Sehnsucht, wenn ich in seine Augen sah.

Allmählich füllte sich der Keller. Es kamen immer mehr Leute dazu, nur wenige gingen. Um Mitternacht waren ziemlich alle betrunken, ich eingeschlossen. Jemand bot mir einen Joint an, Sidonia prahlte mit Speed. Ob sie etwas dabeihatte, entging mir allerdings. Ich schätzte sie nicht so blöd ein.

Die Musik schwoll an. Der Tanz wurde aggressiver. Ich drehte mich und landete in Khalids Armen. Dann auf der Sitzlandschaft, die von der Tanzfläche aus gesehen im Verborgenen lag. Ich spürte Samt und roch Gras. Wir küssten uns, wir tranken. Ob Khalid Alkohol konsumierte, bekam ich nicht mit. Ich konnte es mir durchwegs vorstellen. Ich schmiegte mich in seine Armbeuge und trank mit einem Strohhalm einen neuen Drink, den mir Charly gebracht hatte. Irgendwann lag ich auch in Charlys Armen und küsste ihn. In mir drehte sich alles. Dieser Sound, die starken Getränke, die Küsse, die von allen Seiten zu kommen schienen. Auch Sidonia war irgendwann mal an meiner Seite. Mich überfiel ein läppischer Drang, sie zu umarmen.

Ich schwebte wie schon im Postillon, nur viel schneller, auf rosa Wolken durchs Universum.

Später fiel ich in die Dunkelheit. Das Letzte, was ich wahrnahm war ein säuerlicher Geschmack in meinem Mund und das Bedürfnis, mich übergeben zu wollen. Die Musik war zu einem Brei undefinierbarer Klänge verkommen, die Menschen um mich herum zu einem Knäuel.

Khalid erschien mir in diesem Moment wie ein Gott.

FÜNF

Ich erwachte. Es war hell. Durch gekippte Rollläden fiel Licht ins Zimmer. Mein Kopf schmerzte. Und es war nicht mein Zimmer. Auch nicht Valerios. Ich befand mich an einem fremden Ort.

Wie war ich hierhergekommen? Ein weisses Duvet, am Fussende eine Decke wie ein Quilt, einmal gefaltet. Ein buntes Muster leuchtete mir entgegen. Das einzig Farbige hier.

Befand ich mich in einem Hotelzimmer?

Im Rhythmus mit dem Blut, das durch meine Adern pulsierte, hämmerte etwas gegen meine Schläfen. Der Schmerz war schier unerträglich. Ich versuchte, mich aufzurichten. Es gelang mir nicht. Die Ohnmacht zog mich in ihren Schlund zurück. Ich schloss die Augen. Meine Gedanken waren leer. Die Erinnerungen im Nirgendwo.

«Allegra!»

Die Stimme tauchte aus einem Nebel auf, der mich umhüllte und kaum Spielraum für klare Bilder schaffte. Ich hielt meine Augen noch geschlossen. Ich fürchtete mich, sie zu öffnen, denn ich hatte noch immer keine Ahnung, wo ich mich befand. Ich versuchte, etwas Klitzekleines eines Gedankens zu erfassen, mich an ihm zu orientieren. Doch da war nichts. Nur dieses Bett, das weisse Duvet und der Quilt.

Ich lag ausgestreckt. Da war dieser fremde Geruch.

«Allegra!»

Ich musste geschlafen haben. Lange genug, um alles in mir auszulöschen. Ich wusste nicht, was gestern gewesen war. Stunden zuvor. Ich spürte meine Beine, den Rumpf, den Kopf. Mein Gehirn war jedoch wie aufgeweicht.

Jemand hatte mich gerufen. Meinen Namen. Ich vermochte nicht, die Stimme jemandem zuzuordnen. Sie war mir genauso fremd wie der Geruch um mich herum.

Ich versuchte, die Lider zu heben. Durch das zarte Gewirk meiner Wimpern nahm ich Umrisse wahr. Einen Körper. Einen Männerkörper.

Wie ein Blitz durchzuckte ein Gedanke meinen Kopf. Ein Schmerz zerschnitt meine Brust.

Khalid.

Ein Mann tigerte am Fussende von links nach rechts und wieder zurück. Ich fürchtete mich davor, mit weit geöffneten Augen hinzusehen. Ich lag auf einem Bett. Wahrscheinlich auf seinem Bett. In seinem Hotelzimmer.

In einem Fünfsternhotelzimmer!

Die Wand neben mir schmückte ein Bild von einem Sonnenuntergang, den ich schemenhaft in meinem Augenwinkel zu erkennen glaubte. Ich rührte mich nicht.

Mein Verstand sträubte sich, die Situation zu akzeptieren. Eines war klar: Ich befand mich *nicht* in Valerios Wohnung.

Vielleicht träumte ich. Anders als sonst. Vielleicht war es einer der verworrenen Träume, vor denen Tomasz mich schon gewarnt hatte. Man glaubt, alles geschehe, während das Gehirn uns täuscht. Aber alles fühlte sich realistisch an. Ich versuchte, die letzten Bilder, an die ich mich erinnerte, festzuhalten.

Es gelang mir nicht ganz. Alles leer und konturenlos.

Die Bilder tauchten als Schemen auf. Ich war im Postillon gewesen, hatte dort getanzt. Ich hatte mit Khalid getanzt.

Mit Khalid.

Bestimmt stand er am Fussende des Bettes, aufgeregt und unschlüssig, und fragte sich, was mit mir los sei. Ich wollte nicht zu erkennen geben, dass ich wach lag. Ich stellte mich tot, fand meine Idee zwar bescheuert, kam mir wie ein trotziges Kind vor. Ich war bei Waser gewesen. Nun klaffte da dieses Loch. Meine Hände gelangten unter der Decke zwischen meine Schenkel. Ich versuchte, dort einen Schmerz auszumachen, eine Veränderung in meinem Empfinden, aber es fühlte sich wie immer an.

«Allegra!» Er hatte bemerkt, wie ich mich bewegte. «Allegra, Gott sei Dank.»

Ich riss meine Augen auf. «Dario!» Ich atmete aus, sah in ein besorgtes Gesicht. «Dein Bart ist weg.»

An seinen Bart mochte ich mich erinnern. Vor einem Jahr hatte er ihn wachsen lassen. Dario, der den Trend mitgemacht hatte. Dario mit Bart. Jetzt hatte er ihn abrasiert. Ich fand sein Gesicht schön.

Dario tastete mit den Fingern etwas unbedarft über sein Kinn. «War eine vorübergehende Flause von mir. Ich weiss doch, dass du Bärte nicht ausstehen kannst.» Er hielt meine Hand, war verlegen. «Das war jetzt eine Liebeserklärung.»

«Was ist denn passiert? Haben wir miteinander …» Ich wollte meine Befürchtung nicht aussprechen. Obwohl sie die einzig plausible Erklärung war, weshalb ich in Darios Bett lag. Ich nahm es zumindest an, dass ich mich in seiner Wohnung befand. Es musste sein Schlafzimmer sein. Ein französisches Bett, ein zweitüriger Schrank, ein Pult mit einem PC. Eine Reihe DVDs auf einem Regal. Zwei Bücher, die mir ins Auge stachen. Ich versuchte die Titel zu lesen. Etwas Erotisches für Männer.

«Nein, ich kann dich beruhigen, wir haben *nicht* miteinander geschlafen.»

«Das beruhigt mich tatsächlich.»

«Du gehst doch nicht etwa davon aus, dass ich deinen Zustand ausgenutzt habe.» Dario war sichtlich enttäuscht.

«Welchen Zustand?» Ich setzte mich auf und spürte gleichzeitig, wie meine Körperkraft fehlte. In meine Schläfen drang erneut ein heftiges Pochen. «Wie lange liege ich schon hier?»

«Seit mindestens zehn Stunden. Ich hatte mir echt Sorgen um dich gemacht. Eigentlich hätte ich dich ins Spital fahren sollen. Ehrlich, dein Zustand gefiel mir nicht. Aber Sidonia erzählte mir, was geschehen war.»

«Sidonia? Du hast mit Sidonia gesprochen?» Ich versuchte mich zu erinnern, in welchem Zusammenhang ich Sidonia gesehen hatte.

«Du warst wie sie bei Waser.»

«Wann?»

«Gestern Nacht. Ich fand dich allerdings auf dem Bahnhofareal in Davos Platz. Du lagst dort auf einer Bank. Hattest dich übergeben und wirres Zeug geredet und wärst bestimmt erfroren, wenn ich dich nicht gerettet hätte.»

Ich war im Postillon gewesen, danach waren wir Richtung Flüelapasshöhe gefahren. Daran erinnerte ich mich. Nicolo, dieser Verrückte, hatte die Absperrung bei Tschuggen missachten wollen. Ursina und Sidonia waren dabei gewesen. Remo und zwei

Zürcher, die ich nicht kannte … und Khalid. Danach waren wir zu Charly gefahren und hatten gefeiert. Wie ich allerdings zum Bahnhof gekommen war, war mir ein Rätsel.

«Tut mir leid, ich habe ein Blackout.» Zudem konnte ich mir keinen Reim darauf machen, weshalb ich erbrochen hatte. Ich hatte Horror davor.

«Du warst ja auch ziemlich betrunken.»

«Du weisst, wie wenig Alkohol ich trinke. Das kann gar nicht sein.»

«Und wenn du mal trinkst, verträgst du ihn nicht.» Ich sah Dario an, dass er es selbst nicht glaubte, mich aber im Angesicht meiner Verfassung beruhigen wollte. Ich verübelte es mir, dass wir uns nach so langer Zeit zum ersten Mal in dieser Situation wiedersahen.

«Was hat Sidonia denn über mich erzählt? Und wann hast du mit ihr gesprochen?»

«Ich habe mir erlaubt, dein Handy zu überprüfen. Ich wollte erfahren, wen du zuletzt angerufen hattest.»

«Sidonia etwa?» Das verwunderte mich sehr.

Dario setzte sich auf die Bettkante. Er griff nach meiner rechten Hand. «Es sei etwa neun gewesen, als sie zusammen mit Ursina und fünf andern Kolleginnen und ein paar Freunden im Postillon-Club ankam. Sie hat dich mit einem Typen an der Bar sitzen sehen.»

«Mit einem Typen.» Ich versuchte zu lächeln. «Das klingt so, als wärst du eifersüchtig. An den ‹Typen› erinnere ich mich vage.» War das ein neuralgischer Punkt? «Wie sah er denn aus?» Dabei war mir Khalids Gesicht noch sehr präsent.

«Ein gut aussehender Araber sei es gewesen.»

«Khalid, es fällt mir wieder ein.» Ich zog meine Schultern hoch. «Ich mag mich nur an seinen Namen erinnern, an sein Gesicht nicht», schummelte ich.

«Sidonia schwärmte von ihm. Sie bedauerte, dass nicht sie es gewesen sei, die mit ihm wegging.»

«Was heisst das?»

«Dass du Waser mit dem Araber gemeinsam verlassen hast.»

«Wenn du mich vor dem Bahnhof gefunden hast, wo ist dann der Araber, mit dem ich wegging?»

«Ich fand dich erst am Morgen kurz nach drei Uhr in diesem

erbärmlichen Zustand.» Dario knetete meine Arme weiss. «Das heisst, ich war mit einem Dienstkollegen dort. Er kann es bezeugen.»

«Autsch, du tust mir weh.» Ich zog meinen Arm zurück. «Heisst konkret, dass etwa drei Stunden fehlen …»

«In denen du mit dem Araber weg warst.»

«Ich kann mich nicht erinnern.»

«Auch an den Araber nicht? Warum kennst du dann seinen Namen?»

Ich fühlte mich überfordert und müde, hatte kein Bedürfnis, mich gegenüber Dario zu rechtfertigen. Wenn ich ihm sagte, dass ich mich kaum an Khalid erinnerte, würde ich unangenehme Fragen verhindern. «Kann ich mich anziehen und nach Hause gehen?» Ich hatte bemerkt, dass ich ausser einem Shirt und der Unterwäsche nichts trug. Ich blinzelte Dario an. «Du hast mich ausgezogen?»

«Ich konnte dich ja unmöglich in diesen verschmutzten Kleidern liegen lassen.»

«Doch, hättest du. Es war ja meine Schuld.» Ich malte mir aus, wie Dario meinen Körper angeglotzt hatte. «Und, gefiel dir, was du sahst?»

«Allegra, bitte. Bei deinem Anblick hatte ich keine Absichten. Ich meine, ich hatte sie schon … jedoch nicht in der letzten Nacht.» Er verhaspelte sich.

«Plumpe Ausrede.» Ich schmollte. «Wie spät ist es?»

«Ein Uhr. Ich habe Mittagspause. Glaube mir, ich ging heute Morgen nur ungern von dir weg. Aber im Moment brauchen wir jede Einsatzkraft.» Dario hob meinen Kopf an. «Wir können das nicht auf sich beruhen lassen. Ich muss erfahren, was zwischen Mitternacht und drei Uhr morgens mit dir geschehen ist.»

Ich schwang die Beine über den Bettrand. «Warum vergeudest du deine Zeit? Ich hatte einfach zu viel getrunken und deswegen einen Filmriss.»

Geheuer war mir allerdings nicht. Was ich in Darios Gegenwart ins Belanglose herabzusetzen versuchte, wühlte mich innerlich auf. Es gab ein Loch in meinen Erinnerungen. Ich sah mich auf den Flüelapass fahren. Auf dem Rückweg hatten wir eine Kollision mit einem Schneehaufen gehabt. Oder wie war das schon wieder?

Dann die Party bei Waser. Wir hatten getanzt. Wir hatten getrunken und geraucht. Ich hatte mich überreden lassen und mitgemacht. War Khalid zu der Zeit noch bei mir gewesen? Ich wusste nur, dass ich ihn sympathisch fand. Wir hatten uns sogar geküsst. Ich sah wie einen Schemen sein Gesicht vor mir, seine dunklen, geheimnisvollen Augen, und dass ich ihnen nicht hatte widerstehen können. Tomasz war selbst schuld. Warum nur hatte er mich verlassen!

Im Grunde genommen fehlten mir mehr als zehn Stunden, wenn es gestern erst Mitternacht war, als ich noch gesehen wurde. Jetzt war früher Nachmittag. Und drei Stunden fehlten seit meinem Abtauchen in die Finsternis und dem Zeitpunkt, als Dario mich gefunden hatte. Während des Schlafens war nichts geschehen. Ich hatte den Rausch ausgeschlafen. Ich war in einem Delirium gewesen. Zum ersten Mal in meinem Leben hatte ich die Kontrolle über mich völlig verloren.

Jeglicher Versuch, die drei fehlenden Stunden in meine Erinnerungen zurückzuholen, scheiterte. Wie auf imaginären Wolken wurden sie davongetragen. Ich nahm zwar noch den Nebel wahr, aber gleichzeitig breitete sich in meinem Kopf etwas aus, das sich bedrohlicher anfühlte als der dumpfe Schmerz, der damit einherging. Ich hatte mich selbst verloren in diesem Moment der Ohnmacht.

«Wir sollten zu einem Arzt fahren, zu einem Gynäkologen.» Dario rüttelte mich auf.

«Was willst du damit sagen?» Ich sah ihn erschrocken an. «Dass ich vergewaltigt wurde? Machst du Witze?» Ich winkte ab. «Nein, niemals. Ich bin nicht der Opfertyp.»

«Er könnte dein Blut untersuchen.»

«Wonach würde er suchen wollen?»

«Möchtest du nicht erfahren, was mit dir geschehen ist? Ein Arzt könnte dich aufklären …»

«Worüber? Dass mich jemand genötigt hat, etwas zu tun, was ich nicht wollte?»

Dario schloss die Augen. «Vielleicht hat dir jemand K.-o.-Tropfen verabreicht.»

«So ein Unsinn! Ich will nichts mehr davon hören. Ich hatte

zu viel getrunken, aus welchem Grund auch immer, und weil ich nichts vertrage, fehlen ein paar Puzzleteile.»

«Wie du willst. Ich dachte nur, ich mache dir damit einen Gefallen.»

«Ich habe den Master, stell dir vor.» Daran erinnerte ich mich sehr gut. «Könnte sein, dass ich den gebührend gefeiert habe. So, und nun möchte ich meine Kleider wieder.»

«Gewaschen und gebügelt.» Dario verschwand im Badezimmer. Kurz darauf kam er mit meinen Jeans, dem Pullover und dem Daunenmantel zurück.

Ich griff nach den Kleidungsstücken und sah sie an. «Du hast sie gewaschen? Du hast den Daunenmantel gewaschen? Sag mal, spinnst du?»

«Du hattest ihn vollgekotzt.»

«Der ist mir jetzt zwei Nummern zu klein. Ich nehme an, er war auch im Tumbler.» Ich bemühte mich nicht, ihn anzuziehen. Dario lieh mir einen Skioverall, der mir allerdings zwei Nummern zu gross war. «Wo ist eigentlich mein Seidenschal?»

«Was für ein Seidenschal? Da war keiner.»

«Vergiss es. Ich will jetzt nach Hause.»

***

Am späten Nachmittag war ich in Valerios Wohnung zurückgekehrt.

Körperlich hatte ich mich erstaunlich schnell erholt. Nur was mein Gedächtnis anbelangte, blieb alles in einem diffusen Licht. Ich hatte eine Amnesie, das war mir zwischenzeitlich bewusst geworden. Aber woher diese stammte, das wollte mir partout nicht in den Kopf. Vielleicht hätte ich doch einen Arzt aufsuchen sollen.

Ich setzte mich an den Küchentisch. Nicht der kleinste Hinweis, was ich gestern und vorgestern Abend hier gemacht hatte. Einer der Stühle stand nicht am richtigen Platz. Jemand musste hier gewesen sein. Ja klar, die zwei WEF-Gegnerinnen. Wie hiessen sie noch? Maja und Nina.

Immerhin ein Ansatz, dass mein Mittelzeitgedächtnis noch intakt war.

Durch das Panoramafenster im Wohnzimmer sah ich die Sonne untergehen wie eine kalte hellgelbe Kugel. Die Bergspitzen färbten sich orange, bis nur noch ein schmaler Streifen übrig blieb. Bald erlosch auch dieser. Ein silbriges Blau legte sich über die Landschaft – die Stunde zwischen dem Abschied des Tages und dem Einfallen der Nacht. Diese mystische Stimmung, die mir alles bedeutete. Der Tag war noch nicht ganz weg, die Nacht hielt noch ihre Geheimnisse zurück.

Vielleicht würde ich in dieser Nacht meine eigenen Geheimnisse enträtseln.

Ich stellte den Fernseher an. Halb acht. Ich setzte mich auf Valerios Ohrensessel, den er aus der Kindheit gerettet hatte. Ein altertümliches Modell mit beschädigtem Stoff. Ein Überbleibsel aus seinen wilden Jahren, in denen er zum Leidwesen unserer Eltern ziemlich alles zusammengetragen hatte, was zur allgemeinen Provokation beitrug. Heute war es das einzig Antike in dieser Wohnung. Ich hatte mir eine Instantsuppe zubereitet und löffelte sie in mich hinein.

Die Nachrichtensprecherin verkündete die Schlagzeilen. «Davos. Am Sonntag, drei Tage vor der Eröffnung des Weltwirtschaftsforums in der Alpenstadt, ging bei der Polizei eine Bombendrohung ein.»

Ich juckte vom Sessel hoch. Die Suppe schwappte über den Tassenrand.

«Wie unser Korrespondent vor Ort erfahren hat, handelt es sich dabei um eine ernst zu nehmende Sache. Bislang hat sich niemand zu einem geplanten Anschlag bekannt. Der Präsident des WEF, Gottlieb Lindemann, zeigte sich heute Morgen sehr besorgt.»

Das international beflaggte Kongresshaus wurde eingeblendet. Davor stand ein in die Jahre gekommener Mann mit Pelzmantel und Zobelmütze. Ich sah ihm an, dass er um Haltung ringen musste.

«Wir befinden uns in einem schwierigen Jahr», sagte er. «Nach den Terroranschlägen in Paris, Syrien und Nigeria und dem Krieg in der Ukraine ist unsere Welt in keinem sehr guten Zustand. Arbeitslosigkeit in der EU, Verschuldungen und Probleme auf dem

Finanzplatz machen uns zu schaffen. Aufgrund dieser sensiblen Lage sind wir angreifbar geworden. Wunder werden erwartet, Wünsche ausgesprochen, die wir nicht erfüllen können. Aber gerade jetzt braucht die Welt uns umso mehr. Wir müssen Lösungen finden, damit terroristische Aktionen endlich ein Ende nehmen ...»

Na ja, hätte mich gewundert, wenn er etwas komplett Neues gesagt hätte. Der Mann mit Zobel. Die Erde brannte, und der alte Mann sprach davon, wie man die Mächtigen jetzt brauchte. Im Grunde war es ihnen noch nie gelungen, zum Wohlgefallen der Bevölkerung etwas in Bewegung zu setzen. In dieser Hinsicht musste ich Maja recht geben.

Es ging um eine Bombendrohung, und Lindemann beschwichtigte. Ohne konkrete Lösungsansätze. Weshalb kommentierte er die Drohung erst drei Tage nach deren Eintreffen? Ob die Polizei sie zurückgehalten hatte? Hatte man die Bevölkerung nicht verunsichern wollen?

Die Polizeipräsenz in Landquart, die Kontrollposten im Prättigau: Alles bekam plötzlich einen Sinn. Da musste die Drohung schon eingegangen sein. Ich war also in ein hochexplosives Davos gefahren.

«Bis zur Stunde gibt es keine Annullationen unter den WEF-Besuchern», sagte die Sprecherin, nachdem Lindemanns Bild ausgeblendet war. «Die Polizei gibt sich zwar zurückhaltend. Die Staatsanwaltschaft sei eingeschaltet, wie wir von Leutnant Müller erfahren haben.»

Damit, Müller ins Gesicht sehen zu müssen, hatte ich nicht gerechnet. Der Kameramann hatte wohl noch nie etwas von Respekt gehört. Er zoomte Müllers faltige Visage so nahe heran, dass ich jedes Härchen seines Schnurrbarts sah, der in die Nase hineinwuchs.

«Es wäre falsch, jetzt Schwäche zu zeigen. Es ist genau das, was die Adressaten dieser Drohung wollen. Wir haben alles im Griff und versichern, dass das WEF auch in diesem Jahr ohne Zwischenfälle abgehalten werden kann. Wir haben von mehreren Schweizer Kantonen Verstärkung bekommen. Unsere Gäste können sich sicher fühlen.»

Die Gäste konnten sich sicher fühlen – hinter Stacheldraht

und Balustraden, in der Nähe verbotener Durchgänge und des Schweizer Militärs. In Davos herrschte Ausnahmezustand. Und die Gäste durften sich sicher fühlen!

Was war mit den Feriengästen? Dachte man auch an sie? Ich hätte jedem von ihnen eine Hellebarde in die Hand gedrückt. Für den Fall aller Fälle, dass sie sich gegen eine aufgebrachte Horde hätten wehren müssen. Auge um Auge wie zu Zeiten der Alten Eidgenossenschaft.

Müller!

Was wusste er denn? Wie die Feinde tickten? Der sah doch bloss bis ans Jakobshorn und nicht darüber hinaus. Ihn interessierte, was sich in seinem Dorf abspielte. Er war genauso erpicht darauf, aus dem WEF den grössten Nutzen zu ziehen, wenn es um die Davoser Hoteliers und Geschäftsinhaber ging. Die Bombe befand sich vielleicht schon in Davos und musste nur noch gezündet werden. Man hätte sie Monate im Voraus ins Landwassertal bringen können. Oder man hatte sie sogar in Davos hergestellt.

Ich drehte den TV-Sender auf stumm, griff nach meinem iPhone und rief Dario an.

Ich wartete, wurde ungeduldig, wollte schon auf den Anrufbeantworter sprechen, als er sich meldete.

«Es hat also eine Bombendrohung gegeben», sagte ich lapidar. «Ich erinnere mich nicht, dass du mir davon erzählt hast. Ist doch so –»

«Wir mussten die Medienmitteilung veröffentlichen. Es geht uns schliesslich alle etwas an.» Das war nicht die Antwort auf meine Frage. Dario wich mir aus.

«Weiss man in der Zwischenzeit, gegen wen die Drohung gerichtet ist?»

«Nein, doch das FBI ist informiert.»

«Natürlich, die Amerikaner wollen kein Risiko eingehen. Wer ist eigentlich von den Amis da?»

«Von den USA reisen vier Kabinettsekretäre, sieben Senatoren und sieben Mitglieder des Repräsentantenhauses an. Bis dato sind die Namen nicht bekannt. Aber ich glaube kaum, dass es um die Delegation aus den Staaten geht. Morgen treffen zudem die deutsche Bundeskanzlerin zusammen mit dem Finanzminister sowie die

Präsidentin des Internationalen Währungsfonds ein. Angemeldet ist auch der Premierminister Grossbritanniens. Ich habe hier eine Liste aller Vertreter aus Politik und Wirtschaft und den Auftrag, jedem Einzelnen Personenschutz zu gewähren.»

«Die freie Schweiz als Hochsicherheitsstaat», giftete ich. «Gegen wen, vermutest du, richtet sich die Drohung?»

«Wenn wir es wüssten, könnten wir reagieren. So aber bleibt nur die Spekulation.» Dario wechselte das Thema. «Hat sich dein Erinnerungsvermögen zurückgemeldet?»

«Noch nicht ganz. Ich spüre jedoch, dass es kommt. Zumindest kann ich mich an die Polizeipatrouille in Landquart ganz klar erinnern und an zwei Frauen, die mich kurz nach meinem Eintreffen in Davos besucht haben.»

«Die Sektenfrauen?»

Ich musste lachen. «Nein, die werden sich hüten, jemals wieder bei mir zu läuten. Es gibt eine Gegenbewegung in Davos, gegen das WEF. Einige Frauen sammeln Unterschriften. Wenn du mich fragst, reichlich spät. Doch das weisst du sicher bereits.»

«Du hast nicht etwa unterschrieben.»

«Dazu ist mir die ganze Aktion zu suspekt. Ich bilde mir lieber eine eigene Meinung.» Ich zögerte. «Ich glaube, mit der Bombe will sich nur jemand wichtigmachen. Sie existiert gar nicht.»

«Davon gehen wir aus», sagte Dario. «Trotzdem müssen wir diese Drohung ernst nehmen. Stell dir vor, es geschieht ein Attentat, und wir hätten nicht reagiert, das wäre ja eine riesengrosse Katastrophe.»

«Da nützen auch die Berge nichts. Davos ist in der globalisierten Welt angekommen. Die heile Welt existiert auch hier oben nicht mehr.»

SECHS

Der weit entfernte Ton eines quakenden Frosches drang an mein Ohr. Irritiert tauchte ich aus einem traumlosen Schlaf auf. Das Zimmer lag im Dunkeln. Nur die digitalen Zahlen eines Weckers leuchteten schwach. Sie verschwammen vor meinen Augen. Ich musste mich in meiner Orientierungslosigkeit zuerst zurechtfinden. Es beruhigte mich ein wenig, als ich mir in Erinnerung rief, heute nicht aufstehen zu müssen. Keine Prüfungen mehr, keine Experten, die mich mit Fragen löcherten, die ich so noch nie zuvor gehört hatte. Ich hätte mich entspannen können.

Der Frosch lauerte im Wohnzimmer. Er gab keine Ruhe. Schlaftrunken setzte ich mich auf, musste mich weiter sammeln, bevor ich mich auf die Beine schwang. Mit aller Brutalität schlug der Gedanke an meine verloren gegangene Erinnerung ein. Ein beklemmendes Gefühl machte sich in mir breit. Ich tastete die Wände entlang bis zur Tür. Ich öffnete sie und versuchte, in der Schwärze etwas auszumachen. Ausser dem grünen Licht meines vibrierenden iPhones sah ich nichts. In einer Anwandlung geistiger Umnachtung musste ich den Ton der eingehenden Anrufe anders eingestellt haben. Ich fuhr mit dem Finger über den Touchscreen und meldete mich mit meinem Namen an, ohne auf dem Display zu lesen, wer mich zu so früher Stunde zu stören vermochte.

Überrascht war ich allerdings, als ich Darios Stimme vernahm. Ich vergewisserte mich, wie spät es war. Kurz nach sieben. Es fühlte sich an, als wäre es erst vier Uhr.

War die Bombe etwa schon explodiert?

Dario sprach leise. Ich hatte Mühe, ihn zu verstehen.

«Sagt dir der Name Khalid Abu Salama etwas?»

«Khalid?» Ich setzte mich. «Warum fragst du, wenn du es schon weisst?» Ich wurde still. «Was ist mit ihm?»

Anstelle einer Antwort bat Dario mich, auf den Polizeiposten zu kommen. «Wir brauchen deine Aussage.»

«Das hört sich nach Zeugenbefragung an. Was ist passiert?»

«Charly Waser war bereits hier», wich Dario aus. «Er konnte

uns eine Liste der Partybesucher aushändigen, respektive er hat sich ungefähr daran erinnert, wer vorgestern bei ihm war und wer vor Mitternacht die Party verlassen hat.»

«Und er hat meinen Namen natürlich auch erwähnt.» Das passte mir nicht. Ich hatte kein Bedürfnis, mich in etwas hineinziehen zu lassen, das mit Drogen zu tun hatte. Und ich war mir sicher, es ging darum. Um illegale Drogen. Khalid hatte vielleicht auch welche konsumiert, obwohl ihm das seine Religion verbot. Zufällig musste sein Vater Wind davon bekommen haben, dass sein Sohn abtrünnig geworden war, und jetzt mussten wir für ihn geradestehen. Mitgegangen, mitgefangen. Andererseits war Khalid ein erwachsener Mann. Aber, was wusste ich, wie arabische Väter mit ihren Söhnen umgingen?

Draussen war noch stockdunkle Nacht. Einzig ein paar Lichtquellen um den Bahnhof herum reflektierten im Schnee. Ich sah durch den Spalt der Rollläden auf die Strasse. Kein Mensch weit und breit. Davos schien noch zu schlafen. Doch ich ahnte, dass in den verborgenen Winkeln, vor den Hauseingängen und Zufahrten zu den Tiefgaragen Soldaten hockten und die Umgebung im Visier hielten. «Ich werde mich nur schnell unter die Dusche stellen und mich beeilen.» Nachdenklich drückte ich Dario weg.

Ich hätte ihn ausfragen sollen. Ich hatte mir einmal geschworen, dass ich die Davoser Polizei nie mehr von innen sehen wollte, schon Müllers wegen nicht. Er mochte mich nicht. Umgekehrt war es auch der Fall. Sicher würde er wieder einen seiner Sprüche parat haben. «Wenn Allegra Cadisch in Davos ist, geschehen merkwürdige Sachen.» Darauf konnte ich verzichten. Andererseits hatte Müller im Moment mit dem WEF genug anderes um die Ohren, als sich auf meine Person herabzulassen. Wenn ich Glück hatte, würde ich ihn nicht einmal antreffen.

Allmählich dämmerte der Morgen, und die Schemen vor den Fenstern nahmen klare Konturen an. Die Tannenspitzen unterhalb der Ischalp zeichneten sich schwarz und gezackt vor dem violetten Himmel ab, als hätte eine unsichtbare Hand sie perforiert. Ich musste an einen Scherenschnitt denken und daran, dass meine Erholung ein Wunschdenken bleiben würde.

Der Polizeistützpunkt von Davos liegt an der Talstrasse in der Nähe des Bahnhofs. Vor dem holzverschalten Gebäude herrschte Aufregung, als ich von der Unterführung herkommend auf das Gebäude zulief. Ein Streifenwagen war gerade auf das Areal gefahren. Zwei Polizisten stiegen aus und öffneten die hinteren beiden Türen. Ich erkannte Jörg und Vanessa, die ich vorgestern im Bus kennengelernt hatte. Mir war entgangen, ob sie Charlys Party besucht hatten. Vielleicht waren sie aus einem andern Grund hier. Ich schlich an der Fassade entlang und gelangte zum Eingang. Den beiden Zürchern wollte ich zuallerletzt begegnen. Ich stieg eine Treppe höher. Ich kannte mich ja aus. Ich klopfte an Darios Bürotür. Er öffnete sogleich und liess mich eintreten.

«Danke, dass du so schnell kommen konntest.» Er stiess Luft aus. «Im Moment stehen wir unter Druck. Ich wäre froh, wenn wir es rasch hinter uns bringen.»

Ich setzte mich. «Vielleicht klärst du mich zuerst darüber auf, was geschehen ist.»

Sein Büro wirkte aufgeräumt und übersichtlich. Ich kannte es nicht anders. Dario war schon immer ein ordentlicher Mensch gewesen.

«Khalid Abu Salama, Sohn des Konsuls aus den Vereinigten Arabischen Emiraten, wird seit gestern Morgen vermisst.»

Peng! Es fühlte sich so an, als hätte mir gerade jemand die Tür vor der Nase zugeschlagen. «Aha», war das Einzige, was ich hervorbrachte. Aber meine Gedanken schossen wie Pistolenkugeln durch meinen Kopf.

«Sein Vater teilte uns mit, dass er nicht zum Morgengebet erschienen sei.» Dario tippte. «Nun zu dir.» Er fragte mich nach meinem Geburtsdatum. Ich nahm an, dass er das längst kannte. Ein paar Fragen zu meiner Person, zum vorgestrigen Abend, obwohl er auch darüber bereits Bescheid wusste.

«Willst du testen, ob sich mein Erinnerungsvermögen zurückgemeldet hat? Dann muss ich dich enttäuschen.»

«Alles der Reihe nach. Du magst dich an bestimmte Dinge erinnern, die für uns relevant sein respektive uns darüber aufklären könnten, mit wem sich Abu Salama in der vorletzten Nacht abgegeben hat.»

«Sidonia», sagte ich, um mich vor unangenehmen Antworten zu drücken. «Sie weiss bestimmt mehr als ich.»

«Wir werden uns alle Partybesucher vornehmen. Einige waren schon hier. Bitte erzähle mir der Reihe nach, wie sich der Dienstagabend im Postillon abgespielt hat.»

«Du kennst meine Schwachstelle. Ich erinnere mich kaum.»

«Streng dich einfach an.»

Meinte ich es nur, oder hörte ich aus Darios Stimme einen sarkastischen Unterton?

«Du kennst meine Geschichte.»

«Bitte, Allegra. Ich tue nur meinen Job.»

«Entschuldige.» Die Nachricht um Khalids Verschwinden hatte mich sehr mitgenommen. Das musste Dario nicht wissen. Ich überlegte und schilderte den Abend im Postillon so, wie ich mich daran erinnerte. Ich erzählte davon, dass Khalid mich angesprochen und mich zu einem Glas Champagner eingeladen hatte, obwohl er selbst nur Wasser trank. «Er wollte sich einfach mit jemandem unterhalten. Ein arabischer Student, der in London studiert und mit seinem Vater nach Davos kommt. Er suchte nur Anschluss.» Zu spät merkte ich, dass ich den Umstand, dass Khalid mich eingeladen hatte, vor Dario zu rechtfertigen versuchte.

«Bist du sicher, dass er keinen Alkohol getrunken hat?»

«Absolut sicher.» Ich zögerte. «Zumindest bin ich mir sicher, dass er im Postillon keinen getrunken hat.»

«Wann ist Ursinas Clique eingetroffen?»

«Ursinas Clique?»

Dario beugte sich über einen Bogen Papier. «Sidonia, Martina, Bettina, Corina … oder wie die alle heissen.»

Ich zuckte mit den Schultern.

«Mit denen zieht Ursina ab und zu durch Clubs und Kneipen», fuhr Dario fort. «Kein Wochenende vergeht, ohne dass man sie nicht irgendwo antrifft. Sie und ihre Kerle vom … die meisten sind vom HCD.»

«Und die wurden schon befragt?»

«Alles der Reihe nach.» Dario musterte mich über den Monitor hinweg. «Ihr habt getanzt, getrunken und … hast du auch geraucht?»

«Ich hoffe nicht.» Vom moralischen Standpunkt aus gesehen konnte ich mir als Juristin einen solchen Lapsus gar nicht leisten. «Und wenn ich es getan hatte, aus dem Grund, weil ich … weil mir jemand das Zeugs angeboten hat … gegen meinen Willen.»

«Bei mir brauchst du dich nicht aus der Situation rauszureden.» Dario lächelte. «Es ist nicht relevant. Wichtig ist, dass dir einfällt, ob du mit Khalid Abu Salama die Party verlassen hast.»

«Nein, habe ich nicht.»

«Man hat dich aber mit ihm gesehen. Ein Zeuge sagte aus, dass du um halb eins mit ihm weggegangen seiest.»

«Wer sagt das?»

«Du weisst, dass ich dir diese Frage nicht beantworten kann.»

Ich schloss die Augen, probierte mit aller Gewalt meine Erinnerung an besagte Nacht zurückzuholen. Auch wenn ich einzelne Bilder erkannte, schienen sie durcheinander zu sein. Und da war dieses Loch. Jetzt glaubte Dario es ausfüllen zu müssen, indem er die Aussage eines Zeugen gewichtete und mir etwas einzureden versuchte. Er tat zwar nur seinen Job, aber es beleidigte mich.

«Fällt dir dazu etwas ein?» Dario liess nicht locker.

Ich schüttelte den Kopf.

«Gut, dann können wir nichts machen.» Er drehte den Bürostuhl zur Seite. «Wirst du in den nächsten Tagen in Davos bleiben?»

«Ich bin ja erst angekommen. Ich habe nicht vor wegzugehen. Was ist denn los?»

Dario senkte den Blick. «Bis wir alle Zeugen befragt haben –»

«Bist du jetzt völlig übergeschnappt?» Ich konnte nicht anders, als heftig zu reagieren, denn ich ahnte plötzlich, worauf Dario hinauswollte. «Khalid ist gestern und heute nicht zum Morgengebet erschienen. Vielleicht hat er dieses überdrüssig. Vielleicht schläft er gerade in den Armen einer schönen Frau oder frühstückt mit ihr. Es geht hier um einen erwachsenen Mann, nicht um ein Kind.»

«Es geht um den Sohn des Konsuls. Das ist eine heikle Angelegenheit. Ich war selbst dabei, als Abu Salama mit Müller sprach. Ich war im Hotel, wo die Gäste aus den Arabischen Emiraten logieren, und habe mir seine Ausführungen angehört. Es könnte sehr kompliziert werden.»

«Seid ihr vor dem Konsul etwa in die Knie gegangen?» Doch

dann entschuldigte ich mich. Ich konnte es mir in etwa vorstellen, wie kompliziert es war. «Gut, ich werde in Davos bleiben. Das ist es doch, was du mir sagen wolltest.»

Darios Verlegenheit entging mir nicht. Es war ihm genauso unangenehm wie mir.

Ich erhob mich.

Dario brachte mich zur Tür. «Pass auf dich auf.»

Ich sah ihm nicht an, ob er vor mir etwas verschwieg.

Wieder zurück, stellte ich den Fernseher ein und suchte nach dem Spezialsender, der beinahe vierundzwanzig Stunden über das WEF informierte.

Es gab eine Wiederholung des Vorabends, an dem man diverse Prominente interviewt hatte, unter anderem auch Vertreter verschiedener Religionen, die am Open Forum teilnehmen würden. Am unteren Rand waren News eingeblendet.

Ich setzte mich auf den Boden und starrte auf den Bildschirm. Immer wieder las ich die Schlagzeilen. Seit gestern Morgen wurde der dreissigjährige Khalid Abu Salama aus den Vereinigten Arabischen Emiraten vermisst. Es werde befürchtet, dass er einem Verbrechen zum Opfer gefallen sei. Sachdienliche Hinweise würden von der Davoser Polizei entgegengenommen. Eine Delegation zur Aufklärung des Falles sei aus Dubai unterwegs, da es sich bei dem Verschwundenen um den Sohn einer angesehenen Persönlichkeit handle, die in London auf dem Konsulat der Vereinigten Arabischen Emirate positioniert war.

Khalid.

Die Wiederholungen seines Namens bewirkten etwas Eigenartiges in mir. Ich hatte ihn kaum gekannt, aber es fühlte sich an, als wäre da mehr gewesen.

Ich schloss die Augen.

Auch hinter meinen Lidern wurden keine Bilder sichtbar. Sein Geruch war das Einzige, was in der Finsternis zurückgeblieben war. Und eine dunkle Ahnung, dass ich etwas damit zu tun hatte.

***

Ich hatte mich in meine alte Daunenjacke eingehüllt und eine wattierte Mütze aufgesetzt, die ich meinem ärgsten Feind nicht aufgesetzt hätte. Ich hatte sie in Valerios Winterkleidersammlung gefunden. Nicht gerade das, was meinen modischen Geschmack traf.

Frierend stand ich bei der Busstation bei der Unterführung zu den Jakobshornbahnen und wartete auf den Bus, der von der Tanzbühlstrasse herfuhr. Ich hatte mir lange überlegt, wohin ich in meiner Not gehen könnte. In Valerios Wohnung hielt ich es nicht aus. Überhaupt, allein zu sein. Dario hatte ich von der Liste gestrichen. Er war die Polizei. Es war mir nicht möglich, abzuwarten, wie sich das Ganze entwickelte. Früher oder später würde ich im Fokus der Polizei stehen. Dario würde es nicht lange verheimlichen können, dass mit meiner Person eine Verdächtige aufgetaucht war. Immerhin hatte ich mit Khalid ein paar Stunden verbracht.

Ursina Vetsch. Ich war mir nicht einmal sicher, ob sie noch immer bei ihrer Mutter wohnte. Während ich wartete, sah ich vor dem Polizeiposten zwei Streifenwagen wegfahren. Sie schlugen den Weg zur Strasse ein, wo Valerios Wohnung lag. Mich beschlich das seltsame Gefühl, dass ich gerade noch rechtzeitig das Haus verlassen hatte. Vielleicht hatte man noch mehr Zeugen gefunden, die aussagten, dass sie mich mit dem Vermissten hatten weggehen sehen.

Ich wartete, ungeduldig wie immer. Stampfte meine kalten Füsse in den Boden, hielt zwischendurch den Atem an. Ich hatte mir meine Ferien anders vorgestellt. Warum musste immer etwas Unvorhergesehenes geschehen, wenn ich in Davos war? Konnte es sein, dass ich das Ungemach anzog? Ich starrte auf den mit schmutzigen Eisschollen und Kieselsteinen bepflasterten Boden. Am Strassenrand türmten sich Schneereste, von den Räumungsfahrzeugen angehäuft.

Der Bus kam. Ich stieg hinten ein und setzte mich ans Fenster. Einige wenige Feriengäste zwängten sich mit ihren Skiern in meine Nähe. Ich kannte niemanden. Für eine Weile fühlte ich mich sicher. Sicher unter den Fremden, die mich von oben bis unten musterten. Aber das taten Fremde immer.

Der Bus fuhr über die Talstrasse. Beidseitig huschten graue Fassaden an mir vorbei. Alles kam mir unwirklich vor. Die Pferdeschlitten, die mit den WEF-Frauen unterwegs waren ins Dischmatal oder ins Sertigdörfli. Die Soldaten vor den Eingängen zu den Hotels. Die schwarzen Limousinen, die von Polizeiwagen eskortiert wurden, die Kinder auf dem Weg zur Schule. Sie würde allerdings niemand beschützen.

Auf der Höhe Bushaltestelle Hertistrasse dann das gewohnte Bild, das mich seit der Ankunft in Davos verfolgte: Die untere Zufahrt zum Kongresszentrum war komplett abgesperrt. Ein paar Leute stiegen aus. Ich drückte mich angespannt in den Sitz, umklammerte meine Tasche. Der Blick zum Kongresszentrum war jetzt frei. Ich traute meinen Augen nicht. Da standen tatsächlich Panzerfahrzeuge. Und davor wie Bleisoldaten Mitglieder der Schweizer Armee.

Die Bombendrohung war noch nicht ausgestanden, nahm ich an. Während die Verantwortlichen hinter geschlossenen Türen diskutierten, welche Konsequenzen daraus zu ziehen wären, suchte die Polizei wahrscheinlich fieberhaft nach einem Sprengsatz.

Vielleicht lag er ja im Kanalisationssystem unter dem Kongresshaus. Oder hatte man dort zuerst gesucht?

Der Bus fuhr wieder an. Ich blies Luft aus, verharrte still an meinem Platz. Der Chauffeur liess den Schiaweg aus und hielt erst bei der Dischmastrasse wieder an. Ich verliess den Bus, eilte einem Mann mit Langlaufskiern hinterher und gelangte nach dem Restaurant Gemsli zur Bündastrasse.

Das Haus lag verschlafen da. Ein Schindelhaus mit dunklen Konturen, die der Schnee kaum weich zeichnete.

Unter dem Dachvorsprung hingen Eiszapfen wie Stalaktiten. Ich wählte den Eingang, an dem der Glockenzug hing, ging über eine Steintreppe und erreichte die Tür.

Was, wenn man bereits nach mir fahndete? Was, wenn sich der Verdacht, dass ich mit Khalids Verschwinden etwas zu tun hatte, erhärtete?

Meine Gedanken trieben mit mir ein Verwirrspiel.

Ich wartete, sah zurück über die Treppe auf den Weg davor, auf dem eine Vielzahl von Fussabdrücken im Schnee zu erkennen war. Ich überlegte mir, ob ich umkehren sollte. Vielleicht war es ja keine so gute Idee, hierherzukommen.

Ich klopfte zaghaft an die Tür, ohne am Glockenstrang gezogen zu haben. Letztes Mal hatte mich der Klang fast aus den Socken gehauen. Wieder wartete ich. Nichts rührte sich. Ursina wohnte vielleicht nicht mehr hier. Sie war mit ihrer Mutter weggezogen. Was wusste ich, was im vergangenen Jahr geschehen war. Das Letzte, was ich von Ursina erfahren hatte, waren die Ferien in Mallorca, die sie mit ihrem damaligen Freund Andrea Adank verbracht hatte. Dario hatte mir davon erzählt. Ab und zu hatte er mich auf dem Laufenden gehalten.

Ich klopfte, diesmal mit der Faust.

Endlich ein Geräusch von drinnen. Ein Schlüssel wurde umgedreht, und Ursina stand vor mir. Schön wie eh und je.

«Du?» Es war das Einzige, was sie zu sagen hatte.

«Hey. Schon lange nicht mehr gesehen.» Ich schlug meine Hände gegeneinander. «Schweinekälte. Kann ich reinkommen?»

«Wir haben uns erst noch gesehen, erinnerst du dich nicht mehr? Im Postillon. Am Dienstag. Und danach bei Waser.»

«Scherz!» Ich lächelte. Ich wollte eintreten. Jetzt erst recht. «Wohnt deine Mutter nicht mehr hier?»

«Eigentlich schon. Im Moment ist sie wieder auf Entzug und in der Klinik. Ich habe sozusagen sturmfrei. Komm rein.»

Ich zögerte noch. Da war es wieder, dieses Gefühl, das mich in den Momenten beschlich, in denen ich wusste, etwas gegen meine Vernunft zu tun.

SIEBEN

Die Küche sah genau gleich aus wie vor einem Jahr. Ein Tisch in der Mitte, vier Taburettli drum herum. An der Wand eine Chaiselongue. Diesmal mit frischer Bettwäsche bezogen. Im Ofen brutzelte ein Feuer, neben der Herdplatte dampfte das Bainmarie.

«Warum bist du schon so früh unterwegs?» Ursina griff in ihre offenen Haare, nahm sie zusammen und band sie mit einem Gummi zu einem Pferdeschwanz – eine vertraute Geste. «Wie bist du überhaupt durch dieses Chaos an Sicherheitskräften gekommen?» Ursina tippte sich mit dem Finger an die Stirn. «Die Davoser spinnen. Wegen ein paar prominenten Mannsgockeln machen die ein solches Theater. Was das kostet. Ich könnte dieses Geld auch gebrauchen. Bei mir wäre es sinnvoller angelegt.» Sie kicherte und stellte zwei Tassen auf den Tisch. «Magst du Tee? Ich habe auf Tee umgestellt. Grüntee soll gesund sein. Ich trinke zwei Liter pro Tag.»

Dafür ass sie wohl kaum etwas, dünn, wie sie war. Zudem hatte sich die finanzielle Situation noch nicht verändert, nahm ich an. Ihr Traum, eine Modelkarriere anstreben zu können, nachdem sie als die schönste Frau von Davos gekürt worden war, hatte sich wohl aufgelöst.

«Sag schon, weshalb bist du hier?», fragte Ursina.

«Wann haben wir uns das letzte Mal gesehen?»

«Bei Waser, sagte ich doch gerade. Ich war dort mit meinen Kolleginnen, ein paar Typen.»

«War Sidonia auch dabei?» Ich wollte prüfen, ob ich ihr vertrauen konnte.

«Ja, natürlich. Erinnerst du dich nicht mehr? Sidonia, Martina eins, Martina zwei, Sibylle, Corina und Bettina.»

Ich fragte mich, ob sie dichthalten konnte. «Ich bin da in eine unangenehme Situation geraten.»

Ursina setzte sich mir gegenüber. «Hat es mit diesem Araber zu tun? Der sah echt scharf aus.» Wieder kicherte sie. «Sidonia hätte zugelangt, wenn du nicht gewesen wärst. Ich übrigens auch, wenn es Remo nicht gäbe. Für einen exotischen Fick bin ich immer zu haben.»

Ich liess es unkommentiert.

«Mir fehlen die Bilder. Ich mag mich kaum an ihn erinnern. Ich kann mich überhaupt nicht mehr an diese Nacht erinnern.»

«Mannomann, das ist ja ein Ding. Du verschwindest mit diesem Typen und weisst nicht mehr, was du mit ihm getrieben hast? Vielleicht hast du es ja zu weit getrieben. Er hat dir den Verstand geraubt.»

«Das ist nicht lustig.» Ich kam mir hilflos vor. Andererseits durfte ich Ursinas Geschwafel nicht allzu ernst nehmen. Sie gehörte nicht zu den Hellsten. Ihr Denken beschränkte sich auf ihre unmittelbare Umgebung. Weiter als bis zum Horizont hatte sie noch nie sehen können. Aber ich spürte, dass ihr nicht gleichgültig war, was mit mir geschehen war.

«Ich muss wissen, was an diesem Abend passiert ist. Kannst du mir helfen?»

Sie streckte ihren Körper durch. Unter ihrem Pullover zeichneten sich ihre Brüste flach ab. «Ihr habt getanzt. Na ja, wie man's nimmt. Remo hat sich köstlich amüsiert. Dann wollte er unbedingt mit mir tanzen. Er wollte allen zeigen, wie man richtig tanzt.» Ursina grinste mich frech an. «Ihr seid zur Bar zurückgekehrt. Dein Araber hat sich geschämt. Bei Waser ging's erst richtig los ... mit dir und dem Araber ... Wie ein verliebtes Paar habt ihr euch aufgeführt. Ich kenne dich nicht so ...»

«Khalid.»

«Was?»

«Er hiess Khalid Abu Salama.»

Ursina beschränkte sich darauf, mit den Schultern zu zucken. Unmöglich, dass sie von Khalids Verschwinden etwas erfahren hatte. Ich war nicht geneigt, es weiter zu kommentieren.

«Erinnerst du dich, wann ich die Party verliess?»

«Ja klar. So um Mitternacht herum. Vielleicht auch später.»

«Ging ich alleine weg?»

«Du gingst allein nach draussen. Aber der Schönling folgte dir unwesentlich später.»

Eine erste Ungereimtheit?

«Vorher hast du gesagt, dass ich mit Khalid zusammen die Party verlassen habe.»

Ursina legte beide Arme über den Tisch. «Was soll das? Ihr habt geschmust. Es ist naheliegend, dass ihr zusammen gegangen seid. Miteinander oder hintereinander. Was spielt das für eine Rolle?»

«Ich habe einen Filmriss. Ich habe keine Ahnung, was zwischen Mitternacht und … drei Uhr morgens mit mir geschehen ist.» Ich fixierte Ursinas Augen und vermied es, ihr von Dario zu erzählen. Falls sie wusste, dass er mich vor dem Bahnhof aufgegriffen hatte, würde sie bestimmt darauf zu sprechen kommen.

Die Tür zum Korridor ging auf. Unter dem Rahmen zeichneten sich zwei Männerkörper ab.

«Hallo», sagte einer von ihnen. Es war Remo Flütsch, Ursinas Freund. Auf seinem Gesicht war noch Nicolos Hand abgezeichnet. Er hatte Blutergüsse und trug eine hellbraune Cordhose. Dazu einen beigen Rollkragenpullover. Eigentlich nicht Ursinas Geschmacksrichtung. Er musste andere Qualitäten aufweisen, denen sie erlegen war.

Der andere setzte sich grusslos an den Tisch, ein Schrank von einem Mann, Typ Arnold Schwarzenegger, als er jung gewesen war. Offenbar war er noch nicht richtig wach.

«Ach, das ist Gian-Luca», sagte Ursina. «Er wohnt vorübergehend bei mir.»

«Vorübergehend», entgegnete ich, ohne mir darüber Gedanken zu machen.

Ursina sah es als eine Aufforderung an, mich aufzuklären. «Sein Alter hat die Wohnung weitervermietet.» Ursina strahlte Gian-Luca an, der mir erst jetzt einen Blick zuwarf. «Während des WEF wohnt jetzt ein berühmter Politiker aus Schweden dort, Jan Ericson oder so …»

«Ericsäter», korrigierte Gian-Luca. «Er ist Minister, Aussenminister oder ähnlich …»

«Gibt es denn zu wenige Hotelzimmer in Davos?» Ich konnte es nicht ganz nachvollziehen.

«Nein, nein, Gian-Lucas Alter braucht die Kohle. Für die vier Tage bekommt er von dem Schweden eine ganze Monatsmiete.»

«Mein Alter saniert sich so das Januarloch.» Wenn Gian-Luca

lachte, wirkte er sympathisch. Seine schwarzen Haare waren zerzaust, in seinen schmalen Augen klebte noch der Schlaf.

«Du weisst gar nicht, wie viele Davoser sich während des WEF auf diese Weise ein Taschengeld verdienen. Sie vermieten ihre Privatwohnungen und ziehen zu Verwandten.» Ursina kicherte.

«Und du, als gute Seele», stichelte ich, «bietest Asyl für diese Verjagten. Warum vermietest du dieses Haus nicht?»

«Zu alt, zu dreckig. Die WEF-Besucher ziehen moderne Wohnungen vor. Mit WLAN-Anschluss und so. Es sind ja auch die Obergestopften, die nach Davos kommen. Die wollen den Zaster loswerden, aber in Häusern, die ihren Wünschen entsprechen.» Ursina wandte sich an Remo, der sich mit einer Tasse Tee zu uns an den Tisch setzte. «Darling, ich glaube, wir werden in den nächsten Tagen einen Gast mehr bei uns haben.»

Remo verdrehte die Augen. «Und weshalb, wenn ich fragen darf? Hat man dich auch auf die Strasse gestellt?» Er musterte mich kritisch.

«Verstehe ich etwas falsch? Ich habe nicht vor, bei euch zu logieren.»

«Warum nicht? Dann wären wir von nun an zu viert.» Gian-Luca lachte, als hätte er mit meiner Anwesenheit einen Vorteil für sich gesehen. «Für eine Ménage-à-quatre.»

Idiot!

Ich hatte gehofft, nur auf Ursina zu treffen. Wenn ich es klug anstellte, würde ich sie in mein kleines Geheimnis einweihen können. Doch jetzt sah ich mich gleich drei jungen Leuten gegenüber, auf die ich kaum würde zählen wollen.

Ich hätte es wissen müssen: Ursina spielte nicht auf meiner Bühne und ich nicht auf ihrer. Unsere Charaktere waren grundverschieden. Auch wenn ich ihr im letzten Jahr nähergekommen war, durfte ich diese Begebenheit nicht als Anfang für eine innige Freundschaft in Betracht ziehen. Die Ohnmacht, nichts gegen eine Verschwörung gegen mich tun zu können, hatte mich zu diesem Schritt bewogen. Ursina sollte mir in erster Linie das Gefühl zurückgeben, das ich seit vorletzter Nacht verloren hatte. Vielleicht würde sie mich darüber aufklären können, was es auf sich hatte, wenn man sich ins Delirium trank. Ursina hatte darin gewiss mehr Erfahrung als ich.

Jemand war spurlos verschwunden, jemand, den ich im Postillon kennengelernt hatte.

Und ich erinnerte mich nicht daran.

War es möglich, dass ich etwas Furchtbares verdrängte? Dass mein Gehirn einen Schutzmechanismus ausgelöst hatte, um mich nicht mit katastrophalen Bildern zu konfrontieren?

Hatte ich einen Schock gehabt?

«Kannst du kochen?» Gian-Luca warf diese Frage in den Raum und tat so, als betrachtete er den Lampenschirm über dem Tisch. Dass er dabei mich meinte, entging mir nicht.

«Natürlich kann sie kochen», sagte Ursina, ohne meine Antwort abzuwarten. «Sie backt wunderbaren Apfelkuchen.» Sie log wie gedruckt.

Mir wurde es zu viel. Keine gute Idee, hier gestrandet zu sein. Man wollte hier offensichtlich auf coole Wohngruppe machen. Ich war kein Mensch, der sich in der Gruppe wohlfühlte. Auch als Studentin hatte ich mich immer gewehrt, mit andern Kolleginnen und Kollegen zusammenzuleben. Ich wollte meine Ruhe haben. Nicht den Fernseher teilen müssen oder darüber diskutieren, wer das Klo putzt.

«Ursina, ich muss dich unter vier Augen sprechen.»

Gian-Luca und Remo glotzten mich beide an, als hätte ich soeben etwas Unverschämtes gesagt.

Ursina erhob sich, zog mich auf, zerrte mich in den Korridor und von dort in die gute Stube, die mir allzu bekannt vorkam. Dort, wo Weihnachten vor einem Jahr eine Krippenlandschaft gestanden hatte, war jetzt ein Puppenhaus aufgestellt. Ich konnte mir vorstellen, warum. Ursinas Mutter hatte so ihre Vorlieben.

«Typisch Mutter.» Ursina wischte sich eine Haarsträhne aus dem Gesicht. «Wenn sie nicht gerade putzt oder säuft, spielt sie Puppenfamilie.»

Vielleicht war es eine Art Verdrängungskampf gegen das Unausweichliche, ja Unfassbare. Vielleicht hatte der Alkohol sie wieder zum Kind gemacht.

«Du kennst ja unsere Geschichte», sagte Ursina, als hätte sie meine Gedanken gelesen. «Wir sind wie die Hamster im Rad. Wir strampeln uns durchs Leben und kommen einfach nicht vom Fleck.» Sie hielt einen Moment inne. Ich sah in ein trauriges Augenpaar und dachte, dass es im Leben auch Glück war, wo man geboren wurde.

«Was willst du mit mir besprechen?» Ursina liess sich auf das durchgesessene Sofa fallen.

«Ich muss wissen, was genau du gesehen hast, als du am Dienstag im Postillon warst und danach auf der Party.»

«Ja, klar, du erinnerst dich ja nicht mehr. Ich könnte dir jetzt irgendeinen Bären aufbinden, du würdest es mir abnehmen.»

Ich stiess Luft aus. «Ursina, bitte. Was fiel dir auf, als du mit deinen Freunden ins Postillon kamst.»

«Das sind nicht meine Freunde.»

«Kollegen.» Mein Geduldsfaden riss allmählich.

Ursina lächelte und erzählte das, was ich bereits wusste. «Erinnerst du dich auch daran, was nach der Party war? Ich ging nach draussen. Kam ich danach noch einmal zurück?»

«Nein, ich sagte doch schon, dass der Araber kurz nach dir die Party verliess.»

«Streng dich an! Hast du realisiert, wie ich drauf war, als ich wegging?»

Ursina druckste herum. «Hey, ich war ziemlich bekifft. Wir alle waren high … irgendwie. Ich mag mich vage daran erinnern, dass Sidonia sich mit einem Typen in Wasers Schlafzimmer verzog.»

«Mit wem?»

«Ich kenne seinen Namen nicht.»

Ich setzte mich neben Ursina und stützte meine Ellenbogen auf den Knien auf. Ich starrte den Teppich an, der die besten Zeiten hinter sich hatte. Er wies Flechten von abgewetzten Stellen auf. So kam ich nicht weiter. Vielleicht musste ich mich dazu aufraffen, Sidonia zu besuchen. Nur war mir nicht klar, wie ich das unbemerkt tun konnte. Ich wollte auf keinen Fall auffallen.

«Was?» Ursina sah mich mit gerunzelter Stirn an. «Du hast doch etwas.»

Ich stiess Atem aus. «Ursina, ich werde verdächtigt, mit dem Verschwinden von Khalid etwas zu tun zu haben.»

Ursina schnellte auf. «Dein Araber ist verschwunden? Nicht dein Ernst! Wer sagt das? Die Polizei?» Sie war völlig aus dem Häuschen. «Dario etwa?»

«Ja.»

«Das ist ja ein Ding! Was hast du denn angestellt?» Sie kicherte wie ein kleines Mädchen. «Doch nicht etwa wegen des bisschens Shit.»

Obwohl ich mir nicht sicher war, ob Ursina die richtige Adresse war, bei der ich meine Sorgen abladen konnte, erzählte ich ihr alles der Reihe nach.

Ursina starrte mich mit offenem Mund an. «Ist etwas Wahres dran?»

«Ich kann es mir nicht vorstellen.»

«Dann geh zur Polizei und kläre sie auf.»

«Von dort komme ich gerade.»

«Und sie haben dich nicht festgenommen? Das ist ja ein Ding. Was willst du tun?»

«Ich muss das fehlende Stück in meinen Erinnerungen finden.»

«Tut mir leid, ich kann dir nicht helfen.»

«Doch, kannst du.»

«Wie denn?» Ursina stellte sich sehr einfältig an. Doch dann hatte sie eine zündende Idee.

«Das WEF ist eine Veranstaltung von Schaumschlägern.»

Ich drehte meinen Kopf und erkannte Maja auf dem Bildschirm. Mutig von ihr, sich vor einer Horde von Befürwortern dermassen zu exponieren. Sie hatte die Brille abgenommen und sah direkt in die Kamera. Maja stand zusammen mit einer Gruppe von jungen Leuten vor dem Kongresshotel. Sie alle trugen hellblaue Overalls. Auf dem Vorderteil prangten die Buchstaben «WEF», und darunter stand «Welt ergo Frust». Wer diesen Slogan erfunden hatte, war mir schleierhaft. Maja hingegen fand ich erfrischend. Wer den Mut aufbrachte, seine Meinung gegen eine Mehrheit kundzutun, verdiente meinen Respekt. Ich hätte es ihr gewünscht, einen besseren Berater zur Seite gehabt zu haben. Und dass sie für ihren Auftritt zu wenig vorbereitet war, hörte ich aus ihren Zitaten. Sie klangen etwas wirr. Ihre Kollegin Nina schwenkte mit ein paar Frauen zusammen ein Transparent, das sie wohl auf die Schnelle gebastelt hatten.

Ein Frauenaufstand in Davos.

Es ging darum, dass die Welt noch immer von den Männern beherrscht sei. Liesse man die Frauen regieren, würde es weniger Leid geben. Die Männer seien grundsätzlich nur an Macht, Geld und Gier interessiert und daran, die Frau zu unterdrücken. Frauen bräuchte die Welt. «Die Frauen entscheiden, ob Leben entsteht oder nicht. Also hört auf sie! Zudem brauchen wir richtige Frauen, keine Mannsweiber, die in den Fussstapfen irgendwelcher männlicher Vorbilder treten …»

Offenbar hatten die Aktivisten das Thema kurzerhand geändert. Es ging nicht mehr darum, das WEF abzuschaffen, sondern um Frauen in der Politik. Vielleicht erhofften sie sich dadurch mehr Gehör.

Letztlich kam mir Maja hilflos vor. Sie kämpfte gegen Windmühlen, gegen die Mächtigen des WEF, die diesem Intermezzo mit einem Augenzwinkern zusahen, wenn überhaupt.

«Sie hat recht», hörte ich Ursina sagen, die ihre Kosmetikutensilien im Badezimmer verstaute. Sie brachte mir einen Spiegel und bat mich, ihr Werk zu begutachten. Wir hatten uns in ihr Zimmer zurückgezogen, wo sie mich schminkte. Ich sah und hörte mir die Nachrichten auf SRF1 an.

«Und? Wie gefällt dir das Resultat?» Ursina tänzelte euphorisch auf den Zehenspitzen, während sie mich nicht mehr aus den Augen liess.

Ich erkannte mich kaum wieder. «An dir ist eine Visagistin verloren gegangen», rühmte ich sie. Meine Augen waren mit einem schwarzen Kajal umrandet und an den Enden mit einem Strich nach schräg oben verlängert. Weisser Puder betonte meinen ansonsten eher braunen Teint. Die Lippen schienen grösser, voller und röter.

«Ich hätte noch farbige Linsen. Blaue, wenn du möchtest. Ich hatte sie mal für eine Party gekauft.» Noch bevor ich etwas erwidern konnte, schlenkerte sie eine Perücke vor meinem Gesicht. «Mit der wirst du wie Dita Von Teese aussehen.»

«Ich will aber alles andere als auffallen.» Ich band meine Haare straffer zusammen.

Ursina setzte mir die fremde Haarpracht auf. «Mit einer Brille könnten wir das Ganze etwas verharmlosen.»

Sie ging zu ihrem Schrank, wühlte dort in einer Schublade und kam anschliessend mit einem grauen Brillengestell zurück. «Die gehörte Lara.»

Ich setzte sie auf, sah in den Spiegel und musste zugeben, dass mich das Resultat zwar nicht begeisterte, jedoch zufriedenstellte. Jetzt würde mich nicht einmal Dario mehr erkennen.

Ich kam mir wie der Teenager vor, der ich einmal gewesen war. Verrückt danach, mich zu kostümieren, meine Identität zu wechseln, für eine kurze Zeit eine andere zu sein.

ACHT

Ich wurde das Gefühl nicht los, von allen angestarrt zu werden, als ich mich von der Bündastrasse herkommend zur Busstation an der Promenade begab. Ursina hatte mir einen Parka von Lara geliehen, in dem ich mich wie eine Ausgesteuerte fühlte und auch so aussah. Ein Clochard unter Hochglanzfiguren fiel weit mehr auf, als wenn ich mich als ich selbst unters Volk gemischt hätte. Ich fuhr nach Davos Platz zurück. Beim alten Postplatz verliess ich den Bus. Die Sonne schien. Es war klirrend kalt. Unter meinen Füssen knirschte der Schnee. Ich überquerte die Strasse und blieb vor dem Postillon stehen. Ein Reisebus stand vor dem Haupteingang, umzingelt von Soldaten. Auf der Höhe zum Eingang wurde ich zurückgewiesen.

«Ich muss dort rein», sagte ich. «Ich habe mich im Postillon verabredet.»

«Sie müssen sich einen Moment gedulden. Sie sehen ja, was hier los ist.» Der Soldat sah mich verwundert an, als zweifelte er, dass ich ohne Weiteres in dieser Bekleidung in ein Viersternehaus marschieren konnte. Laras Parka sah nicht sehr salonfähig aus, was in krassem Widerspruch zu meinem geschminkten Gesicht stand.

Ich wartete geduldig. Betrachtete die Leute, die den Bus verliessen. Der Sprache zu urteilen nach, stammten sie aus dem Osten. Russen oder so was Ähnliches. Die Männer trugen knielange dunkle Mäntel, die Frauen Pelz und edle Handtaschen. Der Hoteldirektor begrüsste sie persönlich. Während die Gäste im Hotel verschwanden, holten zwei Bedienstete das Gepäck aus dem Busrumpf. Teure Koffer kamen zum Vorschein.

Nach einer gefühlten Ewigkeit durfte ich meinen Gang fortsetzen, den Gang ins Postillon. Bereits vor der Rezeption hielt mich eine Hotelangestellte zurück. Kaum hatte sie mich erblickt, war sie wie eine Furie auf mich zugekommen. «Kann ich Ihnen behilflich sein?» Sie musterte mich von Kopf bis Fuss. Offenbar passte ich so gar nicht zum gängigen Bild ihrer Gäste.

«Ich würde gern den Barman sprechen, der am Dienstagabend Dienst hatte.» Ich zog den Parka aus und legte ihn über meinen

Arm. «Entschuldigen Sie bitte. Ich habe am Dienstag meinen Nerz an der Garderobe vergessen. Jetzt wollte ich mich beim Barman erkundigen, ob er bei ihm abgegeben wurde … oder ob er noch in der Garderobe hängt.»

«Mir ist nichts bekannt», sagte die Frau. «Aber Sie können mir gern Ihre Telefonnummer dalassen. Sollte …», sie sah mich kritisch an, «Ihr Nerz zum Vorschein kommen, werden wir Sie anrufen.»

Ich war mir sicher, sie hatte mich durchschaut.

Sie wurde abgelenkt, als einer der angekommenen Gäste ein Anliegen vorbrachte.

Ich nutzte die Gelegenheit und peilte die Treppe ins Untergeschoss an. Im Vorraum der Damentoiletten riss ich mir die Perücke vom Kopf, steckte sie in den Abfalleimer. Ich nahm die Brille ab, wusch den schwarzen Kajal weg und entfernte den Lippenstift. Ich fühlte mich nicht wohl in dieser Maskerade. Dass ich nun wie eine Eule aussah, war mir egal.

Ich kam mir idiotisch vor. Ich hätte mich niemals verkleiden sollen. Meine Angst war vielleicht unbegründet. Welcher Teufel musste mich geritten haben, mich auf so etwas einzulassen?

Die Tür zum Club stand offen, hinter der Theke der Barman von Dienstag. Seine blonden Haare waren zerzaust, lange Strähnen fielen in sein gebräuntes Gesicht. Er strich sie immer wieder mit dem Handrücken zurück. Mit der andern Hand wrang er einen Lappen unter einem laufenden Wasserhahn aus.

«Hallo!» Ich stellte mich neben einen der Hocker.

«Wir haben noch geschlossen.» Der Barman sah nicht auf, während er nun den Bierausschank reinigte.

«Ich will bloss eine Auskunft», sagte ich. «Mein Name ist Allegra.»

Endlich sah er mich an. «Wir brauchen auch keine neuen Mitarbeiter.» Doch dann erkannte er mich. Er schenkte mir ein Lachen. «Du bist die mit dem Hugo, nicht wahr? Ich bin Glen.»

«Toll, wenn du ein solch gutes Gedächtnis hast. Das wird mir helfen.»

«Worum geht es? Schiess los!»

«Magst du dich an den Dienstagabend erinnern? Ich sass mit einem Mann an der Bar.»

«Mit einem Araber, ich weiss. Die Polizei war schon hier und hat mich dasselbe gefragt.»

Ich schluckte leer. Das hätte ich mir denken können. Die Polizei schlief nicht. Zudem stand sie sicher unter einem enormen Druck. Ein Konsul genoss einen besonderen Status. Das Verschwinden eines Familienmitglieds hatte da erste Priorität, egal, ob man in Davos nach einem Sprengsatz suchte oder nicht.

Sehr präsent war mir der Abend hier an der Bar. Die Männer an der Theke, die Männerrunde am Tisch, der Small Talk mit Glen. Später Khalid. Wie er mich zu einem Drink einlud und selbst keinen Alkohol trank. Er hatte erzählt, dass er Politikwissenschaften studiere, Chemie, als würden die beiden Studiengänge zueinander passen.

Ich ging davon aus, dass Glen auch Ursina und Sidonia kannte. «Wann ist Ursina hier eingetroffen?»

«Um neun?» Glen hob die Schultern. «Nachdem die Girls eingetroffen waren, war echt was los hier.»

«Ich war mal kurz draussen … auf dem Klo. Erinnerst du dich, ob Khalid da jemanden getroffen oder mit jemandem gesprochen hat?»

«Er wartete an der Bar, sah Ursina und ihrem Heini zu, wie sie sich lächerlich machten … Na ja, ich würde es mal so ausdrücken: Ihr Tanz war an der Grenze zum Vulgären.»

«Das ist nicht die Antwort auf meine Frage. Hat Khalid jemanden getroffen?»

«Nein, ich weiss nicht.»

«Hast du das der Polizei auch so mitgeteilt?»

«Ja, ich wusste es auch heute Morgen nicht besser.»

«Was hast du der Polizei denn gesagt? Ich nehme an, sie haben dich über mich ausgefragt.»

«Über dich?» Glen verzog seinen Mund zu einer Grimasse. «Nein, nicht konkret. Sie wollten wissen, wer alles, die ich kannte, an dem Abend hier war.»

«Der Sohn eines Konsuls ist verschwunden», sagte ich mehr zu mir selbst. «Ist es nicht sonderbar, dass gleich die Polizei eingeschaltet wird?»

«Ich denke, die Polizei ist sensibilisiert. Du hast gewiss auch von der Bombendrohung gehört.»

«Meinst du, da gibt es einen Zusammenhang?»

«Zwischen was?» Glen warf den Lappen ins Waschbecken.

«Khalid studiert immerhin Chemie …» Ich biss mir auf die Lippen. Genau das hatte ich vermeiden wollen. Ich war kein Mensch mit Vorurteilen, und doch hatte mich dieses niedere Gefühl jetzt übermannt.

«Frauenlogik», grinste Glen. «Ich komme aus Brüssel. Bin ich dann gleich ein Befürworter der EU?»

«Vergiss, was ich gesagt habe.» Ich schämte mich. Erst noch wäre ich mit Khalid weiss ich wohin gegangen, jetzt stempelte ich ihn bereits zum Kriminellen.

«Du kannst ruhig sagen, was du denkst. Es vergeht kein Tag, an dem wir nicht mit den Gräueltaten in der arabischen Welt konfrontiert werden. Da kommen zuweilen solche Gedanken auf.»

«Es ist unverzeihlich. Ich habe mit Leuten aus Ägypten, dem Irak und den Emiraten studiert. Es sind Menschen wie du und ich …»

«Machen wir uns nichts vor.» Glen beugte sich über den Tresen. «Was im Osten abgeht, ist nicht mehr normal.»

«Aber man kann die Leute nicht alle in denselben Topf werfen. Die Jungen kämpfen um ihre Freiheit, für eine Demokratie.»

«Genau. Und krankhafte Fanatiker wollen sie ins Mittelalter zurückbefördern.» Glen stiess heftig Luft aus. «Bestünde die Welt nur aus Buddhisten, gäbe es keine Kriege.»

Nichts verlangte danach, mich mit Glen über die politischen Entwicklungen im Nahen und Mittleren Osten zu unterhalten, noch weniger über Religion. Ich war aus einem andern Grund hier. Ich wollte erfahren, was in der Nacht vom Dienstag auf den Mittwoch geschehen war. Glen konnte mir auch nicht weiterhelfen. Er hatte nichts beobachtet. Er hatte die Leute mit Getränken versorgt, vielleicht ein wenig geplaudert. Wie jeden Abend, wenn er an der Bar stand.

In erster Linie ging es mir darum, die letzten Stunden vor Khalids Verschwinden zu rekonstruieren.

Vielleicht sollte ich Dario anrufen. Andererseits würde er mich in meinem Bestreben nicht unterstützen. Das war Polizeiarbeit.

«Du kannst also auch nichts dazu sagen.» Ein letzter Versuch.

«Vielleicht hilft dir das, wenn ich dir verrate, in welchem Hotel die Gäste aus den Emiraten abgestiegen sind.» Glen strich sich mit fünf Fingern die Haare zurück.

«Ich dachte, das sei geheim?»

«Ist es auch. Manchmal erfährt man jedoch etwas auf dem Latrinenweg. Ich kenne einen der Köche im Hotel Belle Epoque sehr gut. Er hat es mir brühwarm aufgetischt.»

«Im Belle Epoque.» Einer der ältesten Hotelkästen von Davos erschien vor meinem geistigen Auge. Alt, aber bereits mehrmals renoviert und den heutigen Standards angepasst worden. «Wie ist sein Name?»

«Du willst doch nicht etwa dorthin?» Glen verzog seinen Mund zu einem Grinsen.

«Wie heisst er?»

«Mikkel Soerensen. Er ist Entremétier. Er steht unter den Fittichen des Sternekochs Maurice Levevre, den man extra wegen des WEF aus Frankreich eingeflogen hat. Soll ich den Namen notieren?»

«So viel kann ich mir merken.» Ich war beleidigt.

Ich verabschiedete mich von Glen. Auf dem Weg nach oben begegnete mir die rabiate Empfangsdame. Sie kannte mich nicht mehr.

Sidonia arbeitete tagsüber bei ihren Eltern im Modegeschäft. Wenn ich Glück hatte, würde ich sie heute dort antreffen. Ich verliess das Postillon gegen ein Uhr. Der Reisebus war weggefahren, die Soldaten hatten sich entfernt. Nur ein Polizist markierte seine Präsenz vor dem Hotel. Ein beruhigendes Gefühl. Niemand musste sich davor fürchten, Zielscheibe eines Anschlags zu werden. Ich verwischte meine ironischen Gedanken. Auf dem Weg zu den Arkaden blieb ich nicht allein. Im Getümmel von Touristen und im Abstand von ein paar Metern folgten mir zwei Ordnungshüter. Ich konnte es mir nicht verkneifen, über meine Schultern nach hinten zu schauen. Sie beobachteten die Strasse, blieben manchmal stehen, sahen in Geschäftseingänge oder die Fassaden des Hotels Europe hoch. Falls sie miteinander redeten, taten sie es leise. Zu gern hätte ich gewusst, was in ihren Köpfen vorging.

Sidonia bediente, als ich die Tür zum Modegeschäft aufstiess. Warme Luft streifte mich, hüllte mich ein mit einem Fluidum aus Stoffen und zartem Parfüm. Mich empfing ein Schlaraffenland aus hippen Kleidern, ein Ort zum Anprobieren und Verweilen. Dezente Musik säuselte aus einem unsichtbaren Lautsprecher.

Sidonia sah gut aus. Sie trug eine unifarbene helle Hose, einen weissen Rollkragenpullover und darüber ein schwarzes Jackett. Ganz ladylike bediente sie zwei Damen, beriet sie, kicherte, wie nur Sidonia kichern konnte. Aber zuletzt waren die Kundinnen um zwei Riesentüten voller neuer Kleider reicher.

«Hey, Allegra.» Sidonia kassierte. Dabei lächelte sie mich an und sprach gleichzeitig mit den Frauen. «Ich komme gleich. Wie du siehst, bin ich megamultitasking.»

Nichts war mehr von ihrem Missmut mir gegenüber zu erkennen. Hier, in der Firma ihrer Eltern, hofierte sie die Kundinnen. Sie war die geborene Beraterin, charmante Verkäuferin. Anständig, empathisch und darauf bedacht, keine Fehler zu machen. Sie war Aushängeschild für eine junge Generation von modebewussten Frauen und zeitgleich ihre Werbeträgerin.

Nach Feierabend schlüpfte sie aus ihrer Alltagstracht und veränderte ihre Optik wie ein Chamäleon. Die Nächte gehörten ihr und ihresgleichen. Und niemandem fiel auf, dass sie eigentlich nur dafür lebte: fürs Ausgehen, Flirten und um irgendwelche Typen ins Bett zu kriegen.

Sidonia bedankte sich und geleitete zwei überaus zufriedene Damen zum Eingang. Sie sah ihnen eine Weile nach, bevor sie sich an mich wandte. «Hey, schön, dass du dich auch mal hierhin getraust.» Sie sah mich mit prüfendem Blick an. «Ein neuer Mantel würde dir sicher megagut stehen. Wo hast du denn diesen alten Schgarnutz ausgegraben?»

«Er war Laras Mantel.» Ich berichtete ihr von meinem Daunenmantel und dass Dario ihn im Tumbler getrocknet hatte. Das war die Sprache, die Sidonia verstand.

Sidonia konnte sich darauf kaum mehr erholen. «Dario hat deinen Mantel getumblert? Warum denn das?»

Ich erzählte ihr von meinem Missgeschick.

«Oh mein Gott, ist der süss. Weisst du noch, wie er auf dem Pausenplatz rumgerannt ist? Und während der Turnstunden schaffte er es nie, eine Stange hochzuklettern. Der kleine Dario. Mit zwölf war ich bereits einen Kopf grösser als er ...» Sidonia stellte sich mit verschränkten Armen vor den Verkaufstresen. «Jetzt hat er mich eingeholt, nein ... drei Zentimeter überholt.» Sie kicherte wieder in typischer Sidonia-Manier. «Wir können ein bisschen reden. Ist eh nicht viel los. Die Bonzen kommen erst nach dem Skifahren ins Geschäft ... oder nach den Vorträgen im Kongresshaus.» Sie hielt inne, als ich nichts erwiderte. «Sag mal, ohne Grund besuchst du mich nicht.»

«Gut geraten.» Ich zögerte. Ich musste mir meine Wortwahl überlegen. «Khalid ist verschwunden.»

«Ich weiss. Ich war heute schon bei der Polizei deswegen.»

«Was wollten sie von dir wissen?»

«Alles. So ein Polizistenfuzzi hat ein Protokoll gemacht, als ob ich mich an die Nacht bei Charly hätte erinnern können.» Sie lachte hinter vorgehaltener Hand, während sie in Richtung Herrenabteilung sah, wo ihr Vater einen Kunden bediente. «Wir waren megazugedröhnt, auch du. Wir alle waren zu. Schnitt. Verstehst du?» Sie machte eine Scheibenwischerbewegung. «Die Bilder sind weg.»

«Habe ich auch geraucht?»

«Keine Ahnung. Aber ich nehme es an. Wenn Charly Stoff verteilt, kann man nicht widerstehen.»

«Erinnerst du dich, dass Dario dich am Mittwochmorgen um ungefähr drei Uhr angerufen hat?»

«Ja, vage ... Warum?»

«Und daran, dass ich dich vorher angerufen hatte?»

Sidonias Augen verengten sich. «Wann denn? Und warum?»

«Weil deine Nummer auf meinem iPhone war. Kurz vor Darios Anruf habe ich offenbar deine Nummer gewählt. *Ich* wüsste gern, warum.»

Sidonia flüsterte jetzt. «Ist das wichtig?» Sie warf immer wieder Blicke ans andere Ende des Geschäfts. «Keine Ahnung. Muss ein Scherz gewesen sein. Echt, ich weiss es nicht ... Siehst du die Kleiderstange mit den Herrenanzügen dort?»

Ich folgte ihrem Blick, überrascht, dass sie das Thema wechselte.

«Alles Aktionsware, die wir zur regulären Ware dazugekauft haben. Wenn die Wirtschafsbosse hier hereinkommen, kaufen sie manchmal bis zu sechs Anzüge, die dazu passenden Hemden und Krawatten inklusive. Der Laden läuft nie besser als während des WEF. Wenn's das WEF nicht gäbe, könnten wir den Laden dichtmachen.»

«Das glaube ich nicht. Ihr habt doch tolle Mode, auch für die Davoser Kundschaft.»

«Die geben nicht viel Geld für Kleider aus.» Sidonia kicherte. «Die Haupteinnahmen haben wir von den Touristen. Willst du etwas trinken? Einen Prosecco vielleicht? Während des WEF servieren wir Prosecco. Das war die Megaidee meiner Mutter. Sie ist der Meinung, wenn die Käufer angeheitert sind, sind sie kaufwilliger. Dann können wir denen weiss ich was aufschwatzen. Ich bin einsame Spitze bei den Zusatzverkäufen, kannst es mir glauben. Manch ein Ladenhüter geht durch meine Hände über den Tresen.»

Ich lachte über Sidonias Ehrlichkeit.

«Während des WEF verkaufen wir auch die Kleider, die sonst im Lager liegen bleiben. Die Tussis wissen ja nicht, dass es Modelle von der vorletzten Saison sind. Willst du jetzt einen Prosecco?»

Ich lehnte dankend ab. «Was hast du über mich ausgesagt?»

«Was? Wann?»

«Als du bei der Polizei warst.»

«Ich habe nur gesagt, woran ich mich als Letztes erinnern konnte … dass ich dich mit Khalid habe schmusen sehen.»

«Warst nicht du das?»

«Nein, ich glaube, ich habe mich mit Jörg in eines von Charlys Zimmern verzogen. Später kam, glaube ich, auch Vanessa dazu.»

Ich wollte nicht erfahren, was in Charlys Zimmer geschehen war. Alkohol und Drogen hatten Sidonia und die erst noch so verhassten Zürcher nicht nur miteinander versöhnt, sondern die letzten Hemmungen beseitigt.

«Denk nach», forderte ich Sidonia auf. «Mit wem hast du Khalid zuletzt gesehen?»

«Ich erinnere mich nicht, ehrlich.»

«Kann es sein, dass du mein iPhone manipuliert hast?»

«Was habe ich?»

«Auf meinem iPhone ist eine neue Melodie für eingehende Anrufe. Hast du mein iPhone mal in der Hand gehabt?»

«Sagte ich doch bereits: keine Ahnung.» Sidonia zog mich vom Verkaufstresen weg. «Mein Vater muss unser Gespräch nicht unbedingt mithören.»

Ich fand mich zwischen zwei Ständern mit Abendkleidern wieder. Taft rauschte durch meine Finger, als ich den Stoff berührte.

«Martina war da», sagte Sidonia wie aus dem Nichts heraus.

«Martina? Habe ich sie nicht schon im Postillon gesehen?»

«Ja, wie soll ich sagen?» Sidonias plötzliche Verlegenheit passte nicht zu ihr. «Sie ist die Älteste von uns, hat schon früh geheiratet und zwei Kinder. Es reicht nirgends bei denen. Ihr Mann schickt sie …» Sidonia druckste herum.

«Komm, sag schon! Was ist mit Martina?»

«Sie muss während des WEF anschaffen gehen.»

«Martina Michel?» Ich fiel beinahe rückwärts in den Kleiderständer. «Das ist nicht dein Ernst.»

«Nein, Martina Cavelti. Davos ist nicht so heilig, wie es scheint.» Sidonia kicherte. «Die Frau vom Baulöwen Meier macht das auch schon eine Weile. Sie hätte es nicht nötig. Sie schwimmt im Geld. Du weisst, wie alt der Meier ist. Und Anastasia ist eine megarassige Ukrainerin. Man kann es ihr nicht verübeln. Ich weiss von Ursina, dass ihr alter Knacker ihr noch nie einen Orgasmus verpasst hat.» Sidonia hielt sich die Hand vor den Mund.

Ich war perplex. «Das interessiert mich nicht.»

«Habe ich mir doch gedacht, dass du prüde bist.»

Ich liess ihr den Glauben.

Sidonia plauderte munter darauf los. «Martina verdient sehr gut dabei. Sie wird oft zum Mittagessen oder zum Dinner eingeladen. Und danach begleitet sie die Herren jeweils in die Suite und bleibt so lange dort, bis sie fertig sind mit ihr … hat sie mir so erzählt.»

«Ihr seid sehr gute Freundinnen?»

«Geht so. Martina prahlt damit, dass die Männer schon mal einen Tausender liegen lassen. Kannst selber ausrechnen. Wenn sie das eine Woche lang vier-, fünfmal am Tag macht, hat sie schön was auf der hohen Kante. Damit finanzieren sie sich die Familienferien im Vergnügungspark Rust.»

«Kannst du mir Martinas Adresse geben?»

Sidonia ging auf den Verkaufstresen zu, an dem ihr Vater stand und gerade seinen Kunden verabschiedete.

«Vater, das ist Allegra, von der ich dir erzählt habe.»

Herr Casutt schüttelte mir die Hand und wollte mich nicht mehr loslassen. «Schön, dass ich Sie persönlich einmal kennenlerne. Ich kannte Ihre Mutter sehr gut. Wie geht es ihr?»

Ich hatte keine Lust, mich mit Casutt über Mam zu unterhalten. «Sie verbringt gerade ein paar Tage in Gstaad.»

«Aber in Davos hätte es ihr sicher auch gefallen.» Der edle Herrenanzug verbarg Casutts schlaksige Gestalt nur bedingt. Er war ein gross gewachsener Mann mit einem Kopf, der mich an einen Adler erinnerte, denn die Nase vermittelte etwas Raubvogelhaftes, und seine Augen bewegten sich unstet, als lauerten sie auf Beute.

«Nein, bestimmt nicht», sagte ich. «Mit Davos hat sie schon längst abgeschlossen.»

«Ach ja, ich verstehe.» Casutt fuhr sich nervös mit der Hand über die Stirn. «Ich muss die Kleider verräumen.»

Ich sah ihm nach. Sidonia verdrehte ihre Augen. «Typisch Vater. Wenn's ihm zu unangenehm wird, verzieht er sich.»

«Dann kommst du ganz nach ihm.» Ich konnte es mir nicht verkneifen. «Hast du nun Martinas Adresse oder nicht?»

Sidonia kritzelte sie auf eine Quittung, die der letzte Kunde hatte liegen lassen. «Hier, sie wohnt in der Hofstrasse.» Sie sah mich forsch an. «Aber vielleicht solltest du dich zuerst anmelden, bevor du hingehst. Sie wird unterwegs sein, und ihr Mann ist ein Doofkopf.»

Ich verliess das Modegeschäft und machte mich auf den Weg zum Hotel Belle Epoque.

Das Fünfsternehaus lag oberhalb der Promenade, schräg gegenüber dem Hotel, in dem ich über die vorletzten Weihnachts- und Neujahrstage gearbeitet hatte. Ich machte einen grossen Bogen um den Eingang und überquerte die Strasse.

Bereits auf der Zufahrt zum Belle Epoque wurde ich von einem uniformierten Polizisten schweigend aufgehalten. Zudem standen links und rechts des Wegs Stoffwände, die mir auf dieser Höhe den direkten Blick zum Hotel verwehrten. Weiter oben erkannte ich das Dach eines Partyzeltes.

Ich hatte keine Chance, unbemerkt ins Hotel zu gelangen. Ich zimmerte mir bereits eine Ausrede zurecht, als ich von dem Polizisten angesprochen wurde. «Sie können hier nicht durch.»

«Und warum nicht? Ich arbeite im Hotel.»

«Können Sie sich ausweisen?»

«Das ist mir neu. Ich hatte zwei Tage frei. Den Ausweis musste ich noch nie vorweisen. Sie können mich gern abtasten. Ich bin nicht bewaffnet.»

Der Polizist fand es alles andere als witzig. Während ich ihn anlachte, versuchte er eine ernste Miene aufzusetzen.

«Ich kann Sie leider nicht passieren lassen.»

Ich durfte das Spiel nicht auf die Spitze treiben. Als Nächstes wollte er bestimmt meinen Namen erfahren, um mich via Funkgerät beim Personalchef anzumelden. Ich musste mir eine andere Strategie ausdenken, um ins Hotel zu gelangen.

Enttäuscht kehrte ich um.

Ich schlenderte die Schaufenster entlang. Die Sicherheitsvorkehrungen an der Promenade waren zwar geheim, jedoch offensichtlich. Vor jedem Juweliergeschäft standen Männer der Securitas und beobachteten die Leute. Ich fühlte mich in Ketten gelegt, als ich über die Schwelle der Boutique Hublot trat. Zu verlockend waren die Auslagen. Gold und Edelsteine auf eindrücklichen Uhren funkelten um die Wette. Preisschilder waren keine sichtbar. Sie hätten wohl jeden Kunden davon abgehalten, die Uhren-Bijouterie zu betreten.

Aber das war nicht der Grund, weshalb ich hier eintrat.

Vor dem Tresen hatte sich ein korpulenter Mann aufgebaut. Ein Hüne von einem Mann, der mir den Rücken zudrehte. Er trug einen bodenlangen Pelzmantel, wie ich ihn noch nie an einem Mann gesehen hatte. Den wollte ich mir einmal aus der Nähe anschauen. Neben ihm standen zwei Typen, seine Bodyguards, nahm ich an. Frau Hofmänner, die ich von früher kannte, holte auf sein Drängen hin eine Palette mit Hublot-Uhren aus dem Safe und legte sie vor ihm auf den Tisch. Während sie die kostbaren Uhren mit Handschuhen anfasste, griff der Kunde mit seinen Pranken danach.

«Welches ist die teuerste Uhr?», fragte er und versuchte, ein vergoldetes Modell über sein dickes Handgelenk zu ziehen. Einer seiner Lakaien half ihm dabei. Es war diese Geste, die mich stutzig machte.

Ich sah Frau Hofmänner an, dass es ihr nicht wohl war. Immerzu sah sie zur Tür, wo die Securitys standen, jedoch nicht das Geschäftsinnere, sondern die Strasse und das Trottoir im Visier hatten.

«Ich wollen zeigen meine Frau. Können Uhr mitnehmen? Ich sein Scheich von Abu Dhabi.» Seine Stimme klang tief und furchteinflössend.

Das pelzbefrackte Ungetüm passte nicht hierher. Hätte er sich als russischer Oligarch vorgestellt, hätte ich es ihm eher geglaubt. Etwas stimmte hier nicht.

Frau Hofmänners Blick traf meinen. Sie hob ihre Schultern. Ich wusste nicht, wie reagieren. Die Frau befand sich in Bedrängnis. Einerseits wollte sie höflich sein, andererseits ihre Verkaufsphilosophie nicht gefährden – niemals etwas über den Ladentisch zu reichen, bevor nicht Geld die Hände gewechselt hatte. Hier ging es um Zehntausende von Franken und nicht um ein belegtes Brot.

Der Bodyguard nahm ihr die Entscheidung ab. «Er ist der Scheich von Abu Dhabi. Ich bürge für ihn. Er wird morgen die Uhr zurückbringen, sollte sie nicht gefallen.»

Für arabische Verhältnisse sprach er perfekt Deutsch. Zu perfekt.

Frau Hofmänners Bewegungen wirkten fahrig, als sie sich daranmachte, eine passende Schachtel zu finden. Sie beugte sich und griff unter dem Tresen danach. Ihren Blick hatte sie auf die Uhren gerichtet. Ich fragte mich, wozu die Securitas anwesend war, wenn Frau Hofmänner sich nicht auf sie verlassen konnte. Und dass sie in diesem Moment Hilfe benötigte, bemerkte ich an den Schweissperlen.

Kurz drehte sich der Scheich nach mir um. Unsere Augen trafen sich. Verdutzt waren wir beide ob dieser Begegnung. Der Scheich blieb wie erstarrt, während die anderen beiden Männer sich nervös hin und her bewegten. Bevor einer der Bodyguards etwas sagen konnte, rief ich dem Scheich zu: «Gian-Luca!»

Der Scheich und seine beiden Begleiter sahen mich an, als wäre ich eine unwirkliche Erscheinung. Überrascht waren wir alle. Frau Hofmänner erblasste in dem Augenblick, als sie begriff, was ich soeben verhindert hatte.

«Habt ihr sie noch alle?»

Zuerst die Anspannung, die ich fast körperlich spürte. Der Moment zwischen dem Aufdecken der Wahrheit und dem Begreifen. Als schwebten wir alle in einem unsichtbaren Kosmos. Dann lachten alle los.

«Allegra, du Spielverderberin.» Gian-Luca entledigte sich des Pelzmantels. «Ich fühle mich wie in einer Sauna.»

«Wo hast du denn den her?»

«Aus dem Kostümverleih.»

«Ist es nicht zu früh für die Fasnacht?»

«Von wegen. Jetzt habe ich eine Wette verloren.»

Ich sah Gian-Lucas Kollegen an. «Man hätte es euch beinahe abgenommen. Aus Abu Dhabi mit Gefolge.» Ich schüttelte ungläubig den Kopf. «Worauf hast du denn gewettet?»

«Dass ich mit einer teuren Herrenuhr aus diesem Laden würde laufen können, wenn ich mich nur geschickt anstellte.»

«So geschickt sah es allerdings nicht aus.» Ich näherte mich Frau Hofmänner, die die Uhren-Palette schleunigst in den Safe gebracht hatte. «Tut mir leid, meine Kollegen wollten Sie nicht erschrecken.»

«Das ist ihnen aber gelungen.» Frau Hofmänner zitterte wie Espenlaub. «Zum Glück sind Sie ins Geschäft gekommen, sonst wären die Diebe entwischt. Sie können froh sein, dass ich nicht die Polizei rufe. So ein Gesindel … Pfui!»

Gian-Luca entschuldigte sich.

«Das war nicht nett. Da gibt es eine Bombendrohung in Davos, der Sohn eines Attachés ist verschwunden, und ihr legt eine Bijoutière rein. Schämt euch!», sagte ich.

«Wir machen's wieder gut», sagte Gian-Luca. Seine Stimme wurde leiser. Ich musste mich anstrengen, dass ich ihn verstand. «Du hast uns die Wette vermiest. Was springt als Entschuldigung für uns heraus?»

«Ich glaube nicht, dass ich euch etwas schuldig bin. Eher umgekehrt. Hätte ich euch nicht entlarvt, wärt ihr mit den Aufpassern vor der Tür ins Gehege gekommen.» Ich musterte Gian-Luca. «Ehrlich gesagt hätte ich dir diese Dreistigkeit nicht zugetraut. Bei Ursina machtest du einen etwas verträumten Eindruck auf mich.»

«So kann man sich täuschen.» Gian-Luca nahm mich am Arm. Mit der andern Hand griff er nach dem Pelzmantel. «Ich weiss, in was für einem Scheiss du steckst. Ursina hat mit alles erzählt.»

Einen Moment lang war ich sauer auf sie. Ich hätte es wissen müssen. Ursina hatte noch nie ein Geheimnis für sich behalten können.

«Was willst du?»

«Ich muss unbedingt Mikkel Soerensen sprechen. Er ist Koch im Belle Epoque. Ohne Ausweis komme ich dort nicht rein.»

Einer von Gian-Lucas Begleitern stiess mich in die Seite. «Warum willst du ihn sprechen?» Er zog seine Mütze tiefer ins Gesicht. Seine schwarze Brille behielt er auf.

«Es geht um eine Auskunft.» Ich starrte ihn an. «Kennst du ihn etwa?»

«Klar. Er arbeitet die zweite Wintersaison im Belle Epoque.»

Mir entging nicht Gian-Lucas belustigter Blick, als er seinen Begleiter ansah.

«Vor drei Jahren teilten wir uns schon den Arbeitsplatz im Hotel Grischa. Ich bin auch Koch … ich arbeite wie er im Belle Epoque, jedoch erst seit dieser Saison.»

Dann hatte sich diese Aktion also doch noch gelohnt. Ich verkniff mir ein befriedigtes Lächeln.

«Wie komme ich ins Belle Epoque?»

«Mit mir.»

Ich atmete erleichtert aus. «Morgen Vormittag hätte ich Zeit.» Ich verdrängte meine Lust aufs Skifahren.

«Um zehn vor der Ex-Bar?»

Wir verabschiedeten uns per Handschlag.

Wohl war mir nicht.

NEUN

Nie im Traum wäre es mir in den Sinn gekommen, freiwillig in die Ex-Bar zu gehen. Es hatte damit zu tun, dass ich während meiner Ferien in Davos meinen alkoholisierten Bruder Valerio mehrmals dort hatte abholen müssen. Er hatte sehr darunter gelitten, als meine Mam und ich vor fünfzehn Jahren Davos verliessen. Immer öfter hatte er die Ex-Bar besucht und sich volllaufen lassen. Zumindest hatte er seine Schwäche in den Griff bekommen, als er an die Uni in Zürich ging. Die Erinnerungen plagten mich noch immer. Die Ohnmacht, meinem Bruder im entscheidenden Moment nicht beigestanden zu haben, bemächtigte sich mir noch heute.

Unschlüssig stand ich auf dem Trottoir. Nicht sicher, ob ich ohne schlimme Erinnerungen dort würde hineingehen können. Es gibt Dinge, die lassen sich nicht einfach aus dem Gedächtnis verbannen. Ich hätte gern getauscht: die Retrospektive an damals gegen die verloren gegangenen Bilder von Khalid.

«Hey du!»

Ich wandte mich um. Mit wehendem Mantel rannte Gian-Lucas Kollege über die eisbedeckte Strasse. Ich erkannte ihn am Mantel und der schwarzen Brille. Auf meiner Höhe angekommen, streckte er die rechte Hand aus. «Ich bin Mikkel Soerensen. Ich habe mich gestern nicht einmal vorgestellt.» Er nahm die Brille ab.

Ich brachte zuerst kein Wort heraus.

Mikkel lachte laut heraus. «Ich liebe solche Spielchen.»

Er war ungefähr in meinem Alter, mittelgross und hatte überraschend klare blaue Augen mit einem hellen Wimpernkranz, der zudem ungewöhnlich lang ausfiel. Seine Herkunft war schwer zu erraten. Seinen blonden Haaren nach konnte er ein Nordländer sein. Aus Schweden oder Norwegen. Erst als ich ihn danach fragte, verriet er mir seine Provenienz. Vor zehn Jahren sei er mit seinen Eltern von Dänemark nach Davos gekommen.

Ich schmunzelte. «Im Gegensatz zu gestern siehst du heute sehr moderat aus.»

«Bodyguard liegt mir auf die Dauer nicht.» Mikkel grinste zurück. «Wollen wir gleich zum Belle Epoque, oder möchtest du in die Ex?»

«Lieber gleich ins Hotel.»

Wir folgten der Promenade, die an diesem Vormittag schon wieder stark befahren war. Das übliche Bild. Über den Winter vermochte niemand das Verkehrschaos in Davos in den Griff zu bekommen.

«Was ist eigentlich geschehen, dass du unbedingt ins Belle Epoque willst?», fragte Mikkel und hängte sich wie selbstverständlich bei mir ein.

«Hmm … schauen, wie du kochst vielleicht?» Ich konnte ihm unmöglich sagen, dass ich einen Augenschein von Khalids Zimmer nehmen wollte. Vielleicht würde ich mich daran erinnern, ob ich in der besagten Nacht dort gewesen war. «Ich habe gehört, dass der Sternekoch Maurice Levevre bei euch zu Gast ist. Und, wie ist er so?»

«Ganz okay. Seine Kreationen sind für mich etwas gewöhnungsbedürftig. Die Gäste allerdings mögen seine Menüs. Je ausgefallener, desto öfter wird danach verlangt. Zumindest während des WEF. Man könnte ihnen Hundebisquits auftischen, die würden sie essen, weil sie von Levevre empfohlen wurden.»

Ich verkniff mir ein Schmunzeln.

«Daran sieht man, wie gewisse Leute ticken», fügte Mikkel an. «Es gibt welche, die machen jeden Trend mit, ob sie ihn mögen oder nicht. Ich ziehe die bodenständige Küche vor, was nicht heisst, dass ich mich nicht auch bei den exotischen Speisen auskenne. Ein semi gebratenes Rindsfilet ziehe ich einer Bouillabaisse zum Beispiel noch immer vor. Und von Entenstopfleber halte ich grundsätzlich nichts … aber wir bereiten im Moment nur solche Sachen zu. Gestern gab es ein Buffet in der Art, wie du es bestimmt noch nie gesehen hast. Die teuersten Produkte wurden verarbeitet, die exotischsten Früchte importiert, damit die noble Gesellschaft den kulinarischen Exzessen frönen konnte. Beluga-Kaviar und Austern aus Charente-Maritime wurden en gros serviert.»

«Ich dachte, den Beluga-Kaviar gibt's nicht mehr.»

«Doch, doch … wenn man weiss, wie und wo man ihn bekommt …»

«Wenigstens bleibt von so einem Buffet für die Hotelangestellten etwas übrig.»

«Nein. Alles, was sich auf einem Buffet befindet, muss nach dem Abräumen vernichtet werden. Man darf die Speisen nicht einmal auf dem Frühstücksbuffet am nächsten Tag verwenden. Gemäss Lebensmittelgesetz muss man alles entsorgen. Schon wegen der Bakterien …»

«Was für eine Verschwendung!»

«Kann man wohl sagen. In der Regel gelangen zwei Drittel eines Buffets in den Abfall.»

«Das WEF hat ja echt dekadente Auswüchse.»

«Solange die Gäste das bezahlen, hat man nichts dagegen einzuwenden.»

Vor dem Belle Epoque patrouillierten Polizisten. Die Stoffwände, die beidseitig des Weges zum Eingang angebracht waren, verwehrten den direkten Blick zur Fassade. Mikkel wies seinen Personalausweis vor. Man liess uns passieren. So einfach hatte ich es mir nicht vorgestellt. In Mikkels Schatten schien man mich kaum zu bemerken.

Das Belle Epoque zählte trotz seines Alters zu den beliebtesten Hotels in Davos. Insbesondere während des Forums sei es gefragter denn je. Schon Bill Clinton habe hier übernachtet, erzählte mir Mikkel.

Auch vor dem Haupteingang gab es beinahe mehr Aufpasser als Gäste. Sie hielten sich jedoch im Hintergrund; trotzdem fühlte ich mich unter Dauerbeobachtung. Wir gelangten durch den Personaleingang ins Innere und von da aus direkt ins Untergeschoss, wo die Personalräume lagen. Mikkel öffnete seinen Spind und griff hinein. «Hier, zieh dir die Schürze an. Auf jeder Etage hat's einen Security. Im Haupttrakt wie im Annex. Ich nehme an, du möchtest gleich in Khalids Zimmer.»

Ich schluckte leer. «Wie hast du denn das erfahren?»

«Durchs Buschtelefon.» Mikkel lachte schelmisch. «Von Gian-Luca.»

«Aber –»

Ich zog meine Winterjacke aus und die weisse Schürze an. «Und? Wie steht sie mir?»

«Niemand wird dich als Eindringling erkennen.» Mikkel zog mich über eine Treppe mit nach oben, wo die Küche und das Office lagen. So viel Hotelpersonal hatte ich noch nie zuvor auf einem Haufen gesehen. Es hatte jedoch auch sein Gutes: Ich fiel nicht auf.

«Es gibt auch hier Beobachtungsposten», sagte Mikkel und deutete auf einen stämmigen Koch. «Jemand, der aufpasst, dass keine vergifteten Speisen zubereitet werden.» Er lachte.

«Ein Vorkoster?»

«So in etwa.» Mikkel fasste mich am Arm. «Am besten, du gehst mit einem Servierwagen in den vierten Stock. Ich werde in der Zwischenzeit Adelina Bescheid geben, dass du hochkommst. Wenn die Luft rein ist, kann sie dich ins Zimmer lassen.»

«Wer ist Adelina?»

«Eines der Zimmermädchen. Sie ist bereits eingeweiht.»

«Das ging ziemlich schnell.» Sehr begeistert war ich nicht. Und wenn ich mich an die Sicherheitskräfte im Bereich des Empfangs erinnerte, konnte ich mir unmöglich vorstellen, meine Tour d'Horizon ohne Zwischenfall zu starten.

Auf dem Servierwagen standen ein Eiskübel mit einer Flasche Dom Pérignon und zwei Champagnergläser. Daneben eine Schale mit verschiedenen gerösteten Nüssen. Am liebsten hätte ich danach gegriffen. Ich konnte es mir im letzten Moment verkneifen.

«Ready?» Mikkel schubste mich in die Seite. «Du fährst mit dem Lift in die vierte Etage. Wenn du oben bist, gehe nach links. Es ist das Zimmer 417. Sollte Adelina noch nicht dort sein, warte einfach einen Moment und schaue aus dem Fenster. Sollte dich ein Security sehen, tue so, als suchtest du nach etwas in deiner Schürzentasche.»

«Puh, das klingt nicht sehr erheiternd. Was mache ich, wenn man mich entlarvt?»

«Das wird man nicht. Niemand weiss von deiner Anwesenheit. Jedermann denkt, dass du ein Zimmermädchen bist.»

Damit hatte ich bereits Erfahrung – als Zimmermädchen.

Da stand ich nun und wusste nicht, was tun. Falls das Hotel eine Aura hatte, wirkte sie bedrückend auf mich. Unter anderen Umständen hätte ich mich nicht hierher gewagt. Das Belle Epoque gehörte zu den Grandhotels, wie ich sie aus St. Moritz kannte. Es war mir, als fühlte ich den Geist von Edith Södergran, einer Schriftstellerin, die hier logiert hatte, und anderen verstorbenen Prominenten, als röche ich das Fluidum ihrer Körper. Wenn dieses Hotel hätte reden können, hätte es unglaubliche Geschichten erzählt. Vom Auf- und Abstieg seiner Besitzer, von illustren Gästen und geheimen Treffen.

Mikkel holte mich aus meinen Gedanken und sein iPhone hervor. Er lichtete mich damit ab. «Etwas für die Nachwelt.»

«Du Schuft! Hättest mich auch warnen können, dann hätte ich gelacht.» Ich trat schmunzelnd mit dem Servierwagen in den Lift. «Und auf Facebook will ich das Bild nicht sehen.»

Ich drückte die Vier und fuhr hoch.

Der Korridor gähnte mir leer entgegen. Weit und breit keine Security, vor der mich Mikkel gewarnt hatte. Der erdfarbene Teppich verschluckte jeglichen Laut. Die Stille wirkte unheimlich. Auch Adelina war nicht da. Das verunsicherte mich. Ob ich mich in der Etage geirrt hatte? Ich schob den Servierwagen an Zimmertüren vorbei, bis ich auf die Nummer 417 stiess. Bis jetzt kam mir alles fremd vor. Nicht das geringste Gefühl, dass ich schon einmal hier gewesen war. Die Beklemmung blieb. Ich liess den Servierwagen vor Khalids Zimmertür stehen, ging auf eines der Fenster zu und sah hinunter auf den Vorplatz mit dem Zelt. Ich schätzte die Situation so ein, dass man auch von den Hotelfenstern aus kaum ein berühmtes Gesicht zu sehen bekam. Hier war alles anonymisiert. Welche Staatsleute wo untergebracht waren, drang nicht an die Öffentlichkeit. Wahrscheinlich hatten auch die Hotelangestellten ihre Order, nichts nach aussen zu kommunizieren. Es gab zwar immer welche, die den Mund nicht halten konnten, sich jedoch wichtigmachen wollten. Ich warf einen Blick nach oben. Auf dem Dach über dem Annex erkannte ich Scharfschützen, und mir jagte es einen Schauer über den Rücken. Ich zog mich zurück und lehnte mich an die kühle Fensterscheibe. Ich betrachtete den Servierwagen. Ich hatte nicht gefrühstückt und verspürte Hunger im Angesicht der Nussschale. Von Champagner hatte ich vorübergehend genug.

Der Lift setzte sich in Bewegung. Ich hörte es am einschnappenden Geräusch. Etwas später ging die Schiebetür auf und mein Schürzen-Klon erschien auf dem Flur. Das musste Adelina sein. Eine kleine, etwas mollige Frau mit kurzen Haaren.

«Olá», sagte sie leise. «Du sein Allegra?»

Ich spurtete zum Servierwagen zurück.

Endlich schenkte Adelina mir ein Lächeln. «Ich wissen Bescheid», sagte sie, als ich sie über meine Anwesenheit orientieren wollte. Sie zückte eine Karte und strich mit ihr über einen Button unterhalb der Türfalle. «Gehen rein. Ich halten hier Stellung. Wenn jemand kommen, ich geben ein Zeichen.» Sie klopfte dreimal auf die Tür. «So!»

«Ich dachte, wir gehen zu zweit ins Zimmer?» Mich beschlich ein ungutes Gefühl. Was, wenn Adelina mich meinem Schicksal überliess? Ich nahm an, dass sie auf der Etage genug anderes zu tun hatte, als vor der Tür auf mich zu warten.

Adelina spitzte ihren schön geformten Mund. «Also gut, ich dich begleiten. Wenn Pieper ertönen, ich müssen weg, okay?»

Hinter der Tür eröffnete sich uns ein beachtlicher Raum in Beigetönen, mit eleganten und modernen Möbeln. Wände und Fenster zeugten jedoch noch immer von der Belle Epoque, was auf mich einen ganz besonderen Charme ausübte.

«Mister Abu Salama bewohnen dieses Deluxe-Suite», klärte mich Adelina auf. «Nebenan liegen das Schlafzimmer mit dem Kingsize-Bett.» Sie schwang ihre Hände über den Kopf. «Ja, ja. Bett sein sehr gross.»

«Wann hast du den Mann zuletzt gesehen?» Ich schritt ins Schlafzimmer zu den Fenstern und zog die Vorhänge auf. Der Blick von dieser Höhe nach draussen war überwältigend. Die weissen Berge im Hintergrund glänzten im Sonnenlicht, das Jakobshorn mit seiner schneebedeckten Kuppe.

«Letzte Dienstag», sagte Adelina und schob den Servierwagen vor sich her.

«Wann genau?»

«Ja, ja. Am Nachmittag. Er bestellen Tee und Gebäck für drei Personen.»

«War sonst noch jemand im Zimmer, als du den Tee brachtest?»

«Ja, ja. Zwei Männer aus Davos. Ich kennen sie von andere Jahre.»

«Einheimische?» Ich öffnete die Tür zum Badezimmer, warf einen Blick auf die frei stehende Wanne und die glänzenden Armaturen. «Waren es junge Männer?»

«Ich nicht können genau sagen. Vielleicht dreissig.»

«Erinnerst du dich, worüber sie geredet haben?»

«Ich nicht verstehen. Fremde Sprache.»

«Englisch?»

«Ja, ja. Englisch.»

Ich öffnete die Schranktür. Ich fand ein paar exquisite Anzüge und unifarbene Hemden, einen goldfarbenen Skianzug, den ich erst kürzlich in einem Sportgeschäft gesehen hatte, und zwei weisse Umhänge in Form der traditionellen Dischdaschas. In der Kommode fand ich Unterwäsche, Socken und einen Stapel Pullover.

«Als du am Mittwochmorgen ins Zimmer kamst, musstest du das Bett machen?»

Adelina sah mich mit ihren Kirschenaugen fragend an. «Ich immer machen Bett.»

Das war nicht die korrekte Antwort. «War Mister Abu Salama in der besagten Nacht auf seinem Zimmer? Hat er hier geschlafen?»

«Ja, ja. Ich … machen Bett.»

«Ist es möglich, dass er in Begleitung da war?» Mit dieser Frage katapultierte ich mich selbst in Teufels Küche.

«Ja, ja. Er sein hier mit schöne Frau.»

«Hast du sie gesehen?» Ich wartete mit klopfendem Herzen auf ihre Ausführungen.

Adelina wandte den Blick ab. «Nein. Ich nicht können sehen. Aber ich riechen. Teure Parfüm.»

Ich stiess Luft aus. Ich besass keine teuren Parfüms. War wenigstens das geklärt? Ich war *nicht* in dieser Suite gewesen. Ganz sicher war ich mir trotzdem nicht.

Ein Geräusch vor der Tür liess uns beide aufhorchen. Adelina verschwand im Badezimmer, während ich wie ein geprügelter Hund bei der Kommode stehen blieb.

Das Schnappschloss knackte, dann ging die Tür auf. Da ich noch immer im Schlafzimmer stand, sah ich nicht, wer in die Suite gekommen war. Ich hörte Männerstimmen. Auch wenn ich die Sprachen aus dem Nahen Osten kaum auseinanderzuhalten vermochte, wusste ich gleich, dass Arabisch gesprochen wurde. Zwischendurch vernahm ich auch Englisch. Ich ging davon aus, dass der Hoteldirektor oder jemand vom Empfang die Zimmertür geöffnet hatte. Sollte er ins Schlafzimmer kommen, würde er sich nicht an mich erinnern können. Ich sah mich gehetzt um. Die einzige Fluchtmöglichkeit lag im Wohnbereich. Dort hätte ich mich in der Loggia verstecken können. Hier im Schlafzimmer gab es nur den Schrank, die Kommode, ein Riesenbett und ein Fenster. Und ich befand mich im vierten Stock. Ich hätte nicht unbeschadet aus dem Fenster springen können. Ich bückte mich, sah unter das Bett. Doch die Lücke zwischen Boden und Matratze betrug keine zehn Zentimeter.

Was jetzt?

Adelina hantierte im Bad. Wenn sie mich im Stich liess, war ich den fremden Männern auf Gedeih und Verderb ausgeliefert. Ich hatte nicht einmal eine Ausrede bereit, sollten sie ins Schlafzimmer kommen. Der Servierwagen stand im Wohnraum. Es würde sie vielleicht wundern, weshalb er dort stand, voll beladen mit dem Kühlkübel, zwei Flûtes und Nüssen in der Schale. Champagner für Khalid, der seit Mittwochmorgen als vermisst galt.

Und verdammt: Es hätte mir einfallen sollen, dass Khalid – bedingt durch seinen Glauben und seine Religion – in der Regel keinen Alkohol trank.

Alles lief falsch.

Die Gespräche im Wohnraum wurden jäh unterbrochen. Das war der Moment, wo die Männer den Servierwagen entdeckten. Sie würden sicher unverzüglich ins Schlafzimmer kommen, um sich zu vergewissern, dass Khalid womöglich zurückgekehrt war und ob es einen Grund gab, ihn zur Raison zu ziehen, sollten die fremden Männer seine Mentoren sein. Ich drückte mich in die Nische zwischen Schrank und Fenster und zog den Vorhang über mich. Ich hielt den Atem an. Ich spürte mein Herz bis zum Hals schlagen. Wenn nur Adelina …

Die Badezimmertür ging auf, und Adelina trat ins Schlafzimmer. Ich warf einen Blick in ihre Richtung. Ihr Gesicht wirkte angespannt. «Wer sein in andere Zimmer?» Sie sah mich ernst an. «Pst! Du bleiben hinter Vorhang. Ich machen das.»

Beherzt ging sie zu den Männern. Ich verliess die schützende Nische und suchte Deckung hinter der Tür.

«Ach, Sie sind das», hörte ich jemanden sagen. «Adelina. Was suchen Sie in diesem Zimmer? Ich dachte, ich hätte Ihnen unmissverständlich klargemacht, warum Sie es nicht mehr betreten sollen.»

«Ich etwas vergessen in Badezimmer», hörte ich Adelina sagen.

«Und dann fahren Sie den Servierwagen gleich hierher?»

«Ich nicht wollen draussen lassen. Sein teure Wein.» Adelina war um eine spontane Ausrede nicht verlegen.

«Wir sprechen uns noch.» Das klang bedrohlich. «Verlassen Sie das Zimmer. Und den Wagen nehmen Sie gleich mit. Was sollen denn unsere Gäste denken?»

Bei den Gästen handelte es sich offenbar um die beiden andern Männer. Denn dass es zwei waren, hörte ich an den verschiedenen Stimmen.

«Mister Abu Salama …»

Ich erschrak heftig. Das musste Khalids Vater sein. Unwesentlich später erfuhr ich auch, wer ihn begleitet hatte. Es war der Anwalt. Das war also die Delegation aus Dubai, von der mir Dario erzählt hatte. Khalids Anwalt war eingetroffen, wahrscheinlich mit seinen Lakaien, die jetzt in der Hotellobby warteten.

Lieber Gott! Mach mich unsichtbar!

Mister Abu Salama sprach unbeherrscht. Sein Begleiter versuchte, ihn zu beruhigen, was ich aus seiner gemässigten Stimme heraushörte.

Die Schranknische befand sich kilometerweit von der Tür entfernt, die mir keinen Schutz mehr bot. Sollten die Männer das Zimmer betreten, würde ich mich ihnen wie auf einem Serviertablett präsentieren müssen. Dazu kam der Alpdruck, dass man mich mit Khalids Verschwinden in Verbindung brachte.

Im Wohnraum wurde noch immer diskutiert.

Mein Herz schlug so schnell, dass ich glaubte, es würde gleich aus der Brust gesprengt. Ich versuchte, meinen Atem zu beruhigen. Es gelang mir fast nicht. Selten zuvor hatte ich mich in so einer Stresssituation befunden. Da war die mündliche Masterprüfung ein Klacks gewesen.

In das laute Reden mischte sich ein schriller Ton, der aus den Tiefen des Hotels zu kommen schien. Ein anhaltender Klang war es, der mir durch Mark und Bein ging. Eine Sirene.

Die Männer schwiegen augenblicklich. Jemand riss die Tür zum Flur auf. Ich hörte die Männer aus dem Nebenraum rennen. Nur vorsichtig tastete ich mich aus dem Schlafzimmer. Die Tür zum Flur stand offen. Ich trat hinaus. Niemand da. Die Männer mussten entweder mit dem Lift oder über die Treppe die Etage verlassen haben.

Die Bombendrohung!

Jetzt eine Sirene.

War der Sprengsatz detoniert? Hier im Hotel?

Hier gab es ein paar potenzielle Zielscheiben, wenn ich es mir überlegte.

Doch nichts hatte sich nach einem Knall angehört. Weder hatte der Boden gezittert noch waren Fenster in die Brüche gegangen. Es gab weder Rauch noch Flammen, und es roch auch nicht danach.

Rufe und Durcheinanderreden erfüllten den Platz vor dem Hotel. Ich öffnete einen Flügel und sah hinunter. Ausser dem Zeltdach sah ich nichts. Auf dem Dach über dem Annex waren die Heckenschützen verschwunden. Ich konnte mir keinen Reim darauf machen, was geschehen war.

Er dort oben hatte vielleicht meine Gebete erhört.

Auf einmal packte mich jemand an den Schultern. Ich drehte mich zutiefst erschrocken um. «Adelina!»

Sie lächelte mich an. «Ich drücken Brandalarm. Jetzt sein alle beschäftigt mit Eva…»

«Eva?»

«Eva … Evakuation.»

«Du bist mir eine.» Ich hätte sie umarmen können. Dann fiel mir ein, dass ich den Wohnraum noch nicht in Augenschein genommen hatte. «Du, ich muss noch einmal in die Suite zurück.»

«Wir nicht haben lange Zeit.»

«Ich muss dorthin.» Es schien mir der beste Moment zu sein. Solange die Leute mit der Suche nach der Ursache des Alarms beschäftigt waren, konnte mir hier nichts mehr geschehen. Ich ging zurück.

Ich öffnete die Schubladen am kleinen Schrank, wo der Fernseher stand. Dort stiess ich auf eine Vielzahl von Büchern. Ich griff danach. Zu meinem grossen Erstaunen waren alle in Englisch verfasst. Klar doch, Khalid studierte in Oxford, hatte er mir erzählt. Ich las Titel, die mir nichts sagten. Nur eines stach mir ins Auge. Ein Lehrbuch über Chemie. Ich schlug die Seiten auf. Einige waren mit Post-its markiert.

«Du jetzt kommen», hörte ich Adelina rufen. «Hier sein gleich die Teufel los.»

Ich packte das Buch, schob es unter die Schürze, schloss die Schublade und verliess den Raum.

Dass ich soeben gegen jegliche Regeln verstossen hatte, verdrängte ich.

ZEHN

Erst am späten Nachmittag kam ich völlig erschöpft in Valerios Wohnung an. Ich hatte das Belle Epoque zwar ohne weiteren Zwischenfall verlassen können, was mich sehr verwunderte. Der Brandalarm hatte alles in ein totales Chaos gestürzt. Wohl auch deswegen, weil die Sicherheitskräfte der Bombendrohung wegen überfordert waren.

Ich bereitete mir einen Kaffee zu, setzte mich mit der vollen Tasse an den Tisch. Ich starrte auf den dunklen Monitor des Fernsehgeräts, versuchte erneut, meine Gehirnzellen zu aktivieren.

Rückbesinnung! Was hatte ich während des Studiums gelernt? Mich nur an Fakten zu halten. Null Toleranz für Bauchgefühle.

Aber genau von solchen Bauchgefühlen wurde ich heimgesucht. Es konnte kein Zufall mehr sein, dass Davos bedroht wurde mit einer Bombe, die man bis anhin nicht gefunden hatte. Genauso wenig wie es Zufall war, dass Khalid verschwunden war und dass ich in seinem Zimmer ein Buch über Chemie gefunden hatte. Mit Post-its auf den Seiten, auf denen die Wirkung von Composite Compound Four und TNT erklärt wurde. Vielleicht hätte ich nur lange genug suchen müssen, um auf einen Plan zu stossen, auf dem der Sprengsatz eingezeichnet war. Wenn Khalids Anwalt hier war, ging es bestimmt nicht nur um etwas Harmloses. Vielleicht hatte Khalid untertauchen müssen, weil die Polizei und die Staatsanwaltschaft ihm bereits an den Fersen hefteten. Dario hatte mir die Wahrheit nicht sagen dürfen, um nicht selbst ins Kreuzfeuer zu geraten. Ich spielte eine untergeordnete Rolle in einem brisanten Spiel. Wenn ich Adelina glauben wollte, hatte Khalid sogar Komplizen. Zwei Männer waren mit ihm auf dem Zimmer gewesen.

Worüber hatten sie diskutiert? Ich musste diese Männer finden. Mit Adelinas Hilfe.

Adelina war eine einfache Etagenfrau. Sie kam aus Portugal, wie die meisten Hotelangestellten, die entweder als Reinigungskraft oder als Küchenhilfe arbeiteten. Ich nahm mir vor, noch einmal mit ihr zu reden. Vielleicht war sie der Schlüssel zur Auflösung des verworrenen Falls.

Ich rief Ursina an. Ich war es ihr schuldig. Sie hatte die Ménage-à-quatre sicher ernst genommen. Ich musste es ihr nochmals erklären. Sie war enttäuscht und versuchte es gar nicht erst vor mir zu verbergen. Ihre Stimme klang geradezu wütend. «Das hat man davon, wenn man jemandem hilft. Man wird mit Füssen getreten. Könntest du mir wenigstens die Theaterrequisiten zurückbringen?»

Daran hatte ich nicht mehr gedacht. Ich verschwieg ihr, dass ich die Perücke in den Abfallkübel geschmissen hatte. «Brauchst du sie dringend?», fragte ich.

«Nein, aber ich möchte die Dinge, die mir gehören, gern bei mir haben.»

Ich versprach ihr, in den nächsten Tagen noch einmal bei ihr vorbeizukommen. Irgendwo würde ich eine neue Perücke kaufen können.

Im Schlafzimmer öffnete ich einen Fensterflügel und sah hinunter auf die Strasse. Die Landschaft wie eingepackt. Die Laute gedämpft.

In diesem Augenblick fuhr auf dem Parkplatz ein Streifenwagen zu. Zwei Männer stiegen aus. Ich erkannte Dario. Erschrocken wich ich von der Fensterscheibe zurück. Es verging keine Minute, ehe es an der Haustür läutete. Ich stand erstarrt im Flur, wusste nicht, ob ich öffnen sollte. Wenn die Polizei zu zweit kam, galt es ernst. Und Dario wollte mir mit Sicherheit keinen Freundschaftsbesuch machen. Ich hatte mich bei ihm rar gemacht. Er hatte allen Grund, wütend auf mich zu sein.

Erst beim zweiten Klingeln öffnete ich. Da standen die Polizisten bereits vor der Tür.

«Kantonspolizei Davos, mein Name ist Curdin Valär, das ist mein Kollege Dario Ambühl.»

Valär war sicher doppelt so alt wie Dario und hatte, wie ich vermutete, absolut keine Ahnung, in welchem Verhältnis Dario zu mir stand. Er war schätzungsweise über fünfzig und hatte bereits ergrautes Haar. Auf seinem Gesicht hatten sich tiefe Falten eingekerbt. Um die Augen hatte er den hellen Abdruck einer Sonnenbrille.

Ich wusste nicht, wie darauf reagieren. Dario grüsste mich kurz angebunden, ohne mir in die Augen zu sehen. Ich ging davon aus, dass man ihm meinetwegen einen Rüffel erteilt hatte, denn so scheu hatte ich ihn noch selten zuvor erlebt. Er schien nicht bei der Sache zu sein.

«Können wir reinkommen?», fragte Valär.

Ich liess die Tür offen und ging Richtung Wohnzimmer, wo ich vor dem weissen Ledersofa stehen blieb. «Worum geht es?»

Valär redete. Dario stand nur daneben, noch immer mit gesenktem Haupt.

«Heute Morgen wurde beim Bärentritt die Leiche eines Mannes gefunden.»

«Beim Bärentritt?» Etwas anderes fiel mir nicht dazu ein.

«Der befindet sich auf der Strecke Davos–Wiesen», sagte Valär. «Es ist ein kurzer Abschnitt zwischen zwei Tunnels –»

«Ich weiss, wo der Bärentritt ist», fuhr ich ihm ins Wort. «Was hat das mit mir zu tun?»

«Beim Toten handelt es sich um den vermissten Khalid Abu Salama», sagte Dario.

«Khalid?» Ich plumpste auf das Sofa. Der Schreck lähmte mein Denken. «Nein! Bist du sicher?»

«Ihr kennt euch?» Valär sah zuerst mich, dann Dario an.

Erst jetzt bemerkte ich meinen Fehler.

«Wir kennen uns von der Schule», sagte ich, um die Hiobsbotschaft zu verdrängen.

«Ach, davon hast du mir gar nichts gesagt.» Valär sah wieder Dario an.

«Es hat auch niemand danach gefragt.» Dario presste die Lippen zusammen. Keine Ahnung, weshalb er sich so geziert benahm.

Valär fuhr fort: «Ich muss Sie leider bitten, mit uns auf den Polizeiposten zu kommen.»

Ich suchte den Blickkontakt zu Dario. «Dort war ich gestern schon.»

«Es gibt neue Erkenntnisse», sagte Dario kurz angebunden.

«Was ist mit Khalid … mit seinem Leichnam?»

«Er befindet sich auf dem Weg in die Rechtsmedizin in Chur», sagte Dario. «Sein Vater hat ihn heute Mittag identifiziert –»

«Ambühl!», fuhr Valär ihm ins Wort und schritt wie selbstverständlich ins Schlafzimmer. Er warf einen Blick durchs Fenster.

Dario schluckte leer, sich seines Fehlers bewusst. Er hatte schon zu viel preisgegeben.

«Wie habt ihr ihn denn gefunden?» Ich suchte den Augenkontakt zu Dario. «Beim Bärentritt kommt ja nicht jeden Tag jemand vorbei», flüsterte ich. «Im Winter ist es fast nicht möglich, dorthin zu gelangen.»

Dario beugte sich vor. «Per Zufall entdeckten ihn zwei Helikopterpiloten der Schweizer Armee während eines Kontrollflugs über die Zügenschlucht. Rettungskräfte bargen den Toten.»

«Das war sicher nicht ganz einfach», mutmasste ich. «Habt ihr ihn mit der Seilwinde hochgezogen?»

«Nein, via Schmelzboden.» Dario räusperte sich, und ich verstand.

Valär kehrte zurück. «Würden Sie bitte das Nötigste mitnehmen?» Er streifte wie zufällig meinen Arm.

«Meine Zahnbürste etwa?» Ich meinte es ironisch.

«Genau die», sagte Valär.

Von da an schwieg ich.

Solange keine handfesten Beweise gegen mich vorlagen, galt die Unschuldsvermutung. Dass ich jetzt im Streifenwagen sass, kam einer Verhaftung gleich. Ich hatte erwartet, dass Valär mich in Handschellen legte, denn so emotionslos schätzte ich ihn ein. Ein Grosskotz, der mir seine Macht demonstrieren und seine Befugnisse ausloten wollte. Dass er es nicht tat, verdankte ich Dario. Ihm war es peinlich. Ich hätte gern meine Hand in seine gelegt.

Valär sass am Steuer, Dario neben mir. Gedankenverloren sah ich aus dem Fenster. Ich erblickte Leute mit Skiern, Snowboards und Schlitten. Frauen in Pelzmänteln, Männer mit Aktenkoffern, von Bodyguards behütet. Alles erschien mir unwirklich. Ein Traum, aus dem ich gleich erwachen würde. Die Realität schien mich in dem Moment einzuholen, als ich uniformierte Männer und Frauen mit Maschinenpistolen am Strassenrand stehen sah.

Ich schloss die Augen.

Khalid war tot.

Der Fremde mit dem unheimlichen Blick. War er denn so fremd?

Ich hatte ihn geküsst. Ich hatte mit ihm getanzt, seine warmen Hände auf mir gespürt. Sein Lachen gehört, seine Stimme. Kurz war er mir sehr nahe gewesen.

Das konnte alles gar nicht wahr sein.

Wie schnell war etwas geschehen. Mir wurde erst jetzt bewusst, wie sehr das Leben an einem seidenen Faden hing. Wie zerbrechlich wir waren. Jetzt war ich verdächtigt, am Tod eines jungen Mannes schuld zu sein. Denn ohne Grund hatte man mich nicht mitgenommen.

Ach, hätte ich doch keinen Alkohol getrunken. Ich wusste ja, wie schlecht ich ihn vertrug.

Khalid tot?

Dario verdeckte mein Gesicht, als wir auf dem Parkplatz vor dem Polizeiposten aus dem Wagen stiegen. Schon hatte sich eine Menschentraube gebildet, die ihre Maulaffen feilhielt.

«Dieser Hallodri!», entfuhr es Dario.

«Was ist?» Ich stiess Darios Hände weg.

Im selben Moment sah ich in eine Kamera und vernahm das klickende Geräusch des Auslösers. Kurz begegnete ich den Blicken eines Ausserirdischen. Dario zog mich von ihm weg. «Wenn der hier auftaucht», entrüstete er sich, «weiss morgen ganz Davos, dass du mit dem Polizeiwagen hierher gefahren wurdest. Er ist ein schmieriger alter Presseheini. Schreibt für das Davoser Käseblatt. Er hat keinen guten Ruf.»

Ich sah zurück.

«Schau nach vorn», riet Dario mir. «Du passt genau in sein Beuteschema. Aber lass dich nie mit ihm ein.»

«Was ist mit dem? Er sieht irgendwie komisch aus.»

Dario lachte auf. «Es gibt ein paar Davoser, die die Zeitung, bei der er arbeitet, mitfinanzieren. Sie platzieren ihre Inserate und lassen sich als Gegenleistung bei Familienfesten ablichten. Sie inszenieren sich selbst. Anderntags erscheinen sie im Grossformat, als ob es hier jemanden interessieren würde. Ganz Davos lacht über sie. Der Kerl ist korrupt.»

«Das nennt man Davoser Boulevard, nehme ich an.»

Wir gelangten in den Flur. Der Journalist kannte wirklich nichts. Bevor die Tür hinter uns zuging, traf mich ein Blitzgewitter aufeinanderfolgender Aufnahmen. Dario drehte sich um. Es ging schnell. Er packte die Kamera und riss sie dem blöd glotzenden Mann aus der Hand. «Du kannst sie morgen auf dem Posten abholen», schnauzte er ihn an. «Für heute ist Schluss! Und jetzt hau ab!»

Josias Müller nahm mich in Empfang. Ich grüsste, ohne ihm die Hand zu reichen.

Er zitierte mich in ein Zimmer, das neben seinem Büro und Richtung Schienen lag. Ein dezenter Geruch von Tabak umfing mich. An einem Tisch sassen zwei Araber in schneeweissen Dischdaschas. Um ihren Kopf hatten sie einen Turban geschlungen. Der Mann am unteren Ende des Tisches musste ein Dolmetscher sein. Er trug Anzug und Krawatte und hinterliess einen integren Eindruck.

Mikrofone waren keine aufgestellt, was mich am meisten verwunderte. Müller schien meine Gedanken zu lesen, denn er sagte mir, dass Mister Abu Salama in erster Linie erfahren wolle, was sein Sohn als Letztes in seinem Leben getan, welche Leute er getroffen hatte. Er würde sich gern ein Bild davon machen.

Deswegen hatte man mich also hierher gefahren. Unter falschen Tatsachen. Ich war auf der Hut.

Müller nannte die Namen aller Anwesenden. Ich erfuhr Namen wie Ramiz Abu Salama, Vater von Khalid, Ismail Yahya Masaad, Anwalt, und Maisun Ibrahimi, Dolmetscher.

Müllers Augen sahen müde aus. Er hatte wohl schon einige schlaflose Nächte hinter sich. «Frau Cadisch», begann er und liess seine Blicke langsam zu jedem hier Anwesenden wandern. «Sehen Sie sich heute als Zeugin, als eine Person, die dem Verstorbenen nahegestanden hat.»

Ich stutzte. Müller wollte mir offenbar etwas in den Mund legen, das so nicht den Tatsachen entsprach. Ich suchte den Blickkontakt zu Valär. Der Polizist stand reglos in einer der Zimmerecken. Von ihm durfte ich keine Aufklärung erwarten. Ich wandte mich an Müller. «Und warum wird das hier nicht aufgenommen?»

Müller wiederholte, dass es Abu Salamas Wunsch gewesen sei.

Der Dolmetscher übersetzte, ohne zu zögern, ins Arabische.

Abu Salama und sein Anwalt nickten nur. Die Männer kamen mir unheimlich vor. Vor allem gelang es mir nicht, den Vater Khalid zuzuordnen. Er verzog keine Miene. Ich erkannte keine Regung auf seinem Gesicht. Es war, als trüge er eine Maske. Falls er trauerte, gelang es ihm, das Gefühl zu tarnen.

Die ganze Situation war absurd.

Müller starrte auf sein Dossier. «Zeugen zufolge waren Sie am Dienstag, den 20. Januar, im Postillon-Club. Kurz nach Ihrem Eintreffen um zwanzig Uhr machten Sie Bekanntschaft mit Khalid Abu Salama. Korrigieren Sie mich, wenn es falsch ist.» Müller wartete, bis Ibrahimi übersetzt hatte.

Ich sah wieder Valär an. Dieser beobachtete mich. Als ich mit meinen Schultern zuckte, sah er weg.

Weder war ich hier an einer Befragung noch an einem Verhör. Eher an einer Inszenierung, hatte jedoch keinen blassen Schimmer, warum. Müller tat zwar so, als sei ich als Zeugin vorgeladen worden. Doch er schien verunsichert, als hätte er gehörigen Respekt vor den Fremden.

Khalids Vater sass mit erstarrter Mimik da. Seine Augen waren jetzt auf mich gerichtet. Er sah mich an, als hätte ich eine grosse Sünde begangen, als ich seinen Sohn getroffen hatte.

«Um neun stiessen Ihre Kolleginnen zu Ihnen», sagte Müller. «Sie tanzten und tranken wahrscheinlich über den Durst. Um ungefähr zehn Uhr verliessen Sie, gemeinsam mit Ihren Kolleginnen, den Club und fuhren …» Hier machte Müller eine Pause. «… und fuhren auf Umwegen in den Föhrenweg.»

Ich wartete, bis Ibrahimi übersetzt hatte. Ich beobachtete die Reaktionen der beiden Araber. Abu Salama blieb in unbeweglicher Position, wogegen sein Anwalt hie und da nickte.

«Es gibt verschiedene Zeugen, die bestätigen, dass Sie an diesem Abend exzessiv Alkohol konsumiert haben.» Müller nutzte seine Macht mir gegenüber aus.

«Stopp!» Ich lehnte mich über den Tisch. «Was soll das? Jedermann, der an der Party war, hat exzessiv Alkohol konsumiert.»

«Ihnen scheint er am meisten eingefahren zu sein.» Müller verzog seinen Mund zu einer Schnute. Sein Schnurrbart richtete sich in alle Himmelsrichtungen. «Sie mögen sich an nichts erinnern?»

Ibrahimi übersetzte. Der Anwalt beriet sich mit Abu Salama.

Fangfrage!, dachte ich. Es lag mir auf der Zunge, den Herren hier klarzumachen, dass Khalid mich zu zwei Gläsern Champagner eingeladen hatte. Eine Wahrheit zu sagen, die die Araber, vor allem aber Abu Salama schockiert hätte. Ich hielt mich zurück.

Der Hammer kam.

Später.

«Zeugen wollen gesehen haben, dass Sie nach Mitternacht mit Khalid Abu Salama die Party bei Karl Waser verlassen haben.»

Nach dem Dolmetschen ins Arabische kam Bewegung in Abu Salama und Masaad. Khalids Vater lamentierte. Nur sein Mund bewegte sich. Seine Augen starrten Löcher in die Luft.

Ibrahimi übersetzte die Reaktion der beiden. «Mister Abu Salama möchte wissen, in welchem Verhältnis Sie zu seinem Sohn gestanden haben.»

Da war sie schon. Diese perfide kurze Frage. Sie nicht direkt von Abu Salama zu hören, degradierte mich zur Persona non grata. Er weigerte sich, mit mir Englisch zu sprechen. Ich ging davon aus, dass jeder der hier Anwesenden die Sprache verstand. Vielleicht lag es auch daran, dass ich eine Frau war.

«In keinem Verhältnis», antwortete ich auf Englisch und provozierte damit nicht nur Abu Salama. «Ich habe ihn im Postillon zum ersten Mal gesehen.»

«Würden Sie so gut sein und Deutsch sprechen?», bat Müller.

Hatte er Mühe mit Fremdsprachen?

«Das kann auch Zufall sein, dass ich die Party zur gleichen Zeit verlassen habe wie Khalid», ergänzte ich meine Ausführungen, nun wieder in Deutsch, was sofort übersetzt wurde.

«Sie erinnern sich an gar nichts?» Müller wieder.

«Nein. Mir fehlen ein paar Stunden.» Ich überlegte, ob ich Müller verraten sollte, dass Dario mich auf dem Bahnhof gefunden und dass ich bei ihm den Rest der Nacht und den Vormittag verbracht hatte. «Ich erwachte im Zimmer eines guten Kollegen», sagte ich.

«Dario Ambühl, das ist uns zu Ohren gekommen.» Müller

genoss es offensichtlich, mich zu verunsichern. «Wir haben seine Aussage, dass er Sie um drei Uhr in der Früh auf dem Bahnhof Davos Platz gefunden hat. In keinem sehr guten Zustand.»

Ibrahimi übersetzte. Es war mir nicht recht, dass die beiden Araber nun auch dies zu wissen bekamen. Müller versuchte, ein völlig falsches Bild von mir zu vermitteln.

«Darf ich erfahren, was Sie unter ‹keinem sehr guten Zustand› verstehen?»

«Sie hätten sich geweigert, zu einem Arzt zu gehen und sich untersuchen zu lassen.»

«Wer sagt das?» Dass er es von Dario hatte, war fast nicht möglich. Ich erinnerte mich daran, dass Dario von einem Begleiter gesprochen hatte.

«Das ist nicht von Belang», sagte Müller. «Wichtig für uns ist, dass Sie eine ärztliche Konsultation ablehnten.»

«Es gab keinen Anlass.» Ich war sauer, liess es mir aber nicht anmerken. Müller wollte mich in der Defensive haben. Den Gefallen machte ich ihm nicht. Er griff in den Karton, der neben seinen Füssen stand. Er holte einen Asservatenbeutel daraus hervor und legte diesen auf den Tisch. Fast gleichzeitig zuckte ich zusammen.

«Kommt er Ihnen bekannt vor?»

Ibrahimi tauschte sich mit den Arabern aus. Ihre furchteinflössenden Blicke hatten sich intensiviert.

Ich starrte auf den transparenten Beutel, während mein Herz sich zusammenzog. Das konnte nur ein Zufall sein. Es war nicht möglich. Wo hatte man ihn gefunden?

«Es ist Ihr Schal, nicht wahr?», pokerte Müller.

«Das soll ein Schal sein?» Ich griff nach dem Beutel. Meine Hände zitterten.

Was hatte Müller vor? Warum brauchte er Publikum?

«Bitte nicht anfassen!» Müller riss den Beutel an sich. «Es ist ein Seidenschal mit den Farben Schwarz und Rot. Ihr Schal, oder?»

Ich schluckte leer. Es machte keinen Sinn, zu schweigen. Und lügen wollte ich auch nicht. Müller hätte es mir angesehen. «Ich vermisse ihn.»

«Seit wann vermissen Sie ihn?»

«Ich kann es nicht sagen. Ich erinnere mich, dass ich ihn im Postillon noch getragen habe. Wo haben Sie ihn gefunden?»

«In Abu Salamas Zimmer.»

Zuerst sah ich Ibrahimi an, dann Abu Salama. Ich fragte mich, ob der Dolmetscher richtig übersetzte. Wer konnte es prüfen?

«Das ist nicht möglich», sagte ich.

«Sie waren also nicht in Khalids Zimmer?» Allmählich nervte Müller, und Abu Salama lauerte wie ein Aasgeier auf seine Beute. Ich hätte gern gewusst, was hinter seiner gefurchten Stirn vorging. In welche Kategorie Frauen er mich eingeteilt hatte.

«In besagter Nacht war ich *nicht* in Khalids Zimmer», sagte ich mit belegter Stimme und war mir sicher, Müller hatte mich längst durchschaut.

Mein Seidenschal! Als ich am letzten Dienstag Valerios Wohnung verliess, hatte ich ihn mir umgeschlungen. Ich musste ihn irgendwo verloren haben, wo, wusste ich nicht. Dass dieses Stück Stoff mir jetzt zum Verhängnis wurde, war schlimmer als ein Alptraum.

Wann hatte man ihn entdeckt? War die Polizei nach der Vermisstenmeldung in Khalids Zimmer gewesen? Hatten die Polizisten den Schal zu diesem Zeitpunkt gefunden? Hätte ihnen nicht auch auffallen müssen, dass dort ein Chemiebuch verstaut war, das weit mehr gewichtete als ein Seidenschal? Wenn sie das Zimmer erst heute inspiziert hatten, hätte ich den Seidenschal selbst gefunden.

Da stimmte etwas nicht. Sollte ich das Chemiebuch erwähnen?

Abu Salama und Masaad wären mir an die Gurgel gesprungen. Ich durfte keine Provokation heraufbeschwören, die womöglich ausartete. Und schon gar nicht den Eindruck erwecken, Khalid hätte etwas mit der Bombendrohung zu tun. Wenn es denn so war, würde die Kripo es herausfinden.

«Wann haben Sie den Schal gefunden?», fragte ich, obwohl ich ahnte, dass Müller mir darauf keine Antwort geben würde.

Er legte den Beutel in den Karton zurück. «Wir werden ihn in die Kriminaltechnische Forensik schicken und ihn auf fremde Fasern und DNA untersuchen lassen.»

Ich wunderte mich, dass er das nicht schon längst getan hatte. Andererseits wollte er bestimmt zuerst meine Reaktion testen.

«Frau Cadisch, ich frage Sie jetzt zum letzten Mal: Verliessen Sie in der Nacht von Dienstag auf Mittwoch gemeinsam mit Khalid Abu Salama die Party bei Karl Waser?»

Das klang wie an einem Verhör.

«Nein!»

«Nein?»

«Ich erinnere mich nicht.»

Müller sah aus, als resignierte er. Vielleicht hätte er an meine Unschuld geglaubt, wenn die Indizien gegen mich nicht so erdrückend gewesen wären.

«Wir haben drei Zeugen, die behaupten, dass Sie mit dem Araber weggegangen sind. Sie hätten die Party gemeinsam verlassen und den Weg Richtung Promenade eingeschlagen.» Müller merkte nicht, dass er sich wiederholte. Er rutschte nervös auf dem Stuhl umher. «Eigentlich müsste ich Sie jetzt festnehmen.»

Er setzte es nicht in die Tat um. Die Feststellung galt wohl als Einschüchterung.

Um mich einzuschüchtern, bedurfte es keiner solchen Bemerkung. Die Blicke der beiden Araber waren Einschüchterung genug.

Das Telefon klingelte. Müller unterbrach die Befragung. Er lauschte und sah dabei mich, dann Valär an, der an der Wand stand und den Dialog mit äusserster Konzentration verfolgt hatte. Mir entging nicht, wie Müllers Augen immer dunkler wurden.

«Ja, ich verstehe. Ich werde sofort jemanden losschicken. Ja, ich weiss, wo das ist …» Nachdenklich legte er auf.

«Ärger?» Ich konnte nicht auf dem Mund hocken. Ibrahimi übersetzte offensichtlich auch dieses Wort, denn Abu Salama bedachte mich zum wiederholten Mal mit einem eiskalten Blick.

Müller zog die Brauen hoch. «Mehr als das.» Er wandte sich an Valär. «Es gibt Arbeit. Draussen beim Davosersee. Schicke zwei Einheiten hin und …» Er grübelte. «… Biete die Ambulanz auf.»

Müller und Valär verliessen das Vernehmungszimmer. Mich liessen sie mit den Arabern zurück, bis Dario auftauchte und mich holte.

Auf dem Flur stellte ich mich zu ihm ans Fenster. «Was war das soeben? Ein Verhör in Anwesenheit des Konsuls? Was wird hier gespielt? Und wie war das mit der Zahnbürste? Ihr holt mich ab, tut so, als wäre ich verhaftet, und serviert mich zwei Arabern. Ich werde beim Polizeipräsidenten Beschwerde einreichen.» Ich war ausser mir.

«Tue es nicht», bat Dario mich. «Müller ist ein wenig von der Rolle. Seine Frau hat die Scheidung eingereicht.»

«Ich verstehe seine Frau.» Ich erholte mich nur langsam. «Das mit dem Schal will mir nicht in den Kopf. Warum reitet Müller auf mir herum?» Ich starrte Dario an. «Warum unterstützt du ihn in seinem Tun?»

«Ich unterstütze ihn nicht.» Er zog mich an sich. «Tut mir leid wegen vorhin. Aber ich wurde selbst überrumpelt. Das mit dem Schal wusste ich nicht. Sonst hätte ich es dir gesagt.»

Das allerdings bezweifelte ich. Er hatte auch seine Vorschriften. «Schöne Scheisse, nicht?»

«Im Moment ist alles ziemlich scheisse», bestätigte Dario meine Vermutung. «In Davos geht's drunter und drüber. Abu Salamas Vater hat uns mit einer Anzeige wegen unterlassener Hilfeleistung gedroht, und der Anwalt liegt seit dem Mittag unserem Polizeipräsidenten in den Ohren. Als ob wir nicht schon genug zu tun hätten.»

«Die beiden Araber haben mir gerade noch gefehlt. Ihr hättet mich auf diese Herren vorbereiten können. Zum letzten Mal sah ich Araber mit der traditionellen Kluft in Dubai in den Ferien. Dort musste ich mit ihnen jedoch nicht am selben Tisch sitzen. Sie sind unheimlich.»

«Mister Abu Salama hat darauf bestanden.»

«Wer ist eigentlich zuständig für diesen Fall?»

Dass auch Dario überfordert war, zeigte sich an den dunklen Augenringen. «Wir arbeiten eng mit unseren Kollegen in Chur zusammen. Unsere Staatsanwaltschaft hat das Mandat bereits aus der Hand gegeben. Die ganze Angelegenheit ist heikel und kompliziert.» Mehr wollte Dario nicht dazu sagen.

«Musst du nicht zum Davosersee?»

«Nein. Ich habe jetzt Feierabend. Irgendwann muss auch ich mich hinlegen. Ich bin seit vier Uhr auf den Beinen.»

«Weisst du, was passiert ist?»

«Spaziergänger haben eine junge Frau gefunden.»

«Ist sie tot?»

«Nein, aber schwer unterkühlt. Sie lag auf dem zugefrorenen See.»

«Und dann müssen gleich zwei Einheiten hin?»

«Wer hat dir das gesagt?» Dario musterte mich eindringlich.

«Müller.»

«Davos spielt verrückt, und Müller weiss sich nicht zu wehren.» Dario berührte meine Wange. «Wollen wir etwas essen gehen?»

«Ich mag nicht essen.»

«Immer die gleiche Ausrede. Wenn du so weitermachst, fällst du bald auseinander.»

«Ein Mann ist gestorben, den ich vor drei Tagen kennenlernte. Ich werde beschuldigt, damit etwas zu tun zu haben … es ist mehr als verständlich, dass ich in so einer Situation nicht essen kann.» Ich streckte meinen Rücken durch. «Ich will die Wahrheit erfahren. Ich muss sie erfahren. Jemand will mir schaden, und ich weiss nicht, weshalb.»

Darios Gesicht war jetzt ganz nah. «Ich werde dir helfen.»

«Wie denn? Du stehst unter Dauerbeobachtung von deinem Chef, und ich werde wie eine Schwerverbrecherin behandelt.»

«Schwerverbrecher behandeln wir anders.»

Wir gingen über die Treppe zum Ausgang. Auf der Talstrasse stockte der Verkehr. Zwei Busse versperrten die Ausfahrt beim Bahnhof. Mittendrin ein Pferdeschlitten. Die Wintersportler kehrten vom Jakobshorn zurück. Unter den Blicken der Soldaten überquerten sie die Strasse. Trotz des WEF ging in Davos der Alltag weiter. Die einheimische Bevölkerung kehrte von der Arbeit zurück. Mütter schleppten Einkaufstaschen und Kinder mit sich. Der Wintertag beugte sich dem Ende zu. Die Sonne war verschwunden. Lange Schatten krochen über die Landschaft. Nur die Gipfel glühten, als sandten sie den letzten Gruss ins Tal.

«Ich muss ein Geständnis machen.»

«Warum hast du's nicht bei Müller getan?»

«Ich traue ihm nicht.»

«Worum geht's?»

«Ich war heute in Khalids Zimmer.»

«Du warst … was?»

«Ich war im Hotel Belle Epoque.»

«Wie bist du dort reingekommen?»

«Durch die Tür.»

Dario drehte mich zu sich um. «Jetzt mal ehrlich … du bluffst doch. Niemand kommt dort ohne Kontrolle rein. Im Belle Epoque befinden sich die hochrangigsten Politiker des WEF. Auf jeder Etage patrouilliert die Security. Vor dem Eingang stehen sie Spalier.»

«Da war niemand.» Ich erzählte nicht die ganze Story. Die Komödie in der Boutique Hublot liess ich aus. Aber von Gian-Luca berichtete ich und von dessen Freund Mikkel, der im Belle Epoque arbeitete und mit dessen Hilfe ich ins Hotel gekommen war. Adelina, die den Brandalarm ausgelöst hatte, erwähnte ich mit keinem Wort. Später hatte ich erfahren, dass die Feuerwehr Davos mit zehn Mann ausgerückt war.

Dario sah mich fassungslos an, als ich ihm verriet, was ich in Khalids Zimmer gefunden hatte.

«Ein Buch über die Herstellung einer Bombe?»

«Es ging darum, wie man TNT und Composite Compound Four verwendet», sagte ich.

«C4», sagte Dario mehr zu sich. Er stiess Luft aus. «Du siehst einen Zusammenhang mit der Bombendrohung?»

Das war der passende Augenblick, um von mir abzulenken. «Dass Khalid tot ist, dürfte kein Zufall mehr sein. Dass ich für sein Verschwinden zur Verantwortung gezogen werde, ist nichts anderes als ein klug eingefädeltes Ablenkungsmanöver. Jemand wollte ihn schon lange eliminieren. Ich war das gefundene Fressen. Ich erfuhr, dass Khalid sich schon in den letzten Jahren während des WEF mit dubiosen Männern getroffen hatte.» Im selben Moment merkte ich, dass ich weder ein fundiertes Wissen noch den Beweis hatte, dass es so gewesen war, und dass ich von dem wenigen, das Adelina mir erzählt hatte, soeben ein Gerücht kreierte.

«Hast du's Müller erzählt?»

«Hätte ich ihm sagen sollen, dass ich in Khalids Zimmer war? Man hatte dort meinen Seidenschal gefunden. Ich weiss nicht, wie er dorthin kam. Wenn meine Vermutungen stimmen, hatte ihn dort jemand bewusst so hingelegt, dass die Polizei ihn sieht.»

Ich fixierte Darios schwarze Augen. «Weisst du, wann man den Seidenschal gefunden hat?»

«Heute Mittag. Ich weiss es jedoch erst seit deinem Eintreffen hier.»

«Jemand muss ihn dort hingelegt haben, nachdem ich in Khalids Zimmer war. Wurde das Zimmer versiegelt?»

«Nachdem meine Kollegen dort waren, ja.»

«Das heisst, dass ich dort nicht mehr reinkann?»

«Definitiv nicht. Die Staatsanwaltschaft hat das Zimmer angesehen.»

«Und du weisst nicht, ob sie das Buch über Chemie gefunden hat?»

«Es steht nichts im Protokoll.»

«Aber sie haben meinen Schal entdeckt.»

«Das allerdings steht drin.»

ELF

Die Sehnsucht nach Tomasz ergriff mich meistens in den Stunden, in denen ich wach im Bett lag und mich nach seinen zärtlichen Umarmungen verzehrte. Tomasz fehlte mir. Abstrakt zwar. Vielleicht fehlte mir einfach nur jemand zum Kuscheln, obwohl ich Tomasz wahrscheinlich wieder verwünscht hätte, wäre er bei mir gewesen.

Es war die längste Nacht meines Lebens. Ich brachte es nicht fertig, einzuschlafen. Zu viele Gedanken geisterten durch meinen Kopf. Ich versuchte, die letzten Tage Revue passieren zu lassen. Den Tag meiner Ankunft, die zwei WEF-Gegnerinnen. Den Abend im Postillon. Khalid, der mich unbedingt zu einem Drink hatte einladen wollen. Unser Tanz. Unsere Küsse, die den Reiz des Verbotenen in sich trugen. Immer wieder von Neuem Fragmente von Bildern. Die abenteuerliche Fahrt nach Tschuggen, die an Wahnsinn grenzte. Nicolo, der Buschauffeur. Vergeblich bemühte ich mich darum, sein Gesicht in mein Bewusstsein zu rufen. Er hatte angehalten, weil die Barriere geschlossen war. Er war ziemlich aufgebracht gewesen, als Remo am Lenkrad sass. Das Handgemenge zwischen Remo und Nicolo und Khalid, der Nicolo geschlagen hatte. War da nicht eine Drohung gefallen?

Nicolo hatte Khalid gedroht.

Womit?

Ich verwischte den Gedanken.

War es möglich, dass am Ende doch alles auf die Bombendrohung in Davos hinzielte? Falls die Drohung von Khalid ausgegangen war, wer hatte davon Wind bekommen? Hatte ihn jemand entlarvt? Musste er deswegen sterben?

Wie war er gestorben? Bis anhin war es nicht bekannt. Man hatte ihn beim Bärentritt gefunden.

Der Bärentritt war nur im Sommer und im Herbst begehbar. Von der Rhätischen Bahn aus konnte man den Bärentritt sehen. In der kurzen Zeit, in der der Zug den einen Tunnel verliess, bevor er in den nächsten eintauchte. Drei Sekunden nur, in denen das Auge Felsen, Gestrüpp und verkrüppelte Tannen wahrnahm. Den Brüggentobelbach, dessen Gischtzähne sich mit den Sonnenstrahlen vereinten, wenn er über die obere Gesteinskante fiel. Mikroregenbögen, die sich von der einen auf die andere Seite spannten.

Drei Sekunden, in denen sich das Auge an die Helligkeit gewöhnen musste, müde noch vom Dunkel des Tunnels, in dem sich die Pupillen erweitert hatten.

Wie war es möglich, dass Khalid dort zu Tode gekommen war? War er hinuntergestürzt? Im Winter verwehrten Schneewechten den Aufstieg zum Bärentritt. Zudem musste man wissen, wo sich der Zugang befand. Es gab also nur eine Möglichkeit, zum Bärentritt zu gelangen: vom Zug aus.

Erst gegen Morgen fiel ich in einen unruhigen Schlaf. Mehrmals wachte ich auf, weil schlimme Träume mich plagten.

Um halb sieben hielt ich es nicht mehr aus. Ich ging unter die Dusche. Danach zog ich mich an. Ein starker Kaffee weckte meine Lebensgeister nur bedingt. Es dünkte mich, als wäre ich gesundheitlich sehr angeschlagen.

Der Weg zum Bahnhof kam mir unendlich vor. Als ich dort ankam, suchte ich nach der Tafel mit den Abfahrts- und Ankunftszeiten. Ich fand sie neben dem Eingang zum Billettschalter. Der erste Zug von Davos nach Wiesen fuhr um zwei Minuten nach sechs. Vielleicht gab es Frauen und Männer, die in Frauenkirch, Glaris oder Wiesen arbeiteten. Die Züge verkehrten unregelmässig. Es existierten auch Busse. Ich betrat den Billettschalter. Hinter der Glasscheibe lächelte mich ein schnauzbärtiges Gesicht an. Der Mann hinterliess einen aufgeweckten Eindruck. Im Gegensatz zu mir schien er ausgeschlafen.

«Guten Morgen.»

«Guten Morgen.» Er hatte ein Dauergrinsen. «Brauchen Sie eine Auskunft? Wenn Sie nämlich ein Billett lösen wollen, können Sie das auch an einem der Automaten tun.»

«Ich fahre nirgends hin. Ich möchte gern eine Auskunft. Erinnern Sie sich an den letzten Mittwochmorgen? Hatten Sie da Dienst?»

«Während des WEF sind wir alle im Dienst», kam es munter zurück.

«Ist Ihnen an diesem Morgen etwas Ungewöhnliches aufgefallen?»

«Was meinen Sie mit ungewöhnlich?»

«Sind Leute in den Zug gestiegen, die schweres Gepäck mit sich trugen?»

«Von Davos nach Landquart? Nein, nicht dass ich wüsste.» Der Mann rieb sich den Schnauzer.

«Von Davos nach Filisur», korrigierte ich.

«Nein, keine schwere Ladungen. Ist mir nicht aufgefallen. Ich bin ja meistens hinter dem Schalter. Ich weiss nicht, was ausserhalb so läuft.»

«Haben Sie mich schon einmal gesehen?»

Der Mann lachte. «Nein ... eigentlich schade.» Er zog die Augenbrauen zusammen. «Moment ... wir hatten einen Unterbruch auf der Strecke. Der Zug hielt in einem der Tunnels an.»

«Welchen Zug betraf es?»

«Den um zwei nach sechs.»

«Wie lange dauerte der Unterbruch?»

«Da müsste ich auf dem Stellwerk nachfragen.»

«Könnten Sie das für mich tun?»

«Ich kann hier nicht weg.» Der Mann kratzte sich am Hinterkopf. «Warten Sie, ich glaube, wir hatten eine Meldung, dass sich der Zug aus Filisur verspätet hatte.»

«Was heisst das konkret?»

«Dass er den Zug aus Davos zuerst abwarten musste ... Ich gehe davon aus, dass die Panne etwa zehn Minuten dauerte.»

«Das heisst, dass der Zug nach Filisur rund zehn Minuten im Tunnel stecken geblieben ist? Muss der Lokführer nicht darüber Auskunft geben, wenn er den Zug ohne Grund anhält?»

«Was weiss ich? Vielleicht hatte er ja einen Grund. Zudem ... was sind schon zehn Minuten in einem ganzen Leben?»

Ja, dachte ich, wenn man jemanden beim Bärentritt aus dem Zug warf. Ein paar Meter, die man im Zugsabteil zurücklegen musste, ehe man ein Fenster öffnen konnte, das präzise über der Schlucht lag. Zehn Minuten, um das Opfer über die Fensterkante zu hieven. Hatte das einer allein geschafft? Vielleicht war Khalid vom Trittbrett einer geöffneten Tür aus über den Eishang geworfen worden. Falls es dort ein Geländer gab, war die Aktion noch schwieriger gewesen.

«Können Sie mir sagen, wer am Mittwochmorgen die Lok gefahren hat?»

«Keine Ahnung. Ich kenne sie nicht persönlich. Die Lokführer kommen entweder aus Chur oder aus Thusis oder von weit her. Tut mir leid. Was soll die Fragerei?»

«Wer könnte mir denn Auskunft geben?»

Der Mann hinter dem Schalter schüttelte genervt den Kopf. «Haben Sie sich in einen Lokführer verliebt?» Er lachte unverschämt.

«Wer weiss.» Ich lachte zurück. «Wo finde ich den Bahnhofvorstand?»

«Wahrscheinlich in der Kaffeepause.»

Das Bahnhofbuffet war um diese Zeit noch wenig besucht. Eine Männergruppe sass um einen runden Tisch. Den Uniformen nach gehörten sie zum Bahnpersonal. Ich hatte vergessen, nach dem Namen zu fragen, und stand deshalb etwas verloren da. Eine Serviceangestellte erkundigte sich nach meinen Wünschen. Ich bedankte mich und sah ihr zu, wie sie einen Fernseher über dem Stammtisch in Betrieb nahm. Die Männer unterbrachen ihre angeregten Gespräche, als ich mich vor ihrem Tisch mit meinem Namen vorstellte. Sie starrten mich an, genervt, dass ich sie beim Gipfeliessen, Kaffeetrinken und Diskutieren störte.

«Was gibt's?» Einer der Männer sah mich von oben bis unten an, und falls er mich mit seinen Blicken hätte ausziehen können, er hätte es getan. Er hatte ein Vollmondgesicht und eine rote Nase und sah alt aus.

«Ich suche den Bahnhofvorstand.»

«Den Bahnhofvorstand?»

Die Männerrunde lachte.

«Den gibt's so nicht», klärte mich ein anderer auf. Unscheinbar, hellblondes Haar, in der Mitte einen Scheitel.

«Aber es muss doch jemanden geben, der über die Züge Bescheid weiss.»

«Was möchten Sie denn konkret wissen?» Nun hatte sich auch der Dritte der Runde nach mir umgedreht. Ein vollbärtiger Mittvierziger mit Milchschaum über den Lippen.

«Wissen Sie, wer am letzten Mittwoch um zwei nach sechs den Zug nach Filisur fuhr?»

Über die erst noch belustigten Gesichter huschte ein Schatten.

«Warum interessieren Sie sich dafür?», fragte der Bärtige, nachdem er seine beiden Kollegen angesehen hatte.

«Ich möchte eine Auskunft.»

«Köbi Marugg fuhr die Lok», sagte endlich das Mondgesicht. «Aber der ist verheiratet.»

Grölendes Gelächter.

«Dem Namen nach stammt er aus Davos», rätselte ich.

«Aus Klosters», verriet der mit dem Scheitel. «Er hat eine Tochter. Seine Frau ist hochschwanger. Der wird es nicht gefallen.»

«Nein, nicht gefallen», lachte der Bärtige und klatschte sich mit der flachen Hand aufs Knie.

«Ich will ihn ja nicht heiraten», gab ich kokett zurück. «Könnten Sie mir die Adresse trotzdem aushändigen?»

«Er wohnt an der Doggilochstrasse.» Der Bärtige kritzelte Namen und Adresse auf einen Bierdeckel und reichte ihn mir.

«Hat er auch eine Telefonnummer?»

Der Bärtige wandte sich an seine Kollegen. «Hat er auch eine Telefonnummer?»

Wieder Lachen.

«Die kennen wir nicht», antwortete das Mondgesicht.

Ich steckte den Bierdeckel ein. Als ich mich vom Tisch entfernte, pfiffen die Männer mir hinterher.

Ich kehrte zurück zum Billettschalter und löste ein Ticket nach Klosters.

Das Perron lag verlassen da. Es roch nach Rost. Der Wind hatte Schnee über den Platz geweht. Er sah wie eingezuckert aus. Allmählich trafen Bahnreisende mit Gepäck und Skiern ein, Männer mit Aktenmappen, eine Frau mit Hund.

Um zehn Uhr neunundzwanzig fuhr die Rhätische Bahn pünktlich von Filisur herkommend ein. Ich würde eine halbe Stunde warten müssen, bis sie nach Davos Dorf weiterfuhr. Ich setzte mich ins Zweitklassenabteil eines alten Waggons. Es roch muffig. Ich öffnete ein Fenster und schaute hinaus auf den Postplatz, der gegenüber dem Bahnhof lag. Noch herrschte das gewohnte Bild. Überall patrouillierten Polizisten und Armeemitglieder. Ich setzte mich wieder und vertiefte mich in eine Lektüre, die jemand auf dem Fensterbord hatte liegen lassen. Im Abteil wurde es zunehmend kalt. Ich fragte mich, was ich hier tat.

Ich sah auf die Uhr. Der Zug hätte bereits abfahren müssen. Ich hatte mir die Ferien anders vorgestellt, als einem möglichen Kriminellen hinterherzujagen. Was versprach ich mir davon? Es war Sache der Polizei, herauszufinden, wie und warum Khalid gestorben war.

Ich erhob mich, schritt zum Ausgang und von da auf das Perron. Die drei Männer von vorhin standen bei der Lok und diskutierten mit dem Lokführer. Das Mondgesicht erblickte mich und kam zielstrebig auf mich zu. «Es kann noch dauern», sagte der Mann. «Der Zug aus Davos Dorf ist noch nicht eingetroffen.» Er wollte offenbar etwas loswerden. «Zudem haben wir ein Fahrverbot erhalten.»

«Wie, Fahrverbot? Heisst es, dass der Zug nicht fährt?»

«Es ist etwas passiert.»

«Was?»

«Wir wissen auch nichts Genaues.»

Alles ging mir durch den Kopf. Die Entgleisung eines Zugs, die Kollision mit einem Auto auf der Strecke zwischen den beiden Ortsteilen. Ein Bombenanschlag. Hatte man die Drohung in die Tat umgesetzt? Vielleicht ein Suizid? Ich hatte mal gelesen, dass ein Lokführer im Laufe seiner Tätigkeit durchschnittlich zwei lebensmüde Menschen überfährt.

In die Gruppe der Polizisten auf der gegenüberliegenden Strasse kam Bewegung. Die Soldaten verliessen den Platz bei der Post. Telefonierten. Mir entging nicht die Aufregung. Mütter hielten ihre Kinder umschlungen. Keiner schien zu wissen, wohin er gehen sollte. Es kam mir vor, als hätte jemand einen Stock in einen Ameisenhaufen gepult, was das Auseinanderstieben der Ameisen in alle Himmelsrichtungen zur Folge hatte. Obwohl ich die Gefahr nicht sah, ahnte ich, dass eine bestand. In dem Moment, in dem der Lokführer übers Trittbrett auf das Perron sprang.

Fragen, nicht warten.

Es half nichts, wenn ich darüber spekulierte. Dass etwas Seltsames, wenn nicht Beängstigendes im Gange war, spürte ich mittlerweile bis in meine Fingerspitzen. Nie zuvor hatte ich den Eindruck gehabt, die Menschen um mich herum wären paralysierter. Nicht nur mir war aufgefallen, dass sich die Stimmung rund um den Bahnhofplatz veränderte.

Ich brauchte Antworten.

Ich rannte Richtung Bahnhofbuffet, hörte schon von Weitem ein Durcheinander an Stimmen. Plötzlich waren Leute da, die ich vorher nicht gesehen oder beachtet hatte. Anstatt Bestellungen an die Tische zu bringen, starrte die Serviceangestellte an den Bildschirm über ihr. Ihre Gäste taten es ihr gleich. Leutnant Müller sprach vor dem Kongresszentrum. Seinem von Natur aus kalkigen Gesicht schien die letzte Farbe abhandengekommen zu sein. In seiner braunen Jacke gab er eine traurige Figur ab. Er wurde von Journalisten belagert. Mikrofone mit den Logos der TV-Sender schwenkten vor seinem Gesicht. Offenbar war er den Fragen der Medien nicht gewachsen. Müller versuchte, Haltung zu wahren. Worum es ging, hatte ich noch immer nicht herausgefunden. Die wenigen Sätze, die Müller von sich gab, liessen keinen Schluss zu.

«Diese Schweinehunde!», äusserte sich ein Gast neben mir. «Das hat ja mal so kommen müssen. Man sollte das WEF abschaffen oder es zumindest verlegen. Die Zürcher haben ihr Interesse daran schon vor Jahren bekundet. Sollen doch die den Mist haben.»

«Worum geht es denn?», fragte ich.

«Psst!» Ein anderer Gast winkte ab und wandte sich an den Mann neben mir. «Das WEF ist gut für Davos, für die ganze Schweiz. Für unsere gesamte Politik. Wir dürfen uns von den Hetzkampagnen gegen das Forum nicht irreführen lassen. Es gibt immer Neider.»

Ich konzentrierte mich auf den Fernseher.

Müller sprach davon, dass bis anhin für niemanden eine unmittelbare Gefahr bestanden habe. Die Staatsanwaltschaft wurde mehrmals erwähnt, zu meinem grossen Erstaunen auch das FBI. Ob Müller da nicht den Mund zu voll nahm?

Ich zwängte mich durch eine Menschenmeute, die stetig zunahm. Ich gelangte zum Billettschalter. Dieser war leer. Wieder draussen stellte ich mich neben eine fünfköpfige Familie, die offensichtlich ihren Winterausflug auf das Jakobshorn abgebrochen hatte. Skier und Snowboard lagen am Strassenrand. Das Kleinste der drei Kinder quengelte.

«Wissen Sie, worum es geht?», fragte ich erneut.

Die Frau fuhr erschrocken herum. In ihren Augen erkannte ich Angst und Abscheu. «Wir wissen nichts Genaues. Meine Schwiegereltern riefen mich an und erzählten mir von einer Bombendrohung.»

«Alle, die hier stehen, wissen es bereits», sagte der Mann neben mir und bedachte die Frau mit einem vernichtenden Blick. «Im Kongresszentrum ist eine Bombendrohung eingegangen. Sie richtet sich gegen die Besucher des Open Forums. Falls dieses nicht abgebrochen werde, würden innerhalb kürzester Zeit in ganz Davos Sprengsätze detonieren. Niemand weiss, wo …»

Grosser Gott!

Mit zitternden Händen griff ich nach meinem iPhone. Ich rief Dario an. Er meldete sich nicht. Ich sprach ihm auf Band.

War die Drohung mehr als ein Bluff? Ich verstand nicht, dass es bei diesem Aufmarsch an Sicherheitskräften zu so einer Katastrophe kommen konnte. Seit Tagen herrschte in Davos Alarmstufe Rot. Die neuralgischen Punkte waren schon Wochen vor dem WEF gecheckt und immer wieder kontrolliert worden. Polizisten und Armeemitglieder seien auch in Zivil unterwegs gewesen, hatte Dario mir berichtet. Man habe Telefonate abgehört, verdächtige Anrufe zurückverfolgt. Aber davon hatte die Bevölkerung nichts erfahren dürfen. Es hätte womöglich eine Panik ausgelöst.

Mein nächster Gedanke galt Khalid, der für die Bombendrohung nicht mehr in Frage kam. Oder erst recht? Hatte er seine Nachahmer gefunden? Oder rächten sie sich für ihn, weil ihn jemand umgebracht hatte? Oder, dies schien mir im Moment die plausibelste Möglichkeit, hatte er etwas gewusst und deshalb sterben müssen?

Über die Lautsprecher des Bahnhofs wurden wir aufgerufen, uns von verdächtigen Koffern, Abfalleimern und grossen Ansammlungen von Menschen fernzuhalten. Es galt ernst. Mir ging nicht in den Kopf, dass der Terrorismus nun auch Davos erreicht hatte. Diesen beschaulichen Ort. Andererseits befand sich das Landwassertal im Fokus der gesamten Welt und mit ihr verhasste Politiker, die unter dem Deckmantel des *New Global Context* den Weg hierher gefunden hatten. Wölfe, die sich im Schafspelz unter das Volk mischten, und wenn es nur auf den Skipisten war.

Erneut, aber erfolglos versuchte ich, Dario zu erreichen.

Zwei Streifenwagen schossen mit Blaulicht über die Talstrasse. Sie zogen eine Schneewolke hinter sich her.

Mein iPhone quakte. Ich meldete mich, dachte, es sei Dario.

«Liebes!» Es war wie ein Aufschrei.

«Mam!»

«Ich habe von der Bombendrohung gehört.» Mam war ausser sich. «Geht es dir gut?»

«Ja, mir geht es gut.» Ich wollte sie nicht unnötig in Sorge versetzen. Sie hatte in letzter Zeit selbst viele Probleme gehabt und war noch immer daran, sie zu verarbeiten.

«Ist etwas dran an der ganzen Sache, die da rund um den Globus geht?»

«Ich weiss nicht, was genau um die Welt geht», gab ich mich bedeckt.

«Bereits die zweite Bombendrohung innerhalb von wenigen Tagen. Ich komme fast um vor Sorge, wenn du während des WEF in Davos bist.»

«Mam, es gab wohl Bombendrohungen, glücklicherweise nicht dort, wo ich bin. Sie beschränken sich auf das Kongresszentrum und die Hotels, in denen die Staatsoberhäupter logieren.» Das war zwar gelogen, beruhigte Mam jedoch.

«Sei einfach vorsichtig.» Dann erzählte sie mir von Paris. Im Juli 1995 sei sie mit einer Freundin im Moulin Rouge gewesen, als auf die Métro und RER ein Anschlag verübt worden sei. Acht Menschen seien getötet worden. «Der Anschlag ging auf das Konto der islamischen Terrorgruppe GIA.»

«Mam, die Geschichte kenne ich in- und auswendig.»

«Vierundzwanzig Stunden vor dem Anschlag waren wir auf dieser RER-Linie …»

«Am Bahnhof von Saint-Michel–Notre-Dame … ich weiss.»

«Es war grauenvoll. Überall hatte es Soldaten mit Maschinenpistolen. Keiner traute mehr dem andern. Trotzdem fuhren wir am nächsten Morgen mit der RER ins Marne-la-Vallée …»

«Mam, mir geht es gut.»

«Sieh dich einfach vor. Denk nur an die Anschläge in Nigeria und Syrien.»

«Mam, bist du fertig?» Ich stiess heftigen Atem aus. «Wie geht es dir in Gstaad?»

«Ich hätte dich mitnehmen sollen.» Sie wechselte den Gesprächsmodus, als würde sie einen Schalter kippen. «Ich lasse mich täglich massieren. Das würde dir auch guttun. Überhaupt sollten wir wieder einmal ein Mutter-Tochter-Weekend machen.»

Ein Signal auf meinem iPhone meldete, dass mich jemand anrief.

«Du, Mam, ich muss aufhängen. Ich werde dich später anrufen. Okay?»

«Sei vorsichtig.»

Ich drückte sie weg und meldete mich erneut. Dario hatte mich gesucht. Doch er hatte schon aufgelegt. Ich berührte die Wahlwiederholung. Anstatt Darios Stimme vernahm ich die des Anrufbeantworters. Mir wäre auch lieber gewesen, ich hätte endlich erfahren, worum es überhaupt ging. Die Ungewissheit drückte mir aufs Gemüt. Vor allem wusste ich nicht, wohin ich gehen sollte, um aus der Gefahrenzone zu gelangen. Ziele des angedrohten Anschlags konnten überall sein, sollte das Open Forum nicht abgesagt werden. Doch so viel Ignoranz mutete ich der Davoser Polizei nicht zu. Zudem waren Müller und sein Team nicht die Einzigen, die die Entscheidungen trafen. Die Kantonspolizei und der Landammann hatten da auch noch etwas zu sagen und ganz sicher auch Lindemann.

Ich musste nach Hause gehen. In Valerios Wohnung war ich im Moment am sichersten. Dort würde ich gewiss auch etwas über die Fernsehsender erfahren.

Mit weichen Knien stapfte ich über den hart gefrorenen Schnee. Der Schrecken sass in meinen Gliedern, denn allmählich begriff ich die Brisanz der Drohungen. Es ging wohl nicht um einen Lausbubenstreich.

Kaum hatte ich die Wohnungstür geöffnet, quakte abermals das iPhone.

Diesmal hatte ich Dario am Draht. Ich ging ins Wohnzimmer und setzte mich auf das weisse Sofa.

«Endlich. Wo bist du jetzt?»

«In der Wohnung meines Bruders. Sag, was ist eigentlich los in Davos?»

«Ein absoluter Alptraum. Mehr kann ich dir auch nicht berichten. Wir befinden uns inmitten der Ermittlungen. Chur hat uns Sprengstoffspezialisten und eine Hundestaffel geschickt.»

«Wird das Open Forum abgesagt?»

«Wo denkst du hin? Wir müssen die Drohung ernst nehmen.»

«Habt ihr den oder die Anrufer denn nicht zurückverfolgen können?»

«Leider nein. Sie benutzen nicht registrierte Handys, wahrscheinlich mit Prepaid-Karte. Nach jedem Anruf werden diese vernichtet. Das zeigt uns, dass Profis am Werk sind.»

«Vermutet ihr Terroristen?», fragte ich vorsichtig. «Immerhin geht es am Open Forum um Religionen.»

«Dazu kann ich dir keine Auskunft geben.»

«Ich verstehe. Wie weit seid ihr mit Khalid?»

«Heute Abend wird der Bericht aus der Rechtsmedizin vorliegen.»

«Wirst du mich darüber informieren?»

Dario seufzte. «Nein, kann ich nicht.»

«Es betrifft auch mich. Solange ich unter Verdacht stehe, habe ich ein Recht, zu erfahren, was läuft.»

«Du weisst genau, dass das nicht stimmt. Oder muss ich dir als Juristin die Vorschriften erläutern?»

Dario legte auf, und ich wusste nicht, ob er böse auf mich war. Meine Fragen mussten ihn nerven, das war klar. Ich nahm den Fernseher in Betrieb, zappte durch die Programme. Ich fand nirgends mehr einen Sender, der über das WEF respektive über die Bombendrohungen berichtete. Nachrichtensperre, vermutete ich.

Ich lief wie ein eingesperrtes Raubtier vom Wohnzimmer in die Küche und wieder zurück. Die Ungewissheit machte mich nicht nur nervös, sondern raubte mir meine Energie. Ich überlegte mir, ob ich mit Mams Fiat nach Klosters fahren sollte. Im Auto würde mir nichts passieren. Gefährlich war es in öffentlichen Gebäuden, in den Einkaufszentren, in Restaurants und Hotels. Die Effizienz war dort am grössten, dass bei der Detonation eines Sprengsatzes jemand verletzt oder gar getötet wurde. Ich ging ins Schlafzimmer, wo ich meine Tasche mit ein paar Kleidern füllte. Untätig herumsitzen wollte ich nicht. Offen liess ich, ob ich nach Luzern zurückkehren wollte.

Ich checkte, ob ich nichts Wichtiges vergessen hatte, und verliess die Wohnung. Ich fuhr mit dem Lift hinunter in die Tiefgarage. Kein Mensch weit und breit. Mams Wagen stand im Schatten eines Kleintransporters. Der hatte gestern noch nicht dort gestanden. Ich wartete eine Weile, nicht schlüssig, ob ich einsteigen oder zurück in die Wohnung gehen sollte. Eine unterschwellige Angst machte sich in mir breit. Was, wenn in dem Transporter ein Sprengsatz versteckt war? Doch dann öffnete ich beherzt Mams Wagen. Ich warf die Tasche in den Kofferraum, setzte mich hinter das Lenkrad und startete den Anlasser.

Ein Geräusch unter der Motorenhaube erschreckte mich.

ZWÖLF

Auf der Talstrasse herrschte noch immer Hektik. Mittlerweile waren noch mehr Leute unterwegs. Sie bevölkerten nicht nur die Plätze, sondern auch die Strasse beim Bahnhof, obwohl man genau das hätte vermeiden sollen.

Ich fuhr langsam Richtung Davos Dorf. Das sonderbare Geräusch hatte sich verflüchtigt. Der Punto überraschte manchmal mit ein paar Macken, als wollte er mir zu verstehen geben, dass seine Zeit abgelaufen war. Ich stellte das Radio an, suchte nach einem Sender, der etwas über die angespannte Lage in Davos berichtete. Ausser Musik war nichts zu hören.

Ich passierte die Kreuzung zur Hertistrasse in der Nähe des Kongresszentrums. Dort, wo vor zwei Tagen ein Panzerwagen gestanden hatte, parkten deren vier. Niemand schien mich zu beachten. Das Epizentrum lag im Kongresshaus, allenfalls an der Promenade, wo sich der Eingang befand.

Wenige Autos waren unterwegs. Davos Dorf glich, im Gegensatz zu Davos Platz, einem Geisterdorf. Womöglich hatten sich die Davoser in ihre Luftschutzkeller verkrochen oder sonst in einen Raum, in den sie aufgefordert worden waren, sich zu begeben. Auf der rechten Strassenseite nahm ich zwei Gestalten wahr. Einsam gingen sie, ohne erhebliches Tempo. Zwei Frauen auf dem Weg nach Hause, hätte man annehmen können, wäre die Lage nicht so verdammt angespannt gewesen. Ich fuhr an ihnen vorbei, blickte in den Rückspiegel, um ihre Gesichter zu sehen.

Abrupt hielt ich an. Auf dem Trottoir gingen Maja und Nina.

Die WEF-Gegnerinnen.

Sie trugen zusammengerollte Transparente und schienen es nicht eilig zu haben. Ich wartete, bis sie auf meiner Höhe angekommen waren, dann lehnte ich mich über den Beifahrersitz und kurbelte die rechte Fensterscheibe runter.

«Hallo!»

Sie blieben überrascht stehen.

«Hallo.» Maja erkannte mich zuerst.

«Soll ich euch mitnehmen?»

Die Frauen sahen einander an. Zwischen ihnen schien es eine nonverbale Verständigung zu geben. Sie nickten einander zu.

Ich drückte die Tür auf.

Noch zögerte Nina.

«Kommt, steigt ein. Ich beisse nicht, und nachtragend bin ich auch nicht.»

Nina schenkte mir endlich ein verzerrtes Lächeln. Sie kletterte auf den Rücksitz, Maja sass vorne.

«Wohin soll ich euch fahren?»

«Zur Duchli Sage», sagte Maja und warf einen Blick nach hinten.

«Ihr wohnt in der Duchli Sage?»

«In der Nähe», sagte Nina. «Warum hast du angehalten?», fragte sie im gleichen Atemzug.

Ich wollte nicht zugeben, dass ich im Moment für jede menschliche Nähe dankbar war. Es gab mir ein Gefühl der Geborgenheit. Alles andere machte mich konfus. «Habt ihr auch von der Bombendrohung gehört?»

«Warum hast du angehalten?» Nina blieb hartnäckig.

Majas Blick auf ihre Freundin war unfreundlich, wenn nicht gar zurechtweisend.

«Ich wollte euch nicht in der Kälte gehen lassen.» Ich lächelte in den Rückspiegel.

Ninas Augen verengten sich. «Mit der Bombendrohung mussten die WEF-Leute früher oder später rechnen. Ich nehme an, dass es ausser uns noch andere gibt, die gegen das Forum sind.»

«Und ihr habt keine Angst, allein auf der Strasse zu gehen? Immerhin hat die Polizei zur Vorsicht gemahnt.»

«Vielleicht werden die Verantwortlichen jetzt vernünftig», wich Maja meiner Frage aus. «Eine Bombendrohung ist eine ernste Angelegenheit. Sollte sie glimpflich ausgehen, so werden sich die Davoser sicher überlegen, jemals wieder das WEF ins Landwassertal zu holen. Und dieser Lindemann, wenn wir schon dran sind, hat nichts mehr zu verlieren, so alt wie der ist.»

«Der hört sich selbst gern schwatzen», sagte Nina. «Der ist wie ein Papagei. Der plappert nach, was die Mächtigen ihm vorkauen.»

«Genau», bestätigte Maja. «Dafür kassiert er eine Menge Kohle.»

«Zuletzt stehen die WEF-Besucher mit einer weissen Weste da», sagte Nina. «Und alles scheint im Lot, wenn sie am Sonntag Davos verlassen. Sie kehren zurück und fahren mit ihren Schweinereien fort. Sie werden sich nicht mehr an ihre Floskeln erinnern, wohl aber an das Galadinner beim Sternekoch Maurice Levevre, an die Luxus-Uhr, die sie bei Hublot gekauft haben, oder an die heisse Davoser Tussi, bei der sie für zehn blaue Noten den Schwanz reinstecken durften.»

Ich fand keine Worte.

«Nina hat recht», sagte Maja. «Das WEF ist politisch ein Wischiwaschi und das Gebaren dekadent. Schlimm genug, wenn einige Davoser diesem Zirkus folgen. Diejenigen, die es eh schon haben, bereichern sich noch mehr …»

Beim Dischmakreuz zweigte ich in die Dischmastrasse ab und folgte ihr bis zum Stäg.

«Was macht ihr denn beruflich?» Ich warf Maja einen raschen Blick zu, bevor ich mich auf die Strasse konzentrierte.

Maja blickte wieder auf den Rücksitz. Im Rückspiegel sah ich Nina nicken.

«Ich arbeite auf dem Sozialamt, Nina ist Kindergärtnerin.»

«Hattest du die ganze Woche Unterricht?» Ich fixierte Nina via Spiegel.

«Wie denn? Die Räume des Kindergartens sind vermietet. Ans WEF.» Sie klang sarkastisch. «Innerhalb eines halben Tages musste ich sämtliche Möbel und alle Spielzeuge auf einen Transporter laden. Die Sachen wurden in ein Lager gebracht.»

«Du hast keinen Finger krümmen müssen», lästerte Maja.

«Ich hatte den Ärger», fauchte Nina. «Die Gemeinde entscheidet, wie die Räume während des WEF genutzt werden. Kindergärten, Klassenzimmer und so weiter. Meiner Kollegin von der Buchhandlung erging es gleich.»

«Immerhin verdienen sie etwas daran, im Gegensatz zu Nina», sagte Maja.

«Wozu werden die Räume denn genutzt?», fragte ich.

«In erster Linie für die Medien», sagte Maja. «Ganze Fernsehstationen werden dort installiert. Es gibt auch Firmen, die ihre Ware anbieten.»

«Mein Kindergarten zum Beispiel», präzisierte Nina, «wurde zur Empfangslounge umfunktioniert. Eine Computerfirma lädt Kunden nach Davos ein, bezahlt ihnen das Hotel und verkauft im Gegenzug ihre Produkte. Sie schliesst im Kindergarten sogenannte Rahmenverträge mit ihnen ab. Es macht zwar den Anschein, im WEF gehe es um das Wohl unserer Weltbevölkerung. Das stimmt nicht. Es geht darum, dass die Wirtschaftsbosse untereinander neue Geschäfte knüpfen, dass strategisch wichtige Abkommen ausgehandelt werden können. Es geht immer nur um die Elite.»

«Deshalb bekämpfen wir das WEF», gab Maja lapidar dazu.

Ich passierte die City-Garage, als Nina mich bat anzuhalten. «Hier steigen wir aus.»

Maja klopfte mir kameradschaftlich auf die Schultern. «Danke fürs Mitnehmen.»

«Habt ihr eigentlich eure Strategie geändert?» Ich hielt Maja am Ärmel zurück.

«Welche Strategie?» Maja riss sich los.

«Letzthin im Fernseher sah es ganz danach aus, als würdet ihr euch jetzt für eine Frauenquote starkmachen.»

«So ein Quatsch! Frauenquote», rief Nina aus. «Das ist eine Ohrfeige für jede Frau. Nein, Frauen, die gut sind, sollen an die Macht … es gäbe weniger Elend auf der Welt … Wir sind noch immer gegen das WEF.» Nina presste sich zwischen Vordersitz und Tür nach draussen. «Im nächsten Jahr wird es das Forum in der Form, wie wir es heute kennen, nicht mehr geben.»

Ich sah den beiden Frauen nach, wie sie hinter der Duchli Sage verschwanden. Ich zweifelte keinen Augenblick an ihrer Überzeugung, die auf fundamentalistischem Gedankengut beruhte. Ich wartete eine geraume Zeit. Später parkte ich meinen Wagen vor der ABC-Garage, die geschlossen hatte. Ich stieg aus. Ein zügiger Wind wehte aus dem Dischmatal. Ich schlug den Kragen hoch und machte mich ebenfalls auf den Weg zur Sägerei. Frische Luft atmen. Ein paar Schritte gehen. Meine Ausrede, sollte mich später jemand danach fragen.

Hoch aufgeschichtete Baumstämme und Holzlatten versperrten mir den Weg zum Eingang des Gebäudes. Überall lag Schnee. Ich sah auf den Boden und erkannte an den Fussspuren, wohin die beiden Frauen gegangen waren. Ich folgte der Spur.

Die Sägerei lag wie ausgestorben da. Auch der Parkplatz davor war leer. Am Samstag arbeitete niemand. Ich näherte mich dem Hauptgebäude. Von den Dachrinnen hingen Eiszapfen. Ich blieb vor der Treppe stehen, die in einen Keller führte. Ich lauschte. Die Stille wirkte unheimlich. Ich stieg hinunter und gelangte zu einer Tür. Ich stiess daran. Sie war unverschlossen. Ich drückte sie auf. Es gab ein knarzendes Geräusch. Ich hielt den Atem an. Wartete. Nichts geschah.

Ich ging hinein. Ein modriger Geruch schlug mir entgegen. Ich blieb stehen, lauschte wieder. Von weit her vernahm ich Stimmen. Weibliche Stimmen. Maja und Nina? Ich konnte mir nicht vorstellen, dass das Loch hier ihr Zuhause war. Aber was taten sie da? Jeder meiner Schritte hallte in meinen Ohren nach. Ich wusste nicht, wie lange ich für einen Meter Vorwärtskommen brauchte. Doch die Frauen durften nicht erfahren, dass ich ihnen und meinem Instinkt gefolgt war. Ich schritt durch einen schmalen, schwach illuminierten Korridor. Eine einzige Glühbirne hing von der Decke, behelfsmässig installiert. Aus einer halb geöffneten Tür weiter hinten fiel ein schmaler Streifen Helligkeit. Ich folgte ihm.

Eine Sozialarbeiterin und eine Kindergärtnerin. Zwei junge Frauen, die sich gegen ein System auflehnten, das ihnen Halt und Stabilität gab. Wenn sie sich gegen das Wirtschaftsforum richteten, richteten sie sich indirekt auch gegen die Fraktionsgemeinden der Landschaft Davos, gegen ihren Brotgeber. Ich schätzte die beiden nicht so ein, dass ihnen das nicht bewusst war.

Ich gelangte zur Tür, aus der der Lichtschein kam. Ich sah durch den Spalt auf einen langen Tisch, der primär als Hobelbank diente, denn überall auf dem Boden lagen Holzspäne. Unmittelbar neben dem Tisch war ein Flipchart aufgestellt. Daran geheftet waren Porträts diverser Staatsführer und einflussreicher Politiker. Wenn ich mich nicht täuschte, befanden sich einige von ihnen in Davos. Ganz zuoberst hing ein Bild des siebenköpfigen Bundesrates. Gleich darunter ein rotes Fragezeichen, Zettel mit Wörtern, die ich ob der Grösse nicht entziffern konnte. Mein Blick wanderte zurück zum Tisch, auf dem zwei Laptops und mehrere Mobiltelefone lagen, daneben ein Stapel Kärtchen, Schreibblöcke und -stifte.

Offenbar war ich hier auf eine Kommandozentrale gestossen.

Von Maja und Nina fehlte jede Spur. Trotzdem wagte ich nicht, die Tür ganz zu öffnen. Ich ging zurück in die schützende Dunkelheit einer Nische im Korridor, griff nach meinem iPhone und wählte Dario an. Wieder war ich nur mit seinem Anrufbeantworter verbunden.

«Ich bin in der Duchli Sage», sprach ich auf Band. «Hier stimmt etwas nicht …»

Ein Geräusch liess mich aufhorchen. Ich drückte die Verbindung weg.

Im Flur wurde es heller. Jemand hatte die Tür zum dahinterliegenden Raum aufgestossen. Ich presste meinen Körper an die Wand, die sich schmutzig anfühlte.

«Hallo! Ist da jemand?» Eine Männerstimme. Deutsch mit Akzent. Klang nach Bayern oder Tirol.

Ich spürte einen heftigen Stoss in meiner Magengegend. Jetzt nur nicht die Nerven verlieren, schalt ich mich. Trotzdem zitterte ich. Mit Maja und Nina wäre ich vielleicht noch fertiggeworden, aber mit einem Kerl? Gehörte er auch zu den fanatischen WEF-Gegnern? War er jemand, der im Hintergrund die Fäden zog? War er die treibende Kraft einer ganzen Schar?

Der Fremde blieb unter dem Türrahmen stehen. Diesen füllte er fast ganz aus. Wenn ich mich jetzt bewegte, würde er mir geradewegs ins Gesicht sehen können. Denn von da, wo ich stand, bis zur Tür waren es keine fünf Meter.

«Brian? Kommst du?» Das war Ninas Stimme.

Er hiess also Brian. Keine Ahnung, wer er war.

Brian ging zurück in den Raum. Ich vernahm seine Schritte.

«Es ist jetzt bald vier», hörte ich Maja sagen. «Wir sollten mit der Aktion fortfahren.»

«Das Open Forum ist abgebrochen», sagte Brian. «Wir werden gar nichts tun. Ich glaube, wir können heute einen ersten Erfolg verzeichnen.»

«Ja und? Hindert uns das am Weitermachen?», fragte Maja. «Ich bin gerade in Hochform.»

«Nichts hindert uns», sagte Nina. «Hast du die Karte ausgewechselt?»

«Natürlich habe ich sie ausgewechselt.» Brian räusperte sich. «Wir sollten zuerst einmal abwarten.»

«Wer ruft an?», fragte Maja, ungeachtet dessen, dass Brian sie soeben in ihre Schranken verwiesen hatte.

«Du bist dran», sagte Nina.

«Jetzt mal halblang.» Wieder Brian. «Das hier ist kein Spiel.»

«Papperlapapp.» Nina nun heftiger. «Ich will es schwarz auf weiss. Vorher gebe ich nicht auf.»

Ich versuchte, vorsichtig aus dem Versteck Richtung Ausgang zu gehen. Die Tür zum Raum stand sperrangelweit offen. Das Licht leuchtete beinahe den gesamten Korridor aus. Um nicht gesehen zu werden, hätte ich mich unsichtbar machen müssen. Brian stand mit dem Rücken zu mir. Wenn Nina jedoch den Kopf hob, sah sie mich direkt an. Ich drückte mich an die Wand, schlich wie ein verängstigtes Kind daran entlang. Noch lag der rettende Ausgang meilenweit von mir entfernt.

Ich hätte mich auch zu erkennen geben können. Aber mein Instinkt warnte mich davor. Die drei jungen Menschen führten etwas im Schilde, und dazu brauchten sie kein Publikum.

«Wir sollten die andern benachrichtigen», schlug Maja vor.

«Das ist ungünstig», sagte Nina. «Sie halten in der Nähe des Kongresszentrums eine Mahnwache.»

«Das dürfte schwierig sein», sagte Brian. «Rund um das Kongresszentrum stehen Panzerfahrzeuge. Die Davoser Polizei macht sich gerade in die Hose …»

«Weshalb?» Maja kicherte.

«Warum wohl?»

In diesem Moment kitzelte mich etwas in der Nase. Und bevor ich ein Niesen unterdrücken konnte, prustete ich los. Es war, als zerberste eine Explosion die Stille.

Maja, Nina und Brian waren genauso erschrocken wie ich.

«Allegra!» Maja fand als Erste die Worte, als ich aus dem Schatten trat. Ich sah geradewegs in ein verdattertes Augenpaar.

Ich stellte mich in die Mitte des Flurs und fühlte mich wie eine Zielscheibe.

«Wer ist sie?» Schon prasselten die ersten verbalen Kugeln auf mich nieder. Brian war mit zwei Schritten bei mir. Er packte mich an den Schultern. «Schnüffelst du hinter uns her, he! Was hast du hier zu suchen?»

«Sorry.» Ich riss mich los. «Ich müsste dringend mal für kleine Mädchen …»

«Die hat's faustdick hinter den Ohren», lachte Brian. Er wandte sich an Maja. «Und du bist grob fahrlässig. Wer alles weiss von unserem Versteck?»

Maja hob ihre Hände. «Niemand.»

Ich ahnte, dass man mich nicht so schnell wieder laufen liess. Ich hatte etwas gesehen oder gehört, was nicht für andere Augen und Ohren bestimmt war, vor allem nicht für die der Polizei. Und ich ahnte noch etwas anderes: Ich hatte hier wahrscheinlich die Adresse der anonymen Bombendroher gefunden. Wie gefährlich sie waren, konnte ich zu diesem Zeitpunkt nicht abschätzen. Auch nicht, ob sie in der Lage wären, die Drohung wahr zu machen, und ob sie irgendwo einen Sprengsatz deponiert hatten.

«Was machen wir jetzt mit der?» Nina funkelte mich mit ihren dunklen Augen an. Unvorstellbar, wie man eine solche Frau auf kleine Kinder loslassen konnte. Brian umarmte sie auf einmal und küsste sie auf den Mund. Wie es aussah, war sie mit ihm liiert. Er hatte ihr eine Gehirnwäsche verpasst. Sonst hätte sie sich niemals auf so etwas eingelassen: Sie bedrohten das WEF. Sie bedrohten ganz Davos. Die Tragweite war ihnen nicht bewusst. Und noch weniger die Konsequenzen.

Maja riss mich am Arm. Ich wehrte mich. Nina kam ihr zu Hilfe. Sie griff in meine Jackentasche und hatte, noch bevor ich es merkte, mein iPhone in der Hand. Sie fuhr über den Touchscreen. «Hey, was haben wir denn da? Du hast ja jemanden angerufen. Vor drei Minuten. Wer ist Dario?»

Ich hätte mich ohrfeigen können. Ich hatte die automatische Sperre auf fünf Minuten eingestellt. «Ein Freund.»

«Dario … und wie weiter?», fragte Maja und riss Nina mein iPhone weg.

Ich schwieg.

Das war mein Todesurteil.

Brian stiess mich unzimperlich durch den Raum mit der Hobelbank. Am andern Ende warf er mich gegen eine Tür, die nach innen auffiel. Ich landete auf dem Boden. «Tut mir leid, aber du hättest hier nicht herkommen dürfen.» Seine Entschuldigung klang beinahe zärtlich. «Du kannst jetzt so lange Pipi machen, wie du willst.»

Die Tür fiel ins Schloss. Ich hörte, wie Brian einen Schlüssel drehte.

Da lag ich nun, auf einem kalten, nach Urin stinkenden Boden, und hätte mir ob meiner Dummheit die Haare raufen können. Was war ich bloss für eine Närrin.

Ich erhob mich, tastete mich mit gestreckten Armen vorwärts, bis ich das raue Holz der Tür spürte. Ich stand im Dunkeln. Bloss ein schmaler Streifen Licht zeichnete sich unter der Tür ab.

Kein iPhone, kein Licht und eingeschlossen war die Bilanz meiner ungezügelten Neugier. Obwohl ich die Tür als nicht sehr solid erachtete, wollte ich erst gar nicht dagegenhämmern. Solange sich Brian und die zwei Frauen im nebenan liegenden Raum aufhielten, lag meine Chance bei null, das Verlies unbeschadet zu verlassen.

Ich lehnte mich an die Tür. Von draussen hörte ich gedämpfte Stimmen. Vielleicht berieten sich die drei gerade über ihr weiteres Vorgehen. Ich hatte sie in ihrem Vorhaben gestört. Ich glaubte nicht, dass sie sich das von mir gefallen liessen. Sollte sich Brian gegen mich entscheiden, würden die Frauen es auch.

Ich fuhr mit der Hand vorsichtig über die Wände. In der Nähe der Tür stiess ich auf einen Schalter. Ich kippte ihn um, in der Meinung, Licht zu machen. Die Lampe schien defekt zu sein.

Die nächste gefühlte halbe Stunde kam ich mir wie auf einem Nagelbrett vor. Jedes Wort, das ich nicht verstand, jedes Geräusch, dessen Ursache ich nicht zu deuten vermochte, stiessen wie tausend Nägel in meinen Körper.

Ein einziger vager Trost blieb: Wenn Dario meine Nachricht abhörte, würde er versuchen, mich zurückzurufen. Jetzt konnte ich nur hoffen, dass er mich wirklich kannte und die richtigen Schlüsse daraus zog.

Allmählich hatten sich meine Augen an die Dunkelheit gewöhnt, und ich nahm Konturen wahr. Ein Klosett, einen Waschtrog, einen Schrank. Brian hatte mich in eine Art Badezimmer gesperrt. Ich ging zum Lavabo, ertastete Apparaturen. Wenigstens gab es Wasser.

Die Duchli Sage kannte ich nur von aussen. In der Sägerei wurden Baumstämme zu Holzlatten verarbeitet. Hielt man sich in der Nähe auf, vernahm man oft die Fräsen, wenn ihre Schneidblätter die Stämme zerteilten. Das Ächzen der Sägen.

Ich lauschte. Die Stimmen nebenan waren verstummt. Irgendwann hörte ich eine Tür zufallen.

Dann herrschte Ruhe.

Sollte ich auf ein Wunder hoffen oder aktiv werden? Wie denn?

Ich hatte gegen alle Regeln verstossen. Ich hatte eine Straftat begangen. Hausfriedensbruch. Dafür konnte ich belangt werden.

Andererseits hatte ich womöglich in Erfahrung gebracht, wer hinter den Bombendrohungen steckte. Doch diese Erkenntnisse nutzten mir wenig.

Es lief mir eiskalt über den Rücken.

Unter den Gestank hier hatte sich fast unmerklich ein anderer Geruch gemischt. Beim Türspalt schien es noch immer hell durch. Es war kein normales Licht mehr. Etwas flackerte im Nebenraum. Ich ging wieder zur Tür und griff ans Holz. Im Gegensatz zu vorhin war es warm. Etwas zog meine Aufmerksamkeit auf sich, was in mir ein heftiges Zittern auslöste. Etwas knackte. Brutzelte. Bereits drangen erste Rauchschwaden unter dem Türspalt durch, schwelende, giftige Dämpfe.

Kein Zweifel: Es brannte.

Ich versuchte, die Bilder in mir abzurufen, die ich vorhin im Nebenraum verinnerlicht hatte. Da waren die Hobelbank, die Holzspäne, die Karten, die Pinnwand, Fotos von Politikern. Nichts, das nach einem Feuerherd ausgesehen hatte. Keine brennenden Kerzen, keine glühenden Zigarettenstummel.

Jemand musste das Feuer mutwillig gelegt haben.

Um mich zu töten?

Obwohl Brian, Maja und Nina das Gebäude wahrscheinlich verlassen hatten, war ich mir nicht sicher, ob ich die Tür einschlagen sollte. Noch schützte sie mich vor dem Feuer. Wenn ich die Tür aufschlug, würden die Flammen mich wie eine Walze überrollen. Das Risiko wollte ich nicht eingehen. Doch bot der Raum nebenan die einzige Möglichkeit, den Keller und die Sägerei zu verlassen. Was, wenn die Tür zum Korridor ebenfalls verschlossen war?

Ich legte mich mit dem Gesicht voran auf den Boden. Ich versuchte, ruhig zu atmen. Der Sauerstoff war kostbar.

Ich musste etwas unternehmen, um dem Inferno zu entkommen. Ich zählte auf drei. Ich musste mich zu einem klaren Gedanken zwingen, reagieren. Unbedingt! Auch wenn die Ausweglosigkeit meines Tuns bereits im universellen Plan verankert war. Neben dem Lavabo fand ich ein paar Handtücher. Ich schmiss sie in den Waschtrog und liess Wasser darüberlaufen. Die nassen Tücher legte ich auf den Boden vor der Tür. Es dauerte nicht lange, bis sie heiss waren. Ich wiederholte die Prozedur. Ich drehte den Hahn voll auf, klatschte mit beiden Händen das Wasser über den Lavaborand gegen die Tür. Es gab einen zischenden Laut. Trotz meiner unermüdlichen Aktivität konnte ich den Rauch im Raum nicht verhindern. Es roch jetzt noch penetranter als zuvor, nach nasser Kohle, nach Gasen. Allmählich fiel mir das Atmen schwer. Ich musste immer wieder husten. Waren das die ersten Anzeichen einer Rauchvergiftung?

Ich legte mich wieder auf den Boden, berührte mit meiner Nasenspitze die Holzlatten. Denn das hatte ich einmal gelernt: Rauch schwebt über dem Boden. Die toxischen, lebensbedrohlichen Schwaden sammeln sich zuerst unter der Decke an. Noch gab es nicht genug Rauch im Raum, sodass ich die Konturen der Kloschüssel und des Lavabos noch wahrnahm.

Wie lange würde ich es hier aushalten?

Kein Fenster! Kein iPhone! Und hinter der Tür tobte das Feuer. Ich hörte es krachen. Bald würde ich wie eine Grillwurst im Feuer brutzeln. Verbrennungen waren etwas vom Abscheulichsten. Schon eine kleine Brandwunde löste Schmerzen aus, die fast nicht auszuhalten waren.

Wie fühlte es sich an, wenn der ganze Körper in Flammen stand?

Würde ich vorher in Ohnmacht fallen?

Ich bewegte mich auf die andere Wand zu. Ich ertastete Unebenheiten. Einen Riegel.

Ich hatte einen Riegel gefunden. Wozu diente dieser? Ich versuchte, ihn nach oben zu drücken. Er gab keinen Millimeter nach. Es musste eine alte Vorrichtung sein, oder das Eis draussen machte sie unbeweglich. Ich zog den Riegel nach unten. Endlich bewegte er sich, wenn auch unter grösster Anstrengung. Der Rauch erfasste meine Lungen. Ich bekam einen Hustenanfall. Ich ging zurück zum Lavabo, holte einen nassen Lappen, hielt ihn mir vor Nase und Mund. Und wieder zurück zum Riegel. Endlich gelang es mir, eine Art Brett zu lockern und es gegen mich zu ziehen. Im Raum war es mittlerweile heiss geworden, was sich günstig auf den Riegel auswirkte. Das Feuer im Nebenraum hatte die Wirkung eines Schmelzofens. Ich polterte gegen das Brett. Versuchte, es am Riegel gegen mich zu ziehen. Es bewegte sich nur langsam.

Nein, so hatte ich mir das Sterben nicht vorgestellt.

Panik ergriff mich.

Ich zwang mich, klar zu denken. Wenn es stimmte, dass lebensbedrohliche Situationen einen zu Höchstleistungen anstachelten, musste ich jetzt agieren. Jetzt!

Ich brachte es nicht fertig. Meine Gedanken waren wie weggepustet, als wollte ich mich dem Schicksal ergeben.

Ich war kein Mensch, der im Schnellzugtempo durchs Leben raste. Die Zukunft lag vor mir. Ich wollte als Juristin arbeiten. Den Vertrag für eine Stelle in einer Luzerner Anwaltskanzlei hatte ich bereits unterschrieben. Am 2. März wollte ich die Stelle antreten. Vorerst für ein Jahr. Für später hatte ich mir vorgenommen, in die Staaten zu reisen. An die Westküste. Ich hatte noch so viele Pläne. Ich hatte Tomasz nicht geheiratet. Wurde ich jetzt dafür bestraft?

Wenn ich jetzt losheulte, hinderte es mich daran, den letzten verbliebenen Funken eines klaren Gedankens festzuhalten.

Nicht das Feuer würde mich umbringen, sondern der Rauch.

Nein! Ich wollte nicht kampflos aufgeben. Wieder rüttelte ich an dem Brett, bei dem ich nicht wusste, ob sich dahinter tatsächlich ein Fenster verbarg.

Wo befand ich mich überhaupt? Ich war über eine Treppe in den Keller gelangt. Falls der Keller auf allen Seiten unter dem Boden lag, würde auch ein Fenster mir nicht in die Freiheit verhelfen.

Vielleicht würde ich in einen Schacht gelangen, der nach oben führte und zu schmal für einen Körper wie meinen war. Wieder ging ich zum Waschbecken und spritzte mich mit Wasser voll. Es nahm etwas von der Hitze, die sich über mich ausdehnte.

Mit blossen Händen zog ich das Brett aus der Verankerung. Endlich hatte es nachgegeben. Bevor ich es anhob, legte ich bei der Tür neue nasse Tücher nach. Jetzt sah ich bereits Flammen durch die Türritzen züngeln. Laut und unaufhörlich frass sich das Feuer in meine Richtung. Hinter der Tür befand sich die Hölle, und ich war keinen Schritt davon entfernt.

Hinter dem Brett stiess ich auf Glas. Ein Fenster! Wohin führte es? Draussen musste die Nacht hereingebrochen sein. Kein Tageslicht. Ich drückte die Scheibe mit einem Tuch aus dem Rahmen. Es gab ein hässliches Geräusch. Scherben rieselten auf mich nieder. Ich entfernte den spitzen Rest der Scheibe. Ich sah zurück. Die Tür war noch intakt, würde es jedoch nicht mehr lange sein. Mir war, als strömte frische Luft zu mir. Ich labte mich an ihr wie eine Verdurstende. Ich bildete es mir nur ein. Ein trockener Husten quälte mich.

Mir blieb nicht viel Zeit.

Ich brauchte einige Anläufe, um mich an der Öffnung hochzuziehen. Wenigstens war der Durchlass gross genug. Der rettende Ausgang lag keine fünfzig Zentimeter von mir entfernt. Kopf und Oberkörper waren bereits durch. Ich stemmte mich auf beide Hände. Ich zog die Knie an, dann die Beine.

Kaum hatte ich auch die Füsse im Freien, gab es hinter mir einen fürchterlichen Knall. Im gleichen Moment, als ich mich in einem Schneehaufen wiederfand, explodierte die Tür. Ich schaffte es gerade noch, mich auf die Seite zu rollen, als die Feuerwalze aus dem Fenster schoss. Tausende von gleissenden Partikeln regneten auf den Schnee. Feuerwerk und Vulkanausbruch in einem. Allein die Wucht zerbarst fast mein Trommelfell. Der Druck katapultierte mich ein paar Meter nach hinten.

Ich war klatschnass. Betäubt rappelte ich mich auf. Schock, Angst, taube Ohren und ein Gefühl der Ohnmacht gingen miteinander einher. Ich schaffte es, mich auf allen vieren von der Sägerei zu entfernen. Ich sah nicht mehr zurück, wollte es nicht tun. Nicht die Ursache sehen, die mich ins Freie geschleudert hatte. Ich war unversehrt geblieben, zumindest körperlich.

Der Schnee vor mir schimmerte rötlich. Der Geruch nach verbranntem Holz frass sich ätzend in meine Nasenschleimhäute. Aber ich konnte durchatmen, wenngleich mich ein trockener Husten quälte.

Ich musste mich zuerst orientieren. Wo hatte ich mein Auto abgestellt? Ich befand mich jetzt wahrscheinlich auf der Rückseite der Sägerei. Schemenhaft tauchten Häuser weiter hinten auf. Schwach beleuchtete Fenster. Eine trügerische Idylle. Ein Haufen von Ignoranten, die in ihren heimeligen Stuben vor dem Fernseher sassen und schreckliche Nachrichten und Bilder aus aller Welt konsumierten, während keine zweihundert Meter nebenan eine Frau um ihr Leben rang.

Aus der Ferne hörte ich den Zweiklang der Feuerwehr. Jemand musste sie alarmiert haben. Die Anwohner der Dischmastrasse oder des Duchliwegs? Vielleicht waren es doch keine Ignoranten. Fast zeitgleich fuhren zwei Streifenwagen der Davoser Polizei heran, mit Blaulicht und Martinshorn. Ich kroch weiter, versuchte zwischendurch, mich aufzurichten. Es gelang mir nicht. Die Schwäche hatte meinen Körper erfasst. Meine Lungen schmerzten, und ein Husten plagte mich erneut.

Erst jetzt sah ich zurück. Die Duchli Sage stand in Flammen. Und der ganze Himmel über mir. Schwarz-rote Rauchsäulen wuchsen in die Höhe, verwandelten die Gegend in einen roten, brodelnden Schlund. Dort, wo ich soeben aus dem Fenster gekraxelt war, züngelte das Feuer wie ein gefrässiges Monster und verschlang alles, was ihm in die Quere kam. Wie ein Vulkan spuckte es schwarze Aschebrocken aus.

Ich sass wie ein Häufchen Elend im Schnee. Erst jetzt spürte ich die Kälte, die sich durch meine nassen Kleider frass.

Ich lebte!

Ich atmete!

Es war, als hätte mich Mutter Erde zum zweiten Mal geboren.

Dario sah mich zuerst. Aufgeregt kam er auf mich zu. Er warf sich über mich, deckte mich mit seiner Jacke zu. Er schwieg. Jedes Wort war zu viel. Ich hätte es nicht ertragen, wenn er mich mit

Vorwürfen torpediert hätte, obwohl ich unterschwellig wusste, wie sehr ich sie verdient hatte.

Ich hörte es zischen. Ich hörte Rufe. Die Feuerwehr war daran, den Brand unter Kontrolle zu bringen. Ich verbarg mein Gesicht an Darios Brust. Er hielt mich so lange fest, bis die Ambulanz eintraf. Zwischen Ohnmacht und Wachzustand liess ich alles mit mir machen. Ich legte mein Leben in die Hände der Notfallsanitäter. Erst auf der Trage fühlte ich mich besser. Man zog mir die nassen Kleider aus, packte mich in eine Folie ein, versorgte mich mit Sauerstoff, setzte eine Infusion.

Ich war dem Tod entkommen.

Wieder einmal.

DREIZEHN

Es war wie etwas schon Erlebtes: ein fremdes Bett, ein fremdes Zimmer. Doch diesmal wusste ich, wo ich lag.

Gestern Abend hatte man mich ins Davoser Spital gefahren. Während zweier Stunden war ich auf Herz und Nieren untersucht worden. Vor allem meine Lungentätigkeit war den Ärzten ein Anliegen gewesen. Glücklicherweise hatte ich nur eine minimale Rauchvergiftung erlitten. Ich rechnete damit, das Spital heute verlassen zu können.

Dank Medikamenten hatte ich einige Stunden geschlafen. Als ich erwachte, kehrten die Bilder mit aller Wucht in mein Bewusstsein zurück. Ich durfte nicht daran denken, was geschehen wäre, hätte ich das Fenster nicht gefunden. Ich hätte heute nicht hier gelegen. Vielleicht gab es doch eine höhere Macht, die entschied, ob ein Menschenleben zu Ende geht oder nicht.

Bereits um halb acht besuchte mich Dario. Er war äusserst besorgt um mich und wollte zuerst nicht herausrücken, was ihn beschäftigte.

Er fuhr mit seiner Hand über meine Stirn. Er unterliess es, mich für meinen Alleingang zu rügen. Dass es eher Zufall gewesen war, dass ich auf Maja und Nina gestossen war, war bereits gestern klar gewesen, als ich ihm ein paar Details über den Hergang der Katastrophe hatte berichten können.

«Wir haben Maja Accola und Nina Barbüda gecheckt», sagte Dario. «Und die beiden Frauen gleich besucht.»

«Was? Sie waren zu Hause?»

«Ja. Wir fanden sie bei Nina Barbüda.» Dario legte zwei Fotos auf meine Bettdecke. «Sind das die Frauen?»

Es waren ältere Porträts, hingegen unverkennbar Maja und Nina. Ich bejahte.

«Sie bestreiten, gestern in der Duchli Sage gewesen zu sein.»

«Logisch, das hätte ich auch.» Ich zog mich am Triangel hoch. Ein Blick zum Fenster. Draussen legte die Nacht ihre letzten grauen Gewänder nieder und lockte den silbernen jungen Tag heran.

Noch hielt sich die Sonne hinter den Bergen versteckt. Auch dieser Tag würde ein Traumtag werden. Das Wetter kümmerte sich weder um Bombendrohungen und Feuersbrünste noch um abtrünnige Menschen.

«Wir haben sie aufs Revier genommen. Sie sassen in der Nacht auf heute in U-Haft. Wenn wir keine Beweise gegen sie haben, müssen wir sie allerdings wieder laufen lassen.»

«Ich kann doch gegen sie aussagen.»

«Das ist nicht so einfach. Du stehst immer noch selbst unter Verdacht, mit der Ermordung von Khalid Abu Salama etwas zu tun zu haben.»

Ich spürte einen Stich unter der Brust. «Dann ist das noch nicht ausgestanden?»

«Gestern erhielten wir den Bericht von der Rechtsmedizin.»

«Und? Was ist dabei herausgekommen?»

Ich sah Dario an, dass er sich überlegte, mir zu antworten.

«Ich kann nicht darüber sprechen.» Dario kniff die Lippen aufeinander.

«Es hört ja niemand zu», schmeichelte ich ihm.

Dario räusperte sich. «Abu Salama ist an den Folgen mehrerer heftiger Schläge auf den Hinterkopf gestorben, ausgelöst durch eine Tischkante oder einen schweren Gegenstand.»

«Durch eine Tischkante? Wie geht denn das?»

«Man hat zwei verschiedene Verletzungen analysiert. Es ist noch nicht ganz klar, welche Verletzung tödlich war.»

«Ich schwöre, ich habe ihn nicht umgebracht.»

«Ich weiss.» Dario zögerte. Seine Augen hatten die Schwärze reifer Kirschen angenommen.

«Meine Erinnerungen an die Nacht bei Waser sind zwar noch nicht lückenlos zurück, ich glaube jedoch, dass ich *nicht* mit Khalid ins Belle Epoque ging.»

«Der Verdacht drängt sich auf, dass Khalid *nicht* im Belle Epoque getötet wurde.»

Ich schluckte leer. «Habt ihr Sidonia noch einmal befragt? Ich traue ihr nicht. Sie sagte letzthin, dass wir alle ziemlich zugedröhnt waren. Es könnte ja sein, dass noch andere einen Filmriss hatten. Ich weiss nur nicht, weshalb man auf mir herumtrampelt.»

«Dein Schal ist in Müllers Augen Beweis genug.»

«Beweis? Höchstens ein Indiz. Ein dürftiges.» Der Reflex, leer zu schlucken, hatte sich erschwert. «Wurde ich nicht bereits verdächtigt, als noch kein Schal im Spiel war? Zudem widersprichst du dir. Khalid ist nicht in seinem Zimmer getötet worden. Warum hat man denn meinen Schal dort gefunden? Das bestätigt mir, dass ihn jemand absichtlich dort hingelegt hat, um eine falsche Fährte zu legen. Ich habe ihn entweder im Postillon oder bei Waser verloren. Es hätte ihn irgendjemand an sich nehmen können – vielleicht sogar Khalids Mörder, um mir die Tat in die Schuhe zu schieben.» Erneut zog ich mich hoch. «Ich muss hier raus. Es macht mich verrückt, nichts tun zu können.»

«Vor zwölf Stunden bist du haarscharf einem Attentat entkommen», sagte Dario. «Sei jetzt vernünftig.»

«Immerhin hat sich das Problem mit den Sprengsätzen gelöst», giftete ich.

«Noch nicht ganz. Unsere Brandermittler arbeiten auf Hochtouren.»

«An einem Sonntag?»

Dario sah mich lange nachdenklich an. «Du musst dich jetzt erholen. Du wirkst zwar recht kaltschnäuzig, als würde dir alles nicht viel ausmachen. Glaube mir, das ist der Schock.»

Ich schwang die Beine über die Bettkante. «Ich muss mir mal die Füsse vertreten.»

Dario ergriff meine Arme und half mir auf. Mir schwindelte. Ich führte es darauf zurück, dass ich das Frühstück kaum angerührt hatte.

«Wissen Maja und Nina, dass ich wohlauf bin?»

«Nein. Wir würden, wenn du ganz gesund bist, gern eine Gegenüberstellung machen.»

«Reichen die Fotos denn nicht?» Ich hatte kein Bedürfnis, meinen Peinigerinnen nochmals zu begegnen.

«Eine Polizeipsychologin wird dabei sein.»

«Sie hatten mich in der Wohnung besucht. Sie könnten sich darauf berufen.»

«Unsere Psychologin ist ein Vollprofi.»

Ich liess es unkommentiert und zog einen Homedress an, den

man mir bereitgelegt hatte. Dario versprach mir, Mams Auto bei der ABC-Garage abzuholen und mir die Tasche mit den Kleidern zu bringen. Ich war dankbar, dass er sich darum kümmerte, und auch froh, als er mich endlich allein liess. Im Moment vertrug ich ihn einfach nicht. Dass er mir nicht ganz vertraute, enttäuschte mich.

Um zehn war Arztvisite. Bis dahin fand ich Zeit, einen Spaziergang in den Gängen des Krankenhauses zu machen. Nachdem Dario gegangen war, hatte man einen Beinbruchpatienten in mein Zimmer gelegt. Ein Skiunfall im Parsenngebiet. Über den Winter war das Spital zu fast hundert Prozent ausgelastet, wie ich von einer medizinischen Assistentin erfuhr.

Im Korridor roch es nach Scheuermittel und Kaffee. In der Nähe des Fensters sass eine junge Frau. An ihrer Seite hatte sie einen Infusionsständer. Ich setzte mich zu ihr und schaute wie sie auf die winterweisse Landschaft. Eine Weile sassen wir nur da. Jede in ihre eigenen Gedanken versunken.

Als die junge Frau mich ansah, erschrak ich. Ihr blasses Gesicht war mit blauen Flecken übersät. Es machte nicht den Anschein, dass sie geschlagen worden war, es sah eher nach Frostbeulen aus. Sie war ein zartes Persönchen mit halblangen blonden Locken, was mich an einen Botticelli-Engel erinnerte oder an ein Wesen, das in unserer Welt deplatziert schien. Ihre Augen hatten die Farbe von Wasser.

Ich stellte mich mit Namen vor und redete ein wenig über das Wetter. Ein lockerer Small Talk, um mein Gegenüber aus seiner Reserviertheit zu locken. Eine merkwürdige Frau. Ich hatte noch nichts von ihr erfahren. Es ging mich nichts an, weshalb sie hier stationiert war. Sie tat mir leid, wie sie so dasass, völlig in sich gekehrt und apathisch. Ihre traurigen Augen sprachen Bände.

«Sind Sie schon lange hier?»

Wenn sie mich ansah, geschah es völlig emotionslos. Keine mitleidheischende Mimik. Ich meinte, in ein totes Gesicht zu sehen.

«Seit Freitag.» Sie zögerte. «Und Sie?»

«Seit gestern, mit Verdacht auf eine Rauchvergiftung.»

Sie nickte, während sie ihre schmalen Lippen aufeinanderpresste. Sie schien kein grosses Interesse an mir zu haben. Sie sah wieder aus dem Fenster oder an die Fensterscheibe.

«Und jetzt geht es Ihnen wieder besser?», versuchte ich es erneut.

Sie schwieg.

«Entschuldigung», sagte ich. «Es geht mich nichts an.»

«Ja, also … Der Doktor meinte, ich sei ein zähes Mädchen.» Endlich schenkte sie mir ein Lächeln, wenn auch ein schnelles.

«Sind Sie aus Davos?»

«Nein.»

«Kann es sein, dass wir uns kennen?» Seit ich in ihre Augen gesehen hatte, beschlich mich das Gefühl, sie schon einmal getroffen zu haben.

«Ich weiss nicht.»

«Frau Cadisch?» Die Stimme kam über den Flur, aus der Richtung, in der mein Zimmer lag. «Arztvisite.»

«Ich muss.» Ich erhob mich. «Alles Gute und baldige Genesung.»

Die Frau sah mir traurig nach, als ich mich rückwärts von ihr entfernte.

«Sie haben sich mit unserer geheimnisvollen Patientin unterhalten», sagte die Pflegerin.

«Warum denn geheimnisvoll?»

«Sie will uns nicht sagen, wer sie ist. Es gibt auch niemanden, der sie vermisst. Kennen Sie sie?»

«Ich weiss nicht. Sie kommt mir bekannt vor … nur kann ich sie nirgends zuordnen. Sie sagte mir lediglich, dass sie seit Freitag hier ist. Was hat sie denn?»

Ich rechnete damit, dass die Pflegerin die Frage nicht beantwortete.

«Man hat sie am Freitag auf dem Davosersee gefunden. Ein paar Stunden später, und sie wäre erfroren. Sie war schon stark unterkühlt. Sie hatte jedoch grosses Glück.»

Ich erinnerte mich an den Anruf, als ich in Müllers Büro gesessen hatte. «Und niemand will wissen, wer sie ist?»

«Nein, deshalb fragen wir jeden, der sich mit ihr unterhält.»

Die Pflegerin öffnete die Zimmertür. «Es hätte ja sein können, dass Sie miteinander bekannt sind.»

«Sie schweigt also?»

«Sie ist völlig traumatisiert», gab mir die Pflegerin bereitwillig Auskunft.

«Und weshalb?»

«Es liegt der Verdacht vor, dass sie vergewaltigt wurde.»

«Liegt eine Anzeige vor?»

«Das ist anzunehmen.» Die Pflegerin gab sich von nun an bedeckt. Offenbar wurde ihr bewusst, dass sie mir nichts hätte sagen dürfen.

Ich resümierte: Ein Mädchen wurde vergewaltigt. Es würde eine Anzeige gegen unbekannt geben, sollte das Mädchen darauf bestehen. Man würde eine DNA-Probe ins forensische Labor nach Zürich schicken müssen. Wenn die Staatsanwaltschaft grünes Licht dafür gab, würde die DNA-Probe mit der Datenbank verglichen. Falls der Vergewaltiger bereits aktenkundig war, wäre es ein Leichtes, ihn aufzuspüren.

Vielleicht hatte diese Gewalttat mit dem WEF zu tun. Sicher gab es Männer am Weltwirtschaftsforum, die meinten, sie könnten hier im Landwassertal alles bekommen, was sie wollten. Viele Politiker und Wirtschaftsgrössen reisten ohne ihre Partnerinnen an. Die bereitwilligen Frauen aus Davos machten es ihnen auf der einen Seite sehr einfach, auf der andern Seite degradierten sie mit ihrem Verhalten jede Frau zu Freiwild.

Ich ging ins Zimmer, setzte mich aufs Bett und grüsste meinen Nachbar, der noch etwas benommen von der Operation vor sich hindämmerte.

«In fünf Minuten wird der Arzt vorbeischauen», sagte die Pflegerin. Sie hielt den Finger vor ihren Mund. «Das von vorhin haben Sie aber nicht von mir.»

***

Keine bleibenden Schäden auf der Lunge, hatte mich der Arzt beruhigt. Ich solle viel frische Luft tanken.

Vor dem Mittag holte Dario mich ab. Er überreichte mir die

Tasche mit den Kleidern und wartete so lange draussen auf dem Flur, bis ich mich umgezogen hatte. Mams Wagen stand auf dem Parkplatz. Die Polizei hatte ihn abgeholt, Dario ihn hierher gefahren.

«Lieb von dir, dass du das alles für mich machst.» Ich drückte ihm einen Kuss auf die linke Wange.

«Das ist doch selbstverständlich.» Er stiess hektisch Atem aus. «Wenigstens ist das WEF jetzt vorbei. Die meisten Gäste sind abgereist … na ja, von einer Normalität kann deswegen noch lange nicht die Rede sein. Die Drohungen gegen das Forum haben uns viel Goodwill gekostet. Lindemann äusserte sich tief betroffen über die Zustände in der Gemeinde. Er verglich Davos mit dem Rest der Welt. Es sei gefährlich, dass sich in einer Kleinstadt wie dieser der Terrorismus verbreiten könne. Er warf die Frage auf, wie man es bewerkstelligen könnte, die Terrorzellen rund um den Globus zu eliminieren, wenn es nicht einmal in Davos möglich sei. Dabei hatten wir alles getan, um die WEF-Besucher zu beschützen. Kommt dazu, dass der Fall Khalid Abu Salama auch noch nicht geklärt ist.»

«Habt ihr da weitere Erkenntnisse?» Ich wartete seine Antwort nicht ab. Ich ging zum Empfang und checkte mit meiner Versicherungskarte aus.

Dario brachte mich zum Polizeiposten. Ich hatte darauf bestanden, jetzt gleich eine Gegenüberstellung zu machen, damit wenigstens ein Problem gelöst werden konnte. Seine Bedenken aufgrund meiner Gesundheit fand ich übertrieben.

«Leider konnten die Stimmen bei den Anrufen nicht einwandfrei identifiziert werden», sagte Dario. «Wir wissen nicht, ob es sich um einen Mann oder eine Frau handelt. Zudem sind es verschiedene Stimmen, wie wir von den Technikern erfahren hatten.»

Müller erwartete mich bereits in einem der Vernehmungszimmer und war ausnehmend nett. Ich ging davon aus, dass Dario ihn genügend über meinen gesundheitlichen Zustand aufgeklärt hatte. Offenbar hatte Müller auch mitfühlende Züge.

«Sie dürfen sich von den Frauen nicht irreführen lassen», beriet er mich. «Sie werden alles abstreiten, das ist klar. Sie hatten bei der ersten Vernehmung darauf beharrt, dass es eine Verwechslung sei und sie nichts mit Ihrer Geiselnahme und den Bombendrohungen zu tun haben.»

Damit musste ich rechnen.

Später kam die Psychologin dazu. Sie war eine unscheinbare kleine Frau mit kurzen schwarzen Haaren und einer breitrandigen Korrekturbrille, was ihr ein etwas verwegenes Aussehen verlieh. Dario hatte mir erzählt, dass sie aus Chur stammte und bei der Kriminalpolizei im Kantonshauptort seit über zehn Jahren arbeitete.

Sie reichte mir die Hand. «Ich bin Helena Matzenauer.»

Wir setzten uns an den Tisch und besprachen kurz meine gesundheitliche Verfassung. Helena Matzenauer wollte sicher sein, dass es mir gut ging. Gewiss hatte sie von dieser Katastrophe gehört und war besorgt um mich.

«Fühlen Sie sich in der Lage, mit den beiden Hauptverdächtigen konfrontiert zu werden?», fragte sie, nachdem ich sie überzeugt hatte, dass es mir gut ging.

Ob ich dazu in der Lage war, würde sich erst herausstellen, wenn Maja und Nina mir gegenübersassen. Ich wusste bis anhin nicht, wie es sich anfühlte. Stempelte man sie jetzt zu vereitelten Mörderinnen ab? Sie hätten mich verbrennen lassen, falls ich mich nicht selbst hätte retten können. «Es ist schon okay», sagte ich und trank vom Wasser, das man mir hingestellt hatte.

Zuerst wurde Maja, dann Nina hereingeführt. Ich hatte nicht damit gerechnet, beiden Frauen auf einmal gegenübergestellt zu werden. So wie es schien, hatte Müller darauf bestanden. Seine Arbeitstaktiken waren einstweilen etwas gewöhnungsbedürftig. Als Maja und Nina mich sahen, blieben sie erschrocken stehen. Sie hatten mit meinem Erscheinen zuallerletzt gerechnet, dachten wohl, ich sei verbrannt. Ich hätte ihnen gern gesagt, dass mein Geist sich aus dem Flammeninferno gelöst hatte und sie nun zur Raison ziehen würde. Mein Sarkasmus hielt sich heute in Grenzen. Je weniger ich redete, umso besser fühlte ich mich.

«Bitte setzen Sie sich.» Müller hatte sein Aufnahmegerät eingeschaltet und sprach Ort und Datum sowie die Namen der Anwesenden auf Band. «Wie ich sehe, kennen Sie sich bereits.»

«Das ist ein Irrtum», sagte Nina mit gewohnt frechem Mundwerk. Sie zog ihre Jacke aus. Darunter kam ihr fülliger Körper zum Vorschein, den ein Kaschmirpullover unvorteilhaft betonte.

«Wir bestehen auf einen Anwalt», sagte Maja. «Ich verstehe nämlich nicht, weshalb diese Frau im Zimmer ist.» Sie zeigte auf mich.

Ich wusste nicht, was Müller vorhatte.

«Es geht hier um eine Gegenüberstellung», erklärte er und wandte sich an mich. «Frau Cadisch, sind das die beiden Frauen, die Sie gestern am späten Nachmittag in der Duchli Sage eingesperrt hatten?»

Müller hatte mir eine Frage gestellt, die ich so nicht beantworten konnte. Weder Maja noch Nina hatten mich eingeschlossen. Brian war es gewesen, und Müller wusste das. Möglicherweise wollte er aber die Reaktion der Frauen testen.

«Ja», sagte ich. «Sie hatten mich, zusammen mit ihrem Freund oder Kollegen Brian, in der Duchli Sage eingeschlossen.»

«Die lügt», sagte Maja mit stoischer Ruhe. «Wie schon gesagt, wir waren nicht in der Duchli Sage. Was hätten wir denn dort suchen sollen?»

Müller überging sie. Er wandte sich an mich. «Können Sie uns den genauen Tathergang schildern?»

Ich zuckte zusammen.

Alles kam wieder hoch. Es war wie das Zurückspulen eines Films, in dem ich die Hauptrolle und gleichzeitig das Opfer spielte. Mir behagte es nicht. Die Frauen machten mich nervös. Hätte Müller mich unter Ausschluss ihrer Anwesenheit befragt, wäre es mir leichter gefallen, darüber zu sprechen. Doch ich kam nicht darum herum. Unter Majas und Ninas bohrenden Blicken erzählte ich, wie ich in den Keller der Duchli Sage gelangt war.

«Weshalb sind Sie den Frauen überhaupt gefolgt? Hatten Sie denn einen Verdacht?», fragte Müller.

Bauchgefühl, hätte ich ihm gern geantwortet. Meine Neugier. Mein sechster Sinn.

Eine Dummheit.

Ich dachte an den Besuch der Frauen und ihren Kampf gegen das WEF. Und dass ich es eigentlich schon damals geahnt hatte, dass sie über Leichen gehen würden, um ihr Bestreben in die Tat umzusetzen. Von dem, was sie taten, waren sie so überzeugt, dass sie keine andere Meinung respektierten. Ich sagte: «Aus reiner Neugier.»

Jemand klopfte. Kurz darauf betrat ein Polizist in Uniform das Zimmer. Er legte einen Asservatenbeutel auf den Tisch. Ein grauer, eckiger Gegenstand schimmerte durch das Plastik. Ich meinte, ein iPhone zu erkennen.

Müller griff danach. «Was ist damit?»

«Das haben unsere Leute in der Wohnung von Frau Barbüda gefunden.»

Müller sah mich an. «Vermissen Sie ein iPhone?»

«Es wurde mir in der Duchli Sage abgenommen», sagte ich.

«Was soll das?» Maja schoss vom Stuhl hoch. «Das ist *mein* iPhone. Das geht Sie nichts an.»

Müller ignorierte sie und sah mich an. «Wie ist Ihre Nummer?»

Ich teilte sie ihm mit, worauf Müller die Nummer auf sein Mobiltelefon eintippte. Ein quakendes Geräusch brachte nicht nur Müller zum Lachen.

«Mein Frosch.» Wer auch immer mir diesen Ton auf mein iPhone geladen hatte, ich war ihm dankbar dafür.

Maja versuchte vergebens, sich aus der misslichen Lage zu reden. Nina sagte nichts dazu. Aber sie beharrte nun auch auf einem Rechtsvertreter.

Ich rechnete damit, dass sich die Gegenüberstellung in die Länge ziehen würde. Doch nach einer halben Stunde durfte ich den Polizeiposten verlassen, nachdem ich das Protokoll unterschrieben hatte. Auch durfte ich mein iPhone mitnehmen. Ich hatte beteuert, wie wichtig es für mich war.

Müller hatte es mir zugeschoben. Er war wohl etwas durch den Wind.

VIERZEHN

Dass ich haarscharf am Tod vorbeigegangen war, wurde mir erst jetzt bewusst. Dario hatte ich nicht mehr gesehen. Ich kehrte in Valerios Wohnung zurück. Nachdem ich mich geduscht und umgezogen hatte, fuhr ich nach Klosters.

Vielerorts war man jetzt mit Aufräumarbeiten beschäftigt. Obwohl Sonntag war, wurden Balustraden abgebrochen, Zäune aufgerollt, Zelte abtransportiert. Die Putzmaschinen waren unterwegs und sammelten den zurückgelassenen Dreck auf. Der Verkehr hatte sich unwesentlich reduziert.

Klosters lag verschlafen da. Die Häuser waren mehrheitlich im Chaletstil erbaut, was dem Dorfbild eine heimelige Note verlieh. Über den Giebeln der Schrägdächer glitzerte der Schnee wie eine Handvoll hingeworfener Diamanten.

Ich umfuhr den Wolfgangtunnel und zweigte auf der Höhe Selfranga nach Klosters Dorf ab. Die Doggilochstrasse erstreckte sich über eineinhalb Kilometer von den Brüggen bis zur Aeuja-Post. Maruggs wohnten in einem Zweifamilienhaus fast am östlichen Ende der Strasse.

«Jakob und Claudia Marugg» stand auf dem Türschild. Ich drückte die Klingel.

Unter dem Türrahmen erschien eine hochschwangere Frau. Ein etwa zweijähriges Mädchen hing ihr buchstäblich am Rockzipfel. Mit dem Schnuller im Mund sah es müde aus. Die Mutter dagegen übte einen gewieften Eindruck auf mich aus. Trotz ihres runden Leibs kam sie mir fit vor. Auf ihren vollen Wangen lag ein roter Schimmer, der sich am Hals fortsetzte. Ihre kurzen Haare standen ungekämmt von ihrem runden Kopf ab. Alles in allem ein erfreulicher Anblick.

Ich entschuldigte mich für die Störung und fragte nach der Anwesenheit ihres Mannes.

«Der schläft», sagte Claudia Marugg und hob ihre Tochter hoch. Das Mädchen drückte sein Näschen an die Wange der Frau und sabberte sie mit Speichel voll. Claudia Marugg schien es nichts auszumachen.

«Wann steht er denn auf?»

«In der Regel schläft er bis um vier. Danach muss er zum Dienst. Was wollen Sie denn von Köbi?»

«Eine Auskunft», wich ich aus. «Über seine Arbeit.» Mir kamen plötzlich Zweifel, und sie warfen mich auf die grundlegendsten Fragen zurück, ob ich hier einfach hereinplatzen durfte, zumal ich eine Aufgabe übernahm, die der Polizei vorbehalten war.

Es ging allein um meine Rehabilitation.

«An einem Sonntag?», fragte Claudia und schien etwas irritiert.

«Ja, tut mir leid.» Mir war bewusst, dass ich gegen das Elementarste gewisser Anstandsregeln verstiess.

Doch Claudia Marugg zeigte sich von ihrer netten Seite. «Vielleicht kann ich die Ihnen geben. Als ich ledig war, arbeitete ich auch bei den Rhätischen Bahnen.» Ihr Gesicht erhellte sich noch mehr. «Ich war eine der wenigen Lokführerinnen im Kanton Graubünden. Bitte, kommen Sie rein.»

Ich klopfte meine Schuhe auf dem Türvorleger ab.

«Wir können in die Küche gehen.» Claudia Marugg ging voraus in eine hübsch eingerichtete Wohnküche. Sie wirkte wie ein Puppenhaus auf mich. Am Fenster hingen Rüschenvorhänge, den runden Tisch bedeckte ein Tuch mit Blumenmuster. Auf dem hellen Parkett lag Spielzeug, ein angeknabbertes Stück Zwieback, ein Gazetuch. «Übrigens, das ist Carina.» Sie setzte ihre Tochter auf einen Hochstuhl. «Möchten Sie Kaffee? Oder Tee? Ich habe auch Ovomaltine.»

Ich lehnte dankend ab.

«Am letzten Mittwochmorgen hatte Ihr Mann Dienst», begann ich. «Er fuhr die Strecke Davos–Filisur. Hat er Ihnen erzählt, dass er auf der Höhe des Bärentritts den Zug anhalten musste?»

Claudia wandte sich von mir ab. Sie hantierte mit einer Babyflasche, in die sie unverhältnismässig langsam Tee füllte. Carina hatte zu quengeln begonnen, und ihre Mutter wollte sie mit der Flasche ruhigstellen. Meine Frage musste sie aufgewühlt haben.

«Er hat mir etwas erzählt, das stimmt. Eine Störung habe es gegeben. Er habe die Lok anhalten müssen.» Claudia reichte ihrer

Tochter die Flasche, die sie mit ihren Patschhändchen entgegennahm. Ihr Mündchen suchte gierig nach dem Schnuller. Während sie saugte, sah sie mich unentwegt und mit weit geöffneten Augen an. Ein rührendes Bild.

«Wurde der Zug wegen einer Notbremsung angehalten?», fragte ich, ohne Carina aus den Augen zu lassen. Die Kleine war ein Wonneproppen.

«Nein, das hätte er mir gesagt. Er erzählt mir eigentlich immer alles, was auf den Bahnstrecken geschieht. Erst noch hatte er einen Mann überfahren. Das steckt man mit der Zeit jedoch weg. Es war bereits der dritte. Mir ist das zum Glück noch nie passiert. Ich weiss nicht, ob ich damit umgehen könnte. Mein Mann ist … wie soll ich sagen, irgendwie abgestumpft. Er lässt es einfach nicht mehr an sich heran. Ich meine, er trägt ja keine Schuld. Trotz sofortiger Bremsung ist es eh immer zu spät.» Claudia ereiferte sich. «Für die Polizei ist es meist eine unangenehme Arbeit … ich meine, wenn sie die Leichenteile …»

«Frau Marugg, hat Ihr Mann Ihnen auch gesagt, weshalb er am Mittwoch den Zug anhielt?»

«Was?»

Ich wiederholte die Frage.

Claudia musste sich zuerst sammeln, bevor sie mir antwortete. «Aufgrund einer technischen Störung. Ich meine, er hat es mir so erzählt. Ja, eine technische Störung sei es gewesen. Oder Stromunterbruch … etwas in die Richtung. Warum wollen Sie das wissen?»

Ich hätte mich lieber mit Köbi Marugg persönlich unterhalten. Davon, dass weder eine technische Störung noch ein Stromunterbruch das Anhalten des Zugs bewirkt hatten, musste ich mittlerweile ausgehen. Ich brachte den Verdacht nicht los, dass Marugg in die Aktion eingeweiht gewesen war. Der Mörder hatte den Toten beim Bärentritt aus dem Zug geworfen, in der Annahme, dass dieser erst nach der Schneeschmelze im Frühling gefunden würde. Er hatte nicht damit gerechnet, dass die Schweizer Armee Helikopterflüge über die Zügenschlucht gestattete.

Ich hörte, wie eine Tür im Flur geöffnet wurde. Etwas später stand ein hagerer Mann in der Küche. Ich hatte ihn mir anders vorgestellt. Auf seinem jungenhaften Gesicht, das mich ein wenig an den verstorbenen Heath Ledger erinnerte, zeichnete sich grosses Erstaunen ab. Noch trug er seinen Pyjama. Marugg sah seine Frau schweigend an. Dann hob er seine Tochter aus dem Hochstuhl, küsste sie auf die Stirn und streichelte ihr über den Kopf – die zärtliche Geste eines Vaters, der sein Kind über alles liebte. Marugg hatte noch kein Wort gesprochen. Ich sprang auf, wich ein paar Schritte zurück. Ich kam mir deplatziert vor.

«Das ist Allegra Cadisch», sagte Claudia. «Das ist mein Mann Köbi.» Sie wandte sich an ihn. «Schon ausgeschlafen?»

«Du hast mir nicht gesagt, dass du heute Besuch hast», sagte er vorwurfsvoll, wobei ich mich als Grund für diese unzimperliche Ansprache sah.

Ich entschuldigte mich für die Störung. Es bereitete mir grosse Mühe, die richtigen Worte zu finden. Dass ich für Marugg nicht willkommen war, bezeugte seine abwehrende Haltung mir gegenüber. Ich war daran, ihm seine Stunden zu stehlen, die er ungestört mit seiner Familie verbringen wollte. Er würdigte mich keines Blickes.

«Im Kühlschrank hat es noch Aufschnitt», sagte Claudia. Sie nahm ihrem Mann die Tochter ab. «Bitte … Frau Cadisch hat ein paar Fragen an dich.»

«Worum geht's?» Endlich bekundete er Interesse, wenn auch mit einer unterschwelligen Distanziertheit. Die verschlossene Seite des Bündners zeigte sich bei ihm besonders intensiv.

Ich wiederholte die gleichen Fragen, die ich bereits Claudia gestellt hatte.

Marugg setzte sich. Er kratzte sich am Kopf. Seine Augen verrieten mir, dass er nicht gewillt war, darüber zu sprechen. «Eine Störung auf der Strecke», sagte er kurz angebunden.

«Am Freitagmorgen wurde am Bärentritt eine männliche Leiche gefunden. Genau dort, wo Ihr Zug am Mittwochmorgen zum Stillstand kam.»

«Sind Sie von der Polizei?» Marugg musterte mich skeptisch. «Dann würde ich gern Ihren Ausweis sehen.»

«Verschweigst du mir etwas?» Claudia stellte sich angriffslustig vor ihren Mann. Sie fuhr mit ihrer Hand über den sich wölbenden Leib, als wollte sie sich Kraft holen bei ihrem ungeborenen Kind.

Marugg ignorierte es. «Sie haben mir noch immer nicht gesagt, wer Sie sind», wandte er sich an mich.

Es war ein Fehler gewesen, hierherzukommen. Ich hatte kein Recht darauf. Sollte die Polizei es als nötig erachten, würde sie Marugg als Zeugen vorladen.

«Tut mir leid, dass ich Sie gestört habe … ich … es ist kompliziert. Ich werde verdächtigt, etwas mit dem Toten vom Bärentritt zu tun zu haben. Ich … ich bin auf der Suche nach der Wahrheit.»

Jetzt war es gesagt.

«Dann sind Sie hier an der falschen Adresse.» Marugg erhob sich, schlurfte aus der Küche und verschwand im Badezimmer, das gleich gegenüber lag.

Claudia hob ihre Augenbrauen. «Wenn er Spätschicht hat, ist er immer gereizt. Sie sagten, dass beim Bärentritt jemand gefunden wurde? Davon hat Köbi mir nichts erzählt. Aber ich kann mir nicht vorstellen, dass die Störung am Mittwochmorgen etwas damit zu tun hatte.» Sie wollte offenbar etwas Nettes zu mir sagen oder ihren Mann in Schutz nehmen. «Wenn Sie mir Ihre Visitenkarte dalassen, werde ich Sie kontaktieren, sollte ich in der Zwischenzeit etwas erfahren.»

Die Hausglocke schellte.

Claudia sah zuerst ihre Kleine, die wieder im Hochsitz sass, dann mich an. «Wer kann das sein?» Zögernd schritt sie zur Tür. «Da bleibt wochenlang der Besuch fern … und dann kommen auf einmal alle miteinander.»

Während sie die Tür öffnete, suchte ich Deckung, indem ich mich hinter den Hochstuhl verkroch. Wer immer es sein mochte, der an diesem Sonntag bei den Maruggs vorbeischaute, ich wollte ihm nicht begegnen.

«Polizei Davos», hörte ich deutlich jemanden sagen. Ich hatte einen guten Riecher gehabt.

Es fielen zwei Namen, mit denen ich allerdings nichts anzufangen wusste.

«Wir würden gern Ihren Mann sprechen.»

Claudia liess die beiden Männer in den Flur eintreten. Sie

schickte sie voraus ins Wohnzimmer. «Bitte nehmen Sie Platz. Ich werde meinen Mann rufen.» Mich erwähnte sie mit keiner Silbe.

Claudia hämmerte mit der Faust an die Badezimmertür und rief ihren Mann.

In diesem Moment fing Carina an zu weinen, als hätte sie meine Präsenz neben ihrem Stuhl als Bedrohung empfunden. Ich hatte keine Ahnung, wie man mit so einem kleinen Geschöpf umging. Zu Fiona, der Tochter meines Halbbruders Luzi, hatte ich nie ein inniges Verhältnis gepflegt. Babys, fand ich, hatten etwas Zerbrechliches an sich. Ich fürchtete, sie zu zerdrücken, sollte ich sie auf den Arm nehmen. Ich gab Carina den Schnuller, der auf dem Tisch gelegen hatte. Daraufhin schrie sie aus voller Kehle. Ich stand auf und versuchte es mit Streicheln. Aber offensichtlich sah mich das kleine Mädchen als ein Monster an. Was im Wohnzimmer gesprochen wurde, bekam ich nicht mit. Ich hörte zwar, wie Köbi aus dem Bad kam, ins Wohnzimmer ging und die Tür hinter sich ins Schloss fallen liess.

Carina weinte jetzt so fest, dass sich Tränen und Rotz über ihr Gesichtchen verteilten. Ich verzog meinen Mund zu einer lächelnden Grimasse. Dies bewirkte das Gegenteil von dem, was ich anstrebte.

Ich war froh, als endlich Claudia in die Küche kam. Sie nahm ihre Tochter aus dem Hochsitz.

«Die Polizei ist da.» Claudia warf mir einen verzweifelten Blick zu. «Geht es um den Toten beim Bärentritt? Wissen Sie mehr als ich?»

Ich hielt den Zeigefinger vor den Mund. «Ich möchte nicht, dass man mich hier bei Ihnen sieht.»

«Das hätten Sie mir vorher sagen sollen. Die beiden Polizisten wissen es bereits.»

«Was?»

Carina hatte sich beruhigt. Claudia steckte ihr ihren Finger in den Mund.

«Vielleicht sollten Sie auch ins Wohnzimmer kommen.»

«Einen Teufel werde ich tun …»

«Es geht um meinen Mann. Ich will nicht, dass ihm etwas

angehängt wird. Ich denke eher, dass Sie mit der Sache etwas zu tun haben.» Claudia drückte ihr Kind an sich. Sie starrte mich an. «Gehen Sie voraus!»

«Nein!» Ich weigerte mich. «Hören Sie, ich bin da in eine leidige Sache geraten. Mir wird etwas angehaftet, womit ich nichts zu tun habe. Und um dies zu beweisen, muss ich Zeugen finden.» Ich zauderte. «Gibt es eine Möglichkeit, dass ich hier unbemerkt rauskomme?»

Ich sah Claudia an, wie sie mit sich selbst focht.

«Also gut», sagte sie nach einer Weile. «Verziehen Sie sich!»

Sie ging vor mir, vergewisserte sich, dass die Polizisten mich nicht sehen konnten. Sie öffnete die Eingangstür und schubste mich hinaus. «Und dass Sie hier nie wieder auftauchen.»

Auf dem Flur stiess ich Luft aus. Für einmal stand das Glück auf meiner Seite.

***

Zurück in Davos schlenderte ich die Promenade entlang. Einige Geschäfte hatten geöffnet. Wohl für die letzten WEF-Besucher, die sich vor ihrer Abreise mit einem Souvenir, der neusten Sportbekleidung oder einer Schweizer Uhr eindecken wollten. Ich kam bei der Boutique Hublot vorbei. Ich hatte das Bedürfnis, mich bei Frau Hofmänner zu erkundigen, wie es ihr ging. Der Zwischenfall letzten Donnerstag musste sie arg gestresst haben. Ich betrat das Geschäft. Frau Hofmänner kassierte gerade. Sie überreichte einer Kundin eine mit Goldschrift geprägte Papiertüte. Die Frau drehte sich nach mir um.

«Adelina!»

Überrascht waren wir beide. Adelina hatte es eilig. Sie bedachte mich mit einem verkniffenen Blick, bevor sie sich an mir vorbei Richtung Tür drückte. «Ich müssen gehen. Arbeiten.» Hinter ihrer wilden Gestik erkannte ich Verlegenheit, Unsicherheit. Berechnung?

Sie im Uhrengeschäft anzutreffen, kam mir schleierhaft vor. Sie hatte hier offensichtlich eingekauft.

Ich blieb stehen, sah ihr nach.

«Kann ich Ihnen behilflich sein?» Frau Hofmänner hatte mich noch nicht erkannt.

Ich wandte mich um. «Guten Tag. Sie erinnern sich gewiss …»

«Ja natürlich. Die beherzte Dame von neulich.» Sie schlug die Arme über ihrem Kopf zusammen. «Eigentlich hätte ich die Polizei verständigen müssen. Ich habe es nicht getan. Ich will mir nicht den Ast absägen, auf dem ich sitze. Sollte ich die ganze Angelegenheit breitschlagen und meine Chefin erfährt davon, bin ich meinen Job los. So habe ich diesen Zwischenfall als einmaligen Lausbubenstreich abgetan. Während des WEF spinnen so ziemlich alle …» Sie räusperte sich. «Suchen Sie etwas Bestimmtes?»

«Sie könnten mir einen Gefallen tun. Was haben Sie der jungen Frau gerade verkauft?»

«Eine Damenuhr. Warum interessiert es Sie?»

«Wie hoch war der Preis?»

Frau Hofmänner zögerte. «Das darf ich Ihnen nicht sagen.»

Es war an der Zeit, dass ich meinen Trumpf gegen sie ausspielte. Ich erklärte ihr, dass sie mir noch etwas schuldete.

Frau Hofmänner senkte ihre Augenlider. «Hm … etwas über …» Sie räusperte sich erneut. «… über zehntausend Franken.»

Woher hatte Adelina das viele Geld? Unmöglich, dass ein gewöhnliches Zimmermädchen für eine Uhr so viel ausgeben konnte. Meine Gedanken überschlugen sich. War ich gerade auf ein Indiz gestossen? Die Bereitwilligkeit von Mikkel, mich ins Belle Epoque zu schleusen. Die Tatsache, dass Adelina eingeweiht war, noch bevor ich Khalids Zimmer betreten hatte. Das Ablenkungsmanöver mit dem Feueralarm … War es ein gut gespieltes Theater gewesen? War Adelina als Statistin angeheuert, dafür sogar bezahlt worden? Aber von wem?

Je mehr ich darüber nachdachte, umso verdächtiger kam sie mir in ihrer Rolle vor. Mein Seidenschal, der erst im Nachhinein gefunden worden war. Dieses Stück Stoff, das mir zum Verhängnis geworden war. Ein Beweismittel dafür, dass ich mich in Khalids Zimmer aufgehalten hatte. Jemand wollte mir den Tod des Arabers in die Schuhe schieben. Es sah ganz danach aus, als hätte man mich bewusst dafür ausgewählt. Jemand, der genau wusste, wie schlecht ich Alkohol vertrug. Jemand, der mich unbedingt loshaben wollte oder glaubte, eine alte Rechnung begleichen zu müssen.

Ich wünschte mir, die Zeit zurückdrehen zu können. Zurück zum Abend im Postillon. Hätte der Pianist nicht Schlager gespielt, hätte ich mich ins Restaurant gesetzt und nicht an der Bar einen Hugo bestellt. Ich hätte Khalid niemals kennengelernt und mir keine Vorwürfe machen müssen, weil man ihn Tage später beim Bärentritt fand. Er wäre für mich ein anonymer Toter geblieben, wie es alle waren, über die in der Davoser Zeitung geschrieben wurde. Über jenen, der bei einem tödlichen Verkehrsunfall auf der Flüela-Passstrasse starb, oder über den anderen Lawinentoten am Dorfberg. Ein Dreizeiler über ein Ereignis, das sich am Bärentritt zugetragen hatte, wäre mir nicht speziell aufgefallen. Vielleicht würde ich mir in Zukunft bewusster überlegen, welchen Weg ich einschlug, die verschiedenen Möglichkeiten zuerst abwägen.

«Alles hat einen tieferen Sinn», hatte Tomasz oft gesagt. «Nichts geschieht ohne Grund. Jedes noch so unscheinbare Detail hat einen Zusammenhang mit etwas Grossem. Wir müssen es nur sehen.» Und er hatte die Legende mit dem Schmetterlingsflügelschlag erwähnt und dem Hurrikan auf der andern Seite der Erde, den er auslöst.

Ich versuchte, die Zusammenhänge zu verstehen, die mich in diese verworrene Situation katapultiert hatten, ebenso den Grund, weshalb ich ausgerechnet während des WEF nach Davos hatte reisen wollen. Ich hätte die Ferien auch verschieben können.

Hatte ich einen Auftrag?

War ich Teil eines Plans?

Ich schüttelte den Kopf, führte Selbstgespräche. Die Leute auf der Promenade dachten wohl, ich hätte sie nicht mehr alle beisammen. Seit dieser Gedächtnislücke waren meine Sinne wacher geworden, die Bereitschaft, alles zu hinterfragen, grösser.

War der Brand in der Duchli Sage eine Warnung gewesen?

Wo lag hier der tiefere Sinn?

Ein stechender Schmerz breitete sich in meiner Brust aus.

Ich kehrte in die Wohnung zurück. Ich schloss meinen iPad an den Verstärker an und suchte nach einem geeigneten Musikstück. Mit «Error» von Gamper & Dadoni wollte ich mich selbst ein wenig aufmuntern. Ich fühlte mich einsam. Tomasz fehlte mir, seine Schultern, an die ich mich anlehnen konnte. Meine Schwächen zeigen. Reden, verstanden werden. Ich lauschte dem Klang des Saxofons. In der letzten Zeit war so viel von mir verlangt worden, das Studium, die Masterarbeit, Vaters Tod, Mams Tragödie. Das Auseinanderbrechen meiner Familie, wenn ich es genau nahm. Die Musik passte nicht zu meiner momentanen Verfassung.

Ich hatte Hunger. Der Kühlschrank gab wenig her. Nichts da, wonach es mich gelüstete.

Sehnsucht nach Tomasz. Heimweh nach Mam.

Ich rief Dario an.

Er meldete sich nicht. Ich schickte Sidonia eine SMS und bat sie um Martina Caveltis Handynummer, nachdem ich sie im elektronischen Telefonbuch vergebens gesucht hatte. Es lag nicht in meinem Naturell, tatenlos herumzusitzen und abzuwarten. Sidonia reagierte nicht. Ich zog mir Mantel, Schal und Mütze an und verliess die Wohnung.

***

Die Hofstrasse verläuft parallel zur Bahnlinie Davos–Filisur und zum Landwasser. Sie beginnt beim Bahnhof Davos Platz und endet dort, wo sie in die Clavadelerstrasse einmündet, auf dem Hof, wo auch die Getränkehandlung Meisser liegt. Caveltis wohnten in einem der Häuserblöcke in der Nähe der Brücke, die über das Landwasser führt. Zwanzig Mieteinheiten gab es hier, die Hälfte davon ausländischer Herkunft, was ich auf den Namensschildern las. Ich suchte nach «Cavelti» und fand sie ganz zuoberst. Ich betrat den Eingangsbereich, in dem ein vertrockneter, noch geschmückter Weihnachtsbaum stand. Er hinterliess den Eindruck, dass der Hausmeister in den Ferien weilte. Im Treppenhaus roch es nach Küche. Ich fuhr mit dem Lift nach oben. An Martinas Tür war ein Holzschild mit zwei Enten angebracht. «Willkommen» stand in verblasster, schlecht leserlicher Schrift darauf. Ich klingelte, nicht sicher, ob ich so willkommen war.

Die Tür wurde aufgerissen, und eine Frau baute sich vor meinen Augen auf. Ihr Gesicht sah verlebt aus, aufgedunsen und grau.

Nicht das, was ich erwartet hatte. Und nicht unbedingt das, was meiner Vorstellung einer Prostituierten entsprach. In ihrem linken Mundwinkel hing eine halb abgebrannte Zigarette.

Ich fragte mich, ob ich mich eventuell in der Adresse geirrt hatte.

Doch sie war es: Martina!

Ich kannte sie von früher. Hinter ihr tauchte ein etwa achtjähriges Mädchen auf, das seiner Mutter wie ein Ei dem andern glich. Es trug Kniestrümpfe und zerlöcherte Unterhosen. Ansonsten trug es nichts. Martina musste schon früh Mutter geworden sein, damals, als sie selbst noch fast Kind gewesen war.

«Wir kaufen nichts», sagte Martina, als sie mich schon eine Weile angestarrt hatte. Sie erinnerte sich wohl nicht an mich. Sie schickte sich an, ihre Wolljacke auszuziehen. Darunter erschien ein wohlproportionierter Körper, der mich in meinem ersten Eindruck umstimmte. *Das* war ihr Kapital, dachte ich.

«Warten Sie!» Ich wusste nicht, ob ich sie duzen durfte.

Wie sie dastand mit der Zigarette – ich hätte sie am liebsten darauf aufmerksam gemacht, wie pädagogisch unklug ihr Verhalten sei. Aber es ging mich nichts an. Nur das Mädchen tat mir leid.

«Ich möchte eine Auskunft.»

«Ach, das ist neu.» Martina verzog ihren Mund. Die Zigarette blieb an ihren Lippen kleben. Nur der kleinste Anflug eines Lächelns machte sie gleich sympathischer. «Normalerweise will man etwas anderes von mir … eine Auskunft! Um was geht's denn?»

Ich bedauerte es, hierhergekommen zu sein.

«Ist es möglich, dass Sie … dass du in der letzten Dienstagnacht bei Charly Waser warst?»

Martina warf ihre Haare zurück. Sie schien plötzlich wie verwandelt. Wahrscheinlich hatte ich ihren Nerv getroffen. Ihr Thema. Ihren Lebensinhalt.

«Ach, ja klar. Ich war dort. Super Party. Charlys Feiern sind Kult. Klar war ich dort.» Sie setzte ein zweites Lächeln an. «Ich kenn dich doch. Bist du nicht die mit dem superreichen Daddy?»

«Mein Vater ist tot.»

Martina drückte ihr Bedauern aus, schien auf einmal untröstlich. Sie schaffte es, innerhalb kurzer Zeit ihre Gemütsverfassung zu ändern. «Ich weiss, wie das ist, wenn ein Elternteil stirbt. Ich habe es auch erlebt. Da möchte man gleich selber sterben …»

Warum war sie mir bei Waser nicht aufgefallen? «Wann bist du bei Charly angekommen?»

«Kurz vor Mitternacht.»

«Sagt dir der Name Khalid Abu Salama etwas?»

«Ja klar, der Araber … ein hübscher Kerl, Typ Beduine mit feurigem Blick. Ist während des WEF immer in Davos.»

«Hast du … hast du ihn schon einmal bedient?»

Martina kicherte. «Ja klar, ja, er war auch schon Kunde von mir.»

«Er ist Muslim.»

Martina brach in schallendes Gelächter aus. «Lebst du hinter dem Mond? Hast du das Gefühl, Muslime hätten nicht auch Bedürfnisse?»

Ja, wenn das Objekt der Begierde auf dem silbernen Tablett serviert wird. Ich enthielt mich einer despektierlichen Bemerkung.

Von irgendwoher vernahm ich das Geräusch einer sich öffnenden Tür.

«Frau Cavelti?», tönte eine verärgerte Stimme. «Könnten Sie Ihre Unterhaltung bitte in der Wohnung weiterführen? Ich werde mich sonst beim Hausmeister beschweren …»

Martina zog mich in den Korridor. Neben der Garderobe war der Blick frei in eine unaufgeräumte Küche. Vor dem Herd spielte ein kleiner Junge auf dem Boden; etwa drei mochte er sein. So wie es aussah, konnte er weder stehen noch allein gehen. Seine Bewegungen waren spastisch, den Kopf warf er zurück, wenn er unartikulierte Laute von sich gab.

Martina folgte meinem Blick. «Das ist Romero. Er ist behindert. Er ist jetzt fünf und macht noch immer in die Hose. Und sprechen kann er auch nicht. Er kann überhaupt nichts. Mein Mann kümmert sich einen Scheiss um seinen Sohn. Alles bleibt an mir hängen …»

Davon hatte Sidonia nichts erzählt. Mein Herzmuskel zog sich zusammen. Ich musste ein paarmal leer schlucken. Das Schicksal des Jungen beschäftigte mich. Anscheinend kümmerte sich auch seine Mutter wenig um ihn.

«Wie gut kanntest du Khalid?»

«Er ist tot, nicht wahr?» Martinas Stimme hatte einen piepsigen Ton angenommen.

Wieder vernahm ich die Stimme der Nachbarin. «Machen Sie endlich die Tür zu, Frau Cavelti. Sonst, gnade Gott, werde ich die Polizei rufen.»

Martina warf die Tür absichtlich mit grosser Wucht ins Schloss. «Diese dumme Ziege! Meint, sämtliche Bewohner kontrollieren zu müssen. Hockt den ganzen Tag zu Hause und wartet darauf, bis jemand etwas tut, das nicht in ihren Kram passt. Den Ausländern hier lauert sie besonders auf. Ständig ist sie am Meckern …» Martina ging in die Küche und warf die Zigarettenkippe in den Schüttstein. Romero kratzte sie an den Beinen. Sie stiess ihn wie einen Hund mit dem Fuss weg. Ich hätte sie dafür ohrfeigen können. Je länger ich hier war, umso beklemmender wurde es für mich. Doch ich hatte einen Auftrag.

«Hast du Khalid bei Waser getroffen?»

«Klar habe ich ihn getroffen. Der Drecksack hat mich abgewiesen. Ich war ihm nicht mehr gut genug. Er muss eine neue Flamme gefunden haben.»

Widersprüchlicher hätte sie nicht sein können.

«Aber du hast ihn gesehen?»

«Klar habe ich ihn gesehen. Nachdem ich bei Charly angekommen war, ging ich nach oben. Khalid stand dort vor einer Zimmertür. Er wartete sicher auf seine neue Tussi.»

«Hast du sie gesehen?»

«Die Tussi?» Martina lachte verächtlich. «Nein.»

«Hast du gesehen, wie Khalid in eines der Zimmer ging?»

«Nein, weiss nicht. Ich ging irgendwann mal runter in den Keller. Ich hatte dort meinen Spass.»

«Erinnerst du dich an mich?» Sie war meine letzte Hoffnung. Ich hätte sie wahrscheinlich umarmt, hätte sie mir die fehlenden Puzzleteile zurückgegeben.

«Was?» Martina griff nach dem Zigarettenpäckchen auf der Küchenablage, schüttelte eine Zigarette heraus, schob sie zwischen die Lippen und zündete sie an. «Du warst auch da?» Sie blies Rauch in mein Gesicht. «Nein, ich erinnere mich nicht … vielleicht warst du es ja, auf die Khalid wartete …» Sie grinste.

Sie ahnte nicht, wie hart mich diese Worte trafen.

«Sag mal», wunderte Martina sich, «die Polizei hat mir dieselben Fragen auch gestellt.»

«Die Polizei war hier?»

«Nein, aber ich musste auf dem Posten antraben … erfolglos, leider. Ich konnte keine Auskunft geben.»

FÜNFZEHN

Erstaunlich, wie schnell das Hotel Belle Epoque aufgeräumt und gereinigt war. Nichts zeugte mehr von den Tagen während des WEF, wo die Zufahrt und der Eingang hinter weissen Tüchern in der Anonymität verschwunden waren. Wo noch vor vierundzwanzig Stunden die Sicherheitskräfte Stellung gehalten hatten, räumte jetzt ein einziger Hotelangestellter den Platz von letzten Schmutzrückständen.

Die Fassaden schimmerten hell im Sonnenlicht. In den Fenstern spiegelten sich der Himmel und Schönwetterwolken wie Schafknäuel.

Ich ging wie selbstverständlich zur Rezeption, als wäre ich in der finanziellen Lage, in diesem Grandhotel ein Zimmer zu mieten. Ich sah mir die Prospekte an, die auf dem Tresen lagen und zum Schmökern einluden.

Es musste eine Möglichkeit geben, mich mit Adelina zu unterhalten. Gestern war sie ziemlich schnell verschwunden, was ich ihrem schlechten Gewissen zuschrieb. Sie musste an viel Geld gekommen sein, sonst hätte sie sich nie eine solch teure Uhr leisten können. Im letzten Jahr, als ich selbst als Zimmermädchen für ein paar Tage im Hotel Promenade gearbeitet hatte, hatte ich erfahren, was eine Reinigungsfrau im Gastgewerbe so verdient. Adelina war da bestimmt keine Ausnahme. Und die Trinkgelder von den WEF-Besuchern erreichten normalerweise bloss die Serviceangestellten. Wenn man Glück hatte, noch die Küchenbrigade. Aber in den Zimmern wurde meistens nichts liegen gelassen. Dabei hätte es die Putzequipe am nötigsten gehabt. Ich blätterte in einem Journal, während ich mir überlegte, wie ich es anstellen sollte, die Gouvernante zu treffen. Dass es in diesem Luxushotel eine gab, war naheliegend. Zimmer, Lingerie und Hauswirtschaft bedurften einer ausgeklügelten Logistik.

«Kann ich Ihnen helfen?» Der livrierte Herr, der aus dem Büro kam, sah mich freundlich an. Unmöglich, dass er der Hoteldirektor persönlich war, vielleicht sein Stellvertreter, rätselte ich. Ich las seinen Namen auf dem Schild, das er auf Brusthöhe ans Jackett geheftet hatte. «Ramirez Villa».

«Ich suche Adelina … sie ist auf den Etagen tätig.»

«Sie scheint eine sehr gefragte Person zu sein», schmunzelte Villa. «Bereits heute Morgen wurde nach ihr verlangt.»

«Wer hat sie gesucht?», rutschte es aus mir heraus.

Villa gab bereitwillig Auskunft. «Zwei Polizisten in Zivil waren hier.»

«Und haben mit Adelina gesprochen?»

«Kann sein, dass sie vorgeladen wurde.»

Hätte ich mir denken können. Die Kripo ermittelte. Die Staatsanwaltschaft hatte Druck ausgeübt. Ich fragte mich, ob sie mir voraus war oder ich ihr. Anscheinend hatten wir dieselben Ideen. Nur war mir nicht klar, wie sie auf Adelina gekommen waren. War nicht nur mir aufgefallen, dass sie mit Geld um sich warf? Ich musterte Villa, dachte, dass er ein echtes Bedürfnis hatte, zu reden, nachdem er in der letzten Woche wahrscheinlich den Mund hatte halten müssen.

«Arbeitet sie?»

«Wer?»

«Adelina.»

«Ich muss ihre Chefin fragen.»

Genau das galt es zu verhindern.

«Sagen Sie mir, wo ich Adelina finde.»

Villa überlegte es sich anders. Er ging zu seinem PC, fuhr mit der Maus über den Pad und drückte ein paar Tasten. Dann schaute er auf seine Armbanduhr. «Sie macht gerade Pause. Hinter der Küche liegt das Personalrestaurant. Wenn Sie Glück haben, werden Sie sie dort antreffen.»

Ich folgte dem Geräusch aneinanderklappernder Pfannen und Besteckgeklirr. Ich gelangte ins Office und dahinter zur Waschstrasse, die ob der Menge verschmutzten Geschirrs stöhnte und zischte wie eine in die Jahre gekommene Dampfwalze. Zwei Casserôliers bedienten die Maschine. Es roch nach Lauge und Dampf. Vor der Kochstelle standen Köche in weissen Hemden und Kochmützen. Es herrschte eine ausgelassene Stimmung. Die Hektik der letzten

Tage hatte sich wohl etwas gelegt, und man fand wieder Zeit füreinander. Mikkel entdeckte ich am Herd. Er war mit einer Réduction beschäftigt. Er liess den mit Schalotten, Knoblauch und Fleischbrühe zubereiteten Sud einkochen.

Ich sah Mikkel über die Schultern, als er sich zur Pfanne vorbeugte und mit einem Löffel in der Sauce pulte. «Hm … sieht lecker aus.»

«Allegra!» Er liess den Löffel in die Sauce fallen. Ein paar braune Spritzer trafen sein Kochhemd. «Verflixt! … Was tust du hier?»

Ich hatte nicht damit gerechnet, dass er so schreckhaft war. «Ich suche Adelina.»

«Und überfällst mich in der Küche? Wer hat dich hier reingelassen?» Nur langsam erholte er sich von seinem Schrecken. Mit einem feuchten Lappen versuchte er, die Spritzer zu beseitigen. «Das ist mein letztes sauberes Hemd … so eine Sauerei.»

«Herr Villa von der Rezeption war so freundlich und hat mich hierhin geschickt.»

«Ramirez?» Mikkel hatte nur ein müdes Kopfschütteln übrig. «Der wird es nicht mehr lange machen. Soviel ich weiss, wurde ihm gekündigt. Glaubt, jetzt gegen jegliche Regeln verstossen zu können. Gäste haben in der Küche nichts zu suchen, ausser sie werden aufgrund eines Kochkurses eingeladen.»

«Ich bin kein Gast.»

«Aber du arbeitest auch nicht im Hotel.» Mikkel sah mich halb belustigt, halb ernst an. «Warum willst du mit Adelina sprechen? Hat sie etwas angestellt? Ich denke, dass sie dir letzthin ziemlich aus der Patsche geholfen hat.»

Ich fragte mich, ob Adelina Mikkel von dem falschen Brandalarm in Kenntnis gesetzt hatte.

Mikkel warf sein Tuch neben die Pfanne. «Struppi! Kannst du mal die Pfanne im Auge behalten? Ich bin gleich wieder zurück.»

Ich folgte seinem Blick. Mikkels Bitte betraf den Jungkoch, wahrscheinlich ein Lehrling, der seine gelockte Mähne kaum unter der Kochmütze zu bändigen imstande war.

Mikkel wandte sich an mich. «Komm. Magst du Hahnenwasser?» Mikkel grinste mich frech an. Als ich nichts darauf erwiderte, erzählte er mir über die amerikanischen Gäste, denen man bei jeder

Mahlzeit Wasserkaraffen auf den Tisch stellen müsse. «Das hat nun bei allen Gästen Furore gemacht. Auch bei denen, die bis anhin ein Gläschen Sekt oder Wein zum Essen bestellten. Seit Neustem müssen sie für Hahnenwasser bezahlen …»

«Warum?», fragte ich, obwohl es mich nur am Rande interessierte.

«Weil wassertrinkende Gäste eher auf Süssgetränke verzichten und weniger Alkohol konsumieren. Heisst, dass es Löcher in der Kasse gibt.» Mikkel schlug mir in die Seite, um sich Gehör zu verschaffen.

Adelina sass allein an einem langen Tisch und wirkte verloren. Sie liess gerade den letzten Rest eines Mandelgipfels im Mund verschwinden, bevor sie nach einem neuen griff, der in einem Körbchen vor ihr lag. Mich hatte sie noch nicht bemerkt. Der Tisch nebenan war bis auf zwei Plätze besetzt. Köche, Hilfsköche, Serviceangestellte und Officemitarbeiter diskutierten wild durcheinander. Ich verstand kein Wort. Es klang wie beim Turmbau zu Babel. Nie waren sich verschiedene Nationalitäten näher als in der Hotellerie und Gastronomie. Niemand nahm Notiz von mir. Mikkel setzte sich zu seinen Kollegen, und ich ging zum Tisch, an dem Adelina sass.

«Hallo!» Ich liess mich ihr gegenüber auf einen Stuhl nieder.

Adelina bekam einen Hustenanfall. Der halbe Mandelgipfel flog in meine Richtung. Ich konnte gerade noch rechtzeitig mein Gesicht abwenden. Der Gipfel hätte mich sonst getroffen. Er landete stattdessen auf dem Boden.

«So überrascht über mein Erscheinen?»

Adelina trank Wasser, als ginge es um ihr Leben. Darauf räusperte sie sich ein paarmal. «*Que merda!* Ja, ja, du nicht haben Tasse in Schrank.»

«Warum denn so nervös?» Ich griff über den Tisch und nahm ihre Hände in meine. «Ich habe gehört, dass die Polizei bei dir war. Worum ging es dabei?»

Adelina schluckte leer. «Ich bekommen Rüffel wegen Alarm. Dolores haben mich sehen, wie ich Alarm drücken. Ja, ja, Dolores mich verpfeifen.»

Ich war beruhigt. Die Polizei verfolgte offenbar eine andere Spur als ich.

«Adelina, du musst mir jetzt die Wahrheit sagen. Gestern hast du in der Boutique Hublot eine teure Uhr gekauft. Woher hast du so viel Geld?»

«Ich sparen», kam es wie aus einem Kanonenrohr. «Meine *pai* haben Geburtstag. Er sein sechzig Jahre. Ja, ja, ich machen schöne Geschenke. Er sich immer wünschen schöne Uhr.»

«Eine Damenuhr für deinen Vater?»

Adelinas Blicke hätten mich beinahe getötet.

«Die Uhr kostete über zehntausend Franken. Noch einmal: Woher hast du so viel Geld? Hat man dich erpresst?»

«Nein!» Ihre Augen verengten sich. «Ich sparen, und dich gehen nichts an.»

Ich drückte ihre Hände. «Hör zu, mir wird angelastet, dass ich mit dem Tod von Khalid Abu Salama etwas zu tun haben könnte. Wenn du etwas darüber weisst und schweigst, machst du dich mitschuldig.»

«Khalid immer haben Männer in seine Zimmer.» Adelina senkte ihren Blick auf die Tischplatte.

«Wer sind diese Männer? Kennst du Namen?»

Adelina riss ihre Hände los. Sie griff in ihre Schürzentasche, ohne mich dabei anzusehen. «Ich hier notieren Namen von seine Freund.» Vor meinen Augen strich sie einen zerknitterten Zettel glatt. «Ich denken, du brauchen die Name.» Sie schob mir den Zettel rüber. Mir kam es vor, als hätte sie sich weit im Voraus auf diesen Augenblick vorbereitet.

Ich las. «Linard? Wer ist das?»

«Er immer besuchen Khalid, wenn hier in Hotel. Er sein andere …» Adelina stiess ihren rechten Zeigefinger durch zwei Finger ihrer linken Hand, um zu demonstrieren, was sie meinte.

«Ist er homosexuell?»

«Ja, ja, ich glauben. Er lieben Männer. Aber diese Khalid nichts wollen wissen von ihm …»

Ich überlegte: Ging es um eine verschmähte Liebe? Um Eifersucht?

Hatte Adelina gerade über ein mögliches Mordmotiv gesprochen? Und hatte sie von diesem Linard Schweigegeld kassiert? Wenn es so gewesen wäre, hätte sie mir aber seinen Namen nicht verraten.

«Hat er dich dafür bezahlt, dass du den Mund hältst?», fragte ich dennoch.

«Nein. Er nicht bezahlen. Ich sparen.»

Durfte ich ihr glauben?

Wer war Linard?

«Hat dieser Linard auch einen Nachnamen?» Langsam ging mir das Katz-und-Maus-Spiel auf den Geist. Ich verabscheute es, Adelina die Würmer aus der Nase ziehen zu müssen.

«Ich nicht kennen. Linard arbeiten hier in Hotel … vor vier Jahre. Vielleicht Chef kennen.»

Ich drückte Adelina die Hände. «Danke, du hast mir sehr geholfen», sagte ich sarkastisch. Ich erhob mich, ging zu Mikkel, der noch immer am Tisch sass, und stiess ihn an der Schulter.

Er wandte sich nach mir um. «Und? Hast du's?»

«Kennst du einen Linard, der hier im Hotel gearbeitet hat?»

Mikkel warf die Frage in die Runde.

«Linard Decurtins hat mal hier gearbeitet», sagte die ältliche Frau am Ende des Tisches. Ihre roten Wangen glänzten wie überreife Äpfel. «Hat er nicht eine Kochlehre hier absolviert? Er kommt von Disentis, wohnt seit der Lehre in Davos, soviel ich weiss.»

«Linard, ja, ich erinnere mich», sagte ein Koch älteren Jahrgangs. «Arbeitet er nicht im Hotel Grischuna?»

Mikkel zog mich an seine Seite. «Das ist Allegra. Sie sucht Linard.»

«Linard ist doch schwul», bemerkte die Frau am Ende des Tisches.

«Kann es sein, dass Linard mit einem Gast vom Belle Epoque eine Beziehung pflegte?»

Ein Raunen machte die Runde.

«Warum willst du das wissen?», fragte ein Mädchen in Kochjacke.

Ich ging nicht darauf ein. Ich wusste nicht, ob ich mich mit meiner Fragerei beliebt machte. Ich musste einfach alle Möglichkeiten ausschöpfen, um herauszufinden, wer Khalid umgebracht hatte. Dass man ihn umgebracht hatte, war offensichtlich. Ansonsten hätte man ihn nicht am Bärentritt deponiert.

Ging es um ein Beziehungsdrama? Eine Liebe war nicht erwidert worden. Eine gleichgeschlechtliche Liebe.

Je länger ich darüber nachdachte, umso unmöglicher erschien alles. Doch es durfte nicht sein, dass ich in meiner Verzweiflung den Bezug zur Realität verlor.

Erfüllt von abstrusen Gedanken verliess ich das Belle Epoque. Über den Horizont hatten sich Wolken geschoben. Durfte man den Meteorologen glauben, würde sich das Wetter in den nächsten Tagen verschlechtern. Die Kälte war geblieben. Gefühlte minus fünfzehn Grad.

Im Gegensatz zu den letzten Tagen war die Promenade geradezu leer. Ausgestorben auch die Geschäfte entlang der Strasse. Das Januarloch tat seinem Namen alle Ehre. Bis Mitte Februar die Fasnachts- und Sportferien begannen, konnte die einheimische Bevölkerung etwas durchatmen. In Davos beklagte man sich jedoch bereits über die fehlenden Gäste. Hotels warben mit Dumpingpreisen. Dort, wo noch bis am Sonntag das Doppelte des regulären Preises verlangt worden war, waren sie auf die Hälfte geschrumpft. In den Sport- und Modegeschäften waren Aktionen und Sonderverkäufe ausgeschrieben.

«In Davos wird um Kundschaft gekämpft wie vielerorts in der Schweiz», hatte Sidonia gesagt. «Nur ist es ein Kampf auf hohem Niveau.»

Auf dem Weg zu Valerios Wohnung zimmerte ich mir so ziemlich alle Möglichkeiten zusammen, was es mit Khalids Tod auf sich hatte. Die Variante mit der Bombendrohung musste ich von der Liste streichen. Khalid hatte im Rahmen seines Studiums über die Herstellung des Sprengstoffs C4 gelesen. Dass ich das Chemiebuch gefunden hatte, war ein Zufall gewesen.

Hatte Nicolo ihn umgebracht? Dies traute ich dem Buschauffeur nicht zu. Wie oft werden im Affekt Drohungen ausgesprochen. Um sie in die Tat umzusetzen, brauchte es sehr viel mehr als eine salopp dahingesagte Floskel. Andererseits hatte ich mich noch nicht mit Nicolo auseinandergesetzt. Vielleicht musste ich es nachholen.

Ging es um Eifersucht unter Frauen? Mir kamen dabei Sidonia, Ursina und Martina in den Sinn. Sie hätten es jedoch niemals geschafft, den Leichnam zum Bärentritt zu transportieren. Ob sie einen männlichen Komplizen gehabt hatten? Eine der Frauen als Mörderin? Kaum.

Wie kam mein Seidenschal ins Hotel Belle Epoque?

Von jemandem, der nicht wusste, dass der Tatort *nicht* dort lag?

Gewiss von jemandem, der mir unbedingt etwas in die Schuhe schieben wollte.

Oder war ich zum falschen Zeitpunkt am falschen Ort gewesen? War ich bloss in etwas hineingeraten, das nicht im Geringsten etwas mit mir zu tun hatte?

Falls Linard Khalid etwas angetan hatte, dann aus dem Grund, weil er gegen eine Wand lief. Unerwiderte Liebe kann zuweilen einen Sturm von Schmäh auslösen.

Die Polizei hatte bereits ähnliche Recherchen durchgeführt wie ich. Also lag ich mit meinen Vermutungen nicht so falsch.

***

Vor dem Haus schaufelte jemand schmutzigen Schnee zusammen. Neben dem Eingang entstand eine Pyramide. Ein Junge steckte eine Karotte in den oberen Teil. Als Augen dienten zwei Baumnüsse. Der Schneemann sah aus wie ein Troll. Ich setzte ihm meine Mütze auf, die hier den besseren Zweck erfüllte als auf meinem Kopf. Jetzt war der Schneemann perfekt, und der Junge konnte sich kaum mehr erholen vor so viel Glück.

In der Wohnung war es kalt. Ich hatte ganz vergessen, am Morgen die Fensterflügel im Schlafzimmer zu schliessen. An den Rändern hatte sich schon Eis gebildet.

Nachdem ich eine Bündner Gerstensuppe gegessen hatte, zappte ich durch die TV-Programme. Auf SRF1 wurde das wiederholt, was gestern Abend schon gesendet worden war. Die Bombendrohung in Davos war geklärt. Drei Verdächtige festgenommen. In der Zwischenzeit hatte man auch Brian gefunden. Das Motiv war noch unklar, die Lebensläufe von Maja und Nina hätten widersprüchlicher nicht sein können.

Geboren in Saas im Prättigau und aufgewachsen in Davos, hatte Maja Accola das Gymnasium besucht, später die Hochschule für Angewandte Wissenschaften Sankt Gallen mit Schwerpunkt

Sozialarbeit. Ihr Kreuzzug gegen das Weltwirtschaftsforum hatte schon während der Schule begonnen. Anlässlich einer Gruppenarbeit hatte sie die positiven wie negativen Seiten des WEF ausleuchten müssen. Maja hatte dies schon damals nicht nur aus der Sicht der Davoser Bevölkerung getan, sondern das Kosten-Nutzen-Verhältnis sowie Sinn und Zweck hinsichtlich der globalen Situation abgewogen. Sie hatte einen Bruder, der früh von zu Hause ausgerissen und in Zürich in falsche Kreise geraten war. Diese Umstände hatten sicher auch dazu beigetragen, dass Maja sich gegen das System auflehnte. Dass ihr nicht nur die Bombendrohung gegen das WEF angelastet wurde, sondern auch versuchter Mord, schien mir zu massiv.

Nina Barbüda war wohlbehütet aufgewachsen. Als Einzelkind einer reichen Churer Anwaltsfamilie zog sie nach Abschluss der Pädagogischen Hochschule nach Davos. Seit drei Jahren war sie Kindergärtnerin. Sie fiel auf, weil sie sich für die Kinder minderbemittelter Familien starkmachte. Zu den WEF-Gegnern war sie eher durch Zufall geraten. Hier lag denn auch die Verbindung zu Brian.

Brian Mayr stammte aus dem Südtirol und arbeitete seit rund fünf Jahren als Abfallentsorger auf der Gemeinde. Er zählte sich zu den Schwächsten in der sozialen Kette, weil er weder eine gute Ausbildung noch einen Abschluss hatte. Als treibende Kraft gegen das WEF hatte er seine Berufung gefunden, wohl auch eine gewisse Akzeptanz im Kreise seinesgleichen.

Mich wunderte, wie schnell die Davoser Polizei ihre Schlüsse aus dem Trio gezogen hatte und mit welcher Transparenz sie vorging. Nach weiteren Mitgliedern wurde gesucht. Sie erhofften sich aus den Vernehmungen den gewünschten Erfolg.

Es dämmerte bereits, als Dario mich anrief. Ich griff nach meinem iPhone und stellte mich ans Fenster. Über dem Jakobshorn hatte sich eine kompakte Wolkendecke gebildet. Ein bissiger Wind war aufgekommen, der unangenehm durch die Ritzen fuhr. Ich wusste nicht, worüber ich zuerst sprechen wollte. Ich hatte so viele Fragen im Zusammenhang mit Khalid. Ich musste mich zurückhalten.

«Kann ich zu dir kommen?» Dario klang verlegen.

Was führte er im Schild? Hatte er neue Erkenntnisse, über die er mit mir reden wollte? Dario war nicht immer durchschaubar, das hatte ich in den letzten Tagen gemerkt. Sicher war es darauf zurückzuführen, dass er sich gegenüber seinem Arbeitsgeber loyal verhalten und über laufende Ermittlungen schweigen musste.

Oder ahnte er, dass ich mich heimlich und parallel zur Polizei auf die Suche nach Antworten machte?

«Ich bin zu Hause», sagte ich. «Wenn du möchtest, können wir zusammen essen.»

Ich hörte nichts mehr.

«Du brauchst nur die Zutaten zu deinem Leibgericht mitzubringen, falls du eines hast.»

Es sollte lustig klingen. Dario räusperte sich.

«Hör zu, ich habe auch noch Gerstensuppe. Muss sie nur aufwärmen.»

«Gerstensuppe reicht. Wann soll ich bei dir sein?»

Ich schaute auf die Uhr und an mir herab. Eine Dusche würde ich noch vertragen, und etwas anderes zum Anziehen. «In einer halben Stunde?»

Dario legte auf.

Ich blickte konsterniert auf das iPhone. So wortkarg war er selten.

Was trieb ihn um? Eigentlich wusste er als Freund genau, dass ich in der Sache Khalid Abu Salama unschuldig war. Trotz meiner Amnesie in besagter Nacht musste er mich so einschätzen, dass ich selbst nicht zu einer Untat bereit gewesen wäre, ausser man hätte mich dazu missbraucht. Schon meine Moral hielt mich davon ab. Und kriminelle Energien waren noch nie bei mir festgestellt worden. Nicht einmal damals, als ich auf dem Pausenplatz einer Schulkollegin einen Wusch Haare ausgerissen hatte. Sie hatte mich mit einer Spinne bedroht, ich aus Reflex reagiert. Mit dem Haarbüschel in der Hand war ich zum Lehrer gelaufen und hatte ihm beteuert, dass ich alles unternehmen würde, um diesen wieder anzusetzen. Mein Vater hatte damals die Coiffeurrechnung für eine Haarschnittkorrektur übernehmen müssen.

Ich kam gerade aus der Dusche, als es an der Wohnungstür

klingelte. Ich riss ein Badetuch vom Haken, eilte zur Tür und öffnete.

«Bin ich zu früh?» Dario streckte mir die leeren Hände entgegen. «Ich hätte einen Strauss Wiesenblumen mitgebracht, aber ich konnte sie unter dem Schnee nicht finden.» Über sein Gesicht huschte ein Lächeln.

«Komm rein.» Ich hielt die Tür sperrangelweit geöffnet. «Ich ziehe mir nur schnell etwas an.»

Eine Weile standen wir uns gegenüber. Im Hintergrund erklang ein Stück von Thomas Bergersen, das ich in Valerios Sammlung gefunden hatte. «Promise».

Ein Versprechen.

«Ich bin froh, dass es dir wieder besser geht», sagte Dario. «Ich hatte solche Sorgen um dich. Der Brand in der Duchli Sage, dein knappes Entkommen, diese Leute, die dich eingesperrt hatten …»

«Jetzt ist alles wieder gut.» Ich versuchte ein Lächeln. Ich stand wie angenagelt da.

Die Stimmung war angespannt. Darios schwarze Augen durchdrangen meine. Seit Silvester vorletzten Jahres waren wir uns nie mehr so nahe gekommen wie jetzt. Nicht die Berührung unserer Körper stand im Vordergrund – es war ein zärtliches Spiel unserer Seelen. Es war, als schwebte etwas zwischen uns, was wir nicht zu benennen wagten. Wie ein sphärisches Licht, das durch den Äther zitterte, nicht greifbar und ebenso nicht erklärbar. Ein Augenblick, in dem wir beide etwas spürten, das schon längst da zu sein schien. Ich hatte es verdrängt, aus falscher Scham oder aus der Angst heraus, unsere Freundschaft könnte daran zerbrechen.

Vielleicht hatte ich auch Zeit gebraucht, um mich vollständig von Tomasz zu lösen. Ich hätte es sonst als Verrat an ihm gesehen.

Jetzt aber fühlte ich mich frei.

Nicht Dario tat den ersten Schritt. Ich war es, die meine Arme um seinen Hals schlang. Unsere Lippen berührten sich. Es existierte nichts Heftiges zwischen uns, eher ein Sich-aneinander-Tasten. Ich spürte seine starken Arme, den sanften Druck seiner Hände. Fast zeitgleich öffneten sich unsere Münder. Wir gaben uns einander hin – in unserem allerersten bewussten Kuss.

Die Berührungen wurden heftiger, die Sehnsucht nach dem andern erfasste uns gleichzeitig, als würden jetzt, in diesem Moment zwischen Atmen und Innehalten, die letzten Bedenken fallen.

Später landeten wir auf dem Bett.

Das Badetuch war schon längst von meinem Körper gerutscht. Dario sah mich an, als würde er ein Kunstwerk bewundern. Seine Augen wanderten über meine Brust, den Bauch hinunter. Sein Mund erkundete meine intimsten Zonen. Ich verglühte vor Verlangen, wollte die Kleider von seinem Leib reissen, ihn endlich in mir spüren. Dario zügelte sich. Sein Gesicht versank zwischen meinen Schenkeln. Er raubte mir den Verstand.

Ich kochte schweigend die Gerstensuppe auf. Dario deckte den Tisch. Er fand noch ein paar Kerzen und zündete sie an. Als wir uns gegenübersassen, waren wir vom warmen Kerzenlicht umhüllt.

«Jetzt hab ich es doch getan», sagte ich, nachdem ich Dario lange nur angesehen hatte. Das Kerzenlicht zeichnete seine Gesichtszüge weich.

«Was hast du getan?» Er schmunzelte, als wüsste er, wovon ich sprach.

«Mich in einen Davoser verliebt.»

Dario sah verlegen auf seinen Suppenteller.

«Und frage mich jetzt nicht, was ich davon halten soll.»

Dario blickte auf. «Ich frage dich bestimmt nicht.»

«Und was ich mir davon verspreche.»

«Auch das nicht.»

«Und ob es mir gefallen hat ...»

«Auch darüber wollen wir nicht sprechen.» Er lächelte. «Ich habe es gespürt ...»

Mich schauderte bei der Erinnerung. Dario hatte mich gleich dreimal hintereinander zum Höhepunkt gebracht.

«Ich werde dich auch nicht fragen, weshalb du dich nicht ausgezogen hast.»

«Nein, wirst du nicht.»

«Warum du nicht mit mir geschlafen hast, auch nicht ...»

«Wir haben Zeit ...»

Ich löffelte die Suppe. Sie schmeckte besser. Anders. Verliebter.

«Nun zu etwas anderem», sagte ich.

Dario legte den Löffel in den leeren Teller. «Darauf habe ich gewartet.»

«Wie weit seid ihr mit den Ermittlungen?»

«Stehe ich jetzt in deiner Schuld?»

Seine Bemerkung überraschte mich. «Nein, warum? ... Ich bin doch noch immer die Hauptverdächtige, nicht wahr?»

«Rein hypothetisch.»

«Du glaubst doch auch an meine Unschuld?»

«Dir als Juristin muss ich nicht erklären, dass die Beweislage kritisch ist.»

«Der vermaledeite Schal, ich weiss.» Ich griff über den Tisch nach Darios Händen. «Habt ihr den definitiven Bericht aus der Rechtsmedizin schon erhalten?»

«Ja.»

«Dario, bitte, spann mich nicht auf die Folter. Was ist Sache?»

«Ich gerate in Teufels Küche, wenn ich dich einweihe.»

«Wir sind doch eins ...» Ich konnte mir ein Kichern nicht verkneifen.

«Wenn du das so siehst.» Dario küsste meine Hände. «Khalid starb an den Folgen der Kopfverletzungen.»

«Das weiss ich doch schon.»

«Es ist anzunehmen, dass er im Haus von Charly Waser starb.»

Ich zog meine Hände zurück. Wie ein Geschoss traf etwas meine Brust. «Was ist die Begründung?»

Dario kniff seinen Mund zusammen, ein Zeichen dafür, dass er nicht bereit war, mich darüber näher zu informieren.

«Wann?», fragte ich deshalb.

«In der Nacht vom 20. auf den 21. Januar ... zwischen Mitternacht und drei Uhr.»

«Genau in der Zeit, in der mein Gedächtnis streikt.»

«Wasers Haus wurde versiegelt. Es kann dauern, bis der Kriminaltechnische Dienst die letzten Spuren gesichert hat. Überdies steht im Bericht des Gerichtsmediziners, dass Khalid mit grosser Wahrscheinlichkeit rückwärts auf eine Tischkante fiel. Es gibt noch Ungereimtheiten, weil nebst dem Tisch ein anderer Gegenstand massgeblich zu den Verletzungen geführt hat.»

«Ein stumpfer Gegenstand ... das hast du letzthin schon gesagt. Hat ein Streit den Sturz ausgelöst?»

«Das ist anzunehmen. Vielleicht war es ein Unfall. Um dies zu klären, müssen wir zuerst den Verursacher finden.»

«Wenn es ein Unfall war, hätte der Täter sich doch gemeldet», mutmasste ich.

«Nicht zwingend. Vielleicht kam es zu einem Handgemenge, und Khalid fiel rückwärts auf eine Tischkante. Oder der Täter hat ihn absichtlich gestossen.»

«Dann wäre es vorsätzlich.»

Ich wusste nicht, was ich davon halten sollte. Khalid hatte in Tschuggen eine Schlägerei geradezu herausgefordert und Nicolo hinterrücks niedergeschlagen. «Was wisst ihr eigentlich von Khalid?»

«So wie ich dich kenne, hast du bereits nach seiner Vita geforscht.»

«Du irrst dich.» Ich hielt inne. Sollte ich Dario erzählen, was ich wusste? Dass Khalid bereits zum vierten Mal in Davos gewesen war, er sich mit zwielichtigen Typen im Belle Epoque getroffen und sich bei Waser mit einer unbekannten Frau verabredet hatte?

Was, wenn die Frau ich gewesen war?

Ich brachte es nicht fertig, mich zu hundert Prozent auf mein Gefühl zu verlassen. Denn noch immer klaffte ein Loch in meinem Bewusstsein.

Würde Dario mich unterstützen, wenn ich mich auf die Suche nach Linard Decurtins machte? Doch dann erzählte ich, was ich im Verlaufe der letzten Tage herausgefunden hatte. Ich berichtete über meinen Verdacht, dass der Lokführer Köbi Marugg wahrscheinlich eingeweiht gewesen war, weil er den Zug auf der Höhe des Bärentritts angehalten hatte.

«Den haben die Ermittler bereits befragt», sagte Dario. «Bis anhin will er uns für dumm verkaufen. Er bestreitet, etwas gewusst zu haben.» Er sah mich eindringlich an und zögerte. «Sag mal, kann es sein, dass du bei Marugg schon Vorarbeit geleistet hast?»

«Was meinst du damit?» Ich wandte den Blick von Dario ab und dachte im selben Moment, dass ich mich dadurch verriet.

«Meine Kollegen sagten mir, dass Marugg von einer jungen Frau belästigt worden sei.»

«Ach …» Sah so eine Belästigung aus? Die Polizisten hatten mich nicht gesehen.

Dario griff nach meinem Kinn und drehte mein Gesicht in seine Richtung. «Du ermittelst doch nicht etwa hinter meinem Rücken? … Du musst deinen hübschen Mund nicht verziehen. Ich kenne dich zu gut.»

«Er bestreitet es also», sagte ich, worauf Dario die Augen weit aufriss. «Ich glaube, das ist offensichtlich. Marugg muss eingeweiht gewesen sein, sonst hätte er den Zug nicht angehalten. Wenn er bedroht worden wäre, hätte er es der Polizei gemeldet. Andererseits hatte er sicher auch Angst, darüber zu reden.»

«Solange er die Aussage verweigert, werden wir die Wahrheit nicht erfahren.»

«Da muss auch Schweigegeld geflossen sein», sagte ich.

«Schweigegeld?» Dario sah mich an, als hätte ich ihm soeben etwas völlig aus der Luft Gegriffenes erklärt.

Ich erzählte ihm von Adelina, von meinem Besuch im Belle Epoque und davon, als ich Adelina in der Boutique Hublot angetroffen und gesehen hatte, wie sie eine über zehntausend Franken teure Luxusuhr erstand.

Dario hatte mir konzentriert zugehört. «Wir haben sie vorgeladen. Sie ist nicht erschienen.» Er erhob sich, kam um den Tisch herum und küsste mich ins Haar. «Du solltest wirklich bei der Davoser Polizei arbeiten. So eine wie dich suchen wir schon lange.»

«Charmeur!» Ich war mir nicht sicher, ob er es ernst meinte.

«Ich räume hier den Tisch ab», sagte Dario. «Willst du danach noch einmal ins Bett?»

«Ja, unbedingt. Ich will dort weitermachen, wo wir aufgehört haben.»

SECHZEHN

Ich öffnete die Augen in Darios Armen und war sofort hellwach. Durch die Rollläden fiel diffuses Licht. Leise, damit ich Dario nicht aufweckte, schlich ich ins Wohnzimmer. Vor dem Panoramafenster tanzten Schneeflocken. Die Sicht reichte gerade mal zum Bahnhofgebäude. Sonst herrschte Nebel. Über Nacht hatte es zudem reichlich Schnee gegeben. Ich sah auf die Uhr. Es war bereits neun. Wir hatten verschlafen.

Ich ging zurück zum Bett. Dario schlief tief. Um seinen Mund zeichnete sich ein Lächeln ab. Die letzten Tage waren auch für ihn hektisch gewesen. Bis Donnerstag hatte er nun frei. Ich malte mir aus, wie er mir auf Schritt und Tritt folgen würde. Ich musste mir etwas einfallen lassen, um allein nach Linard zu suchen. Dario würde mir verbieten, mich in laufende Ermittlungen einzumischen.

Ich fühlte ein zärtliches Gefühl in mir aufkommen, einen süssen Schmerz unterhalb des Brustbeins. Ich legte mich auf die Decke, die von Darios Schultern gerutscht war. Sein Gesicht war jetzt ganz nahe. Noch nie hatte ich ihn so intensiv angesehen. Um die geschlossenen Augen hatten sich Schatten gelegt. Auf Wangen und Kinn sprossen dunkle Bartstoppeln. Den Mund hatte er halb geöffnet. Er schmatzte ein wenig, als besuchte er im Traum eine Konditorei. Seine kräftigen Zähne schimmerten wie Perlmutt.

Aus dem Kokon des scheuen Schuljungen, der vor mir in der Bank gesessen hatte, hatte sich ein kräftiger Mann entfaltet. Er wusste, was er wollte, hatte Ziele und verfolgte diese. Hartnäckig, aber respektvoll. Vielleicht lag es daran, dass er seit jeher sympathisch auf mich wirkte. Trotz seiner Ausbildung und seines unwiderstehlichen Aussehens war er auf dem Boden der Realität geblieben. Ein gesunder Menschenverstand zeichnete ihn aus sowie Anstand und Herzlichkeit.

Vielleicht hatten sich unsere Herzen schon längst im Universum vereint, bevor unsere Körper sich überhaupt gefunden hatten. Ich küsste Dario auf die Nasenspitze. Er schlug die Augen auf. Seine fast schwarzen Augen, in denen ich grosses Erstaunen entdeckte. Sicher dachte er, geträumt zu haben. Ich küsste ihn wieder. Er hielt mich fest.

«Wollen wir frühstücken, oder machen wir uns auf den Weg, um die bösen Buben zu fangen?», fragte ich.

«Ich habe heute frei. Ich würde gern mit dir frühstücken.»

«Der Kühlschrank gibt aber nichts mehr her. Ich müsste schnell mal einkaufen gehen. Bis du hier fertig bist, bin ich zurück.»

Dario stiess mich sanft von sich. Er schlug die Decke zurück und war mit einem Satz auf den Beinen. Ich konnte meine Augen nicht von seinem muskulösen Körper lösen. Alles an ihm war perfekt. Kein Gramm Fett zeichnete sich ab. Seine Oberarme spannten im Spiel der Muskulatur, und sein Bauch war gestählt. Wenn Dario mich berührte, schien eine unbezähmbare Kraft in ihm zu stecken.

«Was guckst du so?»

«Ich weiss nicht. Es ist so … wie soll ich sagen … so irreal.»

«Weil wir uns gefunden haben?» Dario lächelte auf dem Weg ins Badezimmer. Er sah an sich herab. «Wir könnten …» Er hielt inne. «Eigentlich gehörten wir in der Schule schon zusammen. Du hast es nur nie bemerkt.»

Ich stellte mich neben ihn vors Lavabo. Auf dem Spiegel trafen sich unsere Blicke. «Vielleicht war einfach noch nicht der richtige Zeitpunkt.»

Dario hob mich auf und trug mich zurück zum Bett.

Anders als ich mir vorgestellt hatte, trennten sich nach dem Frühstück unsere Wege. Dario kehrte in seine Wohnung zurück. Am Mittag war er mit seinen Eltern verabredet. Dario wollte, dass ich ihn begleitete. Ich fand es keine so gute Idee. Ich kannte Darios Eltern aus der Schulzeit. Sie hatten in einem Chalet an der Schatzalpstrasse gewohnt. Bei Frau Ambühl hatte es immer Tatsch mit Birnenkompott gegeben, nachdem unsere Klasse vom Schlitteln zurückgekehrt war. Dies hatte zu den vielen Highlights gehört, die wir Kinder in der Primarschule genossen hatten. Zudem hatten Darios ältere Schwestern, im Gegensatz zu uns Cadisch-Kindern, Katzen halten dürfen. Ich war schon der Katzen wegen öfter mal bei Ambühls zu Besuch gewesen. Dario allerdings hatte ich nie richtig wahrgenommen. Er war im Schatten seiner dominanten Schwestern aufgewachsen. Wahrscheinlich hatte er sich erst zu dem selbstsicheren jungen Mann entwickelt, als Dodo und Kathrin ausgezogen waren. Heute wohnten Herr und Frau Ambühl in einem Appartement in der Stilli. Dario hatte seine eigene Wohnung bezogen.

Das Wetter hatte sich beruhigt, der Himmel aufgeklart. Durch die Wolkendecke blinzelte hin und wieder die Sonne. Die Landschaft sah aus wie eingezuckert. Ich machte mich zu Fuss auf den Weg.

***

Das Hotel Grischuna lag draussen in den Höfen. Ich kannte es vom vorletzten Frühling, als ich mit Mam und Dr. Klees, einem Freund von ihr, dort diniert hatte. Die Sonne hatte die Wolkendecke endgültig beiseitegeschoben. Als ich beim Hotel ankam, glitzerte der Schnee, der noch unberührt auf dem Dach und auf den Anbauten lag. Jungfräulich war auch die Zufahrt zu den Parkplätzen. Einzig eine Radspur hatte ihr unverkennbares Muster hingezeichnet. Der Fussweg allerdings war schon freigeschaufelt, und auf einem Schild wurde auf die Gefahr des Ausrutschens aufmerksam gemacht.

Einheimisches Holz und ockerfarbene Wände vermittelten bereits hinter dem Eingang eine heimelige Atmosphäre. Im Cheminée knisterte ein Feuer. Es roch nach verbrannten Tannennadeln. Der Vorraum zur Rezeption lag verlassen da. Am Schlüsselbrett hingen die meisten Schlüssel.

Die Empfangssekretärin, die geschäftig auf ihrem PC tippte, hatte mich noch nicht beachtet. Ich stand eine Weile vor dem Tresen, schaute mir Prospekte an und las die Preisliste. Aus einem unsichtbaren Lautsprecher berieselte mich Johann Sebastian Bach.

«Guten Tag», sagte ich so laut, dass ich die Musik übertönte.

Augenblicklich beendete die Sekretärin ihre Arbeit und kam händeringend und sich tausendmal entschuldigend auf mich zu. «Wie kann ich Ihnen helfen?»

Über ihrer linken Brust prangte ein Schild. «Rachel Henseler, Auszubildende». Sie musste hier die Stellung halten, jetzt, da nicht mehr so viel los war. Ihr helles Gesicht wurde von tief melancholischen Augen beherrscht. Sie hatte einen Mund in der Form eines Herzens. Ihre ganze Erscheinung glich einer Weichzeichnung. Ich fragte mich, ob dieses engelhafte Wesen einer Fabrik wie der Hotellerie gewachsen war.

«Bei Ihnen arbeitet doch Linard Decurtins.»

Rachel liess ihre Wimpern klimpern. «Lieni, ja, der arbeitet hier. Er ist Koch.» Sie schaute auf die Uhr. «Der müsste eigentlich schon hier sein.»

«Kennen Sie ihn gut?»

«Geht so. Ich kenne ihn erst seit Anfang Dezember. Ich begann am 1. Dezember mein Praktikum. Lieni stiess am 6. zu uns. Er erzählte mir, dass er während eines Monats durch Brasilien getrampt war.»

«Allein?», fragte ich, um etwas zu fragen. Im Grunde wollte ich vorwärtsmachen.

«Nein, ich glaube, zusammen mit einem Freund.»

«Hat er hier eine Freundin?»

Rachel lächelte. «Eher einen Freund. Er ist halt ein bisschen anders gestrickt als wir.»

«Kennen Sie diesen Freund?»

Rachel wechselte auf Konfrontation. Ich erkannte es an ihrer Körperhaltung. «Weshalb interessiert es Sie?»

«Könnten Sie ihn mal rufen?»

«Ist es etwas Geschäftliches?», fragte Rachel und wartete vergebens auf eine Antwort. Sie griff zum Telefon, nachdem sie gemerkt hatte, dass nichts aus mir herauszuholen war. Sie wählte eine interne Nummer. «Hey, Vincenzo, ist Lieni bei dir? … Ja? … Schick ihn mal an den Empfang … Du sollst ihn zu mir schicken, *capito*? … Warum? Das wird er schon selber sehen …» Rachel legte auf. «Vincenzo ist unser Casserôlier. Er ist manchmal etwas schwer von Begriff.»

«Und Linard?»

«Der ist ganz okay. Etwas zart besaitet …» Rachel schenkte mir ein kumpelhaftes Lächeln.

Eine schwarze Kochhose, eine schwarze Kochjacke und darauf knallrote Knöpfe – nicht die Erscheinung, die ich erwartet hatte.

Linard war mindestens einen Meter neunzig gross, hatte braune Haare und ein hübsches Gesicht. Seine Augen sahen etwas müde aus. Nur seine Bewegungen liessen erahnen, dass er feminine, beinahe sinnliche Züge besass. Wahrscheinlich fiel das nur mir auf.

Er sah Rachel, dann mich an. «Was gibt's?»

Ich stellte mich als eine Freundin von Khalid vor, obwohl es wahrscheinlich nicht ganz klug war. Sollte Linard ein Auge auf Khalid geworfen haben, würde er sich mit dieser Tatsache nicht abfinden wollen. «Sie haben sicher gehört, dass Khalid Abu Salama tot ist.»

«Und um dies zu erfahren, kommen Sie hierher?» Linard blieb wider Erwarten emotionslos, jedoch nett.

«Können wir uns dort drüben unterhalten?» Ich zeigte zu dem Cheminée.

Wir schritten in Richtung Eingangsbereich.

«Ich habe gehört, dass Sie miteinander gut befreundet waren.»

Linard schluckte leer. Seine anfänglich freundliche Mimik änderte sich. «Warum wollen Sie das wissen?»

«Man hat Sie mit ihm gesehen.»

«Wann?» Linard verschränkte die Arme und blickte auf mich herunter.

«Letzte Woche im Belle Epoque.»

Ich sah ihm an, dass er mit der Antwort rang. «Hören Sie, ich habe nichts mit seinem Tod zu tun, wenn Sie darauf anspielen. Wir waren locker befreundet. Locker, verstehen Sie? Das heisst, dass wir absolut keine gegenseitigen Verpflichtungen hatten.»

Ich liess es dabei bewenden. «Wer war der andere Mann, der mit Ihnen bei Khalid war? Sie haben sich meistens zu dritt getroffen.»

«Sind Sie von der Polizei?»

«Nein.»

«Warum wollen Sie das denn wissen?»

Ich erzählte ihm dasselbe, was ich schon x-mal erzählt hatte. Dass man mich verdächtigte und ich nun nach der Wahrheit suchte.

«Das ist ja ein Ding.» Linard schüttelte ungläubig den Kopf. «Sie bräuchten einen Anwalt.»

«Ich bin selbst Juristin.»

«Und jetzt meinen Sie, Sie haben keinen Rechtsvertreter nötig?»

Er hatte ja recht.

«Wie war er denn so?», fragte ich.

«Wer?»

«Khalid.»

«Ein ganz umgänglicher Kerl. Ein moderater Muslim. Also, wir hatten nie Probleme mit ihm.»

«Und da war wirklich nichts zwischen Ihnen und Khalid?»

«Nein, hören Sie, auch wenn ich ein Homo bin, heisst das noch lange nicht, dass ich jedem Mannsbild nachlaufe.»

«Davon gehe ich aus. Was wissen Sie noch über Khalid?»

«Er studierte in Oxford Politikwissenschaften und Chemie.»

«Hat er es Ihnen so erzählt?»

«Ja. Er begann zuerst mit Chemie, ein halbes Jahr später kam die Politik dazu. Sein Vater arbeitet auf dem arabischen Konsulat in London. Seine Mutter ist gestorben, als er neun Jahre alt war. Zu seinem Vater hatte er ein ganz inniges Verhältnis. Er beklagte sich aber, dass er manchmal sehr streng war.»

«Inwiefern?»

«Was die Erziehung angeht.»

«Es wird für ihn sicher schwierig gewesen sein, seinen Sohn ohne Mutter aufzuziehen», sagte ich mehr zu mir selbst.

«Das kann ich mir durchwegs vorstellen.» Linard setzte sich auf einen Ohrensessel. Ich sah zur Rezeption. Rachel hatte sich wieder vor das Pult gepflanzt und tippte auf dem PC.

«Zurück zu meiner Frage», sagte ich, «wer war der andere Mann?»

«Sie meinen, der Dritte im Bund?» Linard lächelte. «Das war Roberto Compagnoni. Der ist am Samstagmorgen abgereist. Er wohnt in Zürich. Wir trafen uns regelmässig bei Khalid, sofern man das so sagen kann. Regelmässig am WEF. Es war eine Männerfreundschaft, mehr nicht. Wir lernten Khalid vor vier Jahren im Postillon-Club kennen. Er war dort, um sich zu amüsieren. Wir alberten herum … daraus entstand eine … wirklich unverbindliche Freundschaft.»

Warum betonte er es immer wieder?

«Wann haben Sie Khalid zuletzt gesehen?»

«Am letzten Dienstag. Nur kurz, weil ich diesmal während des WEF kaum Freizeit hatte.»

«Hat sich Khalid dahin gehend geäussert, dass er sich mit einer Frau treffen wolle?»

Linard druckste herum. «Soviel ich weiss, hatte er hier eine Freundin.»

«Kennen Sie sie?»

«Nein, ich habe sie nie gesehen.»

«Kennen Sie ihren Namen?»

«Ich glaube, sie hiess Giulia.»

***

Handelte es sich um die unbekannte Frau, von der schon Adelina und Martina gesprochen hatten?

Wer war sie? Hatte Khalid im Postillon auf sie gewartet? Warum hatte er nichts verlauten lassen? Und warum hatte er uns zu Waser begleitet? Hatte er Giulia bei Waser getroffen, weil er gewusst hatte, dass sie dort auf ihn wartete?

Anstatt Antworten auf meine vielen Fragen zu erhalten, drängten sich mir jetzt noch mehr Fragen auf.

Ich ging in den Coop in der Bahnhofstrasse einkaufen. Es hatte nur wenige Leute. Mit der Geschwindigkeit eines Düsenjets durchforstete ich die Gestelle und war danach froh, endlich wieder draussen zu sein. Ich hasste einkaufen.

Ich kehrte nach Hause zurück.

Dario war noch nicht da. Ich hatte ihm einen Schlüssel ausgehändigt. Er hatte ihn zögernd angenommen, war sich nicht sicher, ob ich mit dem Schlüssel die Grenze überschritt. Oder ob es einfach noch zu früh war. Ich checkte mein iPhone, das ich in der Küche hatte liegen lassen. Weder ein Anruf noch eine Nachricht auf der Combox noch eine SMS. Ich legte das Gerät enttäuscht auf den Tisch zurück.

Dario wollte seine Eltern besuchen. Offenbar dauerte dies länger. Ich hätte ihn gern gesprochen. Ich musste mein Wissen loswerden. Vielleicht kannte er eine Giulia. Oder des Rätsels Lösung lag in Charly Wasers Haus. Wenn Khalid dort gewesen war, war auch seine Freundin dort gewesen. Warum hatte er sich im Postillon an mich herangemacht?

Hatte ich seine Zutraulichkeit falsch interpretiert?

Ich packte die Lebensmittel aus und verräumte sie in die Küchenregale und in den Kühlschrank. Ich hatte Äpfel gekauft, einen Sack voll Nüsslisalat, der bereits gerüstet und gewaschen war, Butter, Konfitüre, einen Laib Brot, vier Liter Mineralwasser mit Sprudel, eine Flasche Hess Selection, zwei Rindsentrecôtes.

Ich deckte den Tisch, stellte frische Kerzen auf, in eine Vase die Treibhausrosen, die ich im Blumenladen erstanden hatte. Sollte Dario heute Abend noch einmal vorbeikommen, wollte ich ihn mit einem Candle-Light-Dinner überraschen. Andererseits hatte ich keine Zeit, mich an den Herd zu stellen. Vielleicht wäre es besser, ich würde mich auf die Suche nach Giulia machen.

Ich rief Ursina an.

Sie hielt mir noch immer die Perücke vor. Ich musste sie darauf vertrösten, dass ich ihr eine neue und schönere kaufen würde. Sie machte mir eine Szene, als wäre die Perücke ihr Lebensinhalt und nicht die Misere ihrer Mutter. Dann redete sie über die Bombendrohung, die ihr arg zugesetzt hatte. Sie sei froh, nicht im Denner gearbeitet zu haben. «Stell dir vor, die Bombe wäre bei Denner detoniert. Ich habe ein riesengrosses Schwein gehabt.» Sie seufzte an meine Ohren. «Und hast du's gelesen? Die Duchli Sage hat gebrannt. Stand heute in der Davoser Zeitung. Wenn ich draussen gewesen wäre an diesem Abend, hätte ich das Feuer bestimmt gesehen. Mensch Meier … das war bestimmt ein gewaltiges Feuerwerk.»

Ich gab keinen Kommentar dazu ab. Ich fragte sie nach Giulia.

«Wer soll die sein?»

Mir waren lange Erklärungen zuwider.

«Bist du eigentlich über den Berg?», fragte sie, und einen Augenblick dachte ich, sie interessiere sich für mein Problem. Ich hielt es jedoch für besser, von meinen Befindlichkeiten abzulenken, und erzählte ihr, dass ich dank Gian-Luca und Mikkel im Belle Epoque gewesen sei.

Ursina sagte nichts dazu.

«Woher kennst du Mikkel?»

«Mikkel? Wir hatten mal etwas miteinander. Ein One-Night-Stand bei Waser.» Ursina kicherte. «Hat sich nicht gelohnt.»

«Er kennt Charly?»

«Wer kennt den nicht?» Ursina kicherte erneut. «Du, ich muss aufhängen. Remo ist bei mir.»

Ich verabschiedete mich.

Bei Sidonia musste ich länger klingeln lassen. Sie befand sich im Kleidergeschäft und hatte von ihren Eltern den Auftrag, Inventur zu machen. Eine Giulia kannte auch sie nicht.

Martina war zu Hause und so, wie sie tönte, voll bekifft. Wie machte sie es bloss mit der Erziehung ihrer beiden Kinder? Mir lag es auf der Zunge, sie nach dem Gewinn der letzten Tage zu fragen, ich sah aber gerade noch rechtzeitig davon ab. Es ging mich nichts an. Vielleicht sollte ich dem Sozialamt einen kleinen Hinweis geben, dass die zuständigen Leute mal bei Caveltis vorbeischauten.

«Du hast mir erzählt, dass du von Khalid gebucht wurdest. Hast du mich angelogen?»

«Nein, warum sollte ich? Er stand auf weisse Frauen. Ich meine, so richtig hellhäutige ...»

«Hatte er dich diesmal auch bestellt?»

«Nein. Da stand eine Neue in der Schlange. Ich hatte wohl ausgedient.» Martina lachte rau.

«Erinnerst du dich an ein Mädchen namens Giulia?»

«Wer soll das sein?»

«Khalids Freundin.»

«Unmöglich!» Martina musste mit etwas gegen den Telefonhörer geschlagen haben. Es gab ein schreckliches Geräusch.

«Warum bist du dir so sicher?»

«Na hör mal, wenn einer im Postillon auf Aufreisstour geht, dann hat er mit Sicherheit keine Freundin. Wie, sagst du, heisst sie? Giulia? Nein, ganz bestimmt nicht ...»

«Aber er hatte dich bei Waser abgewiesen, wie du mir letzthin gesagt hast. Vielleicht, weil er auf Giulia wartete?»

«Giulia! Giulia! Die gehört doch zu Romeo.»

«Shakespeare.»

«Was?»

«Romeo und Julia von William Shakespeare.»

«Ich weiss, dass du blitzgescheit bist», stichelte Martina. «Mit Shakespeare kann ich mir jedoch kein Brot kaufen.»

Enttäuscht beendete ich das Gespräch.

Was nun?

Ich suchte in Valerios Wandschrank nach der Pinnwand, die mir vor einem Jahr einen guten Dienst erwiesen hatte, und fand sie neben einem Bügelbrett und einem kaputten Snowboard. Die Bindung war ebenso defekt. Es fehlten ein paar Schrauben.

Ich hing die Pinnwand neben dem Eingang auf, wo noch immer die Vorrichtung angebracht war. Auf ein weisses Papier zeichnete ich einen Kopf und beschriftete ihn mit «Khalid». Dasselbe machte ich mit weiteren Köpfen, die ich mit den Namen Sidonia und Martina versah, ebenso mit Linard und dem unbekannten Roberto. Ich setzte die Zeichnungen unter Khalids Kopf. Sidonia entfernte ich allerdings wieder, weil sie Khalid vorher nicht gekannt hatte. Ich überlegte mir, ob ich Nicolo anheften sollte. Ging es um einen Racheakt? Khalid hatte Nicolo geschlagen; Nicolo war gegenüber Remo auch tätlich geworden. Khalid hatte sich für Remo gewehrt.

Trotzdem sah ich hier kein Motiv. Es musste anderswo liegen.

Plötzlich war da eine unbekannte junge Frau aufgetaucht. Niemand kannte sie richtig. Niemand schien sie je gesehen zu haben. Ich heftete «Giulia» auf Khalids Höhe.

Wenn Giulia bei Waser auf ihren Freund gewartet hatte, so müsste auch Charly davon eine Ahnung gehabt haben.

Wo fand ich Charly? Jetzt, nachdem man sein Haus versiegelt hatte, musste er anderswo einen Unterschlupf gefunden haben.

Ich setzte mich an den Küchentisch und startete meinen Mac auf. Ich suchte nach Charlys Telefonnummer, nach einem Anhaltspunkt, wo ich ihn erreichen konnte. Sicher hatte er auf Instagram, Xing oder einer ähnlichen Plattform entsprechende Mitteilungen gemacht. Kerle wie Charly sonnten sich allzu gern in der Öffentlichkeit und warteten darauf, bis man ihnen mit sogenannten Likes gebührende Aufmerksamkeit schenkte.

Ich fand ihn auf Facebook. Sein Porträt zeigte ihn von seiner Schokoladenseite. Er posierte mit seinem schwarzen Subaru vor seinem Haus am Föhrenweg – mit entblösstem Oberkörper, der sein Sixpack perfekt zur Geltung brachte. Ich suchte unter seinen tausend Freunden nach Gesichtern, die mir bekannt waren. Nach und nach traf ich auf Ursina, Martina und Sidonia, die Charly als seine engsten Freundinnen betitelte. Bei der weiteren Durchsicht stiess ich auf ein Bild, das der Sängerin Beyoncé sehr ähnlich sah. Allerdings stand nicht der Name der Sängerin, sondern «Giu Lia» unter dem Foto.

War sie das? Giulia? Ich sah mir das Bild genauer an. Ich erkannte zweifelsohne Beyoncé. Diese Giu Lia hatte sich eines fremden Fotos bedient.

Um einen tieferen Einblick auf ihre Seite zu nehmen, hätte ich mit ihr befreundet sein sollen. Charly bezeichnete sie als «Schwester».

Mir war nicht bekannt, dass Charly eine Schwester hatte. Ich mochte mich auch nicht an eine Giulia Waser erinnern. Ich suchte weiter, stiess auf Charlys Eltern, die seit rund vier Jahren in Kanada lebten und dort ein Guesthouse betrieben. Die beiden Hotels hier hatten sie verpachtet. Allem Anschein nach war Charly nicht erpicht darauf, in die elterlichen Fussstapfen zu treten. Oder er wollte sich vorher seine Sporen abverdienen, womit auch immer.

Vielleicht hatte er es nicht nötig, zu arbeiten, und war von Beruf Sohn oder schlicht Privatier. Ich wusste zu wenig über ihn.

Den halben Nachmittag verbrachte ich damit, Charly Waser aus dem Internet zu filtern. Ich stiess auf eine Unmenge an Bildern, die er entweder selbst oder durch andere hatte ins Netz stellen lassen. Ich klickte jedes einzelne Bild an, das mich an einen entsprechenden Link weiterleitete. Ich gelangte auf Kulturplattformen, wo Charly sich als DJ brüstete, auf Zeitungsartikel und Berichte in Illustrierten. Allerdings waren diese Artikel älteren Jahrgangs. Sie stammten aus der Zeit, in der Charly für die Schweizer Nachwuchsskielite Rennen gefahren war. Immer mehr drang ich in einen Sumpf ein, der mir nur das offenbarte, was auf der Oberfläche war. Den Sunnyboy, dem die Welt zu Füssen lag. Das im Schatten sah ich nicht.

Hätte ich nur die Befugnisse gehabt, Zugriff auf die Polizeisuchmaschine zu haben, hätte ich vielleicht noch einiges über Charly zutage befördert. Ich musste mich jedoch mit dem begnügen, was ich auf den einschlägigen Seiten fand, deren Wahrheitsgehalt in etwa dem entsprach, was nicht nachweisbar war.

Charly war ein Narziss: ein selbstverliebter Egozentriker. Dass er seine Freunde an seinem ausschweifenden Leben teilhaben liess, rührte wohl daher, dass die sogenannten Freunde dort anzutreffen waren, wo es etwas zu holen gab. Charlys Freunde profitierten von seiner Grosszügigkeit, Charly hingegen von der daraus resultierenden Sympathie ihm gegenüber.

Die Sucherei hatte mich müde gemacht. Noch die letzten verbliebenen Bilder wollte ich mir ansehen. Um nicht das Gefühl zu bekommen, dass ich etwas ausgelassen hatte.

Da sah ich sie: Charly und Giulia!

Ihre Namen stachen mir ins Auge.

Charly und Giulia Waser.

Volltreffer! Der sprichwörtliche Schuss ins Schwarze.

Die Härchen an meinen Armen standen wie elektrisiert in die Höhe.

Ich kannte die Frau.

SIEBZEHN

Die Nacht hatte ich allein verbracht. Dario hatte mich spätabends angerufen und sich entschuldigt, dass er trotz seiner Überzeit und der dafür vorgesehenen Frei-Tage zum Einsatz abberufen worden sei.

In der Nacht hatte ich fast kein Auge zugetan. Immer wieder versuchte ich, Zusammenhänge zu erkennen und sie zu verstehen. Auf einmal bekam die Tragödie um Khalid ein Gesicht, wenngleich ein fratzenhaftes, unschönes.

Ein Mord war geschehen, ein Unfall oder eine Kettenreaktion unglücklicher Umstände. Mindestens drei Menschen waren involviert: Khalid, ein Unbekannter und – wenn ich richtiglag – Köbi Marugg. Auf jeden Fall musste er eingeweiht gewesen sein. Ich war mir absolut sicher. Da existierte noch weit mehr. Hatte ich mit Giulia ein fehlendes Puzzleteil gefunden? War es möglich, dass sich am Ende alles um Giulia drehte?

Um die Frau, der ich erst noch begegnet war?

Das Wetter hatte sich wieder verschlechtert. Als ich mich auf den Weg zur Promenade machte, rieselte feiner Schnee vom Himmel. Für grosse Flocken war es zu kalt. Dario rief mich auf meinem iPhone an. Er bedauerte es, die Nacht nicht mit mir verbracht zu haben.

«Wir stecken im Schlamassel», gestand er. «Wir haben zwei krankheitsbedingte Ausfälle. Die Grippewelle hat nun auch Davos erreicht. Die Unterländer haben den Virus eingeschleust.»

«Seid ihr mit Wasers Haus schon weiter?»

«Nicht so weit, dass er wieder einziehen kann. Wir haben noch einmal sämtliche Partygäste befragt. Die Aussagen widersprechen sich. Im Grunde wissen wir gar nichts. Es zeichnet sich mehr und mehr ab, dass Khalid tatsächlich in einem Zimmer in Wasers Haus umgebracht wurde …» Dario schniefte durchs Telefon. «Bis anhin war das reine Spekulation … Das bleibt unter uns.»

«Was habt ihr denn gefunden?»

Dario wollte zuerst nicht herausrücken.

«Du kannst dich auf mich verlassen», sagte ich in verschwörerischem Unterton. «Von mir hört niemand etwas.»

Obwohl, sollte Müller je davon erfahren, Dario einen Verweis kassieren konnte.

«Wir haben Blutspuren gefunden. Sie werden gerade mit der Datenbank abgeglichen.»

«Wo genau?», fragte ich, um mir ein Bild machen zu können. Ich hatte das Wohnzimmer gesehen, die Küche. Charly hatte mich irgendwann auch in die Zimmer geführt. Ich erinnerte mich plötzlich. Das war, nachdem ich im Keller gewesen war. Charly hatte mir ein Zimmer gezeigt. Da musste ich schon arg getrunken haben. Jemand war oben gestanden, unter dem Türrahmen zu Charlys Zimmer. In einem hellen Gewand.

Die Bilder, erst noch gestochen scharf in meinen Gedanken, zerfledderten wieder. Sie verflüchtigten sich so schnell, wie sie in mein Bewusstsein gedrungen waren.

«Was unternimmst du heute?», fragte Dario, der nicht verraten wollte, wo man die Blutspuren gefunden hatte.

Ich richtete mein Gesicht gegen den Himmel und liess den eisigen Schnee auf meine Wangen nieseln. «Ich muss jemanden besuchen.»

«Kenne ich ihn?»

Ich lächelte. Ob Dario eifersüchtig war? «Es ist eine Sie.»

«Sehen wir uns heute Abend?»

«Dem steht nichts im Weg. Ich habe Rindsentrecôtes gekauft.»

«Soll ich etwas mitbringen?»

«Dich selbst.» Ich küsste ihn durch die Leitung.

Bis heute Abend konnte noch allerhand geschehen. Ich steckte das iPhone in die Jackentasche zurück und beeilte mich, zum Spital zu kommen.

Eine Ambulanz bog auf den Parkplatz ein. Sie verschwand hinter einem Tor, das sich automatisch geöffnet hatte. Ich betrat den Eingang, ging zur Anmeldung und erkundigte mich nach der Pflegerin, die mich nach meiner Einlieferung betreut hatte. Man gab mir bereitwillig Auskunft. Die Frau hiess Margareta Durisch und hielt sich in der Etage auf, auf der ich gelegen hatte. Mit dem Lift fuhr ich in den zweiten Stock.

Oben trat ich auf den Korridor. Es roch nach frischem Kaffee und Medizin, nach gebohnerten Böden.

Ich folgte dem Flur bis zum Fenster. Links zweigte ich ab. Vergebens suchte ich nach Margareta. Über der hintersten Tür leuchtete eine Lampe auf. Ich ging davon aus, dass sich Margareta in diesem Patientenzimmer befand. Ich klopfte an die Tür. Wenig später wurde sie geöffnet.

«Sie?»

«Ja, ich.»

Margareta zog mich von der Tür weg in die Mitte des Flurs. «Haben Sie Sehnsucht nach mir?» Sie setzte ein spitzbübisches Lächeln auf.

Margareta war etwas älter als ich, hatte kurz geschnittene dunkle Haare und ein Piercing über ihrer linken Nasenöffnung. Bei meinem Spitalaufenthalt hatte ich sie nicht richtig wahrgenommen. Da war ich mit anderem beschäftigt gewesen. Mit der fremden Frau, vor allem jedoch mit mir selbst.

«Ich möchte Ihnen etwas erklären», begann ich. «Aber Sie müssen mir versprechen, dass Sie den Mund halten.»

«Das klingt gefährlich. Hat man die Verursacher des Brandes endlich gefunden?»

«Ich glaube schon … darum geht es nicht.»

Margareta schritt zum Fenster, wo sie sich auf einem Sessel niederliess. «Jetzt schiessen Sie schon los.»

Ich setzte mich ihr gegenüber. «Ich weiss, wer die geheimnisvolle Patientin ist, die auf Ihrer Abteilung liegt.»

Margareta sah aus dem Fenster. «Eine tragische Sache.»

«Wäre es möglich, dass ich mit ihr sprechen kann?»

«Das ist denkbar unmöglich. Sie ist in einer schlimmen Verfassung.»

«Hat sie denn schon gesagt, wer sie ist?»

«Sie hatte sich noch lange in Schweigen gehüllt, als hätte sie Angst davor, ihren Namen zu verraten.»

«Jetzt ist er Ihnen bekannt?»

«Den Namen kennen wir mittlerweile.»

«Was heisst das?», hakte ich nach. «Sie hat auch darüber gesprochen, was ihr widerfahren ist?»

«Das fällt unter die ärztliche Schweigepflicht.»

«Lassen Sie mich mit ihr reden», bettelte ich. «Ich glaube, dass ich schon letzthin den Draht zu ihr gefunden habe.»

«Das müsste ich zuerst mit dem zuständigen Arzt klären, ob er das überhaupt zulässt.» Margareta war verunsichert und im Gegensatz zu unserer ersten Begegnung verschlossener. Ich ging davon aus, dass sie ihren Beruf noch nicht so lange ausübte.

«Er muss es ja nicht erfahren. Sollte er auftauchen, sagen Sie ihm, dass ich eine Freundin bin. Geben Sie mir bitte die Chance, mit ihr zu reden.»

Margaretas Zögern liess mich hoffen. «Ich will sehen, ob sie jemanden empfangen kann.» Sie erhob sich, ging energischen Schrittes zurück zum Zimmer, wo sie hergekommen war, und drückte die Tür auf. Margareta verschwand dahinter.

Ich wartete. Die Minuten verstrichen ins Endlose. Auf dem Flur wischte eine Reinigungsfrau Staub auf, der nicht existierte. Jemand schob ein leeres Patientenbett aus dem Lift. Ein Blumenbote brachte einen Strauss Treibhausrosen. Eine junge Pflegerin suchte nach einer passenden Vase.

Ich zitterte vor Ungeduld.

Dort, hinter der Tür, lag die Frau, die wahrscheinlich des Rätsels Lösung war, falls ich sie zum Reden brachte. Ich würde herausfinden, ob sie zur Tatzeit bei ihrem Bruder am Föhrenweg gewohnt hatte. Es musste eine logische Folgerung geben: Sie hatte etwas gesehen oder gehört, das sie nicht verkraftet hatte. So wie ich sie einschätzte, war sie ein zartes Gemüt. Ihre fragile Physiognomie sprach Bände.

Endlich erschien Margareta wieder vor der Tür. «Sie können jetzt reingehen. Nicht mehr als fünf Minuten. Die Patientin ist sehr schwach … und beduselt von den Medikamenten.»

«Danke. Sie werden es nicht bereuen.» Ich strich über ihren Arm. Sie nickte etwas gehemmt.

Ich drückte die Tür auf.

Die Patientin sass, hatte die Rückenlehne nach halb oben gestellt und hob andeutungsweise ihre Hand, machte zudem einen besseren Eindruck als letzthin auf dem Flur. Ihr Gesicht war fast völlig frei von Flecken.

«Hallo.»

«Hallo.»

«Kann ich mich zu dir auf die Bettkante setzen?» Ich duzte sie, in der Meinung, die Schranken zwischen uns damit zu beseitigen.

«Ja, bitte.»

«Wie geht es dir?»

«Es geht so. Ich konnte ein bisschen schlafen. Man pumpt mich mit Medikamenten voll.» Sie zeigte auf die Infusionsflasche und den Venenkatheter an ihrem linken Unterarm.

Ich versuchte achtsam, aber nicht unbedingt zurückhaltend auf den Kern der Sache zu kommen. «Mittlerweile wissen alle, wer du bist.»

«Dieses Wissen ist nicht unbedingt förderlich.»

«Über das, was geschehen ist, kannst du nicht sprechen», vermutete ich.

«Ich habe Angst. Heute Nachmittag werde ich Hilfe bekommen, hat man mir versprochen.»

«Was ist passiert?»

Sie schwieg. Sie hatte diesen melancholischen Blick, der mir schon bei unserer ersten Begegnung aufgefallen war, als beinhaltete er eine ganze Reihe trauriger Geschichten.

«Du kannst mir vertrauen.» Ich staunte selbst über den hypnotischen Klang in meiner Stimme.

«Meinst du?»

Langsam vorantasten. Sie nicht erschrecken. Wenn sie sich vor mir fürchtete, würde sie sich verschliessen wie eine Seerose vor dem Einnachten.

«Ich stecke genauso in der Misere wie du», begann ich, «... auf eine andere Art ...» Ich erzählte ihr von der Verschwörung gegen mich, seit Khalid Abu Salama verschwunden war.

Beim Namen Khalid zuckte sie zusammen.

Ich griff nach ihren Händen. «Du bist Giulia, nicht wahr?»

Sie nickte langsam. Ich sah, wie sich eine Träne aus ihrem linken Auge löste.

«Warum hast du deinen Namen der Polizei nicht mitteilen

wollen? Dem Pflegepersonal? Den Ärzten? Warum hast du so lange gewartet, um deine Identität bekannt zu geben?»

Sie musste mir nichts darauf antworten. Ich wusste es auch so.

Sie verschaffte sich Gehör, indem sie schwieg. Ihr angeschlagenes Selbstwertgefühl erfuhr auf diese Weise Aufmerksamkeit. Ihre Schwäche transformierte sich mit dem Schweigen zur Stärke. Nur so hatte sie die Menschen um sich herum im Griff. Sie manipulierte und tyrannisierte sie unbewusst.

Wenn sie jetzt bereit war zu reden, musste ich das meiner subtilen und gleichzeitig vehementen Vorgehensweise zuschreiben. Ich musste in ihr etwas aktiviert haben. Etwas, das tief in ihrem Unterbewusstsein steckte. Vielleicht von einer Erinnerung an früher verursacht, als sie noch ein Kind gewesen war.

«Giulia, du musst mir jetzt alles erzählen. Alles, was sich zugetragen hat, bevor man dich auf dem Davosersee fand.»

Ein schwaches Klopfen kündete Margaretas Eintreten an. «Die fünf Minuten sind um», sagte sie mit Blick auf Giulia. «Geht es Ihnen besser?»

Auf Giulias Gesicht erschien ein Lächeln.

Ich wandte mich an Margareta. «Bitte lassen Sie mir noch etwas Zeit. Wenn ich mit ihr rede, erübrigt sich vielleicht eine Psychiaterin und das darauffolgende Prozedere.»

«Sie halten sich wohl für sehr klug», sagte Margareta. «Warum sollten ausgerechnet Sie … ach, lassen wir das.» Sie winkte ab und sah auf die Uhr. «In einer halben Stunde kommen die Ärzte. So lange gebe ich Ihnen Zeit. Ich weiss zwar nicht, wozu … aber ja, Sie haben meinen Segen.»

Ich wartete, bis Margareta die Zimmertür hinter sich zugezogen hatte.

Wohl war mir nicht. Zu glatt das alles, dachte ich und wandte mich an Giulia. «In der Nacht vom 20. auf den 21. Januar fand bei deinem Bruder eine Party statt.»

«Das weisst du also auch …»

«Stell dir vor, ich war auch dabei.» Ich fixierte Giulias Augen. Sie hielt meinem Blick stand. «Hast du mich nicht gesehen?»

«Nein, ich erinnere mich nicht.»

«Warst du an der Party?»

Giulia sah mich noch immer an. «Wie kommst du darauf?»

«Ich nehme an, dass du auch dort wohnst.» Ich verschwieg, dass ich einen halben Nachmittag dafür aufgewendet hatte, um auf dieses Resultat zu kommen. «Ich kenne Charly von früher. Es war mir nicht bekannt, dass er eine Schwester hat.»

«Ich bin seine unfreiwillige Schwester.» Erst jetzt wandte Giulia den Blick von mir ab. Ich bemerkte, wie sie auf die Infusionsflasche starrte. Es sah aus, als würde sie die Tropfen zählen, die vom Beutel in das Plastikröhrchen träufelten. Als ich nichts sagte, fuhr sie fort. «Ich wurde adoptiert, als ich vierzehn war. Drei Jahre bevor ich nach Zürich ging. Bis zu meinem elften Lebensjahr lebte ich im Kinderheim Saland. Eines Tages standen meine neuen Eltern vor der Tür. Ich war überglücklich, dem Heim endlich den Rücken zudrehen zu können. Herr und Frau Waser liessen sich mit der Adoption Zeit. Sie wollten mich zuerst kennenlernen, glaube ich.»

«Weshalb warst du denn im Heim?»

Giulia schniefte. «Meine Mutter starb, als ich acht war. Mein Vater folgte ihr ein halbes Jahr später. Von da an war ich eine Vollwaise. Da es keine Angehörigen mehr gab, entschied die Behörde über mein weiteres Schicksal.»

«Warum haben dich deine neuen Eltern erst so spät adoptiert?»

«Ich wehrte mich. Ich war aufsässig. Ich sah hinter die Kulissen des schönen Scheins. Ich fristete ein Schattendasein im Glamour meines Stiefbruders. Charly bekam alles, ich nichts. Ich diente anfangs nur als billige Arbeitskraft … Kam ich von der Schule nach Hause, musste ich entweder im Hotel helfen oder den Haushalt schmeissen. Dabei hätte ich so gern eine gute Schule besucht und studiert …» Giulia hielt abrupt inne, als wäre sie sich erst jetzt bewusst, dass sie bereits zu viel erzählt hatte.

«Du hättest dich wehren müssen.»

«Gegen Charly? Ich mochte ihn. Mit der Zeit habe ich eine echte Zuneigung zu ihm entwickelt. Als ich zur Schule ging, beschützte er mich. Ich galt als Aussenseiterin auf dem Pausenplatz, wurde oft gemobbt. Charly verprügelte jede und jeden, der mir verbal und auch sonst zu nahe kam. Ich bin ihm einiges schuldig.»

«Hat sich denn deine Adoptivmutter nicht um dich gekümmert?»

«Ganz am Anfang schon. Später erniedrigte sie mich, wo sie konnte …»

«Du hättest dich wehren sollen, es der Behörde melden …» Noch bevor ich den Satz fertig gesprochen hatte, ahnte ich, dass das für Giulia nicht möglich gewesen war. Sie musste eine so grosse Angst vor dem Wiederverlassenwerden gehabt haben, dass sie die Schmach über sich ergehen liess. Mir war nur nicht klar, weshalb das Ehepaar Waser überhaupt diese Adoption wollte. War da etwa Geld im Spiel gewesen?

Ich wiederholte die Frage von vorhin.

«Wir haben lange darüber diskutiert. Charly fand, dass ich es verdient hätte, eine Waser zu werden. Seine Eltern hörten auf ihn. Sie mussten Formulare ausfüllen, ich musste bei der Behörde vorsprechen. Ich sagte nicht die Wahrheit, weil ich ein Zuhause wollte, eine Sicherheit, eine Familie …» Giulia seufzte. «Leider wurde ich auch nach der Adoption nicht besser behandelt. Meine Eltern arbeiteten fast Tag und Nacht. Ich war auf Charly angewiesen. Der ging dann ins Ausland. Eines Tages bin ich abgehauen. Nach der Realschule arbeitete ich während drei Jahren zu hundertzwanzig Prozent in den Hotels meiner Adoptiveltern. Als ich siebzehn wurde, schmiss ich alles hin, weil es mir zu viel wurde. Ich ging nach Zürich. Dort brachte ich mich mit Gelegenheitsjobs einigermassen über die Runden. Ich wohnte in einer WG, sehr bescheiden. Dabei hätte ich so gern studiert», wiederholte sie. «Ich bin nicht dumm … glaube mir.»

Es kam mir ein wenig suspekt vor.

«Du bist noch jung. Du hast alles noch in der Hand», tröstete ich sie.

Giulia senkte ihren Blick. «Ich weiss, dass ich darüber hinwegkommen muss. Es fällt mir allerdings schwer. Was in dieser Nacht geschah, kann ich nicht einfach wegstecken.»

Ihre Vergewaltigung, sinnierte ich. Da würde sie noch einiges verarbeiten müssen. Ich wollte nicht explizit darauf zu sprechen kommen.

«Wie war dein Verhältnis zu Khalid?»

«Verhältnis? Da war kein Verhältnis. Wir mochten uns. Vor einem Jahr haben wir uns näher kennengelernt.»

«Du warst vor einem Jahr bereits wieder in Davos?»
«Nur kurz über das WEF. Ich hatte mich damals ad hoc als Serviceaushilfe im Belle Epoque beworben. Dort lernte ich ihn kennen.»
«Hat er sich an dich herangemacht?»
Giulia schwieg, weil die Tür aufging und Margareta erneut ins Zimmer kam. Hinter ihr tauchten zwei Ärzte auf. Ich wusste, dass meine Zeit nun abgelaufen war. Ich drückte Giulia die Hand. «Werden wir uns wiedersehen, wenn du gesund bist? Du musst mir deine Geschichte noch zu Ende erzählen.»
Giulia sank ins Kissen. Ich befürchtete, dass sie im Angesicht der Ärzte wieder lethargisch wurde. Vielleicht wäre sie mit einer Ärztin besser bedient gewesen, nach allem, was ihr widerfahren war. Ich verabschiedete mich, ging nach draussen.
Ein seltsames Gefühl kehrte zurück.

ACHTZEHN

Allmählich gelang es mir, mir einen Reim darauf machen, was in der verhängnisvollen Nacht geschehen war. Giulia war die Schlüsselfigur, des Rätsels Lösung. Meine Rettung vielleicht. Ich fragte mich, warum ich nicht schon früher darauf gekommen war. Doch nichts hatte darauf hingedeutet, als ich Giulia vor drei Tagen kennenlernte. Kein Hinweis, dass die halb erfrorene Frau auf dem Davosersee Opfer einer Gewalttat geworden war, die sich möglicherweise in Charlys Haus zugetragen hatte. Als man Giulia gefunden hatte, waren mehr als zwei Tage vergangen.

Vielleicht irrte ich mich auch. Ich suchte noch immer nach einer Erklärung, nach Zusammenhängen und einer optimalen Auflösung.

Damit, dass ich nichts mit Khalids Tod zu tun hatte, wollte ich zu hundert Prozent sicher sein.

Hatte Giulia etwa …?

Warum war sie überhaupt beim Davosersee gewesen? Ausgerechnet *auf* dem See? Was hatte sie dort gesucht?

Wie lange war sie schon dort gewesen, bevor aufmerksame Menschen sie fanden? Die Temperaturen lagen seit Tagen konstant unter der Nullgradgrenze. Der See war seit Anfang Januar zugefroren. Man konnte darauf gehen oder eislaufen. Es gab sogar ein planiertes Eisfeld.

Keine undichte Stelle. Keine Löcher. Die Eisdicke wurde täglich kontrolliert.

Was hatte Giulia dort gesucht? Oder hatte sie sich versteckt? Auf dem Davosersee? Aber vor wem?

Ich musste mit Dario reden. Ich wollte in Erfahrung bringen, was es mit Giulia auf sich hatte.

***

Die Schneeräumfahrzeuge waren unterwegs. Tonnen von Schnee schoben sie von den Strassen. Während ich im Spital gewesen war, hatte es ununterbrochen weitergeschneit. Der Himmel spuckte Eiskonfetti aus. Es reichte, um innerhalb kurzer Zeit die Landschaft unter sich zu begraben.

Ich schlug den Kragen hoch, zog meine Mütze tief ins Gesicht und machte mich auf den Weg zu Valerios Wohnung. Bei jedem Atemstoss bildete sich eine Wolke vor meinem Gesicht.

Die Gegend war wie in Watte gepackt. Jeglicher Laut versank. Es herrschte eine beinahe gespenstische Ruhe.

Keine Polizeipatrouillen mehr, keine Soldaten, keine Absperrungen und Wälle. Jedoch fehlten auch die Menschen auf den Strassen. Davos schien heute wie ausgestorben.

Wieder zu Hause setzte ich mich ans MacBook. Auf der Suchmaschine gab ich Charly Waser ein und fand mich erneut in einem kaum zu ermessenden Informationschaos über seine Person. Geboren 1989 als Karl Arnold Waser, Sohn des Arnold Waser und der Helena Waser, geborene Flütsch. Ich kopierte die Namen der Eltern und gab sie auf der Suchmaschine ein, in der Hoffnung, etwas über sie zu finden und zu erfahren. Es existierte ein Eintrag, als sie die Vollwaise Giulia Barandun, geboren in Flims, adoptiert hatten. Gesichter waren keine abgebildet, aber ein paar Hinweise auf ihren Lebenslauf mit Verweis auf diverse Links, unter anderem zu einem Handelsregistereintrag, der sie als Besitzer zweier Hotels in Davos und Klosters auswies sowie eines Schlösslis in Fläsch.

Seit vier Jahren lebten sie in der Nähe von Calgary. Vielleicht hatte Giulia sie nie wirklich interessiert. Es musste andere Gründe gegeben haben als Elternliebe, um ein Mädchen wie Giulia unter ihre Obhut zu nehmen. Ich würde es wohl nie herausfinden. War es überhaupt wichtig für mich?

Ich schrieb die neuen Namen an die Pinnwand. Zog Verbindungslinien zu Khalid und fand im Nachhinein, dass doch alles zu sehr an den Haaren herbeigezogen war. Giulia war seit sechs Jahren volljährig. Weder hatte sie gegenüber ihren Adoptiveltern noch die Wasers gegenüber ihrer Tochter Verpflichtungen. Und so wie Giulia mir das Verhältnis vor allem gegenüber ihrer Mutter beschrieben hatte, war auch niemand unglücklich gewesen, als Giulia ausriss, obwohl sie damals erst siebzehn gewesen war.

Ich wusste eines: Giulia war in der Nacht von Dienstag auf

den Mittwoch bei ihrem Stiefbruder gewesen. Dass Khalid mit mir dorthin ging, war vielleicht eine abgekartete Sache gewesen. Hätte er mich nicht getroffen, wäre er genauso dorthin gelangt, um Giulia zu treffen.

Wer ausser Charly hatte davon Kenntnis gehabt? Hatte sich bereits im Postillon etwas angebahnt, worauf ich absolut keinen Einfluss hatte? War ich durch Zufall in etwas hineingeraten, das mir nun angelastet wurde? Offen blieb auch die Frage, wer meinen Schal an sich genommen und ihn in Khalids Zimmer deponiert hatte.

Was war bei Charly geschehen?

Warum hatten die Zeugen, sofern sie zur Tatzeit im Besitz ihrer geistigen Zurechnungsfähigkeit gewesen waren, mich quasi als einzige in Frage kommende Person gesehen, die mit Khalid wegging? Die Polizei sagte etwas anderes. Khalid war gar nicht weggegangen. Und Martina hatte Khalid vor einer Zimmertür stehen sehen. Zu diesem Zeitpunkt musste ich Charlys Haus bereits verlassen haben. Oder hatte auch ich ihn dort stehen sehen, als Charly mir eines der Zimmer gezeigt hatte?

Bildete ich mir alles nur ein? Das Gehirn hat einstweilen eine eigene Dynamik, um Bilder zu verarbeiten. Oftmals tauchen sie in einer verfälschten Form im Unterbewusstsein wieder auf. Es war möglich, dass mein eigener Verstand mich narrte.

Vielleicht war ich auch später als um Mitternacht aus dem Haus gegangen. Ich hatte mich auf den Weg zu Valerios Wohnung gemacht, in der Nähe des Bahnhofs musste es mir so schlecht gewesen sein, dass ich mich hinsetzte. Wenn vielleicht nur eine Stunde in meinem Bewusstsein statt der vermuteten drei fehlte, sah alles ganz anders aus. Ich zog sogar in Betracht, dass ich bis zum Bahnhof noch einigermassen intakt gewesen war. Dass erst die Vermutungen und Aussagen der mutmasslichen Zeugen mich in diesen Irrsinn katapultiert hatten.

Dass ich im Grunde genau wusste, dass ich nichts mit Khalid zu tun gehabt hatte.

Ursina und Sidonia hatten gelogen. Oder sie waren selbst so zugedröhnt gewesen, dass sie sich in ihrer Phantasie überboten.

Vielleicht war ich tatsächlich einer Verschwörung aufgehockt.

Ich musste Charly Waser finden.

Ich rief Dario an.

«Allegra! Wie schön, von dir zu hören.» So klang ein Verliebter, seine Stimme zuckersüss.

Mich durchströmte ein zärtliches Gefühl.

«Weisst du etwas über Charly Waser? Nachdem ihr sein Haus konfisziert habt, weisst du, wo er hingegangen ist?»

Dario druckste herum. «Ich dürfte es dir nicht sagen, er sitzt in U-Haft.»

«Ach, liegt etwas gegen ihn vor?»

«Das Labor hat uns bestätigt, dass Khalid in einem der Zimmer gewesen ist. Das Blut, das auf dem Boden sichergestellt wurde, stammt von Khalid. Jetzt steht zu hundert Prozent fest, dass Khalid in Wasers Haus verletzt wurde.»

«Du wiederholst dich.»

Dario räusperte sich. «Ob er dort auch starb, ist noch umstritten. Möglich wäre, dass ihm die tödliche Schädelfraktur erst später zugefügt wurde.»

«Er könnte auch einfach nur bewusstlos gewesen sein, als man ihn beim Bärentritt aus dem Zug warf», mutmasste ich.

«Das kann man definitiv ausschliessen.» Dario zögerte wieder. «Allegra, hör zu, ich habe dir schon zu viel gesagt. Ich könnte Schwierigkeiten bekommen.»

«Du brauchst nichts zu befürchten. Ich halte dicht. Können wir uns treffen? Ich habe auch einiges, das ich loswerden möchte.»

«Du machst es spannend.»

«Hast du Zeit?», fragte ich.

«Um vier Uhr in der Ex?»

Ich überwand mich. «Okay, um vier Uhr in der Ex.» Ich drückte Dario weg.

***

Es schneite weiter. Als ich aus dem Haus trat, glaubte ich, in der weissen Pracht zu ertrinken. Ich erinnerte mich nicht, wann es das letzte Mal in Davos so viel Schnee auf einmal gegeben hatte. Auf dem Weg Richtung Bahnhof sah ich wie durch einen Schleier die Rhätische Bahn von Davos Dorf herkommend einfahren. Die vor der Lok angebrachte Fräse schleuderte eine Unmenge Schnee zur Seite.

Ich keuchte den Rathausstutz hoch und kam mir vor wie Sisyphus. Kaum hatte ich zwei Schritte getan, rutschte ich einen zurück. Unter dem Schnee lag das blanke Eis. Ich verwünschte meine Moonboots, deren Profil die besten Zeiten hinter sich hatte.

Auf der Promenade waren nur wenige Leute unterwegs. Die Autos fuhren im Schritttempo an mir vorbei. Die Räumfahrzeuge kamen mit ihrer Arbeit nicht nach. Einzig die Kinder schien es zu freuen. Sie kreischten mit ihresgleichen um die Wette und bewarfen sich mit Schneebällen.

Vor der Ex-Bar schüttelte ich mir den Schnee von der Mütze und klopfte die Boots an den Treppenstufen ab.

Dario stand in der Nähe der Tür an einem runden Tischchen und flirtete mit der Serviceangestellten, die ein Bier vor ihn hinstellte. Ich liess die Einrichtung auf mich einwirken. Seit ich die Ex-Bar das letzte Mal besucht hatte, hatte sich einiges verändert. Aus Töpfen wuchsen unechte Palmen, die den Hauch von Südsee oder Karibik vermitteln sollten. Girlanden und vergessene Weihnachtsbeleuchtungen baumelten von der Decke. Alles in allem ein kunterbuntes Durcheinander von Requisiten, die der Besitzer im Laufe der Zeit zusammengetragen hatte. Ein Remix aus angesagten und vergangenen Hits flutete durch den Raum. Es roch nach abgestandenem Bier.

Ich stellte mich neben Dario, der mich noch immer nicht bemerkt hatte, zu sehr war er mit der Serviceangestellten beschäftigt, die er offenbar gut kannte. Sie unterhielten sich über das Wetter.

«Hallo.» Ich legte meine Handschuhe auf den Tisch und hauchte in meine eiskalten Hände.

Dario zog mich an sich. Wir küssten uns unter dem staunenden Blick der Serviceangestellten.

«Das ist Allegra, meine Freundin», stellte Dario uns einander vor. «Allegra, das ist Maxie, die Tochter meines Chefs.»

Ich hatte nicht gewusst, dass Müller eine so reizende Tochter hatte. Maxie kam überhaupt nicht nach ihrem Vater. Nur die Augen verleugneten den Verwandtschaftsgrad nicht.

Ich bestellte eine heisse Ovomaltine.

«Das wäre eine gute Partie», frotzelte ich, als Maxie Richtung Theke ging.

«Nicht mein Typ. Zudem ist sie zu jung.» Dario küsste mich aufs Ohr. «Ich habe auf dich gewartet. Da blieb mir keine Zeit für andere …»

«Im Übertreiben bist du ein Weltmeister.» Ich küsste ihn auf die Wange. Sie fühlte sich trotz der Kälte draussen heiss und fiebrig an. «Meinst du, wir können uns hier drin über unsere Ermittlungen unterhalten?»

«Jetzt sind es schon *unsere* Ermittlungen.» Dario trank vom Bier und wischte sich den Schaum von den Lippen. «Was hast du herausgefunden?»

«Ich war heute im Spital. Ich habe dort Giulia Waser getroffen.»

«Die Halberfrorene vom Davosersee.» Darios Blicke verloren sich auf dem Podest, wo für gewöhnlich ein DJ Musik auflegte. «Seit heute Morgen früh wissen wir, wer sie ist.»

«Hast du gewusst, dass Charly Waser eine Schwester hat?»

«Ja, aber ich mochte mich nicht an sie erinnern. Sie verliess früh ihr Elternhaus. Sie war ja adoptiert.»

«Keine sehr glückliche Adoption.»

«Ich kann mich dazu nicht äussern, weil ich die familiären Umstände nicht kenne.»

«Und zu Charly hattest du Kontakt?»

Dario wehrte ab. «Nein. In dieser Liga spiele ich nicht.»

Ich nahm Darios Gedanken auf. «Diese Liga könnte die Davoser Polizei schon mal auf den Plan gerufen haben.»

«Nicht dass ich wüsste.»

«Auch nicht im Zusammenhang mit Drogen?»

«Es gab vor Jahren mal eine Razzia bei Waser. Aber das war Sache der Drogenfahndung. Mich tangierte das nicht.»

«Als Khalid vermisst wurde, wusste man, dass er bei Waser gewesen war. Charly ist, wie du eben gesagt hast, kein unbeschriebenes Blatt. Warum wurde ich zuerst verdächtigt, mit Khalids Verschwinden in Verbindung zu stehen, und nicht Waser?»

«Wir leuchteten damals jedes Verdachtsmoment aus. Auch Wasers Vergangenheit. Aber ich gebe zu, dass die Polizei die Angelegenheit falsch interpretiert hatte. Zudem gab es immer noch die Zeugen …»

«… die meines Erachtens im Kollektiv eine Falschaussage gemacht hatten.»

Maxie brachte mir die Ovomaltine. «Dich kenne ich doch», sagte sie, als hätte sie beim Zubereiten des Getränks überlegt, wo sie mich schon einmal gesehen hatte. «Warst du nicht bei Waser?»

Ich riss das Päckchen mit dem Ovopulver auf und schüttete den Inhalt in die geschäumte Milch.

«Bringe mir jemanden, der nicht bei Waser war. Worauf willst du hinaus?» Ich musste vorsichtig sein.

«In der Dienstagnacht war's», sagte Maxie. «Ich erinnere mich, weil du so aufgedreht warst. Beim Tanzen meine ich.» Sie lächelte.

«Erinnerst du dich auch an Khalid?»

«Wer ist das?» Maxie sah mich entgeistert an.

«Dunkler Typ, schwarze Haare, schwarze Augen. Trug Jeans und ein graues Hemd.»

«Nein», sagte Maxie. «Keine Ahnung. Er muss nach mir zur Party gekommen sein. Ich blieb ja auch nicht lange.»

«Wie war das? Ich kam mit Khalid zur Party. Du sahst mich beim Tanzen, obwohl du nicht lange dort gewesen bist … Das geht nicht ganz auf.»

Maxie verdrehte ihre Augen. «Ach, was weiss ich. Es ging eh drunter und drüber. Zudem habe ich nicht auf die Uhr geschaut …»

Ich sah Maxie nach, als sie zum Buffet zurückkehrte.

Ich wandte mich an Dario. «Habt ihr sie auch befragt?»

«Ja, auch sie. Müller war nicht sehr glücklich, dass sie dort gewesen war. Aber sie versicherte ihm, dass sie keine Drogen konsumiert hatte.»

Ich liess es dabei bewenden. Falls Maxie eine brauchbare Zeugin gewesen wäre, hätte Dario es mir bestimmt gesagt.

«Was weisst du über Giulia?»

«Nur das, was wir seit ihrem Auffinden in Erfahrung gebracht haben.»

«Warum war Giulia auf dem Davosersee?» Ich rührte die Milch um.

«Wir wissen nichts Genaues. Aber heute Nachmittag wird eine Psychologin sie in die Mangel nehmen.»

«Das klingt so, als würde sie die junge Frau nicht gerade mit Samthandschuhen anfassen. Könnte es sein, dass es da einen Zusammenhang gibt zwischen Khalids Tod und Giulia?» Ich schlürfte das heisse Getränk.

«Warum meinst du?» Dario sah mich mit unergründlichen Augen an.

«Weil ich mir die Frage stelle, warum eine Frau sich auf den gefrorenen See legt. Ich meine, dass sie sich absichtlich dorthin gelegt hatte, vorsätzlich sozusagen. Wenn ich friere, so suche ich mir einen warmen Unterstand. Wir haben ja zum Glück ganz natürliche Reflexe in uns.» Ich hatte das Gefühl, Dario verschwieg mir etwas. «Ist es möglich, dass Giulia sich umbringen wollte? Nebst einer Mitarbeiterin im Spital hat Giulia nämlich so Andeutungen gemacht, dass in der besagten Nacht bei Waser etwas sehr Schlimmes geschehen war. Vielleicht wurde sie dort vergewaltigt.»

«Das hat sie dir gesagt?»

«Nicht mit Gewalt bringt man die Leute zum Reden.» Ich lächelte in mich hinein, als ich Darios aufgerissene Augen sah.

Dario wandte sich vom Tisch ab. Es sah aus, als tänzelte er um seine eigene Achse. «Verdammt, Allegra, warum erfahre ich das erst jetzt?»

«Ich gehe davon aus, dass das in den Akten steht. Hast du sie nicht eingesehen?»

Dario schluckte leer. «Ich habe im Moment einfach zu viel um die Ohren.»

«Das ist grob fahrlässig.»

Dario kniff den Mund zusammen. Sein Blick verriet mir, dass er über seine Unterlassungssünde nachdachte. «Das könnte ein Motiv sein.»

«Noch kenne ich die Wahrheit nicht. Wir wurden unterbrochen, als Giulia mir davon erzählen wollte.» Ich trank wieder einen Schluck Ovomaltine. Dario kehrte zum Tisch zurück.

«Gesetzt den Fall», nahm ich den Faden wieder auf, «Khalid hat Giulia vergewaltigt, muss jemand ihn in flagranti erwischt haben … Es kam zum Streit, zum Handgemenge. Der Retter warf Khalid auf die Tischkante … Sag mal, hat Köbi Marugg einen Namen genannt?»

«Er hat nur gestanden, dass er auf Geheiss hin den Zug im Tunnel angehalten hatte. Er fürchtet um das Leben seiner Familie, wenn das auskommt, dass er gepetzt hat.» Dario spielte mit dem leeren Bierglas.

«Ihr vermutet, dass Waser selbst dahinterstecken könnte?»

«Vielleicht war er es, der seiner Schwester zu Hilfe gekommen ist. Aber solange er es abstreitet, haben wir nichts gegen ihn in der Hand. Er hat bereits seinen Anwalt aufgeboten. Waser hüllt sich in Schweigen. Wir müssen ihn aus der U-Haft entlassen.»

«Seine Vergangenheit», hielt ich mich an meiner eigenen Theorie fest.

«Seine Vergangenheit», hakte Dario nach, «lässt den Schluss nicht zu.»

«Welchen Schluss?»

«Dass er vielleicht der Täter ist. Er ist ein Kleinkrimineller, der kaum mit grobem Geschütz auffährt.»

«Wenn die Umstände danach verlangten …»

«Ich weiss nicht.»

«Der Täter muss in Wasers Haus gewesen sein. Vielleicht war es ein Unfall.»

«Bevor wir mit den Spekulationen fortfahren, müssen wir die letzten Auswertungen des Labors abwarten.»

«Was tun wir bis dahin?» Ich nickte gegen die Fensterfront. «Es sieht nicht danach aus, als könnten wir in den nächsten Tagen aufs Jakobshorn.»

«Wie im Märchen», lächelte Dario. «Wir spielen doch einfach Schneewittchen.»

«Und wie soll das gehen?»

«Ich küsse dich aus dem Schlaf.»

NEUNZEHN

Frühmorgens weckten mich die Schneeräumfahrzeuge. Ich ging davon aus, dass es die ganze Nacht ununterbrochen weitergeschneit hatte. Eigentlich hatten Dario und ich am Abend in seine Wohnung an der Alexander-Spengler-Strasse gehen wollen. Doch der Landammann hatte aufgrund eines Gefahrenhinweises des Schnee- und Lawinenforschungsinstituts Weissfluhjoch eine Evakuation angeordnet. Der Hang hinter den Häuserreihen war lawinengefährdet. Den Bewohnern wurde die Aula der Schweizerischen Alpinen Mittelschule als Notunterkunft zur Verfügung gestellt, bis sich die Situation beruhigt hatte. Da zogen wir Valerios Wohnung vor.

Dario schlief noch immer.

Ich ging ins Wohnzimmer und sah hinunter auf die Strasse. Es schneite, weniger zwar als noch gestern. Aber es sah nicht danach aus, als würde sich die Wetterlage heute ändern. Im schwachen Licht der Strassenlampen tanzten die Flocken wie Plankton in einem aufgewühlten Meer. Halb sechs an diesem Donnerstag, und ich hatte mir so viel vorgenommen. Adelina stand zuoberst auf meiner Pendenzenliste. Ich musste noch einmal mit ihr reden. Die Sache mit der teuren Uhr war noch nicht ausgestanden.

Nach dem Frühstück verabschiedete sich Dario. Er hatte wieder Dienst. Ich verübelte es ihm nicht. Im Gegenteil, es kam mir gelegen. So konnte ich reinen Gewissens meinen eigenen Aufgaben nachgehen.

Das Belle Epoque sah gespenstisch aus. Durch das Schneenieseln und die grauen Nebelschwaden wirkten die Fassaden schummrig, die einzeln beleuchteten Fenster wie Augen, die mich auf meinem Gang über die Zufahrtstrasse anstarrten. Vor dem Eingang schaufelten zwei Bedienstete den Weg von Schnee frei, Totengräbern in einem Gruselschocker gleich.

Die Rezeption war in ein diffuses Licht getaucht. Alles in allem vermittelte das Hotel nicht mehr den Glamour der vergangenen

Tage. Es schien, als ruhte es sich aus, als atmete es durch bis zum nächsten Ansturm.

Ich begrüsste den Empfangschef und verlangte nach Adelina. Der livrierte Herr rief die Gouvernante an und kam kurz darauf zu mir zurück. «Frau Brenner sagt, dass Adelina heute nicht zur Arbeit erschienen sei. Adelina sei seit zwei Tagen krankgemeldet.»

«Wo logiert sie denn?»

«Wir haben ein Personalhaus am Rosenhügelweg. Wenn Sie jetzt rausgehen, so gelangen Sie über die Obere Strasse dorthin. Es ist die erste Strasse auf der rechten Seite. Dann gehen Sie etwa zweihundert Meter weiter. Unsere Mitarbeiter wohnen im Haus ‹Merlinde›. Sie können es nicht verfehlen. Es hat eine hellgelbe Fassade.»

Ich bedankte mich und ging wieder nach draussen. Im endlich nachlassenden Schneegestöber machte ich mich auf den Weg zum Rosenhügel.

Das Personalhaus unterschied sich unwesentlich vom Stil des Hotels. Es war einfach nur ungepflegter und windschiefer und hatte in den letzten Jahren kaum eine Renovation bekommen. Aufgrund des vielen Schnees auf dem Giebeldach und rund um das Gebäude herum hinterliess es einen weit besseren Eindruck als in Wirklichkeit. Zwei mit meterhohem Schnee gefüllte Terrakottatöpfe zierten den Eingang. Hinter Säulen, an denen die Patina ihre untrüglichen Muster gezeichnet hatte, befand sich eine Tür, über deren Milchglasscheiben sich ein Klebeband zog und behelfsmässig das defekte Glas zusammenhielt. Ich stiess die Tür auf, denn verschlossen war sie nicht. Ich gelangte in ein kaltes Treppenhaus, in dem es nach etwas Undefinierbarem, jedoch nicht sehr Angenehmem roch. Ich stieg eine knarzende Treppe hoch, auf der schon Leute hochgestiegen waren, die längst nicht mehr lebten. Wurmlöcher und Risse überzogen die Stufen.

Es gab vier Stockwerke.

Ich besah mir die Namensschilder, die anhand ihres Zustandes mehr über die Bewohner aussagten, als ihnen lieb war. Auf der dritten Etage wurde ich fündig. «Belle Epoque» stand geschrieben, in einer verschnörkelten Schrift. Ich drehte an einem Hebel, der sich als altertümliche Glocke entpuppte. Es gab einen metallenen, schrillen Klang. Wenig später wurde die Tür geöffnet, und ein Schwall Zigarettenrauch wehte mir entgegen. Im Nebel der ausgestossenen Nikotinfahne erkannte ich das Gesicht einer Hotelangestellten, die ich in der Kantine schon gesehen hatte. Eine unscheinbare, kleine Frau um die vierzig, an der die Farbe Grau dominierte. Ihre Bekleidung, ihr Gesicht, das Haar. Grau ihre Augen. Sie kam mir wie ein Mäuschen vor, das sich von der Welt dort draussen abschottete.

«Dich kenne ich», begrüsste sie mich freundlich. «Warst du nicht mit Mikkel neulich im Belle Epoque? Hallo, ich bin Laguna Colorada. Komm rein.» Ihr Name allerdings blühte in den schönsten Farben. Ich fragte mich, weshalb eine Frau wie sie zu so einem Namen gekommen war, nach dem eigentlich ein See in den Anden benannt war.

«Ich will nicht stören. Ich müsste nur mal zu Adelina. Man hat mir gesagt, sie sei krank.»

«Adelina ist nicht hier.»

«Aber sie hat hier ihr Zimmer.»

«Hat sie. Nur ist sie nicht da», wiederholte Laguna.

Sie schritt voraus in eine Küche zum Schüttstein, den ich ob des Durcheinanders an gebrauchtem Geschirr nicht wirklich sah. Laguna drückte den Zigarettenstummel in einer Tasse aus.

«Ich muss noch abwaschen», sagte sie, als sie mich das Durcheinander betrachten sah.

«Was hat sie denn gesagt, wohin sie geht?»

«Ich weiss nicht. Sie kam vor drei Tagen hierher, ging in ihr Zimmer und kam wenig später mit einem Koffer und einer Reisetasche wieder zurück. Sie verliess das Haus, ohne etwas zu sagen.»

Das sah ganz nach überstürzter Abreise aus. Oder nach Flucht?

«Vor drei Tagen, sagtest du?» Das musste unmittelbar nach meinem Besuch im Belle Epoque gewesen sein.

«Ist dir etwas Aussergewöhnliches an ihr aufgefallen, bevor sie wegging?»

«Aufgefallen? Natürlich ist mir etwas aufgefallen. Nicht nur mir. Adelina prahlte mit einer sündhaft teuren Uhr. Weiss der Kuckuck, woher sie diese hatte. Für ein Mädchen wie sie ist es schlicht nicht möglich, sich eine solche Luxusuhr zu leisten, ausser sie hätte im Lotto gewonnen.»

«Ich weiss um diese Uhr. Adelina erzählte mir, dass sie ein Geschenk für ihren Vater sei.»

«Eine Damenuhr?»

«Hast du eine Ahnung, woher Adelina das Geld hat?»

«Weiss nicht. Sie hatte sich in den letzten Tagen sehr verändert, ist arroganter geworden. Meinte, sie sei etwas Besseres.»

«Und du kannst dir nicht vorstellen, wohin sie gegangen sein könnte?»

Laguna schüttelte energisch den Kopf. «Nein, tut mir leid. Keinen blassen Schimmer.»

«Hm, das ist sonderbar», dachte ich laut. «Hat sie Freunde hier in Davos?»

«Nicht dass ich wüsste. Vielleicht Freunde im Hotel … eventuell ausserhalb? Die kann man vergessen, wenn man in der Gastronomie arbeitet.» Laguna krauste ihre Stirn. «Mikkel vielleicht? Ich sah sie ein paarmal zusammen ausgehen. Kann mich auch irren.»

Als ich die Treppe runterstieg, glaubte ich, es ziehe mir den Boden unter den Füssen weg. Ich rügte mich dafür, dass ich nicht eher reagiert hatte. Adelina war verschwunden. Entweder wusste sie zu viel, oder sie hatte auf einmal Angst bekommen.

Ich rief Dario an und erzählte ihm von meinem Tritt ins Leere. Er allerdings meinte, dass man gleich eine Fahndung herausgeben würde. Er war kurz angebunden, wohl auch unter Druck. Mein Alleingang war für ihn nicht verständlich. Das gab er mir auch zu bedenken. Ich versuchte, mich aus der Situation zu reden. «Solange ich verdächtigt werde, kannst du Gift darauf nehmen, dass ich auf eigene Faust recherchiere.» Im Moment, als ich es ausgesprochen hatte, wusste ich, dass ich es bis zum Ende durchziehen wollte.

«Ich wäre froh, wenn du auf dem Posten vorbeikommen könntest», sagte Dario. «Wir brauchen eine Beschreibung.»

«Den Besuch bei euch kann ich mir ersparen. Ich kenne ja nicht einmal ihren Nachnamen, geschweige denn ihren Geburtstag.»

«Gut, ich werde mich anderweitig umhören.» Dario hängte auf.

Ich nahm mir vor, mich an Charlys Fersen zu heften.

Da man ihn in Davos wie keinen andern kannte, erhoffte ich mir aus verschiedenen Richtungen Hilfe.

Wieder zu Hause, suchte ich die beiden Hotels über das Internet, die die Familie Waser verpachtet hatte. Eines stand in Davos Dorf, das andere in Klosters.

***

Von oben gesehen, sah man Klosters nicht wirklich. Das Dorf lag unter einer kompakten Schneehaube. Die Fahrt dorthin glich einer Rutschpartie. Im ersten Gang und im Schritttempo tuckerte ich über die Prättigauerstrasse und war froh, endlich den Tunnel zu erreichen. Inzwischen hatte der Himmel aufgeklart, und das ganze Ausmass der Schneemengen wurde ersichtlich. Vielerorts waren Haufen in biblischem Ausmass von den Strassen geschoben worden. Meterhohe Berge verhinderten die Sicht auf etwelche Zufahrtswege. Die Stöcke, die man vor Saisonbeginn an den Strassenrändern eingeschlagen hatte, versanken bis zur roten Markierung.

Das Hotel Valsiana war mit fünf Sternen ausgezeichnet und stand im Zentrum von Klosters Platz. Es war im Chaletstil erbaut und wirkte rustikal. Es erinnerte an die Hotels in Colorado. Viel Holz, schön verzierte Fassaden, die jetzt wie eingezuckert aussahen. Auf den Fensterrahmen lag unberührter Schnee, als hätte jemand einen Wusch Watte dorthin gestopft. Hinter den Scheiben flimmerte es honiggelb.

Ich setzte den Wagen direkt vor dem Hotel unmittelbar in einen Schneehaufen hinein.

Durch einen offenen Bogen gelangte ich zur Rezeption. Ein Mann mittleren Alters in einem dunklen Anzug besprach etwas mit einer Köchin. Der Patron persönlich, nahm ich an. Eine Sekretärin sass vor dem PC und starrte auf den Monitor. Ansonsten begegnete ich keiner Menschenseele.

Ich wartete im Schatten einer Statue, die einer Giacometti-Skulptur zum Verwechseln ähnlich sah. Nachdem der Mann die Köchin verabschiedet hatte, trat ich vor den Empfangstresen und stellte mich mit meinem Namen vor.

Der Mann musterte mich gar wunderlich und sah auf den Boden, auf dem sich eine Schneespur bis zur Tür zog. «Draussen hat es einen Besen, um sich die Schuhe abzuwischen», sagte er.

«Albert Meng», stellte er sich vor. «Aber den Besen haben Sie sicher übersehen.» Erst jetzt schenkte er mir ein Lächeln. «Nasse Fussböden stellen eine Gefahr dar. Was kann ich für Sie tun?»

Ein Humorist.

Dass ich nicht wegen einer Zimmerbuchung hier stand, sah Meng wohl daran, dass ich kein Gepäck mit mir trug. Vielleicht hatte er mich mit Mams Schrottkiste schon zufahren sehen und seine Schlüsse daraus gezogen.

«Könnte ich Sie unter vier Augen sprechen?» Ich nickte Richtung Sekretärin.

«Wenn es nicht zu umgehen ist.» Meng winkte mich zu sich.

Er war ein gepflegter Herr, gross gewachsen, athletisch und nun mit einem Permanentlachen auf dem Gesicht. Seine Augen waren stetig in Bewegung. Mit einem kontrollierenden Blick hielt er seine Umgebung in Schach. Ihm entging nichts.

«Wir gehen an die Bar», sagte er. «Ist eh noch nicht viel los um diese Zeit. Wegen des unwirtlichen Wetters bleiben die Leute zu Hause, und die Gäste vergnügen sich noch im Hallenbad. Wenn der Schnee nicht bald nachlässt, haben wir hier ein echtes Problem. Zum Teil fahren die Bergbahnen nicht, und einige Pisten sind aufgrund akuter Lawinengefahr gesperrt. Wir sind gefordert, unsere Gäste anderweitig zu unterhalten.»

Die Bar erinnerte mich an einen Kuhstall. Nur roch es hier besser. An der Decke hingen Glocken, an den Wänden allerlei Werkzeug zum Heuen. Die Barhocker sahen aus wie Melkstühle. Auf der Bartheke standen in regelmässigen Abständen mit gedörrten Alpenrosen geschmückte Körbchen. Das Buffet dahinter glich einem Scheunentor, mit verschiedenen Regalen versehen. Eine Vielzahl an alkoholischen Getränken zierte die Regale.

Wir setzten uns auf eine Holzbank, auf der Kuh- und Schaffelle lagen.

Meng musterte mich freundlich und forderte mich zum Sprechen auf.

«Ich suche Charly Waser.»

Meng räusperte sich. Über sein Gesicht huschte ein Schatten. Mit dem Thema Waser hatte er wohl nicht gerechnet. «Charly Waser? Und dann kommen Sie ausgerechnet zu mir?»

«Ich habe erfahren, dass Sie das Hotel Valsiana von der Familie Waser gepachtet haben. Es liegt nahe, dass Sie auch den Sohn kennen.»

«Das ist richtig.» Meng wiegte nachdenklich den Kopf.

Langsam war ich es leid, den Grund zu wiederholen. Im Schnelldurchlauf erzählte ich dennoch meine Geschichte. «Sie haben bestimmt vom Toten beim Bärentritt gelesen», endete ich meine Ausführungen.

«Das war ja nicht zu übersehen. Der Sohn eines arabischen Konsuls soll es gewesen sein. So etwas ist natürlich ein gefundenes Fressen für die Regenbogenpresse. Der Schweizer Boulevard hat dies denn auch ziemlich breitgeschlagen und mit Spekulationen garniert.» Meng kniff die Augen zusammen. «Was hat das mit Charly zu tun?»

Ich enthielt mich einer Antwort. Solange die Kripo ermittelte, durfte ich nichts verlauten lassen. Meng sah mich fragend an. Ich erzählte ihm auch noch den Rest.

«Das ist ja ein Ding.» Meng klopfte mit der Faust auf den Tisch. «Ich werde natürlich den Mund halten. Darauf können Sie sich verlassen, Frau Cadisch. Wenn es Ihnen dienlich ist, kann ich Ihnen einen Blick in sein Zimmer gewähren. Charly hat hier ein Zimmer. Nebst dem Haus in Davos geniesst er uneingeschränkten Zutritt in die beiden Hotels seiner Eltern. Das war der Preis.» Meng erhob sich. «Bitte folgen Sie mir.»

Mit seiner Spontaneität und Hilfsbereitschaft hatte ich zuletzt gerechnet. Offenbar war Charly dem Pächter Meng ein Dorn im Auge. Der Pachtvertrag mit Albert Meng diente bestimmt nur als Zwischenlösung, bis Charly selbst das Ruder übernahm. Vielleicht fürchteten sich seine Eltern davor, er könnte das Hotel in Seenot bringen, und warteten, bis ihr Sohn die Hörner abgestossen hatte und erwachsen wurde.

Charlys Gemach lag im Dachstock. Es war eine Suite, ganz in Holz gehalten und mit den edelsten Materialien ausgestattet. Alles wirkte aufgeräumt und harmonisch. Ausser einem antiken Arvenschrank sah alles ziemlich modern aus. Im Wohnbereich nahmen ein olivfarbenes Sofa und zwei Ohrensessel die Hälfte des Raums ein. Ein achteckiger Salontisch gab dem Ganzen den edlen

Schliff. Ich sah mir den Tisch etwas näher an. Khalid war auf solch eine Kante gefallen oder gestossen worden. Meinen schmerzhaften Stich in der Brust versuchte ich zu verdrängen.

Im Schlafzimmer dominierte ein Boxspringbett mit einer hoch angesetzten Rückwand, die mit demselben Stoff überzogen war wie die Vorhänge. Warmes Licht flutete aus einer indirekten Beleuchtung. Zu perfekt das alles für einen Mann wie Charly.

«Wird diese Suite auch an Gäste vermietet?», wollte ich wissen.

«Nein, die Familie Waser will das nicht. Sie soll ihr immer zur Verfügung stehen, wenn sie in der Schweiz zu Besuch sind.»

«Und Charly bewohnt die Suite regelmässig?»

«Nein, er ist nur ab und zu da. Wenn Sie mich fragen, ist es ein Verhältnisblödsinn. Aber was soll ich machen? Hätte ich die Auflagen nicht akzeptiert, hätte ich das Hotel niemals pachten können.»

«Wie gut kennen Sie Charly Waser?»

Meng schüttelte nachdenklich den Kopf. «Kennen kann man das nicht nennen. Oberflächlich vielleicht», wich er aus. «Ich bekomme den Junior selten zu Gesicht. Manchmal ist er mit ein paar Freunden an der Bar und zeigt sich von seiner grosszügigsten Seite. Ich musste ihn allerdings einmal von der Polizei abholen lassen, weil er nicht wusste, wie kolossal daneben er sich benehmen wollte. Ich darf mir meine Stammgäste nicht vergraulen. Natürlich hatte ich anderntags ein Telefonat aus Kanada im Haus. Erlauben Sie mir, wenn ich das sage: Das Muttersöhnchen hat sich bei seinen Erzeugern beklagt. Ich war froh, hatte ich die Eltern aber auf meiner Seite.»

«Wussten Sie, dass Charly eine Schwester hat?»

«Eine Schwester. Nein, das ist mir nicht bekannt. Er war mal mit einem Mädchen da … warten Sie mal, das war vor nicht langer Zeit. Eine sensible junge Frau … so kam sie mir vor. Sie ging mit Charly aufs Zimmer. Seine Schwester? Eher seine Freundin.» Meng musterte mich eindringlich. «Was ist mit dieser Schwester?»

«Ich hätte gern gewusst, wie das Verhältnis zwischen den beiden ist.»

«Da kann ich Ihnen kaum weiterhelfen.»

«Wie schätzen Sie Charly ein?»

«Sie lassen nie locker.» Meng warf einen Blick ins Badezimmer.

Eine frei stehende Wanne befand sich dort, überdimensioniert mit vergoldeten Armaturen. Es gab zwei Waschbecken und eine Dusche hinter Glas. Ich sah mich ein wenig um. Viel Privates allerdings kam mir nicht unter die Augen. Einzig ein Gestell mit ein paar CDs und DVDs fiel mir auf. Ich sah mir die Scheiben an. Nebst Musik von AC/DC stiess ich auf Horrorfilme älteren Jahrgangs.

«Charly ist ein Mensch, der nicht zum Arbeiten geboren wurde», sagte Meng und bedauerte, mir nicht mehr über ihn berichten zu können.

Ich glaubte, umsonst hierhergekommen zu sein. Ich bedankte mich bei Meng.

«Keine Ursache», meinte er, als er die Tür ins Schloss zog. «Wo fahren Sie jetzt hin?»

«Sie haben meinen Fiat gesehen», schmunzelte ich.

«Ein nicht gerade wintertaugliches Vehikel.»

«Sie werden es kaum glauben», lachte ich, «aber dieses Fossil hat mich noch nie im Stich gelassen.»

Meng drückte mir die Hand. «Wohin geht's?»

«Ich fahre zurück nach Davos», sagte ich, obwohl ich mir vorgenommen hatte, noch einmal bei Maruggs vorbeizuschauen.

Meng hielt mir die Autotür auf, bis ich eingestiegen war. «Seien Sie vorsichtig.»

Ich startete den Motor und brachte die Heizung in Gang.

«Und grüssen Sie mir Davos.»

Ich versuchte, den Wagen aus dem Schneehaufen zu lenken. Die Räder drehten durch. Hätte ich mir denken können. Im Rückspiegel erkannte ich Meng, wie er sich gegen das Heck stützte und mit voller Kraft daranstiess. Es sah ulkig aus – Meng in seinem Massanzug und mit Krawatte. Jetzt hatte er sogar einen roten Kopf vor Anstrengung.

Ich gab Vollgas. Der Motor heulte auf. Meng sah ich nicht mehr im aufspritzenden Schnee. Sein Gesicht verschwand, als hätte es dieses nie gegeben.

***

Bis zur Doggilochstrasse, wo Maruggs wohnten, kam ich einigermassen gut voran. Auch hier hinten türmten sich Berge von Schnee und Eis. Eine Gruppe von Kindern baute gleich eine ganze Zeile Schneemänner. Ich fuhr langsam vor das Zweifamilienhaus, parkte und stieg aus. Seit meinem letzten Besuch hatte sich nichts verändert. Noch immer stand der Kinderwagen vor der Tür, zwei Paar Winterstiefel und ein ausgetrockneter Buchsbaum, der vom Niederschlag gerade noch verschont worden war. Ich läutete. Die Tür wurde aufgerissen.

«Sie?»

Erstaunt waren wir beide. Ich, weil ich Claudia anders in Erinnerung hatte, und Claudia, weil sie wohl jemand anderen erwartet hatte. Dass es ihr nicht gut ging, bemerkte ich an ihrer gebeugten Haltung. Ihre rechte Hand lag auf dem prallen Leib. Mit der linken Hand stützte sie sich jetzt am Türpfosten ab.

«Ich habe ein Taxi bestellt. Ist es noch nicht da?» Claudia warf einen Blick die Strasse entlang. Sie sah aus, als sähe sie ein imaginäres Taxi heranfahren in der apokalyptischen Schneemenge.

«Ich habe niemanden gesehen.»

«Die Wehen haben eingesetzt, und ich erreiche meinen Mann nicht.» Erst jetzt sah sie mich genauer an. Zwischen ihren Augen entstand eine Falte.

Mir fuhr es in alle Knochen. «Wo ist denn Ihre Tochter?»

«Sie ist seit gestern bei meinen Eltern in Küblis.» Claudia versuchte, ruhig zu atmen. Sie hatte sich einen weiten Mantel umgelegt und setzte sich jetzt eine Mütze auf.

«Aber der Kinderwagen steht da.»

«Für den Nachwuchs.» Claudia schenkte mir ein verzerrtes Lächeln.

Neben Claudias Füssen entdeckte ich ein Köfferchen. «Sind Sie denn aufbruchbereit?»

«Was denken *Sie* denn? Sobald das Taxi hier ist, werde ich nach Davos ins Spital fahren.» Claudia schniefte. «Es kann nicht sein, dass es noch nicht hier ist.» Alles schien sich im Moment um das Taxi zu drehen.

Nach ihrem Gesichtsausdruck zu urteilen, überrollte sie gerade eine neue Kontraktion.

Ohne zu überlegen, griff ich nach ihrem Köfferchen. «*Ich* werde Sie nach Davos bringen.»

«*Sie?*» Claudia sah zum Parkplatz, wo der Punto stand. «Mit diesem Wagen dort? Ist der auch fahrtüchtig? Ich weiss nicht, wann es losgeht bei mir. Aber die Wehen kommen bereits in ziemlich kurzen Abständen. Wir sollten also schnell nach Davos.»

Vielleicht hätte sie besser einen Helikopter bestellt.

Ich hatte keine Ahnung von einer Geburt, wusste etwa so viel, wie meine Mam mich darüber aufgeklärt hatte. Solange es mich nicht selbst betraf, hatte ich kein Bedürfnis, mehr darüber zu erfahren. Ich trug das Köfferchen zum Wagen. Claudia schloss die Tür hinter sich und folgte mir. Ich half ihr beim Einsteigen.

«Lieber hinten», sagte Claudia. «Da kann ich mich hinlegen.»

Grosser Gott! Worauf hatte ich mich nur eingelassen?

Ich drehte den Schlüssel. Der Motor sprang sofort an. Ich fuhr los.

Aufwärts kam ich schneller voran als talwärts. Das Profil der Räder hakte sich wie Zähne in den Untergrund. Ich fuhr direkt zur Davoserstrasse. Den Tunnel liess ich aus, denn dieser hätte einen Umweg bedeutet. Ich schwieg, war angespannt. Ein wenig auch neugierig auf dieses Abenteuer, das ich mir soeben auferlegt hatte.

Bis zum Wolfgangpass kam ich gut voran. Kritisch wurde es danach. Ich musste im Schritttempo runterfahren. Ich glitt seitlich in die Schneewechten, riss einmal fast eine Markierung mit. Ich hielt den Atem an. Versuchte, mein Zittern unter Kontrolle zu bringen. Hinter mir lag eine Frau in den Wehen, und ich schleuderte durch die Gegend.

Claudia auf dem Rücksitz wimmerte. Ich getraute mich nicht, sie mit Fragen zu belästigen. Ihren Mann durfte ich schon gar nicht zur Sprache bringen. Sie war nicht wirklich gut auf ihn zu sprechen, denn er liess sie in diesem Moment im Stich. Ich selbst hatte eine grosse Wut auf ihn. Es wäre sein Job gewesen, seiner Frau beizustehen.

«Scheisse!» Claudias Stimme hatte sich verändert.

«Was ist?»

«Die Fruchtblase ist geplatzt!»

Das klang nach Überschwemmung. «Was heisst das?»
«Dass es losgeht.»
«Das muss es nicht zwangsläufig», beruhigte ich, obwohl ich mich damit am meisten selbst beruhigte. Und eine Ahnung? Hatte ich keine.
«Doch, das war schon bei Carina so.» Ich hörte Claudia schwer atmen.
«Es kann auch anders sein diesmal.» Ich überspielte meine Unsicherheit. Ich durfte mir nicht vorstellen, was geschah, wenn Claudia ihr Kind in Mams Wagen zur Welt brachte. Was für ein Szenario!
Mit achtzig Sachen über die Prättigauerstrasse. Dem See entlang. Entgegenkommende Automobilisten gaben mir Lichthupen, zeigten mir den Vogel.
Egal. Es ging um Leben und Tod.
Auf dem Rücksitz stöhnte Claudia. Der Punto schlitterte um die Kurve vor der Galerie. Ich brachte ihn wieder in die Spur.
«Ich kann nicht mehr. Dieser Scheisskerl! Warum tut er mir das an? Dieser elende Scheisskerl! Halt an! Ich vergehe vor Schmerzen. Ich will aussteigen.»
«Das kannst du jetzt nicht. Du kannst nicht aussteigen. Es ist viel zu kalt draussen.» Ich versuchte, Claudia zur Vernunft zu bringen, ohne zu wissen, ob man eine Gebärende überhaupt zur Vernunft bringen konnte. Ich suchte nach dem iPhone, das ich in meine Jackentasche gesteckt hatte. Es war wichtig, dass ich die Leute im Spital benachrichtigte. Jemand musste mir helfen, mir zumindest Anweisungen geben, falls es zur Geburt kam. Ob ich das allein schaffte? Ich bezweifelte es. Andererseits wollte ich nur mehr ins Spital fahren und meine Verantwortung abgeben.
«Du musst es zurückhalten», sagte ich ohne eigentliche Vorstellung, wie sich das in die Praxis umsetzen liess.
«Das geht nicht, du dumme Kuh! Ihr alle seid scheisse …» Claudia wand sich. Sie hatte den letzten Respekt mir gegenüber verloren. «Halt an!» Sie schrie jetzt wie von Sinnen. «Verdammt! Du sollst anhalten!»
«Jetzt reiss dich zusammen!», schrie ich zurück. Ich konnte mir nicht vorstellen, wie sich ihre Schmerzen anfühlten, verspürte kein

Bedürfnis, es wissen zu wollen. Wehen würden einem den Leib spalten, hatte Mam mir erzählt. Es fühle sich an, als würde man ein Messer in Bauch und Rücken rammen. Wenn eine Wehe komme, glaube man, dass sie nicht mehr aufhört. Doch der Schmerz gehe zu Ende, flache ab. Und es sei, als hätte man nie Schmerzen gehabt – bis zur nächsten Kontraktion.

Ich verliess die Galerie. «Wie war das mit deinem Scheisskerl?» Ich musste es versuchen. «Hat er den Zug auf Geheiss hin angehalten oder nicht?» Ich hupte. Ich zwang den Automobilisten vor mir zur Seite und überholte. «Er kennt Charly Waser, nicht wahr?» Ich raste durch Davos Dorf, mit dem steten Hintergedanken, Claudias Zustand ausnutzen zu müssen. Sie würde in dieser Lage die Wahrheit sagen. Der Punto scherte mal links, mal rechts aus. Immer wieder brachte ich ihn auf die Fahrbahn zurück. «Sag's mir!»

Das Kirchner Museum tauchte vor mir auf. Rasch warf ich einen Blick zum Belle Epoque gegenüber. Alles erschien mir fremd. Unwirklich die Frau auf dem Rücksitz, die wieder heftig rebellierte. Sie fluchte, was das Zeug hergab. Vielleicht konnte sie ihre Schmerzen nur auf diese Art ertragen. «Köbi hat's von Anfang an gewusst, dieser Cretin. Ja! Und Charly kennt er auch.»

Ich schoss über die Promenade, gelangte zum alten Postplatz. Nur noch ein paar hundert Meter. Ich schaffte das.

Ich musste es schaffen. «Hat er dafür kassiert?»

Claudia hechelte. «Zwei Kinder sind … teuer.» Und stöhnte. «Es ging nicht anders … Dieser Idiot. Verdammt, das wird er mir büssen …»

Sie schnappte nach Luft. «Ich kann nicht mehr …»

In meinem Kopf tobte ein Gewitter. Schnelle Gedanken wie Blitze. Ich sah über meine Schultern nach hinten. Claudia hatte sich ihrer Umstandshose entledigt. Sie kauerte mit Blick nach hinten auf dem Sitz und hielt sich an der Rückenlehne fest. So wie es sich anhörte, befand sie sich in den Presswehen.

Nein! Nicht jetzt!

Ich hatte mein iPhone nicht gefunden. Dort, wo die Oberstrasse in die Promenade einmündete, passierte ich die Kreuzung. Noch ein paar Meter.

«Wir sind gleich da.» Ich schrie gegen den Rückspiegel, der

sich beschlagen hatte. Ich schrie aus dem Grund, dass ich die Wahrheit aus Claudia herausgepresst hatte, während sie sich in den Presswehen krümmte.

Stolz fühlte sich anders an.

Hinter mir schrie Claudia. Es klang, als müsste sie sich gegen etwas stemmen. Es war diese Kraft in ihrer Stimme, die mich irritierte. Ihr gutturaler Schrei. Einmal, zweimal. Dann war da dieses Geräusch eines aufschlagenden Körpers. Als man mich später danach fragte, erinnerte ich mich nicht, dass es jemals so laut gewesen war, wie ich das in diesem Moment wahrnahm.

Und in den Schrei hatte sich ein kleines, zartes Gurgeln gedrängt.

Ich fuhr auf den Parkplatz beim Spital, bremste behutsam ab und liess den Wagen bis zum Tor zur Notfallstation ausrollen. Ich stellte den Motor ab und legte mein Gesicht ein paar Sekunden aufs Lenkrad. Ich kam mir vor, als hätte soeben *ich* ein Kind geboren. Es hatte mich wahrscheinlich mehr gestresst als die junge Mutter hinter mir.

Ich stiess Luft aus. «Bin gleich wieder da.»

Als ich ausstieg, war ich völlig neben den Schuhen. Aufgeregt sah ich durch die beschlagenen Fenster ins Wageninnere, wo Claudia sich erneut heftig wand. Die Nachgeburt. Der Wagen war im Eimer. Was würde Mam dazu sagen?

Ich eilte zum Eingang, schrie das halbe Spital zusammen. Eine Ärztin, die sich gerade am Empfang aufhielt, fragte nicht lange. Sie folgte mir. Wir kehrten zurück zum Auto. Claudia lag jetzt auf dem Rücksitz. Auf ihrem Bauch ein nacktes, kleines Wesen. Bläulich, weiss und eine Nabelschnur, die ins Leere ging. Irgendwohin auf den Fussboden des Wagens.

Jetzt gab es einen Grund: Mam musste einen neuen Wagen kaufen!

Ich kehrte zurück zum Empfang, wollte mich mit einem doppelten Espresso stärken. Am liebsten noch einen Schnaps dazu. Ich konnte nichts mehr tun. Ich legte Claudia in die Hände erfahrener Ärzte.

***

Ich musste eingeschlafen sein. Auf dem Besucherstuhl vor der Maternité. Jemand rüttelte mich sanft. Es war die Ärztin, die Claudia aus dem Auto geholt hatte.

«Sie können jetzt zu ihr.»

«Wie bitte?»

«Sie können zu Frau Marugg und ihrer Tochter. Sie sind beide wohlauf.»

Meine Beine trugen mich wie auf Gummi zu Claudias Zimmer. Leicht beschämt drückte ich die Türfalle. Leise trat ich in den Raum, in dem zwei Betten standen. Claudia lag im Bett neben der Tür. Ich fand eine völlig veränderte Frau vor. Über ihr Gesicht hatte sich ein Strahlen gelegt, das man wahrscheinlich nur bei Müttern von Neugeborenen sieht.

«Danke», sagte Claudia. «Danke. Ohne dich hätten wir es nicht geschafft.» Sie blickte liebevoll auf das kleine Geschöpf im Bettchen an ihrer Seite. Vergessen waren ihre Schmerzen, der Stress, ihre Flüche. «Komm her und schau. Ist sie nicht süss?»

«Ein herziges Kind.» Ich wusste nicht, was sagen. Es war so winzig. Diese Händchen, die Fingerchen. Ich fand keine Worte, war nur überwältigt.

Claudia lächelte mich an. «Ich werde sie Allegra nennen.»

«Möge uns Gott erfreuen.» Ich tupfte mir eine Träne vom Gesicht.

ZWANZIG

Ich hatte wie in Narkose geschlafen und nicht gemerkt, wie Dario nach Hause kam und sich neben mich ins Bett legte.

Am Morgen hantierte er bereits in der Küche, als ich aufstand. Er bereitete das Frühstück zu mit frischen Brötchen, Butter und Honig und machte Kaffee. Ich setzte mich an den Tisch.

«Du siehst zerzaust aus.» Es aus Darios Mund zu hören, hatte etwas Zärtliches, denn er schenkte mir ein Lächeln, wie es nur Verliebte einander geben können.

«Wann bist du denn ins Bett gekommen?»

«Es ist spät geworden. Wir hatten noch Vernehmungen bis in die Nacht hinein.»

«Wen?», fragte ich beiläufig.

«Köbi Marugg war bei uns. Unsere Leute hatten ihn nach der Arbeit abgefangen.»

«Ja toll! Und ich brachte seine hochschwangere Frau nach Davos ins Spital. Jetzt verstehe ich. Da hätte sie ihn noch lange suchen können. Ihr habt bestimmt sein Handy konfisziert.» Es brauchte etwas Überwindung, um das Drama des gestrigen Tages zu rekonstruieren. Die Bilder kehrten mit aller Wucht zurück. «Hätte ich eine Ausbildung zur Hebamme, wäre es mir leichter gefallen», beendete ich meine Ausführungen.

Dario strich mit der Hand über mein Gesicht. «Du warst Geburtshelferin?»

Wenigstens lachte er mich nicht aus. «Nein, Claudia hat alles selbst getan. Und sie hat es richtig getan. Ich bewundere sie dafür. Ich habe lediglich den Part der Formel-1-Pilotin übernommen.» Und ich schilderte, wie mich der kleine Wagen mehr oder weniger sicher ans Ziel gefahren hatte.

«Du bist ein tapferes Mädchen.» Dario stellte sich neben mich und küsste mich sanft auf den Mund.

«*Ich* habe kein Kind bekommen», korrigierte ich, während ich Claudia vor mir liegen sah. «Vielleicht müsste man die frischgebackene Mutter mit einer Tapferkeitsmedaille auszeichnen. Sie hat

Gewaltiges geleistet. Kein Klacks, so ein Menschenkind zu gebären. Und weisst du was? Als ich sie im Zimmer besuchen durfte, sah sie so unglaublich glücklich aus, als hätte es diese Schmerzen nie gegeben. Soll einer behaupten, Männer seien die Stärkeren.» Es sind die Frauen, doch das sagte ich nicht laut.

Ich dachte an Maja und Nina, die diese Meinung auch vertraten. Ich hatte kein Bedürfnis, mit Dario auf Konfrontation zu gehen. Er reagierte sowieso nicht. Er stellte eine Tasse voll dampfenden Kaffees vor mich hin. Er setzte sich mir gegenüber.

«Wie weit seid ihr mit Marugg?» Es war mir unangenehm, über Claudia zu sprechen. Ich wollte keine Diskussion anzetteln, die ins Leere lief.

«Es gibt eine neue Version.» Dario griff nach einem Brötchen. «Marugg behauptet jetzt, jemand habe die Notbremse aktiviert.»

«Ach, will er sich rausreden?»

«Er will keinen Charly Waser kennen.»

«Ihr verdächtigt noch immer Waser?», fragte ich und setzte eine Unschuldsmiene auf. Ich hatte mir vorgenommen, Dario nichts über meine Erkundungstour in Klosters zu berichten und schon gar nicht über Claudias Geständnis.

«Wir haben die Resultate aus dem Labor.»

«Und?» Ich strich eine dicke Schicht Butter auf mein Brötchen. «Willst du sie mir verraten?»

«Kann ich nicht.»

«Komm schon … wir gehören jetzt zusammen.» Ich überzog das Brötchen mit Honig. «Wenn du willst, dass ich einmal bei der Davoser Polizei arbeite, kannst du mich ohne schlechtes Gewissen in laufende Ermittlungen einweihen. Du kennst meine logischen Überlegungen, wenn es darum geht, einen Mörder zu fassen.»

Dario lachte und verschüttete dabei den Kaffee.

«Was ist?»

«Khalid Abu Salama können wir ausschliessen.»

«Wie, ausschliessen?» Ich war vielleicht etwas schwer von Begriff. Dario machte es mir nicht leicht.

«Er und Giulia haben *nicht* miteinander geschlafen.»

«Das heisst, sie wurde von jemand anderem vergewaltigt.» Mir fiel ein Stein vom Herzen. Khalid war unschuldig.

Warum war er tot?

«Und jetzt?»

«Morgen erwarten wir die nächsten Abgleiche.»

«Was bedeutet das?»

«Die Staatsanwaltschaft hat eine Speichelprobe von allen Anwesenden an Charlys Party angeordnet. Du wirst leider auch nicht darum herumkommen, wenn auch verspätet. Die andern haben es bereits hinter sich.»

«Ich stelle mich freiwillig zur Verfügung.»

Ich trank den Kaffee aus, stellte die Tasse zurück und griff nach einem zweiten Brötchen. «Ich fasse zusammen, weil es mir keine Ruhe lässt: Khalid und Giulia sehen sich bei Waser. Da dort reichlich Drogen und Alkohol konsumiert werden, erinnert sich niemand daran, ob sich Khalid und Giulia in einem der Zimmer treffen. Oder: Wenn sie sich im Zimmer treffen, muss jemand sie beobachten. Jemand, der nicht will, dass Khalid und Giulia zusammen sind.»

«Wer könnte das sein?»

«Khalid war wahrscheinlich beliebt.» Ich verschwieg, dass auch ich sehr viel Sympathie für ihn empfunden hatte. «Vielleicht Sidonia? Mir fällt im Moment nur Sidonia ein. Ursina war mit ihrem neuen Lover Remo dort, und Martina Cavelti … nein, die war, wie sie mir erzählte, im Keller.»

Ich steckte mir den letzten Rest Brot in den Mund.

«Nicolo!» Ihn hatte ich vergessen. Nicolo hatte einen Grund, Khalid noch einmal zu treffen, nachdem sie im Bus aneinandergeraten waren.

«Nicolo?», fragte Dario mit vollem Mund. «Er hat ein Alibi. Er fuhr den Bus in die Garage. Dort wurde er von meinen Kollegen abgefangen. Bis am Morgen um vier hielt man ihn wegen missbräuchlichen Fahrens fest. Seine Spritztour nach Tschuggen blieb nicht ohne Konsequenzen.»

«Ich erinnere mich noch an Vanessa und Jörg. Die beiden kamen aus Zürich.» Ich grübelte. «Warte mal, jemand sagte mir, dass sie in einem Zimmer verschwunden seien. Wer war das schon wieder?»

Sidonia! Sidonia hatte mir erzählt, dass sie mit Jörg in eines der Zimmer ging. Später sei auch Vanessa dazugekommen.

«Unmöglich, dass es Sidonia war.»

«Wir sollten die Resultate abwarten», beruhigte mich Dario, der sah, wie nervös ich geworden war.

«Ist Charly Waser eigentlich noch bei euch?»

«Nein, wir mussten ihn wieder gehen lassen. Wir haben keine stichhaltigen Beweise gegen ihn, ausser dass es seine Party war, an der Khalid etwas zustiess.»

«Ihr habt das Blut …»

«Ich muss dir wohl nicht erklären, dass das nicht ausreicht.»

Mein iPhone quakte. Dario bekam einen Lachkrampf.

«Seit der Nacht bei Waser ist diese Melodie, oder was auch immer das ist, fix auf meinem Gerät. Immerhin hat sie mir geholfen, mein iPhone zu identifizieren.» Ich meldete mich.

«Allegra?»

«Giulia!»

«Man hat mir deine Nummer gegeben. Entschuldige bitte, wenn ich dich störe. Du warst letzthin so freundlich zu mir, dass ich dachte …»

«Keine Ursache. Kann ich dir helfen?» Grundlos rief mich Giulia nicht an.

«Ich werde heute entlassen. Ich … ich weiss nicht, wohin ich gehen soll. Nach Hause mag ich nicht. Und Charly … ja, du weisst schon … sein Haus ist gesperrt.»

Ich sah Dario an. Valerios Wohnung verfügte über ein Gästezimmer. «Du kannst zu mir kommen, bis sich die Sache mit deiner Wohnsituation geklärt hat.»

«Danke, das ist lieb von dir. Könntest du mich abholen?»

«Oh, das geht leider nicht. Mein Wagen ist in der Werkstatt.» Der Agent meiner Versicherung hatte mir angeboten, Mams Wagen von der Fiat-Garage abholen zu lassen. Mir war sogar in Aussicht gestellt worden, dass der Rücksitz komplett neu überzogen würde. «Bestell dir ein Taxi.»

«Okay, werde ich machen.»

Ich teilte die Adresse mit. Giulia klickte sich weg.

«Wer war das?»

«Giulia, die junge Frau, die ihr auf dem Davosersee gefunden habt. Charlys Schwester.»

«Und warum ruft sie dich an?» Dario blickte mich skeptisch an.

«Ich habe mich mit ihr angefreundet. Ich glaube, ihr fehlt jemand, mit dem sie reden kann. Sie scheint ein Problem zu haben. Ich werde herausfinden, welches.»

«Hast du nicht langsam das Gefühl, dass du übertreibst? Du kannst nicht immer Anlaufstelle für Problemfälle sein.»

«Ich bin mir sicher, sie ist der Schlüssel zu unserem Fall.»

«Dann müssen wir sie vorladen.»

«Sie wird nichts an sich heranlassen. Vertraue mir. Ich werde sie fragen, was in der Nacht geschehen ist.»

«Warum hast du's nicht schon längst getan?»

«Letztes Mal wurden wir unterbrochen.»

***

Giulia kam zu Fuss. Zwei Stunden nach dem Anruf stand sie vor der Wohnungstür.

Dario hatte sich verabschiedet. Die Pflicht rufe. Er versprach mir jedoch, aufs Jakobshorn zu fahren, wenn der Fall Khalid Abu Salama abgeschlossen sei. Bis dahin würden die Skilifte wieder offen sein.

Giulia hatte ausser einem Rucksack nichts dabei.

«Komm rein.» Ich nahm ihr den Rucksack ab. «Willst du etwas trinken?»

«Ja, einen Kaffee bitte. Die Brühe im Spital bringt man ja nicht runter.»

Die Blässe auf ihrem Gesicht war verschwunden. Auch sonst sah sie gesünder aus als noch vor zwei Tagen.

Ich bereitete den Kaffee zu, ohne Giulia aus den Augen zu lassen. Sie sah sich in der Küche um, ging ins Wohnzimmer und beteuerte, wie sehr sie sich nach einem geordneten Leben sehnte. Kein Wort über Khalid.

Ich liess ihr Zeit. Ich wollte vorerst nichts vorantreiben. Ich stellte den Kaffee auf den Küchentisch.

Giulia setzte sich. «Ich wollte mich umbringen», sagte sie wie aus der Luft gegriffen. Mir schien, als hätte sie die Wirkung auf mich abwägen wollen, denn sie sah mich herausfordernd an.

Ich schluckte leer. «Auf dem Davosersee?»

«Ja. Ich sah keinen Sinn mehr in meinem Leben. Hätte man

mich nicht gefunden, wäre ich bereits anderswo. In einer Dimension, die wir nicht kennen, die uns jedoch so verlockend scheint, wenn wir im Diesseits abgeschlossen haben.»

Die Art, wie sie es sagte, behagte mir nicht. Es lag etwas Berechnendes in der Stimme.

«Du bist noch jung. Das ganze Leben steht noch vor dir. Du bist eine intelligente, gut aussehende Frau.» Was redete man mit einer Frau, die den Suizid als normale Reaktion auf ein unbefriedigtes Leben ansah?

«Mich so zu sehen, ist weit hergeholt.» Giulia nippte an der Tasse. «Wahrscheinlich bekommt man im Leben das, was man verdient hat.»

«Man ist seines Glückes eigener Schmied.»

«Glück oder Unglück werden einem bereits in die Wiege gelegt», konstatierte Giulia. «Aber ich bin nicht hier, um mich zu beklagen. Dass ich gerettet wurde, hat sicher auch einen höheren Sinn.»

Ich gab ihr recht. «Wenn ich mich entsinne, wolltest du mit mir über den Abend und die Nacht bei Charly sprechen.»

Giulia kniff die Lippen aufeinander. Etwas brannte auf ihrer Seele. Sie hatte Mühe, die richtigen Worte zu finden. Mir lag es auf der Zunge, sie über ihren Stiefbruder auszufragen. Doch ich rief mich zur Ordnung. So wie ich Giulia einschätzte, würde sie niemals etwas unter Druck tun.

«Möchtest du darüber reden?» Ein erster Versuch.

«Es fällt mir schwer, weil ich mir mit dem Reden etwas verbaue.»

«Was hast du denn noch zu verlieren? Hast du mir nicht soeben gesagt, dass du dir das Leben nehmen wolltest? Und jetzt verbaust du dir etwas? Was denn?» Ich ging um den Tisch herum, packte Giulia von hinten und drehte sie zu mir um. Vielleicht verstand sie nur diese Sprache. «Ich habe nicht ewig Zeit. Wenn du etwas loswerden willst, dann tue es. Jetzt!»

Ich bediente mich des Wissens um die DNA-Abgleiche. Ein wenig Bluffen konnte nicht schaden, zumal sich Giulias Wesen wieder als sehr kompliziert herausstellte. Ich bekundete Mühe mit ihrer Labilität, die eine gewisse Vorsicht verlangte, andererseits musste ich forcieren, wollte ich endlich zu einem Resultat kommen.

«Bei einer Vergewaltigung wird die Staatsanwaltschaft eingeschaltet, falls du Anzeige erstattet hast. Hast du?»

Giulia hob die Schultern.

«Nach dem Untersuch wurde deine DNA mit der DNA deines Vergewaltigers ins forensische Labor geschickt. Bis morgen sollten die Resultate bei der Polizei vorliegen. Morgen wird auskommen, wer dein Peiniger war.»

«Wer sagt denn, dass ich vergewaltigt wurde?»

Mir blieben beinahe die Worte im Hals stecken. «Du … du hattest … also einvernehmlichen Sex?»

«Ich wurde nicht vergewaltigt, basta.»

«Giulia, es könnte sich als hilfreich erweisen, wenn du mir jetzt die Wahrheit sagst.»

«Hilfreich für wen?»

Da war es wieder, dieses Katz-und-Maus-Spiel, das ihre Befindlichkeit in den Fokus stellte.

«Ich sehe nicht ein, weshalb du hier bist.»

«Vielleicht, weil du der einzige Mensch bist, der mich versteht.»

«Khalid ist unschuldig. Er ist unschuldig gestorben. Er hat dich *nicht* vergewaltigt, was ich, wenn ich ehrlich bin, zuerst befürchtet hatte.» Als sich Giulia erheben wollte, drückte ich sie sanft auf den Stuhl zurück. «Kann es sein, dass du den Täter kennst?»

Wie oft hatten wir während des Studiums über solche Menschen gesprochen, die sich damit wichtigmachten, etwas zu wissen und mit der Wahrheit nicht herauszurücken.

«Hast du einen Grund, jemanden zu decken? Hast du Angst vor demjenigen oder derjenigen? Ist das die Ursache, weshalb du nicht mehr leben wolltest?»

Giulia hatte ihre Ellenbogen aufgestützt. Ihr Kinn ruhte in den Handballen. «Lass mir noch etwas Zeit», flüsterte sie.

«Zeit?» Ich musste mich zur Ruhe zwingen. «Du hast mit dem Thema angefangen.» Ich stiess Luft aus. «Giulia, als Khalid verschwand, wurde ich verdächtigt, damit etwas zu tun zu haben. Die ganze Welt hatte sich gegen mich verschworen. Zumindest diejenigen, die an Charlys Party waren. Nur du kennst die Wahrheit. Nur du, Giulia. Was ist passiert? Komm, sag schon. Was geschah bei Charly?» Ich drückte sie erneut.

Giulia stiess meine Arme von sich. «Ich hatte mich mit Khalid verabredet», begann sie. «Vor Beginn des WEF kam ich nach Davos. Ich wohnte bei Charly. Er prahlte damit, dass er eine Megaparty machen würde. Dazu habe er auch Khalid eingeladen.»

Ich konnte mir ein «Was?» gerade noch verkneifen.

«Ich wusste nicht, wie Charly an Khalid herangekommen war. Das war nicht mehr relevant, als Khalid am Dienstagabend bei uns eintraf. Ich befand mich im Zimmer. Ich hatte Kopfschmerzen, wollte nicht sofort runter, als die Party begann. Irgendwann stand –»

«Khalid in deinem Zimmer?», unterbrach ich ungeduldig.

«Nein, nicht Khalid. Ich dachte, es sei Khalid. Es war Charly.»

«Charly? Ja und?»

«Er ist sehr eifersüchtig. Er wusste, wie sehr ich Khalid mochte. Ich … ich … Charly und ich waren einst ein Liebespaar.»

«Schwester und Bruder?» Ich hatte Mühe, mir diese Verbindung vorzustellen. Was war das für ein Bruder, der sich an die Schwester heranmachte? Auch wenn der verwandtschaftliche Grad es zuliess. Der Verdacht, Charly könnte sich des nächststehenden Menschen bedient haben, weil er gerade Not hatte, löste in mir einen Schauer der Entrüstung aus und bestätigte mein Gefühl, dass man es hier mit einem skrupellosen Mann zu tun hatte.

«Wir sind nicht blutsverwandt», sagte Giulia.

«Okay, ihr seid nicht verwandt. Wie lange ging das schon so?»

«Seit … seit meinem sechzehnten Lebensjahr.»

«Und er hat dich immer wieder mal in Zürich besucht?»

«Nein. Er ging weg ins Ausland. Wir sahen uns erst vor drei Jahren wieder.» Giulia tigerte in der Küche umher. Sie machte mich nervös, derweil ihre Aussagen nicht widersprüchlicher hätten sein können.

«Ich verstehe nicht ganz … Charly ging weg, aber ihr hattet trotzdem eine Beziehung?»

Giulia wandte ihren Blick von mir ab. «Mutter hatte uns auf frischer Tat ertappt. Sie stempelte mich zum Sündenbock. Vater schickte Charly daraufhin für einen Sprachaufenthalt nach London. Ich hielt es nicht mehr lange aus und haute ab … deswegen.»

Allmählich schoben sich Bilder in mein Bewusstsein. Ich erinnerte mich plötzlich, Giulia an Wasers Party gesehen zu haben.

Wahrscheinlich nur kurz. Doch die Zeit hatte gereicht, um mir ihr Gesicht zu verinnerlichen.

Deshalb war sie mir so bekannt vorgekommen.

«Dann lernte ich Khalid kennen», fuhr Giulia fort. «Von da an hatte ich null Bock mehr auf Charly.»

«Was nachvollziehbar ist.» Ich verkniff mir eine weitere despektierliche Bemerkung.

Giulia stierte vor sich hin. «Ich teilte Charly mit, dass nun Schluss sei zwischen uns. Ich meine, unsere Beziehung hatte überhaupt keine Zukunft. Charly sagte mir auch immer wieder, dass er das seinen Eltern nicht antun könne. Ich glaube, es ging ihm eher darum, dass er Angst hatte, er könnte um sein Erbe gebracht werden.»

«Er war also sehr vernünftig», bemerkte ich.

«In dieser Nacht wollte er gegen meinen Willen mit mir schlafen, weil er genau wusste, dass Khalid aufs Zimmer kommen würde. Er ist manchmal sehr berechnend …»

«Und provozierend …» Ich legte meine Hand auf Giulias Schultern. «Vorhin sagtest du, er habe dich nicht vergewaltigt.» Was sollte ich nun glauben?

«Ich wehrte mich, er ist jedoch sehr stark … Irgendwann hatte er mich wieder so weit, dass ich nachgab …»

Ich stutzte. Während Giulia darüber sprach, hatte sie eine gleichbleibend ruhige Stimme. Entweder war sie so emotionslos, oder sie log mir etwas vor. Nach Vergewaltigung klang das eher nicht.

«Und als Khalid dazukam, ist es eskaliert …»

«Er erwischte Charly in flagranti. Er riss ihn von mir weg. Er sah ja, dass ich es nicht wollte.»

«Es kam zu einem Kampf zwischen den beiden …», vermutete ich. Charly würde sich niemals eine solche Schmach gefallen lassen.

«Charly schlug auf Khalid ein. Khalid hatte keine Chance. Er fiel rückwärts auf die Glaskante des Tischchens.» Giulia hielt die Hände vors Gesicht. «Er bewegte sich nicht mehr. Und da war plötzlich alles voller Blut … es war ein Unfall.»

Warum betonte sie, dass es ein Unfall gewesen war? Es kam mir alles ein wenig suspekt vor. Irgendwo lag der Haken.

«Wer war noch im Zimmer?»

«Niemand sonst. Nur Charly, Khalid und ich.»

«Und dann reifte in euch dieser Plan, einen Sündenbock zu suchen?»

«Nein, zuerst mussten wir Khalid wegbringen.»

«Wer hat euch geholfen?»

«Das kann ich nicht sagen.»

Ich stiess heftig Atem aus. «Es wird immer enger, Giulia. Sag mir die Wahrheit.»

«Die Wahrheit ist, dass Khalid noch lebte, als wir ihn über die Terrasse zum Hintereingang brachten. Ich fühlte seinen Puls. Charly hat ihn nicht umgebracht.»

«Aber dann hättet ihr die Ambulanz rufen können oder einen Arzt …»

«Das ging nicht.»

«Warum nicht?»

«Es kam noch einmal zu einem Zwischenfall.» Giulia weinte jetzt hemmungslos, als würde ihr die Tragweite des Geschehens erst jetzt bewusst. Es war mir nicht möglich, sie zu beruhigen.

«Was geschah, nachdem ihr Khalid zum Hintereingang getragen habt … ihr habt ihn doch getragen, oder?»

Giulia schluchzte. «Ich … ich kann es nicht sagen. Es war ein Unfall.»

So kam ich nicht weiter. Ich musste alle meine Theorien vergessen, alles, was ich im Rahmen meiner Ausbildung gelernt hatte. Die Praxis sah anders aus, zumal ich es hier mit einer zusehends chaotischeren Person zu tun bekam. Giulia war für mich nicht greifbar. Sie verkörperte einerseits die fragile, undurchschaubare Frau, die andererseits sehr gerissen war. Je länger ich mich mit ihr befasste, umso mehr kam in mir der Verdacht auf, dass jedes Moment dieser Täuschung auf ihrer Theatralik aufgebaut war. Auf eine Art unberechenbar, brachte sie mich in einen Konflikt zwischen gesundem Menschenverstand und tiefer Emotionalität, als wüsste sie, wie sie mich verunsichern konnte.

Ein Geräusch erschreckte uns beide.

Jemand war an der Tür.

Bevor es klingelte, hatte ich jemanden die Falle drücken hören. Ich hatte den Schlüssel umgedreht, als Giulia zu mir gekommen war. Ich schlich zur Tür und lauschte. Die Türfalle kippte abermals nach unten. Jemand versuchte offensichtlich, in die Wohnung zu gelangen.

«Erwartest du jemanden?» Giulia wischte sich die Augen trocken.

Ich registrierte meine Furcht. In den letzten Tagen war ich ängstlicher geworden. Ich hatte keine Lust, noch einmal in denselben Schlamassel zu geraten wie in der Duchli Sage.

Ich sah auf die Uhr. Bald Mittag. Als die Klingel erneut ertönte, erschrak ich noch mehr.

«Öffnest du nicht?», fragte Giulia.

Dass ich wie auf Nadeln war, musste sie nicht wissen. Was, wenn Charly vor der Tür stand? Dario hatte gesagt, man habe ihn gehen lassen. «Wer könnte es sein?»

«Mach auf, dann weisst du's.»

Warum bestand Giulia mit solch einer Vehemenz darauf, dass ich die Tür öffnete?

«Soll *ich* öffnen?»

Allmählich nervte sie.

Wieder klingelte es. Jemand polterte mit der Faust auf das Türblatt.

Giulia stand inmitten des Wohnzimmers, stoisch ruhig mit einem verklärten Lächeln auf dem Gesicht. «Mach auf!»

Mach auf!, hallte es in mir nach.

Ich drückte mich an die Wand neben der Tür. Als ich einen Blick auf die Pinnwand warf, merkte ich, dass Giulias Blicke mir gefolgt waren.

«Du rätselst, wer Khalid umgebracht haben könnte?» Sie lächelte eigentümlich.

«Ich hoffe sehr, dass nicht du dahintersteckst.»

«Du vertraust mir nicht?»

Giulias Gesichtsausdruck hatte sich verändert. Ihre Augen waren starr auf mich gerichtet. Es war, als erkannte ich in ihrem Blick den Wahnsinn.

Wie hatte ich mich so von ihr täuschen lassen? Es hätte mir schon auffallen sollen, als sie mir brühwarm die Situation in Charlys Haus schilderte. Da war etwas Berechnendes gewesen. Sie hatte sehen wollen, wie ich auf ihr Geständnis reagierte. Sie hätte mir jeden Bären aufbinden können, ich hätte ihr geglaubt. Sie bediente sich einer phänomenalen Taktik.

Wie hatte ich auch glauben können, dass ein Mädchen, das so viel in ihrer Vergangenheit hatte einstecken müssen, normal und geistig zurechnungsfähig war?

Noch ahnte ich nicht, ob sie Opfer oder Täterin war. Sich in der Defensive oder in der Offensive befand. War es möglich, dass Charly vor der Tür auf sie wartete? Dass sie ihm Einlass gewährte?

Um mich mundtot zu machen?

Oder mich sogar zu töten?

Die Minuten verstrichen, ohne dass etwas geschah. Giulia stand noch immer dort, wo sie vorher schon gestanden hatte. Als hätte sie auf dem Boden Wurzeln geschlagen. Sie sah aus wie ein Engel, unter dessen Gewand sich der Teufel verbarg.

Ich überlegte mir, wo ich mein iPhone hingetan hatte. Neben der Kaffeemaschine, kam mir in den Sinn. Es lag neben der Kaffeemaschine.

Wenn ich mich von der Tür entfernte, würde Giulia sie stürmen und öffnen. Das durfte ich auf keinen Fall zulassen. Andererseits fühlte ich mich ihr körperlich überlegen. Aber was wusste ich über die Urkräfte einer Verrückten?

Einstweilen wuchs sie über sich hinaus.

Mich ärgerte, dass ich auf sie hereingefallen war. Sie hatte mir die ganze Zeit etwas vorgegaukelt. Zuerst das verletzte, sensible Mädchen, dann die Einblicke in ihr Leben, das Verhältnis zu Charly. Die Liebe zu Khalid.

Hatte ich etwas übersehen?

Es gab noch eine dritte Person.

Ich musste unbedingt Dario erreichen.

Ich hatte die Wahl: Entweder öffnete ich jetzt die Tür und stellte mich dem Gegner, oder ich ging zur Kaffeemaschine, wo mein iPhone lag, und liess Giulia gewähren. Beide Varianten sahen nicht sehr erbaulich aus für mich.

Es klingelte zum wiederholten Mal. Ich zog den Schlüssel aus dem Schloss, in der Gewissheit, dass mich die Person vor der Tür entlarvte. Denn jetzt wusste sie, dass ich zu Hause war, und würde mich nicht mehr in Ruhe lassen.

Wenn ich nichts gegen meine aufsteigende Panik unternahm, würde ich überschnappen. Die letzten Tage hatten mich mehr belastet, als ich mir zugestand. Meine Befürchtung, dass ich mir mit meinem Alleingang mehr schadete als half, erfuhr heute eine neue Dimension. Als ich zum Küchentisch schritt, spürte ich Giulias Blicke auf meinem Rücken. Jenes undefinierbare Gefühl, dass im nächsten Moment etwas geschehen könnte, auf das ich nicht vorbereitet war.

Ich griff nach dem iPhone und wählte Darios Nummer.

Er meldete sich nach dem ersten Klingelton, was mich einerseits erleichtert aufatmen liess, andererseits war ich so angespannt wie noch nie. Dass ich mich vor einer nicht ganz zurechnungsfähigen Frau fürchtete, war noch das kleinste Übel. An der Tür machte sich jemand zu schaffen, dem ich weit mehr kriminelles Potenzial zuschrieb.

«Dario, wo bist du? Ich werde bedroht. Bei mir steht jemand vor der Tür und will gewaltsam rein. Giulia ist bei mir.»

«Hast du nicht durch den Spion geschaut?»

«Nein … doch … nein, ich glaube nicht.» Ich war völlig von der Rolle.

Darios kurzes, heftiges Atmen. «Ich werde eine Patrouille aufbieten. Ich bin zurzeit in Klosters.»

«Ich habe Angst.» Darios Nervosität übertrug sich auf mich.

Unbekannte Mächte schienen sich an meiner Psyche zu schaffen zu machen. Ich blinzelte zu Giulia, deren Augen starr auf die Tür gerichtet waren.

Dario hatte sich schon weggeklickt. Es eilte.

Die Distanz zu Giulia hatte sich verringert. Giulia kam auf mich zu, streckte ihre weissen Arme nach mir aus. «Es ist nicht so, wie es scheint», sagte sie, als hätte mich dieser Satz noch beruhigen können.

«Du weisst, wer dort draussen steht», sagte ich.

«Ich schwöre, ich weiss es nicht.»

«Wem hast du erzählt, dass du mich besuchst?»

«Niemandem.»

«Lüg mich nicht an.»

«Du enttäuschst mich.» Giulia setzte eine mitleidheischende Miene auf.

«Dann sag mir die Wahrheit.»

«Ich kann nicht. Weil ich genauso in Gefahr schwebe wie du.»

Sollte ich ihr glauben? Nach all dem wirren Zeug, das sie mir schon erzählt hatte?

Die Geräusche an der Tür verstärkten sich. Jemand versuchte offenbar, mit einer Ahle das Schloss zu knacken. Ich hätte den Schlüssel stecken lassen sollen. Jetzt war es zu spät. Ich sprang auf Giulia zu, packte sie am Arm und zerrte sie ins Schlafzimmer. Ich schlug die Tür zu und drehte den Schlüssel. Giulia plumpste aufs Bett. Mein Angriff hatte sie dermassen überrascht, dass sie eine Zeit lang wie betäubt dalag. Auf dem zerwühlten Laken, wo vor nicht langer Zeit Dario und ich uns geliebt hatten.

Ich blickte hinunter auf die Strasse, in der Hoffnung, ein Streifenwagen würde bald eintreffen. Giulia hatte sich aufgerichtet. Sie begutachtete das Zimmer, fand es toll, kritisierte das Dunkel des angrenzenden Badezimmers und lästerte über die Fliesen, die das Licht verschluckten. Als würden keine anderen Probleme anstehen.

Ein kurzer Blick zum Jakobshorn trieb mir Tränen in die Augen. Alles hätte so schön sein können. Schnee und Sonne und Vergnügen. Jetzt stand ich da, im Zimmer meines Bruders, und hielt eine Verrückte in Schach.

«Lass es mich erklären», sagte Giulia, während ich von draussen das Öffnen der Wohnungstür vernahm.

Der Fremde musste nun im Flur stehen. Ein eigenartiges Gefühl erfasste mich. Da gab es plötzlich jemanden, der in meine intimste Sphäre eindrang, der sich das ansah, was ich nur wenigen Menschen präsentierte, der meine Kleider anfasste, die Kaffeetasse auf dem Küchentisch, der sich vielleicht auf meinen Stuhl setzte oder auf das Sofa. Der ins Gästezimmer trat und sich aufs Bett legte. Der nach meinen persönlichen Unterlagen suchte und sie vielleicht auch fand.

Die Türfalle zur Schlafzimmertür kippte nach unten. Ich hielt den Atem an.

Ich hörte jemanden meinen Namen rufen.

Zuerst erschrak ich, denn es war nicht möglich.

Liess ich mich täuschen?

«Allegra!» Das Poltern an die Tür wurde kräftiger. «Allegra, mach bitte auf! Was soll das?»

Fast zeitgleich läutete im Flur wieder die Glocke. Ich vernahm die Männerstimmen, die Polizei wies sich aus.

Nur langsam drehte ich den Schlüssel um. Zaghaft öffnete ich die Tür einen Spaltbreit. Giulia war an meine Seite getreten. Die Tür wurde aufgestossen. Zuerst registrierte ich die Gesichter der Polizisten. Zwei kräftige junge Männer waren es, die ich vom Sehen kannte.

Und hinter ihnen tauchte mit überraschter Miene und grossen, ungläubigen Augen mein Bruder auf.

«Valerio!»

«Was ist denn hier los?» Er nahm mich in die Arme.

Ich war fassungslos. «Warum hast du mich nicht angerufen? Warum überfällst du mich wie ein Einbrecher?»

Valerio schob mich von sich. «Na hör mal. Ich habe nur meinen Schlüssel ins Schloss gesteckt, nachdem du mir nach dem Klingeln nicht aufgemacht hattest. Ich ging davon aus, dass du nicht zu Hause bist. Das Schloss klemmte ...»

Es war mir unangenehm. Die Fragen der Polizisten ertrug ich auch nicht wirklich. Sie bestanden darauf, den Vorfall zu protokollieren. Ich setzte mich mit ihnen an den Küchentisch und merkte erst viel später, dass Giulia sich verdünnisiert hatte.

Dabei war dieses ganze Theater nur Giulias wegen entstanden.

Während einer Stunde wurde ich befragt. Mir blieb es nicht erspart, noch einmal alles aufzurollen. Von Anfang an. Wie ich Giulia im Spital kennengelernt und welchen Verdacht ich gehegt hatte. Dass ich befürchtete, dass sie mit Khalids Tod etwas zu tun hatte, obwohl ich mir überhaupt nicht mehr sicher war. Giulias Version konnte auch einfach nur erfunden sein.

Es war absehbar, dass ich vorgeladen wurde. Nun schon zum wiederholten Mal. Diese Tatsache würde in Zukunft wie ein Damoklesschwert über meinem Beruf stehen. Eine Juristin, die sich nicht an die Regeln hielt, würde keine Chance haben, jemals ernst genommen zu werden. Ich hatte leichtsinnig gegen das Gesetz verstossen. Meine Aufgabe war es, den dadurch entstandenen Schaden möglichst gering zu halten. Mit plumpen Ausreden würde ich mich nur noch unglaubwürdiger machen.

Als die Ordnungshüter gegangen waren, setzte ich mich mit Valerio ins Wohnzimmer. Er sah unverschämt gut aus, musste ich neidlos zugestehen. Braun gebrannt, erholt, und seine schwarzen melancholischen Augen verstrahlten Zufriedenheit. Ich konnte es nicht lassen, ihn aufgrund seines unangemeldeten Erscheinens zu rügen.

«Sorry, dass ich nichts von mir hören liess. Es war ein kurzer Entschluss, die Zelte in Davos nun definitiv abzubrechen.»

«Ach, du gibst die Wohnung auf?» Ich sah bereits meine Felle davonschwimmen.

«Ich werde heiraten.»

«Du wirst was?» Ich sprang vom Sofa auf. «Habe ich richtig gehört?» Ich stellte mich vor meinen Bruder und fiel ihm um den Hals. Einerseits war ich fast ein wenig verlegen, andererseits freute ich mich. Valerio war immer der Ruhigste von den Cadisch-Kindern gewesen, auf eine Art verschlossen. Er wich Konflikten aus, war harmoniebedürftig und sah die Welt in rosa Tönen. Und er hatte immer wieder andere Frauen gehabt. «Warum soll ich die Prinzessin küssen, wenn ich es mit den Fröschen lustig habe?», war seine Ausrede gewesen, wenn man ihn auf seinen flatterhaften Umgang mit Frauen ansprach.

«Wer ist es? Eine kleine, feurige Mexikanerin?»

«Eine Kollegin aus unserer Truppe. Sie heisst Loredana und kommt aus Florenz.»

«Also eine Archäologin. Und wann lerne ich sie kennen?»

«Wenn du mich auf Yucatán besuchst. Wir haben uns ein Haus gekauft.»

«Das ging definitiv zu schnell. Weiss es Mam schon?»

«Ich habe kein grosses Bedürfnis, es ihr zu sagen.»

Ich wollte mich dazu nicht äussern. Die Beziehung zwischen Mam und Valerio war seit dem Tod unseres Vaters sehr angespannt. «Und jetzt gibst du die Wohnung hier auf?»

«Ja. Mich hält hier nichts mehr. Die Wohnung habe ich vermietet. Am 1. März zieht ein anderer hier ein.»

«Du hättest mich fragen können. Ich hätte die Wohnung auch übernommen.»

«Womit?»

«Na hör mal. Ich habe einen Job. Ich werde mein eigenes Geld verdienen.»

Valerio strich über mein Gesicht. «Ich dachte, du hättest mit Davos ebenso abgeschlossen wie ich.»

«Dachte ich auch. Man kann seine Meinung ja ändern.»

Es war lange her, seit ich Valerio zum letzten Mal gesehen hatte. Mehr als ein Jahr. Wir hatten uns in dieser Zeit kein einziges Mal telefoniert. Ich spürte, welch grosses Bedürfnis ich hatte, mit meinem Bruder zu reden, auch wenn er nicht viel dazu sagte. Er hörte mir wenigstens zu.

Ich erzählte ihm von Dario und dass er der eigentliche Grund war, weshalb ich mir ein Leben in Davos durchwegs vorstellen konnte.

«Dann hast du ja eine Bleibe», bemerkte Valerio, «wenn du Davos besuchst. Oder hast du die Stelle als Juristin schon wieder gekündigt?»

«Nein, ich habe dort noch nicht einmal begonnen. Ein Jahr werde ich sicher dort sein, sofern ich die Probezeit bestehe.»

«Während des WEF war ziemlich was los hier», fuhr Valerio fort. «Die Nachricht der Bombendrohungen erreichte mich bis auf die Halbinsel.»

«Dann hast du sicher auch vernommen, dass der Sohn des arabischen Konsuls von London umgebracht wurde.»

«Nein, von dem weiss ich nichts.» Valerio machte sich an der Kaffeemaschine zu schaffen. «Endlich wieder mal richtigen Kaffee. Wer war das vorhin?»

«Wer?»

«Die junge Frau?»

«Das war Giulia Waser, Charlys Stiefschwester.»

«Sie hat sich sehr verändert.»

«Du kennst sie?» Ich stiess Luft aus. «Sag nicht, dass du auch einmal etwas mit ihr hattest.»

«Das ist schon lange her.»

«Wann genau?»

«Vor … ich weiss nicht mehr genau … vor zwei Jahren? Es war die kürzeste Beziehung, die ich je eingegangen war.»

«Und, wie ist deine Meinung über sie?»

«Undurchschaubar, nicht greifbar, irgendwie auch … wie soll ich sagen? Abgehoben.»

«Hast du gewusst, dass sie und Charly ein Liebespaar waren?»

«Nein. Das kann ich mir allerdings gut vorstellen. Vor Charly ist kein Rockzipfel sicher.»

«Er ist sehr reich.»

«Reich an Moneten.» Valerio lachte abschätzig. «Er prahlt gern, reisst alles an sich und jede auf … Ich hatte zum Glück selten mit ihm zu tun. Warum diese Fragen?»

«Ich bin da in eine leidige Sache hineingeraten.» Ich erzählte von dem verhängnisvollen Abend im Postillon und was in der Nacht geschehen war.

«Und du weisst absolut nichts mehr?»

«Wenig. Das will mir nicht in den Kopf.» Ich zwang mich zu einem Lächeln. «Hast du dich auch schon einmal ins Delirium getrunken?»

«Schon mehrmals … jedoch nicht so, dass ich danach nichts mehr wusste. Bist du sicher, dass man dir keine K.-o.-Tropfen verabreicht hat?»

«Ich kann es mir nicht vorstellen. Ich weiss, dass man darauf achten muss. Ich lasse nie ein Glas unbeaufsichtigt stehen.»

«Du bist eben ziemlich zart besaitet, wenn es um Alkohol geht. Ich mag mich an unser erstes gemeinsames Besäufnis erinnern. Du warst so hagelvoll, dass du am nächsten Tag nicht nur wie in Narkose geschlafen hast, sondern du konntest dich nicht einmal mehr daran erinnern, was am Abend zuvor gewesen war.»

Mich schauderte. Es war in der Ex-Bar gewesen. Einmal, als ich Valerio dort hatte herausholen wollen. Er hatte mich überredet zu bleiben.

«Siehst du? Ich erinnere mich auch jetzt nicht.»

«Was willst du gegen diesen Verdacht unternehmen?»

«Ich habe morgen noch einmal ein Gespräch mit Josias Müller. Er wird mir hoffentlich weiterhelfen oder mich zumindest aufklären.»

Grosse Hoffnungen machte ich mir allerdings nicht.

EINUNDZWANZIG

Es war ein schwerer Gang.

Josias Müller erwartete mich bereits in einem Vernehmungszimmer. Vor sich hatte er eine Tasse Kaffee und eine Schale mit Schokoherzen. Er bot mir welche an.

Keine einführenden Sätze, keine Fragen nach meiner Befindlichkeit. Ein Wunder, dass er sich überhaupt mit mir abgab.

Er kam auch gleich zur Sache. «Wir haben eine schwierige Zeit hinter uns. Die terroristischen Auswüchse während des WEF haben uns gefordert und Davos nicht ins beste Licht gerückt. Was haben sich diese jungen Leute gedacht, als sie Davos in Panik und Schrecken versetzten? Ich kann es nicht nachvollziehen. Es sind Frauen wie Sie, Allegra. Sie haben eine Ausbildung genossen, sie waren bis anhin nicht auffällig, haben ihren Job gemacht. Und dann kommt so ein Hallodri aus dem Südtirol, glaubt, ein System angreifen zu können, von dem er profitiert. Er war lange ein Sozialfall. Er lebte auf Kosten unserer Steuerzahler. Ist das der Dank?» Müller winkte ab, als ich zum Sprechen ansetzte. Ich wunderte mich über seine Redseligkeit, wo er eigentlich hätte den Mund halten müssen. «Ich habe auch eine Tochter in diesem Alter. Es würde ihr nie in den Sinn kommen, sich einem Abtrünnigen wie diesem Brian Mayr anzuschliessen. Man kann durchwegs seine eigene Meinung vertreten, was das WEF angeht. Ich bin auch nicht mit allem einverstanden. Muss man aber immer gleich Gewalt und Repressalien anwenden, um sich Gehör zu verschaffen?»

«Ihnen wurde eine friedliche Demo verweigert», provozierte ich.

«Wohin führt es, wenn wir alle vorgesehenen Demonstrationen bewilligen würden? Wir hatten bereits den linksalternativen Kreisen grünes Licht für eine friedliche Demo erteilt, die jedoch nicht stattfand. Anstelle eines Marsches durch Davos stellten sie vor dem Kongresshaus holzgeschnitzte Figuren auf.» Müller fixierte mich. «Haben Sie diese nicht gesehen? Ich persönlich fand die Idee gut. Das zeigt, dass man auch anders kann.»

«Nein, tut mir leid. Zu der Zeit war ich mit einer Beinahe-Anklage beschäftigt.»

Ich erwartete eine Erwiderung.

Müller räusperte sich und wechselte das Thema. «Obwohl Ihre Aktion in der Duchli Sage ins Auge hätte gehen können, verdanken wir das Aufspüren der Bombendroher Ihrer Beherztheit. Ihnen muss ich wohl nicht sagen, dass dies noch rechtliche Schritte nach sich ziehen wird ...»

«... sollte ich mich nicht kooperativ zeigen», fuhr ich Müller ins Wort, als er nach der Kaffeetasse griff. «Das würde mir nicht zum ersten Mal aus dem Dilemma helfen.»

Müller sah mich über den Tassenrand an. Er ahnte, worauf ich hinauswollte. «Sie sind sehr impulsiv.»

War das alles, was er dazu zu sagen hatte? Das wusste ich selbst.

«Was noch immer ein grosses Rätsel bleibt, ist der Mord an Khalid Abu Salama.» Über Müllers Gesicht huschte ein weises Lächeln. «Ich bin kein Unmensch. Ich kann Ihre Reaktion verstehen. Es bringt nichts, wenn Sie hinter dem Rücken der Polizei Ihre eigenen Ermittlungen anstellen. Sie hätten mit uns reden sollen.»

«Reden? Sie haben mein Reden gleich im Keim erstickt, als mein Seidenschal auftauchte.»

«In der Zwischenzeit wissen wir, dass Abu Salamas Zimmer im Belle Epoque nicht der Tatort ist.»

Ich hätte ihm gern gesagt, dass ich dies schon längst wusste. Ich durfte Dario jedoch nicht in Diskredit ziehen.

War Müller bereit, mit mir über die laufenden Ermittlungen zu sprechen? Ich wünschte es mir. Zumindest hätte er mich darüber informieren können, was an der Pressekonferenz besprochen wurde. Dario hatte mir gesagt, dass sie gestern Abend stattgefunden hatte. Wahrscheinlich war im Fernseher oder im Radio darüber berichtet worden. Ich hatte die Infos jedoch verpasst.

Müller interessierte sich für Giulia Waser. Dario musste es ihm schon erzählt haben, dass sie nach dem Spitalaufenthalt bei mir gewesen war.

«Wir haben lange nicht gewusst, wer sie wirklich ist», gestand Müller. «Seit wir ihren Namen kennen, haben unsere Ermittlungen eine andere Richtung angenommen.»

«Sie haben sicher auch den DNA-Abgleich», spekulierte ich, «und sehen zwischen dem Tod des Arabers und der angeblichen Vergewaltigung an Giulia Waser eine Verbindung.»

Müller war perplex. Ich sah es ihm an.

«Herr Müller, wenn das Messer an *Ihre* Kehle gesetzt würde, würden auch Sie alle Hebel in Bewegung setzen, um den wahren Täter zu finden. Ich bin nur durch Zufall da hineingeraten. Es ist verdammt schwer, das Gegenteil von dem zu beweisen, was mir angelastet wird. Der verlorene Seidenschal kann unmöglich mehr Beweis sein. Ich kann Ihnen alles erzählen, wie es sich zugetragen hat.»

«Sie machen Witze.»

«Ich wäre eine schlechte Juristin, würde ich darüber Witze reissen», bluffte ich.

Ich berichtete alles, was ich in Erfahrung gebracht hatte. Weder liess ich Marugg noch Adelina aus. Es war, als würde ich über mich selbst hinauswachsen. Meine anfänglichen Befürchtungen, Müller könnte mich gleich nach dem ersten Satz erniedrigen, blieben unbegründet. Er hörte mir bis zum Schluss zu, als ich mit Giulias Geständnis meine Ausführungen abschloss.

«Ich habe Darios Aktennotiz bereits gelesen», sagte Müller. «Wir werden dem selbstverständlich nachgehen.» Er erhob sich und streckte mir seine rechte Hand entgegen. «Ich hoffe, dass es für Sie glimpflich enden wird. Dario hat mir gesagt, dass Sie keine Ungerade sind.»

Ich war mir sicher, Dario hatte dies anders formuliert.

Ich stand früher als gedacht draussen auf dem Vorplatz des Polizeistützpunkts. Ich hatte mich mit Dario verabredet, nachdem ich ihm gestern eine Absage wegen des Übernachtens in Valerios Wohnung hatte erteilen müssen. Es wäre taktisch unklug gewesen. Und ich hatte bei Valerio auf keinen Fall den Eindruck hinterlassen wollen, dass ich seine Grosszügigkeit mit Füssen trat. Sicher hätte er keinen Einwand geäussert. Er hatte sich nur langsam mit Tomasz anfreunden können. Ich konnte ihn nicht mit Dario überfordern. Andererseits hatte er sich in den letzten Jahren selbst die Freiheit für unverbindliche Sexgeschichten herausgenommen. Ich hätte von ihm erwarten können, dass er mich verstand.

Nur war das bei mir anders. Ich schämte mich ein wenig. Dafür, dass ich mich fast unmittelbar nach dem Ende der Beziehung zu Tomasz an Darios Hals geworfen hatte. Ich hatte da eine etwas andere Moralvorstellung als mein Bruder.

Ich traf Dario im «Alpenblüemli», wo wir zu Mittag assen. Er sass schon am Tisch, ganz vorne beim Fenster, und hatte uns einen Dreier Chardonnay bestellt. Wir küssten uns. Lange. Zu kurz.

«Und, wie war's bei Müller?»

«Ich hätte gern mehr über eure Ermittlungen erfahren.» Ich setzte mich Dario gegenüber.

Ein Blick auf die Strasse. Sie war vom überschüssigen Schnee geräumt. Doch kein Fleck Asphalt war zu sehen. Die Strasse war vom platt gewalzten Schnee wie zubetoniert.

«Wir haben heute Morgen Giulia Waser aufgegriffen.»

«Wo?»

«Im Haus ihres Bruders.»

«Das heisst, dass der Kriminaltechnische Dienst mit der Arbeit fertig ist?»

«Ja.»

«Und, was ist das Fazit?»

«Auf der Zufahrt zur Garage im hinteren Bereich des Hauses wurde Blut sichergestellt. Es handelt sich dabei um Abu Salamas Blut. Zudem haben wir dort auch einen Gegenstand gefunden, die Tatwaffe in Form eines … jetzt halt dich fest … eines Golfschlägers.»

«Um Gottes willen! Mit welcher Brutalität wurde Khalid ermordet?» Nur der Gedanke daran trieb mir Tränen in die Augen. «Wer kann so etwas Bestialisches tun?»

«Somit besteht die Wahrscheinlichkeit, dass der Araber den Sturz auf die Tischkante überlebt hatte und erst vor der Garage getötet wurde», endete Dario seine Erläuterungen. Emotionslos, wie mir schien. Doch überdeckte er damit seine eigenen heftigen Gefühle.

«Traust du diese Tat Charly Waser zu? Oder Giulia?»

«Ich weiss nicht. Charly und Giulia wurden festgenommen und einer ersten Befragung unterzogen. Sie streiten alles ab. Giulia behauptete sogar, in der Partynacht nicht in Wasers Haus gewesen zu sein.» Dario pausierte. «Wenn du mich fragst, die Kleine ist verrückt.»

«Und jetzt zweifelst du an meiner Aussage?»

«Nein, warum sollte ich?»

«Weil sie es abstreiten.»

«Das ist normal. Mit ihrer Hickhack-Strategie glauben sie, uns verunsichern zu können. Aber das könnte gewaltig danebengehen …»

«Heisst es, dass sie für unzurechnungsfähig erklärt werden?»

«Charly bestimmt nicht. Bei Giulia setze ich ein grosses Fragezeichen. Zudem wollen sie nicht sagen, wer der Dritte im Bunde ist.»

«Auf jeden Fall muss es jemand sein, der grosse Macht auf sie ausübt.» Ich überlegte laut. «Khalid ist der Sohn des Attachés aus den Vereinigten Arabischen Emiraten. Dieser lebt und arbeitet seit rund vier Jahren in London auf dem Konsulat. Khalid ist der einzige Sohn und wird von seinem Vater abgöttisch geliebt. Er schickt ihn an eine der besten Universitäten. Sein Sohn ist sein Ein und Alles. Das macht ihn irgendwie auch verletzlich.» Ich griff nach dem Weinglas, das schon aufgefüllt neben dem Besteck stand. «Prost!»

«Zum Wohl! Was willst du damit andeuten?» Dario nippte am Glas. «Hm … ein feines Tröpfchen.»

«Vielleicht war nicht Khalid Zielscheibe, sondern sein Vater. Mit Khalids Ermordung wurde Mister Abu Salama persönlich schwer getroffen. Ist er eventuell einer Forderung nicht nachgekommen? War er vorgängig gewarnt worden, und als das nichts nutzte, wurde man gewalttätig? Vielleicht geht es um etwas grundlegend anderes als das, was der oder die Mörder uns weismachen wollen. Wenn Khalids Vater einen Widersacher hat, wird dieser den Mord am Sohn in Auftrag gegeben haben. Solche Typen machen sich ihre Hände nicht mit einem Mord schmutzig. Sie delegieren ihn.»

Der Kellner kam an unseren Tisch, und wir bestellten eine deftige Sennenrösti mit Spiegelei. Am Nebentisch wurde laut diskutiert. Die Gäste waren bereits beim Kaffee angekommen. Im Allgemeinen wirkte hier alles freundlich und ungezwungen.

Viele Einheimische sassen, die meisten nur vor einem Glas Wein oder Bier, und redeten.

«Zwei Anwälte aus Dubai sind angereist», sagte Dario zwischen zwei Schlucken Wein.

«Ist nicht schon einer hier?» Ich erinnerte mich an die Befragung in Anwesenheit von Khalids Vater und dessen Anwalt.

«Abu Salama hat Verstärkung angefordert. Sie wollen den Fall möglichst unspektakulär lösen. Am liebsten in ihrem eigenen Land.»

«Hm … das wird schwierig werden. Gemäss Artikel einunddreissig der Schweizerischen Strafgesetzordnung gilt als allgemeiner Gerichtsstand der Tatort. Für die Befolgung und Beurteilung einer Straftat sind die Behörden des Ortes zuständig, an dem die Tat verübt wurde.»

Dario nickte. «Sie bestehen darauf, den Leichnam möglichst schnell in ihr eigenes Land zu bringen.»

«Das wird dauern. Gemäss dem Internationalen Abkommen über die Leichenbeförderung gehören die Vereinigten Arabischen Emirate nicht zu den Vertragsstaaten, denen die Schweiz beigetreten ist.»

«Abu Salama kann eine Bewilligung beim Konsulat einholen.»

«Er kann versuchen, mittels einer einstweiligen Verfügung den Transport vom Leichnam seines Sohnes zu erwirken, sofern unsere Behörden einen Transport ablehnen. Ich glaube, bis die Obduktion abgeschlossen ist, müsste Abu Salama so oder so warten. Der Leichnam ist immerhin Teil einer laufenden Ermittlung in einer Straftat und wichtiger als der Wunsch des Vaters, seinen Sohn so bald als möglich in Dubai beizusetzen.»

«Der Mord an Khalid entwickelt sich zum Politikum.»

«Vielleicht hat der Mord selbst einen politischen Hintergrund.»

Dario kniff die Lippen aufeinander. Er sah mich ernst an, bevor er das Thema in eine andere Richtung führte. «Ich will nicht bis in alle Ewigkeit im uniformierten Polizeidienst arbeiten. Ich möchte aufsteigen. Ich habe mich bereits für eine Weiterbildung angemeldet. Ich sammle Erfahrungen und will Resultate liefern.» Dario zog die Augenbrauen hoch. «Ich weiss, du bist mir voraus, was das angeht. Um eine Karriere als Kriminaloberleutnant anzustreben, bräuchte ich deine Ausbildung.»

Die Sennenrösti wurde uns an den Tisch gebracht. Unter einem Spiegelei brutzelte noch der Käse. Es roch nach Speck und gebratenen Kartoffeln.

Es war mir unangenehm. Ich wollte nicht den Eindruck erwecken, dass ich Dario überlegen sein könnte, und er auf dieser Erkenntnis herumritt. Ich kam auf die Geschwister Waser zurück. «Meinst du, Charly und Giulia werden reden?»

«Früher oder später sicher.»

«Werdet ihr sie in die Mangel nehmen?»

«So wie in den amerikanischen Krimis?» Dario lachte. Er stiess Messer und Gabel in die dampfende Rösti. «Mal sehen.»

Dass ihm das Essen im Moment wichtiger war als ein weiterführendes Gespräch mit mir, sah ich ihm an. Er zog eine Grenzlinie zwischen Arbeit und Pause. Er vertiefte sich in das, was er gerade tat.

«Es ist sehr wichtig für mich, dass der Verdacht auf meine Person aus dem Weg geräumt ist.» Ich liess nicht locker.

«Sobald wir ein Geständnis von den Wasers haben», sagte Dario mit vollem Mund.

«Habt ihr Wasers Konten schon überprüft?»

Dario grinste. «Klar haben wir sie gecheckt.»

«Waser hat für sein Schweigen sicher eine Menge Geld kassiert. Wenn ich mir überlege, dass Adelina für ihren kleinen Job», ich malte Gänsefüsschen in die Luft, «mindestens zehn Riesen bekommen hat, muss da noch weit mehr geflossen sein. Wie viel hat eigentlich Marugg bekommen?»

«Du bist ja noch schlimmer als Müller.»

«Das sind die Fragen, die ich mir immer wieder stelle. Wer gibt so viel Geld aus, um einen Mord am Sohn des Konsuls zu vertuschen? Hätte Giulia nicht geredet, wäre es das perfekte Verbrechen gewesen. Man hätte es zumindest als fingierten Indizienmord ablegen können.»

«Wir kommen fast zwangsläufig auf jemanden aus den eigenen Reihen des Konsuls zurück.» Dario drückte sich vorsichtig aus. «Je länger ich darüber nachdenke, umso grösser wird die Wahrscheinlichkeit, dass es letztlich doch um etwas Politisches geht.» Dario schien nicht richtig bei der Sache zu sein.

«Und das wäre für euch Davoser Polizisten eine Nummer zu gross.» Ich verkniff mir ein Grinsen.

«Der Wein setzt dir offensichtlich zu.» Dario lachte.

«Warum sind dir eigentlich die Hände gebunden? Wir könnten auf eigene Faust weiterrecherchieren …» Ich sah Dario belustigt an.

«Du hast Humor.» Wieder schaufelte er Rösti in den Mund. «Wenn mir die Konsequenzen nicht bewusst wären, würde ich dem glatt zustimmen. Aber ich will meinen Job nicht verlieren.»

«Wirst du nicht. Im Gegenteil, du könntest denen endlich beweisen, was in dir steckt.»

«Du veralberst mich.» Er legte Messer und Gabel nieder.

«Ich bin ungeduldig», gab ich lachend zu. «Zudem können wir damit rechnen, dass Waser bald wieder auf freiem Fuss ist.»

«Das ist so. Sein Anwalt hat sich bereits gemeldet. Charly und Giulia werden auf Kaution freikommen.»

«Unglaublich, wie viele Möglichkeiten man hat, wenn man nicht jeden Rappen umdrehen muss.»

Dario hatte dem nichts entgegenzusetzen.

«Du, ich muss dir noch etwas mitteilen.»

«Was?»

«Valerio ist aus Yucatán zurückgekehrt. Er will seine Wohnung räumen. Ende Februar vermietet er sie – leider nicht an mich.»

«Du befürchtest nun, keine Bleibe mehr zu haben, wenn du in Davos bist?» Mir entging nicht das Leuchten in Darios Augen, als er sein Gesicht mit einem wohlgefälligen Nicken mir zuwandte.

«Genau, du sagst es.»

«Dann zieh bei mir ein.» Dario erhob sich, kam um den Tisch herum und umarmte mich, egal, welche Reaktion er damit bei den andern Gästen auslöste. «Wenn man einen Wunsch ganz stark hegt, erhören einen die Götter.»

***

Am Abend waren Giulia und Charly wieder auf freiem Fuss.

Ich sass mit Valerio beim Nachtessen in der Küche, als Dario mich darüber informierte.

«Du liebst ihn, nicht wahr?» Valerio hatte mit seiner Feststellung gewartet, bis ich Dario weggeklickt hatte. «Ich sehe es an deinen Augen. Du siehst glücklich aus.» Er druckste etwas herum.

«Was ist?»

«Tomasz passte nicht unbedingt zu dir.»

«Du interessierst dich auf einmal für meine Beziehungen?»

«Tomasz war zu intellektuell, zu abgehoben. Er wirkte manchmal ziemlich arrogant. Aber das ist meine ganz persönliche Meinung. Was du brauchst, ist ein bodenständiger Kerl, einer, der dich auf Händen trägt, der dir trotzdem Paroli bietet, der dich erdet, da du selbst manchmal wie ein Wölkchen bist.»

«Da spricht einer mit Erfahrung», hänselte ich. «Und ‹Wölkchen›? Ich hätte kaum Jura studiert, wenn ich ein Wölkchen wäre.»

«Du weisst genau, was ich meine. Deine Ratio kollidiert allzu oft mit deiner Phantasie. Dario steuert dem entgegen. Und ich mag ihn auch, ehrlich gesagt. Er ist ein guter Polizist, ein integrer Typ.»

Ein wohliges Gefühl bemächtigte sich mir. Valerios Meinung war mir schon früher wichtig gewesen. Obwohl er nicht unbedingt mit viel Selbstvertrauen gesegnet gewesen war, trat er immer als mein Beschützer auf. In der Zeit, als unsere Eltern mit ihren eigenen Problemen beschäftigt gewesen waren, war ich froh, mich an seine Schulter lehnen zu können. Das Blatt hatte sich dann allerdings rasch gewendet. Als Mam und ich von Davos weggezogen waren, fiel Valerio in eine tiefe Depression, die einige Jahre andauerte.

«Wann erzählst du mir über deine neue Errungenschaft?», fragte ich.

«Du musst uns besuchen kommen. Du hast ja noch Ferien. Komm einfach mit mir zurück nach Cancún. Loredana wird dir gefallen.» Als Valerio ihren Namen nannte, leuchteten seine Augen.

Es klang zu verlockend. «Ich werde es mir überlegen.»

Später rief ich noch einmal Dario an und verabredete mich auf den nächsten Morgen. Mit der Gewissheit, dass sich am Ende alles zum Guten wenden würde, räumte ich die Küche auf.

ZWEIUNDZWANZIG

Der Glockenklang der reformierten Kirche St. Johann riss mich aus dem Schlaf. Ich zählte die verschiedenen Klanghöhen. Sechs waren es, die ich ob des Windes, der aus Richtung Norden kam, so klar und deutlich noch selten zuvor gehört hatte. Ich hatte im Gästezimmer geschlafen, das gegen das Dorfzentrum gerichtet lag. Sonntag war's, und alles hätte so besonnen sein können.

Es klopfte, die Tür wurde einen Spaltbreit geöffnet, und Valerio sah ins Zimmer. «Guten Morgen.» Er stiess die Tür ganz auf und trat an mein Bett. «Bevor ich es vergesse: Gestern leerte ich den Briefkasten. Du hast es wahrscheinlich in den letzten Tagen versäumt. Aber da ist ein Couvert für dich.» Valerio besah sich den Aufgabestempel. «Er lag schon länger im Kasten.»

Ich griff nach dem braunen Umschlag. «Kein Absender», stellte ich fest. «Die Schrift kenne ich nicht. Der Brief wurde in Davos Dorf aufgegeben. Von wem könnte der sein?»

«Vielleicht hast du noch mehr Verehrer in Davos, als dir bewusst ist.» Valerio zog sich grinsend zurück. «Ich werde uns mal frische Brötchen besorgen.»

Ich setzte mich auf die Bettkante, unschlüssig, ob ich das Couvert öffnen sollte oder nicht. Ich hatte meine Bedenken. Briefe waren unüblich im Zeitalter der digitalen Übermittlung. Und Rechnungen wurden mir in der Regel nach Luzern geschickt.

Ich riss die Lasche auf, zog den Inhalt heraus und erstarrte.

Ich sah direkt in mein Gesicht. Es schien etwas verschwommen. Um den Hals trug ich meinen Seidenschal, in der Hand hielt ich einen Golfschläger. Was mich aber am meisten irritierte, war die Aktion, die ich ausübte: Ich schlug auf Khalids Hinterkopf. Sein Körper lag auf dem Boden. Der Umgebung nach zu urteilen, befand ich mich auf der Rückseite von Wasers Haus, genau genommen bei der Zufahrt zur Garage. Schnee lag, und Spuren von Blut waren ganz deutlich zu erkennen. Licht fiel auf den Platz, ansonsten herrschte Dunkelheit.

Wie paralysiert drehte ich das Bild um. Den Satz, der in krakeliger Schrift hingeschrieben war, nahm ich zur Kenntnis, als wäre es die normalste Sache der Welt, als hätte ich ihn anhand des Fotos erwartet. «Ich weiss, dass du eine Mörderin bist!» Darunter in kleineren Buchstaben: «Wenn du nicht aufhörst, in Dingen zu wühlen, die dich nichts angehen, wird die Tatwaffe mit deinen Fingerabdrücken an die Polizei gelangen.»

Es fühlte sich wie ein Stromstoss an. Ich fiel aufs Bett zurück. Ich wollte schreien, brachte jedoch ausser einem Hecheln nichts heraus. Meine Kehle schnürte sich zu. Ich vergass zu atmen. Panik ergriff mich. Mein Kreislauf spielte verrückt.

Der Golfschläger!

Dario hatte ihn schon erwähnt. Die Polizei habe ihn gefunden, hatte er gesagt.

Mit meinen Fingerabdrücken?

Und warum war er am Tatort liegen geblieben, wenn er als Repressalie verwendet wurde?

Hatte der Erpresser einen Fehler gemacht?

Eine gefühlte Ewigkeit sass ich nur da, nicht fähig, einen klaren Gedanken zu fassen. Alles brach in diesem Augenblick zusammen. Da war wieder dieses schwarze Loch, das ich in den letzten Tagen auszufüllen versucht hatte. Die Erinnerungen an die Nacht bei Charly, die sich allmählich eingestellt hatten, waren mit einem Mal wie ausradiert.

Das Zittern begann an den Füssen und breitete sich rasch über den gesamten Körper aus. Ich begann unwillkürlich zu schlottern. Und später zu schreien. Ich schaffte es nicht, diesen Impuls zu unterdrücken.

Valerio fand mich in einem erbärmlichen Zustand, als er von der Bäckerei zurückkehrte. Er hob den Umschlag auf, das Bild und las die Nachricht.

«Diese Aasgeier!»

Er setzte sich neben mich und nahm mich in die Arme. Ich hatte Mühe, mich zu beruhigen. «Da will dir jemand ganz fest schaden. Ich bin froh, dass ich den Brief erst gestern aus dem Kasten geholt habe. Nicht auszudenken, was geschehen wäre, wenn du ihn schon früher geöffnet hättest. Du musst die Polizei benachrichtigen. Das ist Rufmord. Aber das muss ich dir ja nicht sagen.»

Ich besass keine Kraft, um mich zu wehren.

«Ich werde Dario anrufen.» Valerio holte sein iPhone aus der Gesässtasche.

«Du … hast seine … Nummer?»

«Die der Polizei.»

Im Moment sah ich einfach alles nur bachab gehen. Kurz waren da dieser Gedanke an den Brand in der Duchli Sage und der Wunsch, im Feuer gestorben zu sein. Es wäre so einfach gewesen. Bevor die Flammen mich erfasst hätten, wäre ich an den giftigen Dämpfen erstickt. Immerhin hätte ich alles schon hinter mir. Ich musste heftig schluchzen.

Valerio schüttelte mich in die Gegenwart zurück. «Reiss dich jetzt zusammen!» Es aus seinem Mund zu hören, verwirrte mich. «Ich werde dir einen starken Kaffee machen. Dann wirst du erst einmal vernünftig frühstücken.» Er lächelte gequält. «Dann werden wir weitersehen.»

Nach dem Duschen setzte ich mich an den Küchentisch. Bis dahin hatte ich kaum etwas Vernünftiges denken können. Ich hatte nicht einmal gespürt, als eiskaltes Wasser über meinen Körper geronnen war. Da waren nur dieses Bild und ich mit dem Golfschläger und Khalid auf dem Boden vor der Garage. Und Giulias Aussage, dass sie mir nicht sagen könne, wer ihnen beim Wegtragen des Arabers geholfen hatte.

Hatte sie mich schützen wollen?

Dario traf kurz nach halb elf bei uns ein. Er trug Vinylhandschuhe, als er das Foto mitsamt Couvert in einen Asservatenbeutel steckte.

Erst jetzt nahm er mich in die Arme, strich tröstend über mein Gesicht. «Es wird sich alles aufklären.»

«Meinst du, da hat es jemand auf meine Schwester abgesehen?» Valerio holte eine neue Kaffeetasse aus dem Schrank. «Du willst doch auch Kaffee …»

«Danke, gern … Ich glaube eher, dass Allegra per Zufall in die leidige Sache hineingeraten ist. Sie bot sich geradezu an. Ich glaube nicht an eine abgekartete Sache. Die Tat war nicht geplant … erst das Erschaffen eines Täters.»

«Und ihr habt keine Ahnung, wer dahintersteckt?»

«Doch, doch …» Dario gab sich bedeckt. «Aber noch fehlen eindeutige Beweise.»

Dass der Beweis jetzt im Asservatenbeutel lag, reizte meinen Tränenfluss erneut.

Ich hatte Khalid umgebracht.

Ich war eine Mörderin.

«Das könnte sich mit dem Foto bald ändern», sagte Valerio. «Heutzutage ist alles machbar. Ein Foto zur richtigen Zeit, das Ablichten einer fingierten Tat, ein ungefähres Verständnis für die Bildmanipulation und voilà … hat man die Essenz für die Kreation eines Mörders.»

Dario wollte sich nicht mehr dazu äussern. Er wandte sich an mich. «Schaffst du es, mit mir auf den Polizeiposten zu kommen?»

Ich löste mich vom Stuhl. Meine Beine knickten ein. Ich registrierte Valerios mahnenden Blick und riss mich zusammen.

***

Leutnant Müller hatte eine Kopie des Bildes auf den Tisch gelegt.

Es war Sonntag, der erste Februar. Ich sass im Vernehmungszimmer des Polizeistützpunkts Davos und malte mir aus, wie es wäre, Müllers Platz einzunehmen und die Befragung zu führen. Diese Option rückte in weite Ferne und kam mir wie ein schlecht gemachter Witz vor.

Dario, der sich ebenfalls im Raum befand, hatte mir ein Beruhigungsmittel verabreicht. Gerade so viel, dass ich mich einigermassen konzentrieren konnte. Meine Gedanken schummerten weich durch mein Gehirn. Alles erschien mir leicht. Müller hatte sein grimmiges Gesicht verloren. Hinter seinen Brillengläsern sahen mich freundliche Augen an.

Ich sah auf das Bild.

Müller folgte meinem Blick. «Erinnern Sie sich an diese Szene?»

«Nein.»

«Die Personen auf dem Foto sind unverkennbar Sie … und der ermordete Khalid Abu Salama.»

Ich drehte mich nach Dario um, der an der Wand lehnte. Er nickte mir zu.

«Es ist mein Gesicht, mein Kopf … nur … der Rest … ich weiss es nicht.»

«Das Bild ist jetzt in der Technik. Es wird eine Weile dauern, bis wir Bescheid bekommen. Ich musste zuerst jemanden aufbieten.» Müller rutschte tiefer und schob seinen Bauch nach vorn.

«Mein Bruder meinte, es sei eine Bildmanipulation», sagte ich.

Müller sah mich mit hochgezogenen Brauen an. Erst jetzt bemerkte ich, dass eine Braue tiefer hing als die andere. «Ein Laie wird es nicht erkennen.»

Ich biss mir heftig auf die Unterlippe, schmeckte Blut. Meine Reflexe waren gedämpft.

Müller beugte sich nach vorn. Unsere Gesichter befanden sich keinen Meter voneinander entfernt. Er hatte Mundgeruch. «Die Bildmanipulation ist nicht zu übersehen. Schlecht gemacht in Photoshop. Schauen Sie das Bild genau an. Sie sind zwar schlank, aber niemals so mager wie diese Person hier.»

«Ich sehe absolut keinen Unterschied zu meiner Figur.» Müller gelang es mit seiner Feststellung nicht, mich von meiner Angst zu befreien. Vielleicht wollte ich den Unterschied nicht erkennen. «Ich habe in dieser Nacht genau das getragen. Die Jeans, den Daunenmantel, den Schal. Ich könnte es tatsächlich gewesen sein.»

Dario hinter mir räusperte sich. Ich wusste, was dies zu bedeuten hatte. Bis ein Rechtsbeistand hier war, musste ich den Mund halten. Ich dachte nicht daran. Auch Müller hielt offensichtlich nichts davon. Zudem hatte er das Aufnahmegerät noch nicht eingeschaltet. Was hier besprochen wurde, sollte unverbindlich sein.

«Überlegen Sie sich mal, wer in letzter Zeit ein Bild von Ihnen gemacht hat oder wem Sie Fotos von sich ausgehändigt haben.»

«Die Polizeipatrouille in Landquart», vermutete ich. «Sie haben mein MacBook an sich genommen und kontrolliert. Dort habe ich jede Menge Fotos von mir drauf. Es muss in falsche Hände geraten sein. Man kann innerhalb kurzer Zeit die Daten auf einen USB-Stick laden.»

«Haben Sie das MacBook hier?»

«Nein, nur mein iPhone. Dort sind die Bilder auch abgespeichert.» Ich holte mein iPhone aus der Tasche und legte es auf den Tisch. «Es ist mit dem iPad kompatibel … Andererseits könnten auch Maja und Nina … Nein!», überlegte ich laut. «Sie kannten den Entsperrungscode nicht.»

Müller schob das Gerät Dario zu. «Bring es ins IT-Büro. Aurelio soll die Bilder vergleichen.»

«Damit wir uns richtig verstehen», sagte Müller, als Dario den Raum verlassen hatte, «die Beweislage ist erdrückend …»

Ich nahm es wie betrunken zur Kenntnis. Ich fühlte mich zu schwach, um zu rebellieren.

«… nicht gegen Sie.» Müller setzte eine wichtige Miene auf. «Je mehr wir von Ihnen erfahren, umso schneller können wir reagieren.» Er tippte mit dem Zeigefinger auf das Bild. «Schauen Sie hin! Wer hat Sie fotografiert? Sie blicken nicht sehr erfreut in die Kamera, eher überrascht.»

«Vielleicht war ich ja überrascht, als man mich während der Tat ablichtete …» Ich hielt die Hand vor den Mund.

Müller überhörte es. Dario kehrte zurück. Er nickte Müller zu und legte ein Dokument vor ihn hin. Müller überflog es. «Gut … die Fahndung läuft also.»

Ich fuhr herum. «Wen sucht ihr?»

«Adelina Ferrero da Silva. Sie könnte ebenso eine wichtige Zeugin sein.»

Ich starrte Dario an. «Du hast es ihnen gesagt?»

Dario lächelte. «Vielleicht deine einzige Chance, hier heil herauszukommen.»

«Nehmen Sie sich zusammen, Ambühl!»

Ich hatte Müller noch nie so impulsiv erlebt. Dario senkte den Kopf. Ich fixierte das Bild.

Es fiel mir wie Schuppen von den Augen.

***

Angenommen, ich wäre Charly gewesen, ein verwöhntes, verzogenes Herrensöhnchen mit der Kaltschnäuzigkeit eines skrupellosen Egomanen: Eines Tages lerne ich ein Mädchen kennen. Es heisst Giulia und verliebt sich in mich, als es sechzehn ist. Ich bin im besten Mannesalter, kann Frauen haben noch und noch. Aber ich muss mich um sie bemühen, denn Frauen sind kompliziert. Geschenke, kleine Aufmerksamkeiten, mühsames Flattieren, bis man sie für den ersten Kuss rumkriegt. Bis man sie im Bett hat, vergeht wertvolle Zeit. Auch da zieren sie sich. Wollen Aufmerksamkeit, stellen Fragen.

Warum denn nach den Sternen greifen?

Giulia ist so nah. Sie wohnt unter demselben Dach, ihr Zimmer liegt neben meinem. Wir werden ein Paar. Es läuft alles gut, bis meine Mutter uns in flagranti ertappt. Die Eltern reissen uns auseinander. Sie wollen, dass ich einen Sprachaufenthalt mache. Spanien, Italien, Grossbritannien. Schliesslich sehen sie mich in der Hotellerie. Ich ziehe weg. Giulia ist traurig. Kurz nach mir verlässt auch sie mein Elternhaus. Sie hat weniger Glück als ich. Sie schlägt sich durch, lebt von der Hand in den Mund. Möchte mehr sein, als sie ist. Ist vielleicht auch mehr. Intelligenter auf jeden Fall. Mich hat sie nicht vergessen. Dann komme ich zurück. Ein paar Jahre später auch sie. In meine Nähe. Wir kommen wieder zusammen. Sind ein heimliches Liebespaar, denn meine Eltern dürfen es nicht erfahren.

Doch dann verliebt sich Giulia in Khalid. Es ist eine schicksalhafte Begegnung im Hotel Belle Epoque. Vor einem Jahr sehen sie sich zum ersten Mal. Khalids Vater hat für seinen Sohn vielleicht schon anderes vor. Giulia und Khalid müssen sich heimlich treffen. Giulia weiht mich ein – ihren Bruder, nicht Geliebten. Ich erfahre zum ersten Mal so etwas wie Eifersucht. Giulia will mich nicht mehr. Für sie bin ich Abfall geworden. Denn da ist plötzlich dieser Wüstensohn mit dem feurigen Blick. Giulia ahnt nicht, was in mir vorgeht. Sie kennt meine Gefühle nicht. Ich hasse es, wenn man mir etwas wegnimmt.

Sie bittet mich, Khalid an die Party einzuladen, denn sie möchte ihn nicht in seinem Hotelzimmer besuchen. Giulia bestellt Khalid ins Postillon, wo Ursina ihn an den Föhrenweg locken soll. Giulia wird da auf ihn warten.

Khalid kommt – in Begleitung von Ursina und Sidonia. Und Allegra, die ich so lange nicht mehr gesehen habe. Allegra gefällt mir. Ich zeige ihr, was ich habe. Sie stellt sich anfänglich ein bisschen schusselig an, stolpert über die Türschwelle und wirft mein Eisen fünf um. Wahrscheinlich hat sie schon ein Glas zu viel getrunken, verträgt den Alkohol nicht. Allegra würde mir gefallen. Ich beobachte sie. Sie tanzt mit Khalid, das gefällt mir auch. Denn in dieser Zeit würde er nicht an Giulia denken. Allegra ist beschwipst. Ich verführe sie zum Rauchen. Ein wenig Gras schadet ihr nicht. Sie wird zutraulich. Sie küsst jeden, der ihr zu nahe kommt. Irgendwann liegt sie auch in meinen Armen. Später sehe ich sie mit Sidonia schmusen.

Plötzlich ist Khalid verschwunden. Ich suche ihn im ganzen Haus. Ich finde Giulia in ihrem Zimmer. Sie wartet dort auf ihren Araberfreund. Welch altbackene Einstellung sie hat. Wie sie daliegt in ihrem Fähnchen, das all das verdeckt, was ich bereits kenne. Ich will sie. Hier und jetzt. Sie sträubt sich zuerst. Schlägt mich, kratzt mich. Ich weiss, dass ich ihren Willen bezwingen werde. Schon spüre ich, wie sie sich entspannt. Wie sie es zulässt, dass ich sie berühre, sie ausziehe, in sie dringe.

Die Tür geht auf, und Khalid erscheint. Er reagiert, wie ein Mann in solch einer Situation reagieren muss. Er reisst mich von Giulia runter. Ihr ist es nicht geheuer, sie tut so, als hätte ich sie gegen ihren Willen angefasst. Khalid boxt in meine Seite, schubst mich durchs Zimmer. Er hat seinen Anspruch an Giulia nonverbal geltend gemacht. Das kann ich nicht annehmen.

Ich bin ein Mann.

Es ist mein Haus.

Und es ist *meine* Schwester.

Meine anfängliche Zurückhaltung kehrt ins Gegenteil. Ich muss es mir nicht gefallen lassen. Zuallerletzt von einem Araber. Von der Sorte, die glaubt, in unser Land kommen zu dürfen und sich zu nehmen, was ihnen gerade gefällt. Ich schlage zu. Einmal, zweimal. Da ist mein Kampfgeist. Da ist Adrenalin. Ich treffe Khalid mitten ins Gesicht. Sofort entstehen Fissuren. Ich boxe ihn durchs halbe Zimmer.

Giulia hat das Laken an sich gerissen. Sie ist unfähig, ihrem Geliebten zu helfen. Oder will sie es gar nicht?

Noch ein Schlag. Der Araber wehrt sich nicht. Meine Angriffe haben ihn verwirrt, geschwächt. Er spürt sicher auch den Schmerz.

Ich hole aus zum finalen Schlag. Khalid verliert das Gleichgewicht. Er stürzt. Stürzt auf den Tisch. Auf meinen Platintisch mit der schrecklich harten Kante. Das Geräusch bringe ich fast nicht mehr aus meinem Kopf.

Da ist auf einmal Blut. Und Giulia, die vor Schreck keinen Ton herausbringt.

Khalid rührt sich nicht mehr. Ich greife an seinen Hals. Der Puls ist weg. Er ist tot.

Totenstille im Zimmer. Ein paar Sekunden, in denen ich einen Entscheid fällen muss.

Ein Unfall ist's gewesen, würde ich später sagen. Aber würde man mir glauben? Nach all den blauen Flecken auf seinem Gesicht?

Ich rufe meinen Freund an. Auf ihn ist Verlass. Es dauert auch nicht lange, bis er bei mir ist. Was im Keller geschieht, weiss ich nicht. Ich öffne sachte die Tür. Aus dem Untergeschoss höre ich laute Musik, Gejohle. Alle feiern. Irgendwann sehe ich Martina vor der Tür stehen. Aber sie achtet mich nicht. Sieht stoned aus.

Später tragen wir Khalid über die hintere Terrasse zum Garagentor. «Wir müssen etwas tun», sagt mein Freund, und ich habe in diesem Moment eine zündende Idee. Der Zufall will es, dass ich im Flur einen Seidenschal finde. Ich erinnere mich, dass Allegra ihn getragen hat. Es kommt mir in den Sinn, dass sie meinen Golfschläger angefasst hat. Mein Freund findet es eine gute Idee. Er zwingt Giulia, die sich in der Zwischenzeit mit dem nächstbesten Mantel aus der Garderobe angezogen hat, sich den Schal umzuhängen und den Schläger in die Hand zu nehmen. Mein Freund fotografiert die Inszenierung. Er fotografiert mehrere Male für das bestmögliche Bild. Er wird sich etwas einfallen lassen. Wir laden den Toten in meinen Wagen, den wir mit Plastik ausstaffiert haben.

Irgendwann gegen Morgen fahren wir zum Bahnhof Davos Platz. Mein Freund weiss, wer den Zug nach Filisur fährt. Er trifft Köbi Marugg auf dem Perron, kurz bevor er in seine Lok steigt. Er verspricht ihm sehr viel Geld auf mein Geheiss hin, wenn er uns hilft. Marugg überlegt nicht lange. Er muss ja nur den Zug an der richtigen Stelle anhalten. Alles andere erledigen wir selbst.

Kurz nach sechs werfen wir Khalid auf der Höhe des Bärentritts in den Schnee. Er wird erst im Frühling nach der Schneeschmelze zum Vorschein kommen.

«Allegra?» Dario riss mich aus meinen Gedanken.

Ich fasste seine Hand, zog sie an mich, wie ich es damals getan hatte, als ich aus meinem Delirium erwacht war. In Darios Bett. Es war, als wäre ich soeben aus einem Alptraum erwacht, schweissgebadet, verängstigt noch von den Erinnerungen an etwas Unmögliches. Es war dieser Nebel, der sich hinter meinen Augen verzog und die Sicht klärte. Wie weggewaschen fühlte es sich an. Und ich war mir noch nie so sicher gewesen: Ich war unschuldig. Ich hatte Khalid nichts angetan, hatte ihn nicht auf dem Garagenvorplatz getroffen, hatte nie nur andeutungsweise schreckliche Gedanken gegen ihn gehegt, was einer Tat, wie sie ihm widerfahren war, hätte vorausgehen müssen.

Khalid war der Fremde geblieben, den ich im Postillon kennengelernt hatte. Auch in Wasers Haus. Nach meinem Alkoholmissbrauch und den Joints. Ich hatte dadurch den sogenannten Zeugen ein völlig falsches Bild vermittelt.

Adelina war das Stichwort gewesen.

Im Belle Epoque hatte alles angefangen. Ich erinnerte mich daran, wie ich eine Schürze umgebunden hatte, um wie eine Bedienstete auszusehen. Adelina und ich. Wie ein verschworenes Team auf dem Weg in Khalids Zimmer.

Mikkel hatte ein Bild von mir gemacht. Jedermann fotografierte heutzutage. Was hätte dabei sein sollen? Seit dieser behämmerten Selfie-Manie waren Fotos nichts Aussergewöhnliches mehr, wo immer man sie schoss. Mikkel hatte mich abgelichtet und mir versprochen, das Bild nicht ins Internet zu stellen.

Er hatte es für etwas weit Verwerflicheres verwendet.

Er hatte mich für die Tat eines andern missbraucht.

«Was ist?» Dario musste mir angesehen haben, dass mich etwas umtrieb.

«Mikkel … Mikkel … der Nachname fällt mir jetzt gerade nicht ein. Er ist Koch im Belle Epoque. Er war es, der mich während des WEF ins Hotel geschleust hat. Er hat mich fotografiert. Ich habe mir nichts dabei gedacht. Er hat mich auch mit Adelina bekannt gemacht, damit ich in Khalids Zimmer gelangen konnte.» Ich ereiferte mich. «Und Giulia wollte mir die Geschichte erzählen, wie sie sich zugetragen hatte. Trotz ihrer Verwirrtheit hatte sie mir wahrscheinlich die Wahrheit gesagt …»

«Bist du ganz sicher?» Noch zögerte Dario.

Müller notierte und wählte gleichzeitig eine Nummer auf der Festnetzstation. Ich vernahm, wie er seine Patrouillen aufbot und sie zum Hotel Belle Epoque beorderte. Danach stand er auf und verliess ohne ein Wort das Zimmer.

«Was war das denn?», fragte ich verdattert.

«Müller glaubt dir.» Dario legte die Hand auf meine Schultern. «Bis wir diesen Mikkel haben, wirst du wohl oder übel hierbleiben müssen.»

«Ich weiss.» Ich stiess Atem aus. «Glaubst du, der Alptraum ist somit zu Ende?» Sehr befreit fühlte ich mich allerdings noch nicht.

Dario küsste mich auf die Wange.

Als er nichts erwiderte, konnte ich mir ein Lächeln nicht verkneifen. «Nur die Fakten zählen.»

«Bei dir doch auch.»

«Ja. Ich werde es erst glauben, wenn ich rehabilitiert bin.» Ich erhob mich. Gegen meine Befürchtungen trugen mich die Beine, als wäre nichts geschehen. «Wenn das hier ausgestanden ist, werde ich verreisen.» Ich sah in ein erschrockenes Augenpaar.

«Du verlässt mich?»

«Ich werde mit Valerio nach Cancún fliegen.»

«Für wie lange?» Aus Darios Stimme klang pure Enttäuschung.

«Wie lange könntest *du* denn Ferien machen?»

«Ich?» Dario schien ein wenig schwer von Begriff. «Zwei, drei Wochen schon …»

«Siehst du? Bis ich meine Stelle in Luzern antrete, vergeht ein Monat.»

«Ich dachte, wir gehen Ski fahren?»

«Das können wir immer noch, wenn wir wieder zurück sind.»

Glossar

Bainmarie – Wasserschale
Bündner Gerstensuppe – Gerstensuppe mit Gemüse und Salsizstücken
Chaiselongue – Bettsofa
Duchli Sage – Ortsteil von Davos Dorf
Fläsch – Ortschaft in der Bündner Herrschaft
Hayya 'ala s-Salah (arabisch) – «Kommt zum Gebet»
HCD (Abkürzung) – Hockey Club Davos
Hellebarde – Hieb- und Stichwaffe
Höfe – Ortsteil zwischen Davos Platz und Frauenkirch
Landammann – Gemeindepräsident
Neni – Grossvater
Pai (portugiesisch) – Vater
Pischa – Wander- und Skigebiet nördlich des Flüelatals
Salsiz – Bündner Wurstspezialität: luftgetrocknete oder geräucherte und fein gewürzte Rohwurst
Schgarnutz (rätoromanisch) – Sack, Tüte
Schmelzboden – Ortsteil in Davos Frauenkirch
Sennenrösti – geraffelte, gebratene Kartoffeln mit Käse überbacken
Sgraffito – Technik, mit der die Fassaden der Bündner Häuser verziert sind
Socka-Hitsch – Bündner Original mit Marktstand in Maienfeld
Stabelle – Holzstuhl mit Lehne; meist mit Schnitzereien verziert
Stilli – Wohngebiet in der Nähe der Zufahrt zum Flüelapass
Susch – Ortschaft im Unterengadin, unmittelbar nach dem Flüelapass
Taburettli – Stuhl ohne Lehne
Tatsch – Eierspeise mit Mehl, Salz und Milch zubereitet, wird meistens zusammen mit Kompott serviert
TNT (Abkürzung) – Trinitrotoluol, ein Sprengstoff
Tschuggen – Ortsteil auf der Strecke Davos–Flüelapass

Anmerkung

Vielen, die Davos kennen oder dort leben, ist gewiss aufgefallen, dass ich einige Orte wiederauferstehen liess, die schon längst nicht mehr in der Form existieren. So zum Beispiel die Duchli Sage in der Einfahrt zum Dischmatal. Solche Gebäude sind prädestiniert als tolle Kulissen, und sie beflügeln gleichzeitig meine Phantasie. Sicher wird mir auch der Zustand verziehen, in dem ich die Duchli Sage zurückgelassen habe.

Silvia Götschi
JAKOBSHORN
Broschur, 320 Seiten
ISBN 978-3-95451-260-7

«Die genau ergründeten Charaktere und ein sarkastisches Gesamtkonstrukt zeichnen den Roman aus. Davos gibt zudem ein atmosphärisches Panorama für den Plot ab.» Bote der Urschweiz

«Psychologisch subtil, feinsinnig, unheimlich. Gänsehaut garantiert.» Davoser Zeitung

Silvia Götschi
MATTAWALD
Broschur, 304 Seiten
ISBN 978-3-95451-482-3

Die achtzehnjährige Laraina Vetsch wird tot im Mattawald aufgefunden; die Polizei geht von einem Suizid aus. Doch Larainas Schwester glaubt nicht an einen Selbstmord und bittet ihre ehemalige Schulkollegin Allegra Cadisch um Hilfe. Die junge Jura-Studentin nimmt undercover in einem Davoser Hotel eine Stelle an und ermittelt vor Ort – nicht ahnend, dass sie sich damit selbst in Lebensgefahr bringt.

Silvia Götschi
HERRENGASSE
Broschur, 336 Seiten
ISBN 978-3-95451-713-8

Der beschauliche Kantonshauptort Schwyz wird von einer mysteriösen Mordserie heimgesucht. Die Polizistin Valerie Lehmann, erst vor Kurzem in die Zentralschweiz gezogen, sieht sich nicht nur mit einer äusserst skrupellosen Täterschaft, sondern auch mit ihrer eigenen Vergangenheit konfrontiert. Während sie um das Sorgerecht für ihren Sohn kämpft, versucht jemand offensichtlich, ihre Arbeit zu sabotieren. Dann zieht sich das Netz um sie herum enger zu …